AMO JONES
Silver Swan
Elite Kings Club

Leserwarnung

Dieses Buch enthält explizite Szenen, derbe Wortwahl, Gewalt und die Schilderung von sexuellen Übergriffen. Leser*innen, die derart heftige Darstellungen nicht lesen möchten oder durch sie an ein Trauma erinnert werden könnten, wird hiermit geraten, diesen Roman nicht zu lesen.

AMO JONES

SILVER SWAN
ELITE KINGS CLUB

Roman

*Ins Deutsche übertragen
von Barbara Slawig*

LYX in der Bastei Lübbe AG
Dieser Titel ist auch als E-Book erschienen.

Die Originalausgabe erschien 2017 unter dem Titel »The Silver Swan«.
Copyright © 2017. The Silver Swan by Amo Jones.
Published by Arrangement with Bookcase Literary Agency.
The moral rights of the author have been asserted.

Für die deutschsprachige Ausgabe:
Copyright © 2019 Bastei Lübbe AG, Köln
Textredaktion: Ralf Schmitz
Umschlaggestaltung: © Birgit Gitschier, Augsburg unter Verwendung der
Originaldaten (© Jay Aheer by Simply Defined Art)
Satz: Greiner & Reichel, Köln
Gesetzt aus der Adobe Caslon
Druck und Verarbeitung: C.H.Beck, Nördlingen
Printed in Germany
ISBN 978-3-7363-0822-0

1 3 5 7 6 4 2

Sie finden uns im Internet unter www.lyx-verlag.de
Bitte beachten Sie auch: www.luebbe.de und www.lesejury.de

Ein verlagsneues Buch kostet in Deutschland und Österreich jeweils überall dasselbe.
Damit die kulturelle Vielfalt erhalten und für die Leser bezahlbar bleibt, gibt es die
gesetzliche Buchpreisbindung. Ob im Internet, in der Großbuchhandlung, beim
lokalen Buchhändler, im Dorf oder in der Großstadt – überall bekommen Sie
Ihre verlagsneuen Bücher zum selben Preis.

Für alle Geschichten, die einen derart umhauen,
dass man hinterher tief Luft holen muss.
Dies ist so eine Geschichte.

I. KAPITEL

Heute ist mein erster Schultag an der *Riverside Preparatory Academy*, und die Gänge fühlen sich immer enger an, je weiter ich gehe. Ringsum ist Gekicher und das Zuschlagen von Spinden zu hören. Im Augenblick wünsche ich mir nur eins: das Grab meiner Mutter zu besuchen. Mein Vater ist mit mir ans andere Ende des Landes gezogen, weil er hier *die Eine* gefunden hat. Allmählich glaube ich, er kann nicht zählen. Es ist schon die dritte *Eine* seit dem Tod meiner Mutter.

Ich komme zu meinem Spind, öffne ihn und lege meine brandneuen Schulbücher hinein. Dann hole ich den Stundenplan hervor. *Mathematik.* Na toll. Ich schließe den Spind, wobei meine Leder-Metall-Armbänder klimpern, und mache mich auf den Weg. Es ist September. Wenigstens fange ich hier am Beginn des neuen Schuljahrs an.

Auf der Schwelle zum Klassenzimmer bleibe ich stehen, sehe auf dem Stundenplan in meiner Hand die Zimmernummer nach und schaue dann auf die Nummer über der Tür. Die zehn Augenpaare, die mich anstarren, ignoriere ich. Es gelingt mir zu fragen: »Ist das hier 1DY, Mathe?«

Der Lehrer – vermute ich mal – kommt auf mich zu, schwarze Hornbrille, müde Augen und graue Haare, die verraten, wie alt er ist. »Ja. Madison Montgomery?«

Ich schlucke und nicke. »Ja, das bin ich.«

»Willkommen an der *Riverside Prep*. Ich bin Mr Warner. Setzen Sie sich doch.«

Ich lächle ihn an, umklammere meine Bücher und gehe auf die sitzenden Schüler zu. Im selben Moment beginnt das Getuschel.

»Madison Montgomery? Hieß so nicht das Mädchen, dessen Mutter die Freundin ihres Ehemanns ermordet und sich danach selbst umgebracht hat?«

»Meinst du?«, fragt das andere Mädchen und mustert mich skeptisch. »Auf den Zeitungsfotos sah sie viel hübscher aus.«

»Nein, das ist sie, ganz sicher. Ihr Vater ist echt reich. Eine alte, wohlhabende Familie. Die Mutter war so eine gelangweilte Hausfrau, und irgendwann hat sie ihren Mann mit einer anderen erwischt, da hat sie die Frau erstochen und sich selbst in den Kopf geschossen. Mit Madisons Gewehr.« Inzwischen bin ich an meinem Platz angelangt. Die Luft fühlt sich zum Schneiden dick an.

»Ihrem Gewehr? Sie hat ein Gewehr? Puh. Von der hält man wohl besser Abstand. Vielleicht ist sie ja genauso verrückt wie ihre Mutter.«

Sie lachen. Dann schnippt Mr Warner mit den Fingern, um ihre Aufmerksamkeit zu erregen. Ich schließe kurz die Augen und verabschiede mich von jeder Hoffnung auf einen unbelasteten Neuanfang an dieser Schule. So etwas gibt es für mich nicht. Da hatte ich mir wohl etwas vorgemacht.

In der ersten Pause gehe ich durch den Hauptausgang der Schule hinaus ins Freie und setze mich auf eine der Stufen davor. An der *Riverside Prep* kann man die Pausen nicht nur in der Cafeteria verbringen, sondern auch auf der Vortreppe. Im Atrium ist es voll, darum sitze ich lieber hier draußen, wo die Sonne scheint und es nicht so … voll ist.

»Hi!«, ruft jemand betont munter. Ich drehe mich um. Das

Mädchen hinter mir ist klein wie ein Kobold, von oben bis unten in Designer-Klamotten gehüllt und hat weißblondes Haar, das alles Sonnenlicht reflektiert. Außerdem fällt mir auf, dass sie lauter silberne und goldene Armreifen trägt. Meine sind aus schwarzem Metall und Leder, daher weiß ich sofort, dass wir unmöglich Freundinnen werden können.

»Hi.« Ich streiche mir das braune Haar hinters Ohr.

Sie setzt sich neben mich und beißt in ihr Sandwich. »Ich heiße Tatum. Du bist neu, oder?«

Ich nicke und lecke den Saft auf, der aus meinem Apfel auf meinen Daumen getropft ist. »Stimmt. Tut mir leid, aber du lässt dich besser nicht mit mir blicken.«

Sie winkt ab. »Ich weiß Bescheid. Du bist Madison Montgomery, siebzehn Jahre alt, Tochter einer Mörderin, die sich anschließend selbst erschossen hat. Dein Dad schwimmt im Geld. Bevor ihr hierher in die Hamptons gezogen seid, habt ihr in Beverley Hills gewohnt. Hab ich was vergessen?«

Ich blinzle. Dann sehe ich sie scharf an. »Dass sie mein Gewehr benutzt hat. Das hast du ausgelassen.«

Sie lacht nervös. »Ich weiß. Ich hatte gehofft, der Teil wäre nicht wahr.«

»Sag ich doch. Du lässt dich lieber nicht mit mir blicken.«

Sie schüttelt den Kopf. »Nee. Wir zwei werden dicke Freundinnen.«

Nach der Pause habe ich wieder Unterricht, und früher als erwartet läutet es zur Mittagspause. Tatum besteht darauf, mir möglichst viel von der Schule zu zeigen: wo die unterschiedlichen Räume sind, und wo ich mich wofür anmelden kann. Zum Mittagessen kommen die Jungen aus ihrem Teil des Gebäudes herüber, und alles trifft sich in der Cafeteria, die zwischen dem Mädchen- und dem Jungenbereich liegt. Die *Riverside*

Prep ist eine Schule für Superreiche, so etwa auf dem Level von Bill Gates, und ich frage mich ernsthaft, wie mein Vater es angestellt hat, mich hier unterzubringen. Klar, reich sind wir auch, aber diese Schule ist etwas Besonderes. Um hier aufgenommen zu werden, muss man aus einer richtig guten Familie stammen.

Auf dem Weg in die Cafeteria zeigt Tatum auf meinen Rock. »Du könntest deine Schuluniform ein bisschen aufpeppen. Wir dürfen zum Beispiel den Rock kürzer machen, wenn wir wollen.« Der karierte Schulrock reicht mir bis knapp übers Knie, und das ist mir ganz recht. Ich möchte nicht noch mehr Aufmerksamkeit erregen.

»Danke«, sage ich daher nur trocken. Dann schaue ich zu den Türen hinüber, die in den Bereich der Jungen führen. Eben kommt eine Gruppe von Typen herein. Sie reden und lachen miteinander und beherrschen augenblicklich den Raum. Ihr Grinsen wirkt frech und selbstsicher.

»Wer ist das?« Ich deute mit einem Nicken auf die Gruppe.

»*Das* sind Leute, die Ärger machen«, murmelt Tatum und setzt sich an einen der Picknicktische. Ich behalte die Gruppe im Auge. Es sind lauter heiße Typen. *Echt* heiß. Tatum dreht sich um und schaut in dieselbe Richtung. »Und die Zicken da können auch lästig werden«, ergänzt sie leise und zeigt auf die Mädchen, die vorhin in Mathe geflüstert haben.

»Was meinst du mit Ärger?«, frage ich, ohne ihre Bemerkung über die Mädchen zu beachten. Zugleich wende ich den Blick von der Gruppe Jungen ab.

»Erstens sind es privilegierte Arschlöcher, denen diese Schule gehört – und zwar buchstäblich, zumindest was Nate angeht. Und außerdem? Diese Typen haben das Sagen. Die anderen an der *Riverside Prep* sind nichts als Schachfiguren in ihren kranken, verqueren Spielchen. Ihnen gehört diese Schule, Madison.«

»Du redest ja so, als wären sie eine Gang.« Ich ziehe den Deckel von meinem Joghurtbecher.

»Sind sie auch, fast«. Tatum öffnet ihren Saftkarton. »Wie es scheint, gehören sie einem supergeheimem Club an.« Sie beugt sich vor und lächelt. »Dem *Elite Kings Club*.«

2. KAPITEL

»*Elite Kings Club?*«, wiederhole ich fragend und beiße in mein Sandwich. Unser Koch Jimmy hat mir meine Lieblingssorte mitgegeben: Geflügelsalat mit einer Mayonnaise mit Tomatenwürfeln und gehackten Salatblättern. Jimmy ist als Koch so gut, dass mein Vater ihn jedes Mal, wenn wir umziehen, überredet, uns zu begleiten.

Tatum wedelt mit der Hand und verdreht die Augen. »Das ist so eine Art verdeckter, exklusiver Club. Was bei den Treffen vorgeht, weiß niemand, auch nicht, wer alles dazugehört, aber anscheinend spielen Familie und Blutsverwandtschaft eine große Rolle.«

Ich esse mein Sandwich auf. Als es läutet, weil auch diese Pause schon wieder vorbei ist, greife ich nach meinen Büchern.

»Was hast du jetzt?« Tatum steckt sich einen Apfel in den Mund, damit sie eine Hand für ihre Bücher frei hat. Ich lache leise. Sie nimmt den Apfel heraus und fragt: »Was ist?«

Ich schüttle den Kopf. »Gar nichts. Ich hab jetzt Sport.«

Sie zieht eine Grimasse. »Du weißt aber schon, dass du das abwählen kannst, oder?«

Ich nicke und helfe ihr, die Bücher einzusammeln, da es sonst zu lange dauert. »Ich mag Sport.«

Wir gehen auf den Mädchenbereich zu. An der Tür zwingt mich irgendetwas, mich umzudrehen.

Kennt ihr das Gefühl, wenn man spürt, dass man beobachtet wird? Genau so ging es mir eben. Siebenfach. Als ich innehalte, unterbricht Tatum ihr Geplapper über irgendeine Sportveranstaltung, die am Freitagabend stattfindet, und blickt über meine Schulter zurück. Dann wird sie blass und runzelt die Stirn. Ich drehe mich langsam um. Alle Jungs aus der Gruppe – es sind sieben – starren mich an. Ich sehe von einem zum andern, und bei dem mit dem unordentlichen dunkelbraunen Haar, der lässig zurückgelehnt auf einem Stuhl sitzt, bleibt mein Blick ein wenig zu lange hängen. Der Typ hat breite Schultern und ein kräftiges, eckiges Kinn. Er sieht mir unverwandt ins Gesicht, und plötzlich komme ich mir vor wie in Trance. Mir ist klar, dass ich mich schnell befreien muss, also schlucke ich, wende mich ab und gehe weiter.

»Wow! Warte!« Tatum kommt hinter mir hergerannt. »Was zum Teufel hatte das denn zu bedeuten?«

Ich zucke die Schultern und hole meinen Stundenplan hervor. »Wahrscheinlich haben sie das von meiner Mutter gehört.«

Tatum lacht spöttisch. »Das würde die doch nicht kratzen. Nein, da steckt was anderes dahinter. Aber hör mal …« Sie packt mich am Arm, sodass ich stehen bleiben muss. »… *deren* Aufmerksamkeit solltest du lieber nicht auf dich ziehen, Madison. Das sind keine netten Typen.«

»Na, dafür scheint es etwas zu spät zu sein.« Ich dränge mich an ihr vorbei und steuere die rückwärtige Tür an, durch die man die Sporthalle erreicht. Dort folge ich einem langen Gang. Als ich um die Ecke biege, hinter der sich die Umkleide der Mädchen befindet, pralle ich gegen eine steinharte Brust.

»Ach du Scheiße«, flüstere ich und nehme meine Hand von dem muskulösen Oberkörper. »Tut mir echt leid.« Ich hebe den Kopf und blicke in honigbraune Augen, die von dichten Wimpern eingerahmt sind. *Hübscher Junge.*

»He, kein Grund zur Panik.« Er hebt seine Sporttasche wieder auf, dann streckt er mir die Hand hin. »Carter. Und du musst Madison Montgomery sein.«

»Na toll«, sage ich halblaut. »Du hast also auch schon von mir gehört.« Ich schaue erneut auf seine Brust und muss daran denken, wie hart sie sich angefühlt hat.

Er lacht leise. »Gibt's da denn was zu hören?«, fragt er neckend und zwinkert mir zu.

Sein Versuch, für gute Stimmung zu sorgen, bringt mich zum Lächeln. Ich schüttle den Kopf. »Ich dachte, das hier ist die Mädchenseite?«

»Die Sporthalle benutzen wir alle. Wie läuft es denn so an deinem ersten Tag?« Er lehnt sich an die Wand.

»Na ja …« Ich blicke im Gang umher. »… es ist ein bisschen anstrengend.«

»Carter! Kommen Sie sofort her!«, ruft ein älterer Mann mit Trillerpfeife und Baseballkappe vom anderen Ende des Gangs.

Carter schaut mich weiter an und grinst ein wenig. »Wir sehen uns, Madison.« Er löst sich von der Wand und schlendert an mir vorbei.

»Ja klar«, sage ich, nachdem er weg ist. »Wir sehen uns.« Ich schaue ihm über die Schulter nach und erwische ihn dabei, wie er sich zu mir umdreht, also winke ich ihm lässig zu und gehe weiter.

Damit habe ich gleich am ersten Tag zwei nette Leute kennengelernt. Und Carter hat nicht mit den Elite-sonst-was-Jungs herumgesessen, darum ist zu hoffen, dass er nicht mit ihnen befreundet ist.

Als ich vor dem Schultor auf unseren Chauffeur warte, kommt Tatum auf mich zugerannt. »Aha. Carter Mathers.« Sie hebt vielsagend die Augenbrauen.

Ich lege den Kopf schief. »Wieso weißt du davon? Seitdem ist doch noch keine Stunde vergangen.«

»Hier spricht sich eben alles schnell herum.« Ungerührt knibbelt sie an einem Fingernagel.

»Scheint mir auch so.«

»Na, jedenfalls …« Sie hakt sich bei mir unter. »… ich brauche noch deine Telefonnummer, damit wir uns fürs Wochenende verabreden können.« In diesem Moment hält unsere schwarze Limousine am Straßenrand, und auf der Fahrerseite steigt Harry aus, der Chauffeur meines Vaters. Tatum holt ihr Telefon hervor, und ich rattere meine Nummer herunter, während ich zugleich auf den Wagen zugehe. »Okay! Ich schreibe dir!«, ruft Tatum. Harry hält mir die Tür auf, und ich fasse nach dem Griff.

»Wirst du abgeholt?«, frage ich, einen Fuß schon im Wagen. Sie schüttelt den Kopf. »Ich fahre selbst.«

Also winke ich ihr zum Abschied und setze mich auf die Rückbank. Das war nun echt ein interessanter Tag. Was ich von all den Vorfällen halten soll, weiß ich noch nicht, aber wenn es weiter so läuft, habe ich ein langes Schuljahr vor mir.

3. KAPITEL

Sobald ich die Doppelflügel der Eingangstür zu unserem Haus im Kolonialstil geöffnet habe, stelle ich meine Tasche im Foyer ab und gehe in die Küche. Dieses Haus ist genau das, was man von jemand wie meinem Vater erwarten würde. Wände in neutralem milchigem Weiß und eine strahlend weiße Treppe zum oberen Stockwerk. Ich nehme mir eine Dose Coke aus dem Kühlschrank, dann gehe ich nach oben. Am Montag kommen mein Dad und seine Braut nach Hause. Ich bin Elena erst ein- oder zweimal begegnet, aber sie scheint ganz nett zu sein. Jedenfalls netter als die letzte geldgierige Tussi, die er mit ins Haus gebracht hat. Während ich die Treppe hinaufgehe, vibriert das Telefon in meiner Rocktasche. Schnell fische ich es heraus und schiebe es auf. Es ist mein Dad.

»Hey.«

»Madi, Süße, tut mir echt leid, aber wir haben ganz vergessen, dir zu erzählen, dass Elenas Sohn auch zu uns zieht.«

Ich bleibe am Kopf der Treppe stehen und schaue den langen Flur entlang. »Oh-kay. Ich wusste gar nicht, dass sie einen Sohn hat.«

»Doch, hat sie. Er geht auf dieselbe Schule wie du. Halt ihn bitte auf Abstand.«

»Was meinst du damit?«

Er seufzt. »Das muss warten, bis wir zu Hause sind, Madi.«

»Dad, du sprichst in Rätseln. Wir sehen uns ja bei eurer Rückkehr. Bis dahin komme ich bestimmt bestens zurecht.«

Ich lege auf, bevor er mich weiter nerven kann – oder mir am Ende einen Vortrag über Jungs hält. Dann stecke ich das Telefon wieder ein und gehe zu meinem Zimmer. Als ich aus dem Nachbarzimmer Geräusche höre, halte ich inne. Ist Elenas Sohne etwa schon da? Ich bezwinge meine Neugier, öffne die Tür zu meinem Zimmer und seufze erleichtert auf. Endlich bin ich wieder in meiner sicheren Höhle. Mit dem Fuß stoße ich die Tür hinter mir zu und gehe zu der Balkontür im viktorianischen Stil. Von hier aus schaut man auf den Pool. Ich schiebe die weiße Gardine beiseite und öffne die Tür, um frische Luft hereinzulassen. Sanfter nachmittäglicher Wind weht mir entgegen, sodass mir die langen braunen Haare über die Schultern streichen.

Doch der Friede in meiner sicheren Höhle ist nur von kurzer Dauer. Auf einmal ertönt »What's Your Fantasy« von Ludacris, und zwar so laut, dass die Vintage-Art-Poster an meinen Wänden im Takt der tiefen Bässe zittern. Kopfschüttelnd kehre ich in die Zimmermitte zurück. Überall stehen noch unausgepackte Umzugskartons. Ich öffne die Tür zu dem Bad, das zu meinem Zimmer gehört, schließe sie hinter mir und ziehe meine Schulkleidung aus. Das heiße Wasser der Dusche wirkt besänftigend. Ich wasche mich gründlich und lasse mir viel Zeit dabei. Schließlich drehe ich das Wasser ab und wickle mich in ein Handtuch.

Als ich aus der Dusche steige, sehe ich jemand am Rahmen der Tür lehnen, die vom Bad ins nächste Zimmer führt. Unwillkürlich schreie ich auf und raffe das Handtuch enger um mich. *Verdammt, die Tür habe ich ganz vergessen.* Inzwischen läuft »Pony« von Ginuvine, und vor mir steht ein großer schlanker Typ, die Arme vor der Brust verschränkt.

»Raus hier!« Ich zeige auf sein Zimmer.

Er lachte leise, legt den Kopf schief und betrachtet mich von oben bis unten. »Ach, sei doch noch nicht so schüchtern, Schwesterlein. Ich beiße nicht …« Er grinst. »Jedenfalls nicht sehr.«

Während ich das Handtuch noch etwas fester packe, wandert mein Blick unwillkürlich zu seiner nackten Brust. Straffes Sixpack, kräftige Arme. Links oben auf der Brust hat er ein großes Keltenkreuz-Tattoo, und rechts über den Rippen ist ein langer Schriftzug eintätowiert.

Als ich ihm wieder ins Gesicht sehe, hat er den Mund zu einem schiefen Grinsen verzogen. Auf einer Seite trägt er ein Lippen-Piercing. In seinen Augen blitzt es boshaft. »Hast du dich satt gesehen, Schwesterlein?«

»Ich bin nicht deine Schwester«, fahre ich ihn an. »Verschwinde. Ich muss mich umziehen.«

»Willst du denn gar nicht wissen, wie ich heiße?« Seine glatte sonnengebräunte Haut schimmert im Licht der Badezimmerlampen, seine blauen Augen funkeln. Er löst sich vom Türrahmen und kommt auf mich zu, mit einer lässigen Großspurigkeit, bei der selbst 50 Cent nicht mithalten könnte. Sein dunkelblondes Haar ist zerwühlt, und seine zerrissene Jeans hängt cool an den Hüften, gerade so tief, dass man das Firmenschild an seinen *Phillip-Plein*-Boxershorts erkennt. Erst als wir fast Brust an Brust kleben, bleibt er stehen.

Grinsend greift er nach der Zahnbürste. »Ich heiße Nate, Schwesterlein.« Er zwinkert mir zu und drückt Zahnpasta auf die Bürste. Immer noch grinsend schaut er in den Spiegel und nimmt die Zahnbürste in den Mund.

Ich wirble herum und stürme in mein Zimmer. Was zum Teufel sollte das denn? Mit dem Typ teile ich mir auf gar keinen Fall das Bad. Ich nehme das Telefon vom Bett und rufe meinen Vater an. Als sich die Mailbox meldet, knurre ich verärgert. »Dad, wir müssen über meine Wohnsituation reden. Sofort!«

Dann streife ich eine enge Jeans und ein kariertes Top über, bürste mir das Haar und binde es unordentlich zu einem Pferdeschwanz hoch. Ich schlüpfe in meine *Converse*-Sneakers und gehe zur Tür. Als ich sie öffne, kommt eben Nate aus seinem Zimmer, immer noch oben ohne, immer noch in der sündhaft tief sitzenden Jeans. Ich bin augenblicklich genervt. Nate trägt eine Baseballkappe, mit dem Schirm nach hinten, und grinst übers ganze Gesicht. »Wo willst du hin?«

»Geht dich nichts an.« Ich knalle die Tür zu meinem Zimmer zu und überlege, ob ich vielleicht Schlösser anbringen lassen sollte. Als ich auf die Treppe zumarschiere, kommt Nate hinter mir her.

»Klar geht mich das was an. Ich muss doch auf meine kleine Schwester aufpassen.«

Ich halte auf der vierten Stufe inne, wirble herum und funkele ihn wütend an. »Wir zwei …« Ich deute von ihm auf mich. »… sind nicht verwandt, Nate.« Daraufhin grinst er nur noch breiter. Er lehnt sich ans Treppengeländer, und dabei fällt mein Blick auf eine Stelle unter seinem Oberarm. Dort hat er eine Narbe. Als er merkt, wo ich hinschaue, verschränkt er die Arme vor der Brust. »Aber wenn du es unbedingt wissen willst …« Im Sprechen gehe ich weiter die Treppe hinab. Unten drehe ich mich um und lege den Kopf in den Nacken. »Ich gehe schießen.«

4. KAPITEL

Als ich später am Abend wieder heimkomme, bedanke ich mich in der Zufahrt bei Harry und gehe über den breiten, mit Kopfsteinen gepflasterten Weg auf die Haustür zu. Noch bevor ich dort ankomme, höre ich schon Musik, darum bin ich nicht sonderlich überrascht, als ich die Tür öffne und in eine Party platze. Ich knalle die Tür zu – mit einigem Nachdruck – und betrachte die betrunkenen Gäste. In unserer Küche mit den Arbeitsflächen aus Marmor spielen Teenager Bier-Pong, und im Hintergrund wird getanzt und gefummelt.

Bei einem Blick ins Wohnzimmer – durch dessen Glastüren man den Pool im Freien und das überdachte Schwimmbecken erreicht – entdecke ich weitere Tänzer. Stroboskoplicht flackert, und wo einmal das Sofa stand, befindet sich jetzt das DJ-Pult. Soeben läuft »Ain't Saying Nothing« von Akon. Draußen brennt die Partybeleuchtung, und halb nackte Leute springen mit dem Hintern voran in den Pool. Ein paar knutschen auch in unserem Jacuzzi.

Dieser Wichser!

Als ich die Augen zusammenkneife, glaube ich hinter dem Pool noch mehr Menschen zu erkennen, auf der Grasfläche, hinter der der Strand beginnt. *Oh, Mann, dem werd ich so was von in den Arsch treten.* Schließlich entdecke ich eine schwarze Baseballkappe, unter der kurzes blondes Haar hervorschaut, und seine schlanke, sonnengebräunte Gestalt, immer noch ohne Hemd. Nate. Ich gehe zu dem Sofa, wo er mit ein paar anderen Jungs herumlungert, im Takt von »Nightmare on My Street« von DJ Jazzy Jeff mit dem Kopf nickt und eine Bong mit Gras befüllt.

Diese Leute habe ich alle schon in der Schule gesehen: Es sind die Typen, die Tatum als *Elite Kings Club* bezeichnet hat. Nate muss derjenige sein, dessen Ururgroßeltern die *Riverside Prep* gegründet haben. Ob es sich dabei um die Familie seiner Mutter oder seines Vaters handelt, weiß ich nicht. Wahrscheinlich die seiner Mutter, denn Elena ist nicht nur wunderschön, sondern auch genauso reich wie mein Vater. Vermutlich gefällt sie mir darum besser als alle anderen Frauen, die er mir je vorgestellt hat. Bei ihr bin ich mir sicher, dass sie nicht hinter seinem Geld her ist. Für einen alten Mann sieht mein Vater aber auch noch ganz gut aus. Das heißt, so alt ist er gar nicht, erst siebenundvierzig. Es gibt bestimmt einige in meinem Alter, deren Väter älter sind. Außerdem trainiert er täglich und ernährt sich gesund. Elena auch. Für ihr Alter ist sie bestens in Form, und sie achtet auf sich. Bisher bin ich ihr erst zwei Mal begegnet – einmal, als wir vor ein paar Tagen hier eingezogen sind, und dann noch einmal, bevor die zwei zu einer geschäftlichen Besprechung nach Dubai geflogen sind. Aber sie war jedes Mal nett zu mir. Wie sie zu so einer Arschgeige von Sohn kommt, ist mir unbegreiflich.

»Nate!« Ich umrunde das Sofa und baue mich vor ihm auf. Er hat die Arme auf der Rückenlehne ausgebreitet und die gespreizten Beine von sich gestreckt, formt mit den Lippen soeben ein O und stößt langsam eine Rauchwolke aus. Sein Blick geht einfach durch mich hindurch. »Mach den Laden dicht. Sofort.« Aus dem Augenwinkel nehme ich eine Bewegung wahr, achte aber nicht darauf.

Er grinst. »Schwesterlein, vielleicht stellst du erst mal die Knarre in den Schrank, bevor hier noch eine Panik ausbricht.«

Ich packe den Gurt meiner Schrotflinte Kaliber 12. »Die Party ist zu Ende, Nate. Ich meine es ernst.«

Er springt mit einem roten Plastikbecher in der Hand auf. »Warte! Komm mal her.« Er zieht mich seitlich an sich, beugt sich zu meinem Ohr herab und zeigt auf den Typen, der auf dem Sofa neben ihm gesessen hat. »Das ist Saint. Ace, Hunter, Cash, Jase, Eli, Abel, Chase und Bishop.« Ich schaue desinteressiert von einem zum andern. Einige von ihnen habe ich schon in der Schule gesehen, aber es sind auch zwei dabei, die älter wirken, und die ich noch nicht kenne.

»Hi«, sage ich, ziemlich unbeholfen, wie ich zugeben muss. Dann wende ich mich wieder an Nate. »Im Ernst. Du bringst uns beide noch in Schwierigkeiten. Mach Schluss.« Ich gehe davon, doch als ich die Tür erreiche, drehe ich mich noch einmal um. Sie beobachten mich. Nate lächelt hinter seinem Becher hervor; die Mienen der anderen verraten sehr unterschiedliche Gefühle. Als ich zu dem komme, den Nate Bishop genannt hat, fangen meine Wangen an zu glühen. Es ist derselbe Typ, mit dem ich mir heute in der Schule ein Blickduell geliefert habe. Jetzt sitzt er auf einem Küchenstuhl, die gespreizten Beine ausgestreckt, und sein Blick bohrt sich mir förmlich in den Kopf. Ich habe noch nie jemand erlebt, der so abweisend wirkt, auch wenn er völlig gelassen scheint.

Mir läuft es kalt den Rücken hinunter, und ich weiß nicht einmal warum. Vielleicht weil er so ... unnahbar scheint. In Gedanken schnaube ich verächtlich. *Das sind doch typische Privatschuljungs.* Ich überlasse es Nate, die Party zu beenden, und steige die Treppe hinauf. In meinem Zimmer lege ich die Flinte oben in den begehbaren Schrank und nehme bei der Gelegenheit frische Kleidung heraus. Im Bad checke ich zunächst einmal beide Türschlösser, dann drehe ich die Dusche heiß und stelle mich unter den Strahl. Das Prasseln des Wassers übertönt das Dröhnen der Bässe. Ich dusche, bis meine Haut in der Hitze schrumpelig wird.

Anschließend trockne ich mich rasch ab, ziehe eine kurze Pyjamahose aus Seide und ein Tanktop an, rubbel mir die Haare trocken und hänge das Handtuch auf. Ich entriegle die Tür zu Nates Zimmer und kehre in mein eigenes kühles Zimmer zurück. Die Musik ist verstummt. Man hört gedämpftes Rufen, das sich allmählich nach draußen entfernt. Mädchen kreischen, Autos fahren an. Ich öffne die Tür zu meinem kleinen Balkon und ziehe beide Flügel weit auf. Als die Geräusche im Haus so weit verebbt sind, dass man sich wieder aus dem Zimmer wagen kann, öffne ich die Tür zum Flur und gehe langsam die Treppe hinunter. Erst als ich schon fast in der Küche bin, bemerke ich Nate und seine Freunde. Sie sitzen noch an derselben Stelle im Wohnzimmer. Ich bleibe stehen, und im gleichen Moment unterbrechen sie ihre Gespräche.

»Lasst euch nicht stören«, sage ich halblaut und gehe weiter in Richtung Küche. Nach dem Schießen bin ich immer hungrig, und von ein paar *Elite*-Jungs im Haus werde ich mich nicht aus dem Tritt bringen lassen. Heute Morgen beim Aufwachen war ich noch ein Einzelkind. Wie bin ich in so kurzer Zeit nur zu einem Stiefbruder gekommen, noch dazu einem wie Nate?

Ich öffne den Kühlschrank, nehme Eier, Milch und Butter heraus und hole Mehl und Zucker aus der Speisekammer. Als ich gerade alle Zutaten auf der Arbeitsfläche abgestellt habe, kommt Nate herein und lehnt sich mit verschränkten Armen an den Türrahmen. Ich bücke mich und nehme eine Schüssel und einen Holzlöffel aus den Fächern unter der Frühstückstheke.

Dann zeige ich auf Nate. »Hast du manchmal auch was an?«

Er lacht schnaubend. »Den Mädchen gefällt es so.« Er zwinkert mir zu und kommt näher. Hinter ihm tauchen Cash, Jase, Eli, Saint und Hunter auf. Sie mustern mich skeptisch.

»Was machst du da?«, fragt Nate, der mich nicht aus den Augen gelassen hat.

»Waffeln.« Ich sehe von einem Jungen zum andern. Sie haben sich über die ganze Küche verteilt. Es liegt Spannung in der Luft.

Ich räuspere mich und wende mich wieder Nate zu. »Wie kommt es eigentlich, dass ich vorher nie von dir gehört habe? Mein Dad hat nie erwähnt, dass Elena einen Sohn hat.« Beim Sprechen gebe ich die Zutaten in die Schüssel. Nate holt unterdessen das Waffeleisen aus einem der Schränke und schließt es an.

Dann lehnt er sich gegen die Arbeitsfläche und zuckt die Achseln. »Keine Ahnung. Vielleicht weil ich so ein rebellischer Junge bin.« Er grinst.

»Stimmt das, was man sich von dir erzählt?«, fragt Hunter und sieht mich finster an.

»Was genau meinst du denn? Es sind einige Geschichten im Umlauf.« Ich gehe zum Waffeleisen. Nate nimmt mir die Schüssel ab und gießt Teig in die Form.

»Das mit deiner Mutter.« Ziemlich unverblümt, aber das bin ich gewöhnt.

»Dass sie sich umgebracht hat oder dass sie vorher die Liebste meines Vaters ermordet hat?«

Hunter hat ein Gesicht, dessen Züge man nur als grob bezeichnen kann. Mir ist nicht ganz klar, wo ich ihn ethnisch einordnen soll: Er hat dunkle Augen, olivbraune Haut und einen nachlässigen, aber sauberen Stoppelbart.

Jetzt lehnte er sich noch etwas weiter auf dem Stuhl zurück und sieht mich scharf an. »Beides.«

»Zweimal ja«, antworte ich knapp. »Und ja, sie hat es mit meinem Gewehr gemacht.«

Als ich mich umdrehe, merke ich, dass Nate Hunter verärgert anstarrt. »Mach mal Platz«, befehle ich und deute auf das Waffeleisen. Er weicht einen Schritt zur Seite und lässt mich vorbei. Dabei streife ich ihn mit dem Arm, halte kurz inne und sehe ihn an. Er lächelt boshaft. Bevor ich ihm sagen kann, dass er sich das dumme Grinsen sparen soll, kommt Eli herüber und stellt sich neben mich.

»Ich heiße Eli, und ich bin der in unserer Gruppe, der alles sieht und hört. Außerdem bin ich der jüngere Bruder von Ace.« Er deutet über die Schulter auf einen Jungen, der genauso aussieht wie er, nur etwas älter und stämmiger.

Ich lächele Ace höflich zu, doch er lächelt nicht zurück. Na, wie er will.

»Der in eurem *Club*, meinst du wohl?« Ohne Eli anzusehen, gieße ich frischen Teig in die Waffelform. Erst dann merke ich, wie still es geworden ist.

»Tss, tss. Wie es scheint, hast du gleich am ersten Tag alle möglichen Gerüchte gehört. Wer hat dir das mit dem Club denn erzählt?«, fragt Nate.

Ich mache einen Schritt von ihm weg, lege die fertige Waffel auf einen Teller und beschließe, die Küche zu verlassen. Hier liegt mir zu viel Testosteron in der Luft.

»Tatum.« Ich spritze Ahornsirup auf meine Waffel. »Dann geh ich mal wieder.« Ich nehme meinen Teller und steuere auf die Treppe zu. Im Vorbeigehen bemerke ich, dass Bishop und Brantley noch an der gleichen Stelle im Wohnzimmer sitzen und sich unterhalten.

Ich bleibe stehen, eine Hand auf dem Treppengeländer, und schaue zu ihnen hinüber. Bishop sieht einfach durch mich hindurch. Keine Ahnung, was diese Jungs für ein Problem haben, aber mir ist das alles ein bisschen zu spannungsgeladen. Bishop hat ein kantiges Gesicht mit hohen Backenknochen und eine Kinnlinie wie ein griechischer Gott. Sein lockeres dunkles Haar weckt in mir den Wunsch, mit den Fingern hindurchzufahren. Seine Augen sind dunkelgrün und durchdringend. Dichte dunkle Wimpern beschatten die makellose Haut seiner Wangen. Er hat schmale Schultern, doch seine Haltung drückt Zuversicht aus, und seine beherrschende Ausstrahlung ist unverkennbar. Dann wird mir bewusst, dass ich ihn anstarre, ich reiße entsetzt die Augen auf und stürme die Treppe hinauf.

Nachdem ich die Zimmertür hinter mir geschlossen habe, stelle ich den Teller auf dem Schreibtisch neben der Balkontür ab und seufze. Im Moment bekomme ich garantiert keinen Bissen hinunter. Ich lege mich ins Bett, unter die frisch bezogene Decke, schalte den Fernseher ein, der dem Bett gegenüber an der Wand hängt, und starte die nächste Folge von *Banshee*. Dann lasse ich mich in die Kissen sinken und entspanne mich zum ersten Mal an diesem schrecklich langen Tag.

5. KAPITEL

Als ich am nächsten Morgen die Treppe hinuntergehe, die Schulbücher unterm Arm und einen angebissenen Apfel im Mund, pralle ich gegen Nate. Ich nehme den Apfel aus dem Mund. »Scheiße, tut mir leid, aber ich bin so was von spät dran.«

»Ich weiß. Wie viele Folgen *Banshee* hast du dir gestern Abend denn noch reingezogen?« Er nimmt seine Schlüssel vom Küchentisch.

»Keine Ahnung. Ich hab nicht mit … Moment mal!« Ich hebe die freie Hand. »Vorher weißt du, dass ich *Banshee* geguckt habe?« Zugleich hüpfe ich auf einem Fuß herum und versuche den anderen in meinen Sneaker zu stecken.

»Ich habe gesehen, dass bei dir noch Licht durch den Türspalt kam, da habe ich kurz nachgeschaut, ob alles in Ordnung ist. Du warst völlig weggetreten. Nette Fernsehserie übrigens. Fährt dich Harry zur Schule?« Er hält mich am Arm fest, sodass ich mich bei ihm abstützen kann, bis ich endlich den Fuß in dem verdammten Schuh habe.

Ich lasse Nate meine Bücher halten, bücke mich und binde mir die Schnürsenkel. »Ja, er fährt mich jeden Tag.«

Als ich mich wieder aufrichte, reicht er mir die Bücher, und wir gehen gemeinsam zur Haustür. »Du kannst bei mir mitfahren. Alles andere ist doch Blödsinn. Wir gehen schließlich auf dieselbe Schule.«

Ich schaue die Zufahrt entlang. Kein Harry. Scheiße. Nervös nage ich an meinen Lippen. Dann nicke ich. »Okay.«

Nate grinst so breit, dass sich auf beiden Wangen Grübchen bilden, und fasst mich an der Hand. Wir gehen zu seinem Porsche 918 Spyder. Er entriegelt die Türen, und ich steige auf der Beifahrerseite ein und schnalle mich an.

Nate lässt den Motor an und lächelt. »Weißt du was … Du hast die Jungs gestern Abend durchaus ein bisschen beeindruckt.«

»Wie bitte?«, frage ich entsetzt. »Es war mit der peinlichste Moment meines Lebens, und das will was heißen. Mein Leben ist eine einzige Serie von peinlichen Momenten.«

Während er lacht, strecke ich die Hand nach der Stereoanlage aus. Sobald ich sie einschalte, donnert »Forgot about Dre« von Dr. Dre los, dass der Wagen erzittert. Schnell drehe ich leiser. »Himmel!«

Nate lacht in sich hinein, wobei er mich genau beobachtet. »Was ist? Magst du etwa keinen Old School Hip-Hop, Schwesterlein?«

»Gegen Hip-Hop habe ich nichts, aber so laut zerschießt er einem ja das Trommelfell. Du solltest dir mal die Ohren untersuchen lassen, vielleicht haben sie schon Schaden genommmen.«

»Wenn ich schwerhörig wäre …« Grinsend schaltet er herunter und gibt Gas, dass mein Schädel gegen die Kopfstütze knallt. »… dann nicht von der lauten Musik. Sondern weil der kleine Nate es den Frauen so gut besorgt, dass sie schreien, als würden sie abgeschlachtet.«

Ungläubig zucke ich zurück. »Der kleine Nate?«

Sein Lächeln erstirbt. »Wieso soll ich ihn nicht den kleinen Nate nennen?« Als ich lache, scheint er fast beleidigt, sodass es mir ein bisschen leid tut. Nate hat den düsteren Charme eines

Rebellen – von der dreisten Art –, und jetzt greift er außerdem zu unfairen Tricks, denn wenn er schmollt, sieht er einfach süß aus.

»Äh … Ich war nur überrascht, dass du ihm wirklich einen *Namen* gegeben hast. Ich meine, wozu brauchst du einen Namen für …« Ich deute auf seinen Schritt. Als ich Nate wieder ins Gesicht sehe, entdecke ich dort ein freches Jungs-Grinsen. Er lässt eine Hand nach unten wandern und umfasst seine Kronjuwelen. *Oh Gott.* »D-deinen …« Ich gerate ins Stottern.

»Schwanz?«, fragt er neckend. »Ständer? Zauberstab? Schwert der Macht? Frauentod? Joghurt …«

Kopfschüttelnd falle ich ihm ins Wort. »Elena ist echt eine liebe Frau. Wie zum Teufel kommt sie zu so einem Sohn?«

Wir erreichen Nates Stellplatz in der Tiefgarage unter der Schule. Ich steige aus und schlage die Tür zu.

»Was hast du als Letztes?« Nate kommt um den Wagen herum und legt mir einen Arm um die Taille. Ich befreie mich. In den letzten vierundzwanzig Stunden ist mir zwar klar geworden, dass man gut mit ihm auskommen kann, aber umarmen darf er mich deswegen noch lange nicht. An meinen bisherigen Schulen hatte ich nie viele Freunde. Seit meine Mutter durchgedreht ist, sind Nate und Tatum die Ersten, die meine Vorgeschichte nicht sonderlich zu kümmern scheint.

»Äh, Sport, glaube ich.«

Er nickt, und wir gehen zu dem Fahrstuhl, mit dem man das Erdgeschoss der Schule erreicht. »Ich hole dich da ab. Was hast du jetzt?«

»Mathe.« Bei dem Gedanken zucke ich innerlich zusammen. Ally Parker und Lauren Bentley werden auch da sein.

»Ich bringe dich hin.« Er deutet mit einem Nicken auf den entsprechenden Gang.

Ich lächle. Vielleicht habe ich ihn wirklich etwas zu früh abgeschrieben. Er bemüht sich echt, nett zu sein. Jedenfalls netter als die meisten anderen hier. »Das musst du nicht, Nate. Ich komme schon klar.«

Er schlingt mir einen Arm um den Nacken und zieht mich an sich. »Na, ich muss mich doch um dich kümmern. Wir sind schließlich Geschwister.«

»Mensch, Nate«, stoße ich entnervt hervor, während wir den Gang hinuntergehen, über den man den Raum für die Mathestunde erreicht. Die Wände sind ganz klassisch in Weiß und neutralen Farben gestrichen, und die Klassenzimmer sind in ähnlichen Tönen gehalten. Am Ende des Korridors, gleich beim Notausgang, geht es in die Sporthalle. Im Jungsteil der Schule sieht es vermutlich ganz ähnlich aus, auch wenn ich bisher noch nicht dort war. »Das ist echt nicht nötig. Ich komme gut klar.«

»Ich will einfach meine neue Schwester besser kennenlernen. Weiter nichts.« Er blinzelt mir zu. Wir sind an der Tür zum Unterrichtsraum angekommen.

»Na schön.« Ich verschränke die Arme vor der Brust. »Aber nur so zur Warnung: Ich kann nicht gut mit Menschen umgehen. Ich bin mehr die Einzelgängerin.«

Er legt den Kopf schräg und sieht mich aufmerksam an. »Einzelgängerinnen liegen mir.« Dann zwinkert er mir noch einmal zu, wendet sich ab und steuert den Bereich für die Jungen an.

Warum? Warum muss mein Stiefbruder eine solche Nervensäge sein?

6. KAPITEL

Das Läuten der Schulglocke durchbricht die konzentrierte Stille im Unterrichtsraum. Alle greifen nach ihren Büchern. Tatum stößt mich mit der Hüfte an und wirft das lange blonde Haar zurück. »Mittagspause! Die Stunde eben hat mich völlig fertiggemacht.«

Lächelnd sammle ich meine Stifte ein und lege sie auf die Bücher. »Das sagst du doch nach jeder Stunde.« Gemeinsam verlassen wir den Raum.

Sie schnaubt. »Stimmt. Also, was hast du nach der Schule vor?«, fragt sie, während wir in Richtung Cafeteria gehen. »Dieses Wochenende gibt Nate Riverside eine Party, und eigentlich gehe ich ja nicht auf solche Partys, und vermutlich werden wir sowieso rausgeschmissen, weil wir nicht dazugehören, aber ich hätte Lust, einfach uneingeladen aufzutauchen. Bist du dabei?«

Ich verdrehe die Augen. Wir schieben uns gerade durch die Tür zur Cafeteria. »Das findet dann wohl bei mir zu Hause statt.«

Tatum hält inne und packt mich mit ihrer kleinen Hand am Arm. »Das müssen Sie uns schon genauer erklären, Montgomery. Was wollten Sie uns da eben mitteilen?«

»Nate«, antworte ich knapp. »Seine Mutter und mein Vater haben geheiratet. Wir wohnen im selben Haus – und bevor du mir ins Gesicht springst: Das habe ich auch erst gestern erfahren.« Dabei fühlt es sich an, als wären seitdem hundert Jahre vergangen. Vermutlich weil Nate so unbefangen mit mir umgeht.

Tatum fällt das Kinn herunter. »Im Ernst?«

»Wieso?« Ich steuere auf die Selbstbedienungstheke zu und ziehe sie mit. Mir knurrt der Magen: Gestern Abend habe ich das Essen ausfallen lassen, und heute Morgen habe ich nur den einen Apfel verschlungen.

»Ach du Scheiße«, flüstert Tatum verstört. Dann sieht sie mir fest in die Augen. »Das ist ja unglaublich! Wir platzen da rein!«

»Äh, Tatum? Das Ganze findet bei mir zu Hause statt, da kann von Reinplatzen keine Rede sein. Nate hat die Party bestimmt absichtlich so gelegt, weil unsere Eltern erst am Montag wiederkommen.« Beim Reden füllen wir uns die Teller mit den Gerichten, die hier angeboten werden. Sushi? Exotische Früchte? Sind wir hier in einer Schule oder in einem Fünfsternerestaurant?

»Oh, Scheiße. Du verstehst das nicht, Madison. Diese Jungs würden nie …«

Jemand hält mir die Augen zu, sodass ich nichts mehr sehe. Tatum atmet scharf ein. Ich spüre Lippen an meiner Ohrmuschel und höre ein tiefes, leises Murmeln: »Wie wär's denn mit ein bisschen Geschwisterliebe, Schwesterlein?« Dann lacht er, nimmt die Hände von meinen Augen und weicht taumelnd einen Schritt zurück. Tatum wird sich noch den Kiefer ausrenken, wenn sie nicht aufpasst. Ich wirble herum und will Nate gerade böse anfunkeln, da merke ich, wie still es in der Cafeteria geworden ist. Alle beobachten uns.

Die anderen an der Riverside Prep *sind nichts als Schachfiguren in ihren kranken, verqueren Spielchen. Ihnen gehört diese Schule, Madison.*

»Nate!«, fahre ich ihn halblaut an. Auch wenn ich noch nicht dazu gekommen bin, es ihm zu erklären: Eigentlich würde ich hier gern möglichst wenig Aufmerksamkeit erregen.

Sein Lächeln erstirbt. »Was ist denn?«, fragt er unschuldig, wie ein kleiner Junge, dem nicht klar war, dass er so kurz vor dem Abendessen keinen Keks mehr naschen durfte.

Mit einem Nicken deute ich auf all die Leute, die uns beobachten. Er zuckt die Achseln und hakt sich bei mir unter. »Komm, setz dich zu uns.« Er sieht Tatum an. »Du auch, Masters.« Er zieht mich auf den Platz neben sich.

Ich stelle mein Tablett ab und rücke weiter, sodass neben mir Raum für Tatum bleibt. Ihr Arm streift meinen; ihrer fühlt sich steif an. Ich kann spüren, wie unwohl sie sich fühlt, und wie viele Fragen sie hat, aber die Antworten müssen warten. Auf der anderen Tischseite, ganz links und damit Tatum gegenüber, sitzen Bishop und Brantley. Neben Brantley kommt Abel, dann Hunter, Eli und Cash.

Ich greife nach einer Sushi-Rolle auf meinem Teller und beiße hinein. Dabei gebe ich mir wirklich Mühe, nicht zu kleckern, aber es ist nun mal Sushi. Etwas Reis landet auf meinem Schoß. Unterdessen redet Nate über die Party an diesem Wochenende. Als ich wieder hochschaue, merke ich, dass Bishop mich anstarrt. Seine Miene ist ausdruckslos. Seine kräftige, kantige Kinnpartie wirkt angespannt, und der Blick seiner grünen Augen ist unverwandt auf mich gerichtet. Ich rutsche auf meinem Sitzplatz umher. Tatum sieht mich kurz von der Seite an, dann verschwindet ihre rechte Hand unter dem Tisch. Eine Sekunde später vibriert das Telefon in meiner Rocktasche. Ich hole es hervor. Im gleichen Moment dreht sich Nate zu mir um. »Was meinst du, Schwesterlein?«

»Hm?«, mache ich etwas verärgert, weil er mich davon abhält, Tatums Nachricht zu lesen.

»Welche Sorte Alkohol willst du am Wochenende trinken?«
Er sieht mir in die Augen.

Verdammt, der Typ ist echt sexy.

Im Geist werfe ich mir selbst einen strengen Blick zu. Was
ist denn da in mich gefahren? *Du Null, das ist praktisch dein
Bruder.*

»Oh!«, sage ich lächelnd; meine Wangen glühen. »Eigentlich trinke ich nicht.« Dabei umklammere ich mein Telefon
und versuche, nicht darauf zu achten, dass Bishop mich immer
noch aus dunkelgrünen Augen beobachtet.

Nate schnaubt verächtlich, nimmt sich eine von meinen
Sushi-Rollen und steckt sie sich ganz in den Mund. »Dieses Wochenende wird sich das ändern. Brantley hat Geburtstag. Normalerweise geben wir ja keine Partys ...« Sein einer
Mundwinkel zuckt, und in seinen Augen blitzt es frech. »...
aber Geburtstage feiern wir schon.«

Mir sitzt inzwischen ein solcher Kloß im Hals, dass ich
kaum schlucken kann. Unwillkürlich sehe ich rasch zu Bishop
hinüber. Er schaut auf sein Telefon. Ich blicke nach unten,
schiebe mein Telefon auf und lese Tatums Nachricht.

Tatum: *Gibt's nicht*
Ich: *Was denn?*

Ich sehe Tatum an. Sie grinst selbstzufrieden. Dann schaut sie
ebenfalls nach unten. Ungeduldig warte ich auf ihre Antwort.
Als ich die Beine ausstrecke, stoße ich unter dem Tisch gegen
jemand und ziehe meine rasch zurück. *Scheiße.* Mein Telefon
vibriert. Ich sehe hin.

Tatum: *Dich starrt einer an, nach dem sich jedes Mädchen an
dieser Schule die Finger leckt. Das gibt's nicht.*

Ich: *Wovon redest du eigentlich, Tatum?*

»Hey!« Nate stößt mir spielerisch gegen den Arm. »Wem schreibst du?«

Brantley und Bishop fangen an, sich in gedämpftem Tonfall zu unterhalten. Meinem Eindruck nach gehören die zwei ohnehin eher zu den Stillen in dieser Truppe. Nate scheint mich zu mögen, aber bei den anderen bin ich mir nicht so sicher. Bis auf das kurze Gespräch gestern Abend in unserer Küche hatte ich zwar noch nicht viel Gelegenheit, mir einen Eindruck zu verschaffen, aber in ihrer Gegenwart ist mir einfach unbehaglich zumute.

Bittend sehe ich Nate an. »Können wir uns mal kurz unterhalten?«

Seine Miene wird ernst. »Klar, komm mit.« Er fasst mich an der Hand.

Ich lächle Tatum zu. »Bin gleich wieder da.« Dann sehe ich noch einmal Bishop an. Er starrt auf die Hand, mit der Nate meine Finger umfasst hält. Ohne zu wissen warum, ziehe ich meine Hand zurück. Nate stutzt nur kurz, aber Bishop sieht mich finster an.

Was geht hier eigentlich ab?

Nate und ich verlassen die Cafeteria und steuern auf den Schulausgang zu. Die Betonstufen davor bieten reichlich Sitzgelegenheit. Einige Schüler essen hier draußen, wenn auch nicht viele. Vermutlich würde ich mich unter ihnen deutlich weniger fehl am Platz fühlen als bei Nate und seinem verdammten Club.

»Was ist los?«, fragt er, sobald wir im Freien sind.

Ich seufze. »Eigentlich gar nichts, nur … Mir ist das alles ein bisschen zu viel«, antworte ich wahrheitsgemäß. »Was sind das eigentlich für Leute, mit denen du da befreundet bist?« Beim

Reden steigen wir die Treppe hinunter. Nate steckt die Hände in die Hosentaschen.

»Was hast du denn so gehört?« Er blickt geradeaus.

Wann immer ich nicht auf meine Schritte achten muss, werfe ich ihm einen kurzen Blick zu. »Na ja, Tatum hat was von einem *Elite Kings Club* gesagt.«

Er legt den Kopf in den Nacken und lacht. »Das mit dem Club ist doch nur eine Legende, Madi. Erfunden von Mädchen, die gern die Drama Queen spielen.« Sein Lachen wirkt gezwungen, und seine Augen lachen nicht mit.

»Okay. Aber erzähl mir doch ein bisschen was über diese Legende.«

Er grinst und hält für einen Moment im Gehen inne. »Vielleicht ein andermal. Jetzt nicht.«

»Wieso das denn?« Ich lächle neckend. »Warum nicht jetzt?«

Er blickt rasch über meine Schulter, und seine Miene wird ernst. »Später. Ich erzähle es dir, wenn ich sicher bin, dass du die Geschichte auch verkraftest.«

Er zwinkert mir zu, dann macht er kehrt und geht an mir vorbei zur Eingangstür. Als ich mich umdrehe, um herauszufinden, wen er eben angeschaut hat, sehe ich gerade noch Bishop nach drinnen verschwinden. Seufzend schüttle ich den Kopf. Seit wann ist mein Leben eigentlich so voller seltsamer Zwischenfälle?

7. KAPITEL

Als ich mein Haar zu einem Pferdeschwanz binde, kommt Nate in mein Zimmer spaziert. Nach der Schule bin ich mit ihm nach Hause gefahren, und es war gar nicht so schlimm. Eine Weile haben wir uns wegen der Musik gestritten – bis Nate schließlich gesagt hat, wenn ich den Player noch ein Mal anfasse, könnte ich zu Fuß gehen. Seinem Grinsen war allerdings deutlich anzumerken, dass er es nicht wirklich ernst meinte.

»Hey!« Ich ziehe meine Lederjacke über das weiße Tanktop. Dazu trage ich eine hautenge Jeans und meine Chucks.

Nate lehnt sich an den Türrahmen, eine Tüte Chips in der Hand. Er trägt wieder mal kein Hemd, seine Jeans hängt tief auf den Hüften, der Mützenschirm zeigt nach hinten. »Wo willst du hin?«

»Hm?« Ich nehme das Telefon vom Bett. »In die Mall, mit Tatum.«

»Tatum, ja?«, fragt er spöttisch, während er sich Salz und Gewürze vom Finger leckt. »Ist sie eigentlich Single?« Er hört auf, an seinem Finger zu saugen, und zieht ihn ganz langsam aus dem Mund. »Nicht, dass mich ihr Beziehungsstatus je interessiert hätte.«

Ich bringe ihn zum Schweigen, indem ich ihm eine Hand auf die Brust lege. »Keine Ahnung. Ich glaube schon. Machst du jetzt vielleicht mal Platz?« Ich deute an ihm vorbei auf den Flur.

Er blickt selbstzufrieden auf mich herab. Da ertönt »Rockstar« vom Chamillionaire in seiner Hosentasche. Nate hört auf zu lächeln, geht schnell in sein Zimmer und macht die Tür hinter sich zu.

»An dieser Schule sind wohl alle irgendwie komisch«, murmle ich vor mich hin, während ich meine Zimmertür schließe. Dann mache ich einen Schritt nach vorn – und pralle gegen jemanden. Er fühlt sich fast so stabil an wie Nate. Nur noch etwas größer.

»Scheiße.« Ich fasse mir an die Stirn, schaue nach oben und sehe Brantley vor mir. »Nate ist in seinem Zimmer. Und tut mir leid«, ergänze ich, weil ich ihn schließlich angerempelt habe.

Er sieht mich finster an, verzieht böse den Mund und setzt zum Sprechen an …

»Brantley!«, fährt ihn jemand von hinten mit tiefer, rauer Stimme an. Sofort liegt Spannung in der Luft. Als ich an Brantley vorbeischaue, entdecke ich Bishop. Sein Blick ist fest auf Brantleys Hinterkopf gerichtet. »Geh in Nates Zimmer.« Brantley sieht mich noch einmal scharf an, dann marschiert er weiter den Flur entlang.

Sobald er die Tür zu Nates Zimmer hinter sich geschlossen hat, sage ich verärgert zu Bishop: »Wer hat dem denn sein Spielzeug geklaut?«

Bishop schaut weiter auf Nates Tür, als wäre ich gar nicht vorhanden.

Ich fluche leise. »Sorry. Hi. Ich bin Madison.«

Endlich sieht er mir ins Gesicht. Er hat wirklich unglaubliche Augen, nicht nur tiefjadegrün, sondern auch ungewöhnlich geformt. Und wenn er einen ansieht, scheint er tief in einen hineinzublicken. Als würde er von meiner Seele Rechenschaft fordern, bevor der Sensenmann kommt.

»Ich würde ja gern einfach ›Tut mir leid‹ sagen«, bemerkt er leise, den Blick erneut auf Nates Tür gerichtet.

Ich drehe mich kurz um und schaue in dieselbe Richtung. »Keine Sorge«, flüstere ich. »Daran bin ich gewöhnt.«

Ich mache einen Schritt zur Seite, um an ihm vorbeizukommen, doch er tritt mir in den Weg. Zuerst sieht er mir fest in die Augen, dann schnell auf meine Lippen, dann wieder in die Augen.

Ich lege den Kopf schräg. »Kann ich jetzt gehen?«

Er antwortet nicht, sondern sieht mich nur noch ein paar Sekunden länger ausdruckslos an. Dann entfernt er sich in Richtung Nates Zimmer.

Kopfschüttelnd öffne ich die Haustür. Im selben Moment fährt Tatum vor, in einem himmelblauen Ferrari mit schwarzen Felgen und schwarz getönten Scheiben. Es ist der hübscheste Ferrari, den ich je gesehen habe, und er passt perfekt zu Tatum. Ihre Eltern sind ständig beruflich unterwegs; manchmal sagt sie scherzhaft, Zeit mit der Familie wäre für sie Zeit mit dem neuesten Kinofilm. Vielleicht sollte ich sie deswegen bedauern, aber eigentlich scheint es ihr wenig auszumachen. Ich packe den Türgriff, doch bevor ich auf den Beifahrersitz schlüpfe, blicke ich noch einmal zu Nates Fenster hinauf. Dort stehen sie alle drei und beobachten mich. Mein Lächeln erstirbt. Rasch steige ich ein.

»He, Süße!« Tatum klatscht aufgeregt in die Hände. »Jetzt bringen wir mal ein bisschen Geld unter die Leute!«

Die Fahrt bis zur Mall dauert nicht lange, denn Tatum hat echt einen Bleifuß. Wir schlendern durch die Läden, stets auf der Suche nach dem perfekten Outfit, wobei das mehr für Tatum gilt als für mich. Im vierten Geschäft gebe ich es auf, drücke ihr die *Platinum Card* meines Vaters in die Hand und lasse sie für mich einkaufen: Wenn ich eins hasse, dann shoppen. Etwas später taucht Tatum aus einer der Boutiquen wieder auf. Sie grinst so selbstgefällig, dass ich innerlich zusammenzucke. Ich kann jetzt schon spüren, wie meine Titten zusammengedrückt werden, weil das Kleid, das Tatum für mich gekauft hat, viel zu eng sitzt. Tatum packt es weg, fasst mich an der Hand und zieht mich zu einem kleinen Laden mit ungewöhnlichem Krimskrams.

»Jetzt zu deinem neuen Zimmer. Dafür sollten wir vielleicht auch was kaufen. Ich meine, ich war ja noch nie bei dir, aber vermutlich ist dein Zimmer doch ein bisschen kahl, wo du gerade erst eingezogen bist.«

Der Vorschlag ist wirklich lieb gemeint, darum nicke ich, obwohl es mich immer noch etwas verlegen macht, wenn jemand nett zu mir ist.

»Ich kann auf jeden Fall mehr Kram gebrauchen. Zimmerschmuck finde ich toll.«

»Gut!« Sie klatscht in die Hände. »Sonst hätte ich mich jetzt nicht getraut, dich einfach hier hineinzuzerren.« Wir betreten den kleinen, dunkelviolett dekorierten Laden. Überall brennen Lavalampen, und es riecht nach Räucherstäbchen. Mich zieht es sofort zu einer kleinen eingeschalteten Leuchte, die bunte Lichter auf die leere weiße Rückwand des Ladens wirft. »Die will ich haben!«

Tatum hebt die Augenbrauen. »Echt? Ich meine, klar, die sieht toll aus, aber wo willst du die hinstellen?«

Ich knie mich vor der Lampe auf den Fußboden und knipse die Birne an. »Die lässt sich verstellen, sodass sie die Decke anstrahlt.« Ich drehe die Birne noch weiter nach oben, und augenblicklich leuchten die Sterne.

»Wow«, flüstert Tatum. »So sieht es echt viel besser aus.«

Ich nicke. »Das erinnert mich an die Jagdausflüge mit meinen Eltern. Da haben wir immer im Wald gezeltet.«

Tatum sieht mich scharf an. »Was genau habt ihr denn da gejagt?«

Ich stehe auf. »Nur Hirsche. Manchmal auch Enten.«

Ihre Miene entspannt sich. »Das klingt … ganz nett.«

Ich lache. »Ist es auch! Wir müssen mal zusammen losziehen.«

»Klar doch.« Sie sieht weg. »Können wir machen.«

»He.« Ich gebe ihr einen Klaps. »Ich bin mit dir shoppen gefahren, da kannst du ja wohl zum Jagen mitkommen.«

Sie muss schlucken und ich lache. Im selben Moment kommt eine der Verkäuferinnen auf uns zu.

»Oh.« Sie schaut zur Decke hinauf. »So hätte ich die aufstellen müssen.«

Ich lache erneut und blicke ebenfalls zu den Sternen empor. »Glaub schon, ja. Ganz sicher bin ich mir aber nicht.«

Die Verkäuferin sieht uns an. Sie ist ungefähr in unserem Alter, hat langes pastellrosa Haar, das sie über der einen Schulter zu einem Fischgrätenzopf geflochten hat, und leuchtend grüne Augen. Wenn sie lacht, kräuselt sich die Stupsnase in ihrem ovalen Gesicht. »Muss man da noch was ändern?« Sie macht einen Schritt nach vorn, lässt die Lampe dann aber einfach so, wie ich sie eingestellt habe. »Danke. Ihr habt mir vermutlich eine Menge Ärger mit der Chefin erspart.«

»Oh. Kein Problem«, sage ich.

Sie nimmt eine der verpackten Lampen und reicht sie mir. Wir folgen ihr zur Kasse. Sie scannt die Packung und lächelt mich an. »Das Ding ist echt cool, oder?«

»Oh ja.« Ich lächle zurück. »Ich bin gerade erst hergezogen, und Tatum fand, ich bräuchte was Schickes für mein Zimmer.«

»Ach, bist du neu hier?« Sie schaut von mir zu Tatum. »Auf

welche Schule ihr geht, muss ich wohl nicht erst fragen.« Ihr Tonfall ist kein bisschen unhöflich.

»*Riverside.*«

Sie nickt und lächelt schwach.

»Auf welche Schule gehst du denn?« Ich lehne mich an den Tresen.

»*Hampton Beach High School.*«

»Oh.« Eine staatliche Schule? Da würde ich mich bestimmt wohler fühlen.

Sie deutet zu den Lampen hinüber. »Wir haben auch welche, die Naturklänge erzeugen. Es hört sich an, als wäre man im Wald.«

Ich wirble herum und schaue aufgeregt in die Richtung, in die sie zeigt.

»Echt jetzt?«, murmelt Tatum.

»Hör nicht auf sie.« Ich gehe zu den Lampen und schnappe mir gierig ein Exemplar. »Danke! Mein Stiefbruder gibt dieses Wochenende eine Party – wenn ich davon genug habe und ins Bett will, kann ich die hier einschalten. Es könnte ihm das Leben retten.« Ich grinse sie an, und als sie losprustet, lege ich den Kopf schräg. »He, gehst du eigentlich gern auf Partys?«

Nachdem wir mit der Verkäuferin – sie heißt Tillie – Telefonnummern ausgetauscht haben, setzen Tatum und ich uns in ein Café und stopfen uns mit Frittiertem und Brownies voll.

»Ich kann immer noch nicht fassen, dass du sie einfach so eingeladen hast.« Tatum steckt sich einen Hähnchen-Finger in den Mund. »Hm. Sie scheint aber ganz nett zu sein, oder?«

»Stimmt. Dann sei du aber auch nett.«

»Hey!«, schimpft sie. »Ich bin immer nett.«

Es war wirklich eine unfaire Bemerkung. Zu mir ist Tatum jedenfalls durchgehend nett gewesen. Ich lächle und nehme noch einen Bissen von meinem Brownie. Er zerschmilzt auf der Zunge und mischt sich dort mit einem Löffelvoll Eis. Wie sich herausstellt, steht Tatum genauso auf Süßes wie ich, deshalb planen wir für nachher einen Mädchenabend mit Filmeschauen und eimerweise Süßem. Tatum wünscht sich einen richtig schönen Liebesfilm, aber ich falle ihr ins Wort und verkünde, dass ich kitschige Schnulzen nicht ausstehen kann. Schließlich verabreden wir, dass ich die Filme aussuche und sie für die Süßigkeiten sorgt. Win-win.

»Wie fühlt man sich denn so als Nate Riversides kleine Schwester?«, fragt Tatum, als sie mich nach Hause fährt.

»Ich bin ja nicht wirklich seine Schwester«, weiche ich aus. »Außerdem hat er offenbar aus irgendeinem Grund beschlossen, mich bei jeder Gelegenheit zu quälen.«

Sie kichert, schaltet zurück und beschleunigt, dass mein Kopf gegen die Kopfstütze knallt. »Also, mich dürfte er gern quälen, Schätzchen. Aber er ist der größte Aufreißer an der *Riverside Prep*. Er hat sogar mit Sasha Van Halen geschlafen.«

»Irgendwie überrascht mich das nicht«, erwidere ich halblaut, während wir in die Zufahrt zu unserem Haus einbiegen.

Sasha Van Halen ist die Tochter des reichsten Geschäftsmanns von Amerika. Sie taucht ständig auf den Klatschseiten der Medien auf: schön, aber verkorkst.

»Noch was.« Tatum zieht die Notbremse. »Wir müssen unbedingt über *die da* reden.« Sie deutet zu Nates Fenster hinauf, und ich schaue hin. »Heute beim Mittagessen hat Bishop dir verdammt viel Aufmerksamkeit gewidmet.«

»Ach was.« Abwehrend schüttle ich den Kopf.

»Deshalb sollte ich dir mal ein paar Dinge über Bishop Vincent Hayes verraten«, fährt sie fort, und ich wende mich ihr zu. »Soweit ich weiß, ist er bisher überhaupt nur mit einem Mädchen mehr als einmal gesehen worden. Nur mit einer, und die hat ihm ziemlich viel bedeutet. Sie waren jahrelang zusammen. Alle fanden, sie wären füreinander geschaffen. Bishop und Khales, das Traumpaar. Was immer sie machte, er machte es auch. Sie kannten sich seit ihrer Kindheit. Khales' Mutter war ein Junkie, sie ließ ihre Tochter oft über Stunden allein. Khales ging damals auf die *Hampton Beach High School*, das ist im ungemütlichen Teil der Stadt. Na jedenfalls, Bishop hat versucht, ihr zu helfen. Er hat es wirklich versucht, aber am Ende ist Khales doch dem Beispiel ihrer Mutter gefolgt und hat zur Nadel gegriffen.« Tatum legt eine Atempause ein.

»Ist sie gestorben?« Mir wird es schwer ums Herz. Ich weiß, wie es sich anfühlt, einen geliebten Menschen zu verlieren.

»Nein. Wir wissen nicht, wo sie ist. So ungefähr vor zwei Jahren ist sie einfach verschwunden. Seitdem erwähnt niemand mehr auch nur ihren Namen. In der Woche, in der sie vermisst wurde, waren die Jungs alle nicht in der Schule. Dann kamen sie plötzlich wieder in die Cafeteria marschiert, als gehörte der Laden ihnen. Und als hätte es Khales nie gegeben. Irgendwer hat mal versucht, Bishop nach ihr zu fragen, aber der hätte ihm fast das Genick gebrochen. Seitdem gilt das Ganze als heikles Thema, und es stellt niemand mehr Fragen.«

Sie macht erneut eine Pause und sieht mich aus leuchtend blauen, funkelnden Augen an. »Das erzähle ich dir, weil schon viele Mädchen versucht haben, die Lücke zu füllen, die Khales hinterlassen hat. Aber soweit ich weiß, hatte Bishop seitdem keine Freundin mehr. Und das war vor zwei Jahren. Na jedenfalls bin ich damit schon beim nächsten Thema.«

Mittlerweile ist mir fast schwindelig von all den Informationen, mit denen sie mich überschüttet. Vor zwei Jahren? Menschen lösen sich doch nicht einfach in Luft auf. Es gibt immer einen Grund, weshalb sie verschwinden.

Tatum räuspert sich. »Der *Elite Kings Club* …«

»Ich habe Nate danach gefragt. Er sagt, das wären alles nur Legenden und falsche Vermutungen.«

Sie schüttelt den Kopf, dass ihr das gewellte blonde Haar um die schlanken Schultern fliegt. »Diese Typen würden dir nie etwas darüber erzählen. Es mag wie dummes Gerede klingen, aber es ist wahr. Ich habe das Zeichen selbst gesehen.«

»Das Zeichen?« Mein Kopf ist so mit Neuigkeiten vollgestopft, dass er sich anfühlt, als würde er gleich platzen.

»Ja. Den Mitgliedern wird schon im Babyalter ein Zeichen eingebrannt. Es ist ein Ritual, an das sich alle Eltern halten.«

»Das ist doch Blödsinn.« Ich entspanne mich. »Mehr musst du gar nicht erst erzählen. Willst du mir sonst noch was sagen?«

»Ja! Sieh dich vor. Ich weiß das alles auch nur, weil ich sie beobachte, seit ich sie kenne. Bisher habe ich noch mit keinem Menschen darüber gesprochen, schon weil diesen Leuten sowieso nie jemand nahekommt. Aber bei dir wird sich das ändern, das sehe ich jetzt schon. Du musst dich unbedingt in Acht nehmen, Madi.«

Ich packe den Türgriff, stoße die Tür auf und fische meine Tüten vom Rücksitz. »Okay, ich nehme mich in Acht. Aber eigentlich glaube ich, dass du spinnst.«

Sie lächelt schwach, dann schlage ich die Tür zu, und sie braust davon.

Solche Dinge passieren einfach nicht. Nicht in dieser Welt.

8. KAPITEL

Nachdem ich die Haustür zugeknallt habe, marschiere ich in die Küche, in Gedanken noch bei all den Informationen, die ich von Tatum erhalten habe. Ich nehme eine Coke aus dem Kühlschrank, schließe die Tür – und dann bleibt mir fast das Herz stehen, denn an der Küchentür lehnt Hunter.

»Scheiße!« Unwillkürlich hebe ich eine Hand an die Brust.

»Sorry.« Er grinst. »Nate ist beim Training, da hat er mich zum Babysitter ernannt.«

»Babysitter?«, wiederhole ich beleidigt. »Ich brauche keinen Babysitter.«

Er zuckt die Achseln. »Brantley ist hier. Solange er sich in der Nähe herumtreibt, brauchst du einen Aufpasser.«

Ich lege den Kopf schräg und betrachte Hunter von oben bis unten. Er ist etwa eins fünfundachtzig groß, überragt mich mit meinen eins achtundfünfzig also um Längen.

»Warum?« Ich schaue in Richtung Wand. »Was habe ich ihm getan?«

Hunter zögert und streicht sich über die Oberlippe. »Darüber musst du dir jetzt noch nicht den Kopf zerbrechen.«

»Ich sollte Tatum fragen, die weiß bestimmt Bescheid«, sage ich undeutlich, den Mund an der Cola-Dose.

»Tatum?« Er lacht auf. »Tatum fährt einfach auf dramatische Geschichten und dummes Zeug ab. Man darf nichts auf ihre Worte geben.« Einen Moment lang sieht er mich scharf an.

»Aber auf deine Worte schon, ja?« Ich lege den Kopf schief. Dann sage ich leise und verärgert: »Ich brauch doch keinen Babysitter.« Im Sprechen steuere ich auf die Treppe zu und knalle wieder mal mit dem Gesicht gegen einen harten Männerkörper. »Himmel!« Allmählich nervt es mich, dass in meinem eigenen Zuhause ständig diese geheimniskrämerischen Jungs herumlaufen, die mir nie auch nur eine Frage beantworten. Ich blicke an der breiten Männerbrust hinauf und begegne Brantleys unfreundlichem Blick. Er hat einen Stoppelbart – gerade so, dass es beim Anfassen ein wenig kratzen würde –, und seine Augen sind dunkel wie die tiefsten Abgründe der Hölle. Und als er den Mund öffnet, passen seine Worte perfekt zu diesem Blick.

»Du solltest mir lieber aus dem Weg gehen.«

Aber mittlerweile habe ich genug von diesem Gerede, darum verschränke ich die Arme vor der Brust – frei nach *Saliva: Cause I'm a badass.* »Was zum Teufel habe ich dir getan?«

Hinter mir spüre ich Hunter; er schaut schweigend zu.

Brantley sieht mir mit brennender Intensität in die Augen. »Wie wär's mit der Tatsache, dass es dich überhaupt gibt? Bis du zurückgekommen bist, lief alles bestens.« Er schiebt mich aus dem Weg und geht zur Haustür. Dort bleibt er stehen, eine Hand auf der Klinke, und blickt kurz zu mir zurück. Die dunkle Jeans sitzt ihm tief auf den schmalen Hüften, und das weiße T-Shirt ist hauteng. Dann murmelt er etwas und stürmt hinaus.

»Wieso zurückgekommen?«, frage ich Hunter. »Ich war im ganzen Leben noch nie hier.«

Er löst sich von der Wand, an der er gelehnt hat. Dabei beobachtet er mich die ganze Zeit. »Das darfst du nicht wörtlich nehmen. Er meinte, seit du hergekommen bist.« Er wendet sich ab, als wäre ich nicht länger wichtig, und geht ebenfalls zur Haustür. »Ich haue ab. Meine Aufgabe hat sich erledigt.«

Ein paar Sekunden lang stehe ich einfach nur da und starre geistesabwesend auf die Tür. »Was sollte das denn?« In letzter Zeit hat sich so vieles in meiner Welt so schnell verändert, dass ich inzwischen völlig verwirrt bin. Schließlich gehe ich nach oben in mein Zimmer, hole meinen Skizzenblock hervor und setze mich an den Schreibtisch. Mit der Fernbedienung, die dort liegt, schalte ich mein Sounddock ein, dann greife ich nach dem Bleistift, nehme mir eine Ecke des leeren weißen Blattes vor und fange an zu kritzeln.

Lautes Hämmern an meiner Tür durchbricht den Nebel aus Musik und Zeichnen in meinem Kopf.

Bum, bum, bum. »Madi!«

Ich rolle mit dem Stuhl vom Tisch weg und schaue auf den Wecker auf meinem Nachttisch. »Scheiße.« Es ist halb acht. Ich habe zwei Stunden am Stück gezeichnet, ohne zwischendurch auch nur frische Luft hereinzulassen. Bevor meine Mutter gestorben ist, habe ich mich bestimmt dreimal die Woche so intensiv mit meinen Skizzen beschäftigt, wenn nicht noch öfter, doch seit ihrem Tod fällt es mir schwerer, meine Umgebung ganz zu vergessen und mich nur auf Stift und Papier zu konzentrieren. Musik hilft mir zwar auch, mich zu entspannen, aber Zeichnen war immer etwas sehr Persönliches, etwas, das meine Mutter und ich oft zusammen gemacht haben.

Ich öffne die Zimmertür und lasse Tatum herein. »Tut mir leid. Ich war so ins Zeichnen vertieft.«

Tatum schlendert an mir vorbei, ein Taschenbuch in der einen Hand, eine rosa Sporttasche in der andern. »Das sieht man.« Sie wedelt mit der Hand nach meinem Kopf. Vor allem wohl auf den missratenen Knoten aus unordentlich hochgesteckten Haaren irgendwo schräg hinten.

»He, das ist noch gar nichts!«, sage ich lachend und zeige auf das Bett. »Du solltest mich mal morgens erleben.« Es stimmt, morgens sehen meine Haare einfach schrecklich aus. Sie sind nicht nur lang und dick, sondern locken sich auch widerspenstig, etwas, das ich von den spanischen Vorfahren meiner Mutter geerbt habe. »Also reg dich ab.« Dann sehe ich sie misstrauisch an. »Wo ist denn dein Pyjama?«

Sie lächelt und holt eine Packung *Twizzlers* hervor. »In der Tasche.«

Ich bücke mich und fische eine Stange aus der Packung, dann gehe ich zum Schrank und nehme meine kurze Pyjamahose aus Baumwolle und ein dünnes Tanktop heraus. »Ich geh kurz duschen. Ich bin noch gar nicht dazu gekommen.«

»Oh.« Tatum schlägt die Hände an die Brust und tut beeindruckt. »Du machst dich extra für mich hübsch?«

Ich schnaube verächtlich und gehe ins Bad. »Ganz bestimmt nicht.«

Nachdem ich mich unter der Dusche gründlich gesäubert habe, putze ich mir noch rasch die Zähne, nur für den Fall, dass ich mitten im Film einschlafe. Dann entriegle ich die Tür zu Nates Zimmer und kehre in meins zurück.

Verblüfft betrachte ich den Berg von Süßigkeiten um Tatums Beine. »Heilige Mutter …«

»Was ist denn?«, fragt sie unschuldig. »Solltest du unterschätzt haben, wie viel Süßkram ich essen kann?«

Ich betrachte das Angebot. Ein Cheesecake, Kartoffelchips, *M&Ms*, eine Packung Donuts, Gummibärchen, Softdrinks. »Davon wird man ja zuckerkrank.«

Sie stopft sich eine Handvoll *M&Ms* in den Mund. »Kann schon sein.«

»Ich geh kurz runter und hol zwei Löffel für den da.« Mit einem Fingerschnippen deute ich auf den Cheesecake. Dann lasse ich sie mit den Vorräten allein, hüpfe die Treppe hinunter und renne in die Küche. Dabei summe ich »Simple Man« von Lynyrd Skynyrd vor mich hin – die Melodie habe ich noch vom Zeichnen im Ohr – und nicke im Takt mit dem Kopf. Mit zwei Löffeln in der Hand stürme ich aus der Küche, doch am Fuß der Treppe halte ich inne und weiche ein paar Schritte zurück, bis ich ins Wohnzimmer sehen kann. Dort sitzen die Jungs alle zusammen auf dem großen L-förmigen Sofa.

Nate hat sich zurückgelehnt und hält sich eine Hand vor den Mund, doch die Lachfältchen rings um seine Augen verraten, wie sehr er sich anstrengen muss, um nicht laut zu prusten.

»Was ist?«, fahre ich ihn an, ohne auf die anderen zu achten. Gott, kann dieser Typ nerven.

Er nimmt die Hand vom Mund und schüttelt den Kopf. »Gar nichts.«

Ich sehe ihn scharf an. »Na, klar doch.« Links neben ihm sitzt Bishop, die Arme über die Rückenlehne gebreitet. Sein dunkles T-Shirt schmiegt sich genau an den richtigen Stellen an seinen Körper, seine Jeans sitzt sehr lässig. An den Füßen trägt er weiße *Air Force 1*. Als ich den Blick wieder auf sein Gesicht richte, hat sich dessen Ausdruck verändert. Es zeigt nichts mehr außer diesem gewohnt abweisenden Blick, den Bishop so perfekt beherrscht.

»Habt ihr Jungs eigentlich sonst kein Zuhause? Wieso trefft ihr euch immer hier?« Ich lege den Kopf schräg und schaue von einem zum andern.

»Reg dich ab, Kindchen. Ich muss schließlich den Babysitter spielen. *Darum* haben wir uns hier getroffen.« Nate unterbricht sich, und sein Grinsen wird breiter. »Oder willst du vielleicht mit uns zusammen losziehen?«

Ich sehe Bishop an und merke, wie sich seine Miene verfins-

50

tert. Sein Blick ist nach wie vor auf mich gerichtet. Ace fährt vorwurfsvoll zu Nate herum.

»Erstens«, erwidere ich ruhig, »nenn mich gefälligst nie wieder Kindchen. Sonst erschieße ich dich.« Ich lege eine Pause ein und beobachte amüsiert, wie sich sein Gesichtsausdruck verändert. Ja, das war wohl nicht nett von mir, wenn man bedenkt, dass mich wegen meiner Mutter sowieso alle für verrückt halten. »Und zweitens, ich bin kein Kind. Ich kann selbst auf mich aufpassen.« Den letzten Satz spreche ich eher leise vor mich hin, während ich mich abwende und die Treppe hinaufgehe. Als ich oben ankomme, spüre ich einen Blick im Rücken und sehe über die Schulter. Am Fuß der Treppe steht Bishop und starrt zu mir herauf.

Ich drehe mich um. »Was ist?« Bisher hat er kaum ein Wort mit mir geredet, außer als Brantley hier war. Tatum hat mir ja schon berichtet, was man sich über ihn erzählt, aber selbst wenn mir das nicht verraten hätte, was für ein reservierter und unentspannter und abweisender Mensch er ist. Ach, das habe ich schon erwähnt? Na, man kann es ruhig noch mal wiederholen – schon seine ganze Ausstrahlung ist zum Davonlaufen. Mich erinnert er an eine Königskobra. Leise und tödlich, und niemand weiß, was unter dem gefährlichen Äußeren vor sich geht.

Seine Miene bleibt ausdruckslos und unbewegt, nur seine Kiefermuskeln scheinen sich zu verhärten. Schließlich wirble ich herum und verschwinde in meinem Zimmer. Mein Herz hämmert, meine Kehle fühlt sich wund an, und mein Mund ist wie ausgetrocknet. Ich lehne mich so heftig an die Tür, dass mein Kopf dagegen knallt. Tatum, inzwischen im Pyjama, springt vom Bett auf.

»Alles okay?«

»Ja klar.« Ich reiche ihr einen Löffel und gehe zum Bett. »Lass uns einfach den ganzen Zuckerkram aufessen.«

Ich löffele mir ein Riesenstück Schokoladen-Cheesecake in den Mund, und als ich das weiche, süße Krümelzeug auf der Zunge spüre, stöhne ich zufrieden auf.

»So, jetzt erzähl mal«, fordert Tatum, während sie ihr langes Haar auf dem Kopf zu einem Schleifchenknoten zusammenbindet und die Brille mit dem schmalen Rahmen absetzt. »Wie hast du es angestellt, den unvergleichlichen Bishop Vincent Hayes auf dich aufmerksam zu machen?«

»Oh Gott, bitte nicht schon wieder«, murmle ich halblaut und löffele mir weiteren Cheesecake in den Mund. Im Fernseher läuft längst einer meiner Filme, man hört leise Schüsse.

»Bishop hat mich angestarrt. Das heißt noch lange nicht, dass er an mir interessiert ist. Oder ich an ihm, nebenbei. Bin ich nämlich nicht.«

»Hm.« Sie leckt Cheesecake von ihrem Löffel. »So, das sagst du jetzt bitte noch einmal. Und diesmal überzeugender!«

Ich greife nach dem Kopfkissen und werfe es ihr an den Kopf. Tatum fängt es auf, lässt sich auf den Rücken fallen und lacht.

»Okay, okay, es tut mir leid. Aber, nur fürs Protokoll, dieses Blickduell neulich zwischen euch …« Sie zeigt von meinen Augen zu ihren. »… das war mehr, als ich je bei ihm erlebt habe. Bisher war keine an der *Riverside* gut genug für seine königliche Majestät.« Sie verdreht die Augen und öffnet eine Tüte Gummibärchen.

»Woher willst du das wissen? Vielleicht ist er ja einfach diskret.«

Sie schüttelt den Kopf. »Oh nein. Er hat durchaus schon was mit anderen Mädchen gehabt, aber die gehen nicht auf die *Riverside*. Es sind eher …« Sie zögert, offenbar auf der Suche nach dem passenden Wort. »… Berühmtheiten und so.«

Ich finde ihre Beschreibung enttäuschend vage. »*Berühmtheiten und so?*«

Sie nickt, anscheinend ohne zu merken, dass ich mit ihrer Wortwahl unzufrieden war. »Genau. Das sind aber alles nur Gerüchte. Niemand hat ihn je mit einem der Mädchen gesehen, mit denen er angeblich was hatte. Die Rede ist von reichen Erbinnen, den Töchtern von Industriemagnaten und so. Alles langweilig. Die einzige Freundin, von der ich mit hundertprozentiger Sicherheit weiß, war Khales, und mit der war er außerhalb der Schulzeit eigentlich immer zusammen. So eine richtige moderne Aschenputtel-Geschichte. Das arme Mädchen, das einen Prinz abbekommt.«

»Oh! Jetzt bist du aber gemein.«

Sie schüttelt den Kopf und steckt sich das nächste Gummibärchen in den Mund. Rasch nehme ich mir auch eins, bevor sie mir alle wegisst. »Genauso war es. Eigentlich traurig. Damals war Bishop zwar auch schon ziemlich unnahbar, aber wenn Khales in der Nähe war, hat er tatsächlich gelächelt. Und er hat auch nicht augenblicklich ›Verpiss dich‹ gesagt, wenn ihm jemand zu nahe kam.«

Ich atme hörbar aus. »Na dann … hat sie wohl einfach Glück gehabt. Denn eigentlich scheint er mir ein Arschloch zu sein.«

Tatum lacht und wirft mit einem Teddybär nach mir. »Na, siehst du? Ich habe ja gleich gesagt, dass wir dicke Freundinnen werden.«

Und damit hatte sie offensichtlich recht.

9. KAPITEL

Das Mobiltelefon auf meinem Nachttisch gibt seinen nervigen Klingelton von sich und weckt mich aus tiefem Schlaf. Mit einem Stöhnen setze ich mich auf und taste nach dem Gerät. Aus Versehen stoße ich dabei Tatum an, die schlafend neben mir liegt.

»Ich will aber nicht auf den Zuckerberg«, murmelt sie undeutlich und dreht sich auf die Seite. Fast hätte ich laut gelacht. Ich entsperre das Telefon und halte es mir ans Ohr.

»Hallo?«, flüstere ich, um Tatum nicht zu wecken.

»Schwesterlein …«

Ich werfe einen Blick aufs Display, wobei mir die Beleuchtung so hell vorkommt, dass ich geblendet die Augen zusammenkneife. Dann drücke ich das Gerät wieder ans Ohr und flüstere lauter: »Nate! Was willst du denn?«

»Wieso flüsterst du?«, fragt er undeutlich zurück, selbst kaum lauter als ein Flüstern. Dann stöhnt er auf – »Autsch!« –, und im Hintergrund sagt jemand: »Deshalb rufst du sie nicht an, du Wichser.«

Ich gehe ins Bad, mache Licht und schließe möglichst leise die Tür. »Was? Wie? Was ist los? Warum zum Teufel rufst du mich um …« Ich schaue erneut aufs Display. »… drei Uhr morgens an?« Meine Stimme ist deutlich lauter geworden.

»Du musst mir helfen.«

»Warum sollte ich? Ich weiß ja noch nicht mal, ob ich dich mag!«

»Was? Wieso? Ich bin immer nett zu dir gewesen. Ich dachte, wir hätten uns richtig … Autsch! Scheiße! Ja, okay.« Er holt hörbar tief Luft. »Jetzt mal echt, Madi. Du musst mir helfen.« Die letzten Sätze klingen so anders, dass es mir zu denken gibt. Besorgt hebe ich die Augenbrauen.

Dann schließe ich die Augen, lehne mich ans Waschbecken und massiere mir mit der freien Hand die Schläfe. »Was ist los?«

»Ich kann nicht fassen, dass ich wirklich mitmache«, murmle ich vor mich hin. Inzwischen ist es mir egal, ob ich Tatum wecke. Ich öffne den Kleiderschrank und gehe hinein. Tanktop und kurze Pyjamahose behalte ich an, aber darüber ziehe ich den Kapuzenpulli mit Reißverschluss, der an einem der Haken hängt. Dann binde ich mein Haar straff zu einem Pferdeschwanz hoch und steige in meine Chucks. Als ich den Kleiderschrank wieder verlasse, schalte ich das Licht aus. Tatum hat sich nicht gerührt. Ich gehe in den Flur hinaus und die Treppe hinunter. Auf dem Fliesenboden im Foyer quietschen die Gummisohlen meiner Schuhe im Takt meiner Schritte. Das Einzige, was mir beweist, dass ich wirklich und wahrhaftig auf dem Weg zur Tiefgarage bin. Ich steige die Treppe hinauf, passiere den Kinosaal und stoße die Tür zu der sauberen, weiß gestrichenen Garage mit den zehn Stellplätzen auf. Hier sieht es eher wie im Ausstellungsraum eines Autohändlers aus: alle Fahrzeuge sind so geparkt, dass man sie sofort bemerkt.

Ich entdecke den tiefschwarzen Cadillac Escalade, nehme die Schlüssel vom Haken und entriegle die Türen. Zugleich zähle ich in Gedanken und stöhne frustriert auf. Dieser blöde Nate hat offensichtlich nicht nachgedacht. Wie zum Teufel soll ich die ganze Truppe in einem SUV unterbringen, in dem nur für sieben Leute Platz ist? Ich öffne die Heckklappe, lege die Rücksitze flach, schlage die Klappe wieder zu und gehe zur Fahrertür. Nachdem ich den Motor angelassen habe, stecke ich das Telefon in die Halterung und wähle per Spracheingabe Nates Nummer.

»Alles klar bei dir?«, meldet er sich.

»Nein, Nate, bei mir ist nicht alles klar. Es ist drei Uhr früh, und du verlangst, dass ich in einem Auto für sieben Personen sonst wohin fahre, um euch abzuholen. Und nebenbei bemerkt, normalerweise brauche ich morgens Kaffee, damit mein Gehirn überhaupt funktioniert. Ich bin nämlich ein Morgenmuffel. Und erst recht ein Drei-Uhr-früh-Muffel!«

»Fertig?«, fragt er gelassen.

»Ich bringe dich um.«

»Schwesterlein, ich hab laut geschaltet.«

»Mir doch egal.«

Er lacht.

»Nun sag endlich, wo ich hin soll.«

Er gibt Anweisungen, und ich fahre. Je mehr Zeit vergeht und je mehr Instruktionen ich bekomme, desto tiefer führt es mich in die Außenbezirke der Stadt. »Links kommt jetzt eine unbeleuchtete, unbefestigte Privatstraße. Siehst du sie?«

Mir läuft es kalt über den Rücken. »Was? Ja.« Ich blicke in beide Richtungen und bin ziemlich sicher, dass da draußen Schatten an mir vorbeihuschen und zwischen den Bäumen am Straßenrand verschwinden.

»Braves Mädchen.« Er zögert kurz. »Da biegst du ein.«

Irgendetwas an seinen Worten und seinem Tonfall kommt mir merkwürdig vor. Na ja, ich kann ihm nur wünschen, dass er und seine Kumpels wirklich in Schwierigkeiten sind und diese Fahrt tatsächlich notwendig war. Sonst werde ich ihn nämlich dermaßen anschwärzen …

Natürlich nur, falls ich dann noch lebe. Sonst kehre ich halt als Gespenst zurück und mache ihnen das Leben zur Hölle.

Während ich die dunkle, unheimliche, holprige Schotterstraße entlangfahre, mit nichts als dem Scheinwerferlicht des SUV zur Orientierung, muss ich immer stärker gegen meine Nervosität ankämpfen. Was zur Hölle hat er angestellt? Warum lotst er mich hierher?

»Nate?«, flüstere ich. »Vielleicht bin ich ja falsch abgebogen.« Stille.

»Nate!«, rufe ich in Richtung Telefon. »Das ist nicht witzig.«

»Ich lache ja gar nicht, Schwesterlein. Fahr weiter. Wir können schon deinen Scheinwerfer sehen.«

Was mache ich hier eigentlich? Letztlich verlasse ich mich doch nur darauf, dass Nate und ich uns ein bisschen angefreundet haben und dass unsere Eltern ein Paar sind. Und im Augenblick bin ich überhaupt nicht sicher, ob ich auf eins von beidem mein Leben verwetten würde. *Nein, er würde nie … Das ist reine Paranoia.* Zu allem Überfluss habe ich auch noch zum ersten Mal außerhalb der Schulstunden meine Pistole nicht dabei. Entmutigt lasse ich die Schultern hängen. Mein Vater wird alles andere als begeistert sein, dass ich unbewaffnet losgezogen bin, und meine Mutter wird mich aus dem Jenseits heraus anschreien, dass sie und Dad genau aus diesem Grund so viel Mühe darauf verwendet haben, mir den Umgang mit Waffen beizubringen. Als Tochter bin ich echt ein Totalausfall. Ich richte mich im Sitz auf.

»Nate, ich kann immer noch nichts erkennen, aber … *Oh mein Gott!*« Ich steige auf die Bremse. Alle vier Räder blockieren, und der Wagen kommt schlitternd zum Stehen. Ich halte mich am Lenkrad fest und verriegle die Türen. »Nate!«, rufe ich ins Telefon.

Stille.

Ich spähe durch die Windschutzscheibe. Der Staub, den meine Reifen beim Bremsen aufgewirbelt haben, legt sich allmählich – und nun sehe ich es wieder.

Zehn Männer.

Zehn maskierte Gesichter.

Zehn …

»Nate?« Die Wahrheit dämmert mir. *Zehn.*

Ich lege den Rückwärtsgang ein und will eben das Gaspedal durchtreten – Pech für jeden, der hinter mir steht –, da zerspringt das Fenster neben mir in Millionen Scherben. Sie rieseln auf meinen Schoß. Ich schreie auf und hebe einen Arm, um mein Gesicht zu schützen. Jemand fasst durch die Öffnung und entriegelt die Tür.

Er presst mir eine behandschuhte Hand auf den Mund und lacht leise, so nah an meinem Hals, dass ich seinen Atem spüre. »Hallo, Madison. Du scheinst uns nicht zu kennen, aber wir kennen dich. Wir haben ein Spiel mit dir vor. Wenn du verlierst, passiert Folgendes …«

10. KAPITEL

Ich beiße ihm in die Handfläche, obwohl ich weiß, dass ich wegen des Handschuhs damit wenig ausrichte. Der Typ lacht und zerrt mich so grob aus dem Auto, dass ich kaum noch Luft bekomme. Dann lässt er mich fallen. Ich knalle mit dem Rücken auf die Schotterstraße, die Haare fallen mir ins Gesicht. Wieder kommen dunkle Hände auf mich zu, und mein Körper reagiert automatisch: Ich trete, bäume mich auf, winde mich. Kampflos werde ich nicht untergehen, so viel steht fest.

»Was zum Teufel soll das?«, schreie ich die Jungs an.

Der eine Typ schwingt mich mühelos über seine Schulter und hält meine Beine mit den Armen fest.

»Nate!« schreie ich. »Ich bring dich um. Du bist so gut wie tot, das schwöre ich.«

»Nicht, wenn wir vorher *dich* umbringen. Jetzt halt den Mund, verdammt.« Der Typ trägt mich auf breiten Schultern ein Stück die verlassene Straße entlang und bleibt stehen.

Ich hebe den Kopf. Vier dunkle Gestalten folgen uns. Alle tragen Skimasken, die ihre Gesichter verdecken. Ich sehe sie mir der Reihe nach genauer an, bis ich einen finde, von dem ich ziemlich sicher bin, dass es Nate ist. »Warum?«, frage ich ihn.

Er hält kurz inne. Der Typ, der mich getragen hat, lässt mich fallen. Mein Hintern knallt so hart auf den Boden, dass es wehtut. »Warum, Nate?«

Nate – glaube ich – kommt zu mir, kniet sich vor mich hin und beugt sich vor. Wegen der Maske kann ich seine Miene nicht erkennen, aber ich vermute, dass er grinst. »Als wenn du das nicht wüsstest.«

»Was?«

Er steht auf. Ich schaue ihm hinterher und sehe, wie er die hintere Tür einer Stretchlimousine öffnet.

»Verbindet ihr die Augen«, sagt einer der anderen.

»*Was?*« Ich springe auf und drehe hektisch den Kopf, um sie alle beobachten zu können. »Nein!« Ich weiche zurück, bis ich mit dem Hintern gegen den Wagen pralle. Aus dem Innenraum streckt jemand einen kräftigen Arm nach mir aus und zieht mich nach drinnen. Ich schreie auf – ein echtes Mädchenkreischen –, und im selben Moment werden mir schon die Augen verbunden.

Stille.

Ich sehe nichts mehr.

Jetzt kann mir nur noch mein Hörsinn helfen, und, ganz ehrlich, der hat noch nie gute Noten bekommen. Atmen, tiefes Atmen, ein und aus. Mehr höre ich nicht, obwohl der Wagen jetzt wippt, weil mehrere Leute hinten zusteigen. Meine Brust hebt und senkt sich, und allmählich koche ich vor Wut. Eine Tür schlägt zu, dann rollt der Wagen an. Wo immer wir vorher waren, wir fahren weg.

»Verdammt, warum macht ihr das?« Ich habe beschlossen, das Schweigen als Erste zu brechen.

»Hör auf mit dem Getue, Schwesterlein.« Nate. Er sitzt neben mir. Auf der anderen Seite sitzt der Typ, der mich ins Auto gezerrt hat, wer immer das ist.

Ich fahre zu Nate herum. »Verflucht, was denn für ein Getue? Allmählich gehst du mir echt auf die Nerven. Ich hab keine Ahnung, wovon du redest. Ich dachte, ihr Arschlöcher wärt in Schwierigkeiten! Nur deshalb bin ich hergekommen. Und jetzt willst du mir …«

»Scheiße, kann man die nicht mal zum Schweigen bringen?« Das kam von dem zweiten Typ neben mir. Nate lacht, aber ich beachte ihn nicht, sondern wende mich meinem anderen Nachbarn zu. »Oh, tut mir leid. Nein, wirklich. Es tut mir ja so was von leid, dass ich je mein warmes Bett verlassen habe! Nur um mich zu vergewissern, dass euch nichts passiert ist, und euch aus irgendeiner unbekannten Scheißlage zu befreien.«

»Sag mal, Nate, ist das zwischen deiner Mutter und ihrem Dad was Ernstes? In dem Fall tust du mir nämlich echt leid.« Das kam von einem der Typen, die uns gegenübersitzen.

Ich zeige dem Sprecher den Stinkefinger, auch wenn ich nicht weiß, ob er das überhaupt sehen kann.

»Jetzt sei brav, Schwesterlein. Tu, was man dir sagt, und alles wird gut.«

»Tja, nur scheint mir das nicht gerade ihre Stärke zu sein – zu tun, was man ihr sagt.« Das war wieder der Typ neben mir. Eine tiefe Stimme, herrisch und …

»Na, Scheiße, was soll ich denn machen?«, mault Nate auf meiner anderen Seite. »Kannst du mir das mal verraten? Sie ist ein *Mädchen*!«

»Sicher?«, fragt jemand von gegenüber. »Ich meine, sie ist ein Waffenfreak, und ein freches Mundwerk hat sie auch. Vielleicht ist sie ja gar kein Mädchen. Soll ich mal nachsehen?«

»Verpiss dich, Hunter.« Das war Nate.

Ich versteife mich. »Hier sieht niemand irgendwas nach.«

Nate rutscht neben mir auf dem Sitz umher. »Ich werde dir jetzt eine Frage stellen, Schwesterlein. Und du solltest ehrlich antworten, denn wo wir dich hinbringen, überlebt man nicht lange, wenn man nicht ehrlich ist.«

»Wo bringt ihr mich denn hin?« Ich ahme seinen Tonfall nach. »Und wer zum Teufel seid ihr eigentlich?«

»Geht das schon wieder los«, murmelt mein anderer Nachbar.

»Oh, tut mir leid. Möchtest *du* vielleicht die verdammte Augenbinde tragen?«, erwidere ich verärgert.

»Ich mach's freiwillig!«, sagt jemand anderes.

»Verdammt, halt den Mund, Cash!«, fährt Nate ihn an.

»Ach, Cash?«, spotte ich.

»Du auch!«, brüllt Nate in meine Richtung. »Halt den Mund.«

»Kann mir bitte jemand die Augenbinde abnehmen?«

»Also, mir gefällst du so«, sagt derselbe Typ von gegenüber.

Nate gibt ein Knurren von sich. »Zurück zu meiner Frage!«, ruft er, allerdings habe ich den Eindruck, dass sein Ärger diesmal nicht mir gilt. »Hör jetzt zu. Wir müssen wissen, ob du schon mal hier warst.«

»Wo?«

»In den Hamptons.«

»Nein«, antworte ich sofort.

»Verdammt, das ergibt keinen Sinn«, murmelt der Typ neben mir.

»Bist du Jungfrau?«, fragt Nate.

»Was?«, platze ich heraus und wende ihm mein finsteres Gesicht zu. »Was ist denn das für eine Frage?«

»Verflucht, antworte mir.«

»Ist sie«, sagt mein anderer Nachbar.

»Oh, tut mir leid«, spotte ich. »Warum beantwortest du nicht gleich alle Fragen für mich? Jedenfalls möchte ich nicht darüber sprechen.«

»Wie lange willst du die Antwort eigentlich noch rauszögern?«, entgegnet er.

»Das tue ich …« Jemand streicht mir mit der Hand über den Oberschenkel. Rechts, dort wo Nate sitzt. »Was soll das denn?« Ich stoße seine Hand weg, doch sie kehrt sofort zurück.

»Mach doch mit, Schwesterlein.«

»Okay, also erstens, wenn du mich schon betatschen musst, kannst du dir dann wenigstens das ›Schwesterlein‹ schenken?«

Er lacht und lässt die Hand höher wandern. »Will ich aber nicht.« Er nimmt die Hand weg. »Nein, du hast recht. Das ist einfach zu verquer. Bishop.« Offenbar beugt er sich beim Sprechen über mich, denn sein Atem streift mein Gesicht.

»Nee, so war das jetzt nicht gemeint!«

Bishop knurrt. Ja, er knurrt wirklich. »Mach Platz, Nate.«

Eben habe ich noch Nates Bein an meinem gespürt. Jetzt ist es fort. Ich drehe den Kopf in Bishops Richtung, um ihn zu fragen, was zum Teufel hier eigentlich los ist – da liege ich plötzlich auf dem Rücken und spüre einen muskulösen Körper auf mir.

»Was hast du vor?«, flüstere ich. Mit ihm über mir und ohne etwas zu sehen zu können, fühle ich einen Anflug von Klaustrophobie. Bishop lastet zwar nicht mit seinem vollen Gewicht auf mir, aber sein Unterleib drückt mich auf den Sitz.

»Bishop«, sagt jemand von gegenüber warnend.

Ich spüre seinen Oberkörper an meinem und presse die Lippen zusammen. Warmer, feuchter Atem streicht stoßweise über meinen Mund. »Antworte gefälligst, wenn ich dich was frage. Und lüg nicht, sonst tue ich etwas, das du ungehörig finden könntest. Hast du verstanden?«

»Äh, ganz ehrlich? Nein, hab ich …«

Bishop presst seinen Mund auf meinen, ich spüre den Druck seiner weichen, warmen Lippen. Mir wird heiß, und in meinen Ohren dröhnt es. Er hebt ein wenig den Kopf. »Hast du …«. Sein Mund ist jetzt nah an meinem Ohr. »… verstanden?«

Ich räuspere mich. »Ja.«

»Wir hätten sie nur zu küssen brauchen, um sie zum Schweigen zu bringen?«, sagt jemand, dann höre ich ein Klatschen, und jemand ruft: »Autsch!«

»Hast du je gelogen?«

Was ist denn das für eine Frage? »Ja.«

»Bist du Jungfrau?«

»Das ist nicht so leicht zu beantworten.«

»Wieso?« Ich sehe deutlich vor mir, wie er den Kopf schief legt.

»Na ja …« Ich räuspere mich erneut. *Du wirst dich an nichts erinnern.* »Ist eben so.«

Pause. Stille.

»Das war keine Lüge«, flüstert Bishop.

»Gut, darüber reden wir noch«, sagt Nate von der anderen Seite des Wagens her.

»Wohl kaum, lieber Bruder. Du wirst nur noch darüber reden, wie auf dich geschossen wurde.«

Schweigen, dann lachen alle außer Nate und Bishop.

»Vertraust du mir?«, fragt Bishop.

»Nein.«

»Kluges Mädchen.«

»Darüber könnte man streiten, wenn man sich anschaut, wohin ich hier geraten bin.« Er gibt mich frei, und ich setzte mich auf.

»Nimm die Augenbinde ab.«

Ich fasse danach und schiebe sie die Stirn hinauf. Goldene Neonleuchten erhellen das Innere der … Eine verlängerte Hummer-Limousine? Kein Wunder, dass so viele Leute reingepasst haben.

»Ach du Scheiße«, flüstere ich und blicke um mich. Dann schaue ich aus dem Fenster. »Wo zum Teufel bin ich?«

Ich sehe Bishop an. Er wirkt noch genauso sexy wie in der Schule. Trotzdem fällt es mir schwer zu glauben, dass dies derselbe Typ ist. Bisher ist zwischen uns schließlich nicht mehr passiert als ein paar Blickduelle – abgesehen von dem Abend, an dem er Brantley dazu gebracht hat, mich in Ruhe zu lassen.

»Bring sie nach Hause.« Bishop sieht nicht mich an, sondern Nate.

»Das können wir nicht machen«, sagt Brantley murrend aus einer dunklen Ecke heraus. Sein Gesicht ist nach wie vor unter einer Maske verborgen. Bishop trägt seine Maske ebenfalls noch. Und seine locker sitzende, teuer wirkende zerrissene Jeans.

Jetzt sieht Bishop Brantley an. »Wir bringen sie nach Hause.«

»Äh … ich will ja nicht nerven oder so, aber ihr Jungs schuldet mir echt eine Erklärung. Ihr habt mich um drei Uhr morgens aus dem Bett geholt, mich erst entführt und dann …« Ich sehe Bishop an, durch die Augenöffnungen seiner Maske erwidert er meinen Blick. *Verdammt. Konzentrier dich.* »… geküsst. Was zum Teufel ist hier eigentlich los?«

»Nichts, was dich zu kümmern braucht«, sagt Bishop, ohne den Blick von mir abzuwenden. »Jedenfalls vorerst.«

»Tja, weißt du, damit habe ich so meine …«

Er packt mich an der Hand und zerrt mich grob an sich, bis ich rittlings auf seinem Schoß sitze.

»Was machst du denn da?« Ich drücke ihm gegen die Brust. *Hart und muskulös – stimmt!*

Mit der einen Hand fasst er mich an der Hüfte, mit der anderen streicht er mir über den Rücken, hinauf bis zum Nacken. Er zieht mein Gesicht zu sich herab. Unsere Lippen berühren sich. »Was immer ich will. Und jetzt tu uns allen einen Gefallen und halt den Mund.«

Ich schließe den Mund und ziehe mit den Zähnen die Unterlippe nach innen. Bishop schaut hin, dann sieht er mir wieder in die Augen.

»Jetzt merke ich erst, dass ich immer noch im Pyjama bin. Ja, doch, ich möchte nach Hause. Bringt mich nach Hause.« Ich versuche, von seinem Schoß zu klettern, und nach einigen Sekunden lässt er mich los. Ich sinke neben ihm auf den Sitz und sehe Nate an. »Arschloch.«

»Oh, du liebst mich.«

»Nein, das glaube ich kaum.«

»Klar liebst du mich.« Er grinst mich an. »Tut mir leid, Kätzchen.«

»Nichts da.« Ich schüttle den Kopf. Dann löse ich meinen Pferdeschwanz, fahre mir mit den Fingern durchs Haar und binde es erneut hoch auf dem Kopf zusammen. »›Kätzchen‹ gefällt mir übrigens auch nicht.«

»Klingt aber süß.« Nate grinst.

»Eben, ich bin nicht süß.«

»Wie wahr«, murmelt Brantley. »Sie ist ätzend. Nenn sie lieber ... *Ratte*.«

Ich zeige ihm den Mittelfinger, und seine Augen werden schmal. Nicht wie bei Bishop, sondern auf eine Art, dass es mir eigentlich kalt über den Rücken laufen müsste. Inzwischen bin ich hundertprozentig sicher, dass er mich hasst.

Wir biegen in die Zufahrt zu unserem Haus ein. Sobald der Wagen hält, will ich zur Tür hinausspringen.

»Warte!« Nate hält mich zurück. »Jetzt mal im Ernst, Schwesterlein. Du darfst niemandem erzählen, was heute Nacht passiert ist.«

»Was zum Teufel ist denn heute Nacht passiert?« Ich schaue von einem zum andern.

»Wir ... darüber kann ich mit dir nicht reden.«

»Ja, und warum habt ihr mich dann gekidnappt?« Jetzt sehe ich Nate an. »Warum hast du nicht einfach gesagt: ›He du, wie wär's mit einer Runde *Wahrheit oder Pflicht?*‹ Du Arschloch, Nate!«

»Scheiße«, murmelt er und sieht Bishop an. »Genau so hätten wir es machen sollen.«

Bishop zuckt die Achseln. »Bei dem blöden Spiel habe ich noch nie mitgemacht, da werde ich jetzt kaum damit anfangen.« Er schaut mich an. »So sind wir nun mal nicht, *Kätzchen.*«

»Oh! Du nicht …«

Nate stößt mich aus dem Auto und knallt die Tür zu. Mit offenem Mund starre ich auf den Wagen. Sie fahren los. Ich hebe die Hand und zeige ihnen den Mittelfinger, ohne mich zu fragen, ob sie es überhaupt erkennen können. Dann stapfe ich die Marmortreppe hinauf und öffne die schwere doppelflügelige Eingangstür. Dabei muss ich gähnen, und als mein Blick auf die große Wanduhr im Wohnzimmer fällt, weiß ich auch warum. Nicht mehr lange, und die Sonne geht auf. Ich möchte nicht riskieren, dass Tatum aufwacht und mich fragt, wo ich gewesen bin, deshalb gehe ich ins Wohnzimmer, ziehe die Schuhe aus, nehme die warme, weiche Decke von der Rückenlehne des Sofas und kuschle mich darunter.

II. KAPITEL

Mein Bein fühlt sich schwer an, und das Erste, was ich rieche, ist ...

»Speck!« Ich reiße die Augen auf.

Soeben betritt Tatum das Wohnzimmer, eine Bratpfanne in der Hand. Ihr Haar ist schon perfekt geglättet. »Steh auf. Wir müssen frühstücken und dann gleich los.«

Ich stöhne und lehne mich auf dem Sofa zurück. »Schule.«

»Ja!«, faucht sie, »Schule! Und übrigens, wenn dich mein Schnarchen so gestört hat, hättest du mich rauswerfen sollen. Kein Grund, hier unten zu schlafen.«

»Nein!« Ich schüttle den Kopf. »Das war es nicht. Es fällt mir einfach schwer, mit jemand anders im selben Bett zu schlafen.« Was nicht ganz gelogen ist. Ich schlafe tatsächlich nicht allzu gut, wenn andere Leute in der Nähe sind. Ich mache mir dann ständig Sorgen. Atme ich zu viel? Was ist, wenn ich den anderen unabsichtlich im Schlaf berühre? Nicht unbedingt auf sexuelle Art - aber angenommen, es geschieht doch auf sexuelle Art? Mit so etwas komme ich nicht gut zurecht. Mir ist viel wohler, wenn ich allein schlafe. Und meine Zudecke teile ich sowieso mit niemand. Auf keinen Fall.

Tatum verdreht die Augen. Offensichtlich spürt sie, dass ich lüge, aber weiß nicht, warum oder welcher Teil meiner Antwort nicht stimmt. »Komm jetzt. Frühstück.«

Ich stemme mich in die Höhe. »In einer Sekunde. Ich will nur kurz duschen.« Rasch gehe ich die Treppe hinauf und in mein Zimmer. Einen Moment lang erwäge ich nachzuschauen, ob Nate nebenan ist, aber das überlege ich mir schnell anders. Dieses Arschloch. Ich begreife immer noch nicht, was zum Teufel das heute früh eigentlich sollte. Ob ich mehr herausfinden möchte? Ja, vermutlich schon. Aber bin ich nicht vor allem wütend? Oh ja. Jedenfalls bin ich zu dem Schluss gekommen – auf dem Weg vom Sofa zu meinem Zimmer –, dass ich es da mit einer ziemlich kaputten Gruppe von Freunden zu tun habe. Diese Typen sind nicht nur ausgesprochen seltsam, geheimniskrämerisch und herrschsüchtig, sondern auch … attraktiv. Genau deswegen sollte ich mich unter allen Umständen von ihnen fernhalten. Besonders von Bishop Vincent Hayes. Der Wichser hat mich tatsächlich geküsst! Und … und ich habe es genossen.

Ich fluche leise vor mich hin und nehme mir vor, nach der Schule schießen zu gehen. Am besten erledige ich das frühzeitig, denn heute ist Freitag, und Tatum wird am Wochenende garantiert etwas unternehmen wollen. Ich krame eine armeegrüne enge Hose und ein weißes Tanktop hervor, dann gehe ich duschen und wasche den ganzen Blödsinn der letzten Nacht ab.

Als ich Conditioner in mein Haar massiere, fällt mir auf, wie still es in Nates Zimmer ist. Vermutlich ist er letzte Nacht nicht nach Hause gekommen. So viel zum Thema »Ich muss mich doch um dich kümmern«. Verlogener Mistkerl. Ich steige aus der Dusche, greife nach dem Handtuch und trockne mich rasch ab. Dann ziehe ich mich an, föhne mir die Haare und lege ein wenig Make-up auf. Das Haar lasse ich in dunklen Wellen offen über den Rücken fallen. Ich streife meine Lederarmbänder über, auch das eine, das meine Mutter mir kurz vor ihrem Tod geschenkt hat. Es ist aus Leder und mit Anhängern von *Pandora* bestückt. Für jeden wichtigen Moment in meinem Leben haben wir einen neuen Glücksbringer gekauft. In den Augen meiner Mom war auch der Moment wichtig, als ich mir die Haare gefärbt habe, deshalb gab es dafür ebenfalls einen Anhänger. Ich wische das Kondenswasser vom Spiegel, trage Lippenbalsam auf und betrachte dabei mein Gesicht. Meine Kinnlinie ist klar und kantig, meine Lippen formen einen Schmollmund, meine Augen sind hellbraun, meine Wimpern von Natur aus lang und dicht. Meine Haut hat immer einen leichten goldenen Schimmer, was ich den spanischen Vorfahren meiner Mutter verdanke. Ich finde nicht, dass ich schlecht aussehe, aber etwas Besonderes bin ich auch nicht. Erst recht nicht verglichen mit jemand wie Tatum oder Tillie.

Als ich die Küche betrete, sitzt Tatum schon auf einem der Barhocker und frühstückt.

»Gut zu wissen, dass du dich hier zu Hause fühlst«, sage ich lachend und setze mich dorthin, wo sie für mich gedeckt hat.

»Na ja, weißt du, das ganze Essen im Haus, und niemand isst? Das reine Verbrechen.«

Ich schnaube und greife nach einem halben Bagel. »Montag kommt mein Dad zurück.«

»Hm.« Tatum leckt sich Mayonnaise vom Finger. »Dein Zuhause kommt mir genauso leer vor wie meins. Ist nicht böse gemeint.«

»Weiß ich doch. Früher war das nie so.« Ich nehme einen Bissen von dem fettigen Essen. »Na, jedenfalls«, sage ich, nachdem ich geschluckt und mit etwas Saft nachgespült habe, »ich hätte nicht gedacht, dass du auf diese Sorte Ernährung stehst.«

»Das habe ich früher auch nicht«, erwidert sie zurückhaltend, und ich mag nicht fragen, was sie damit meint. Stattdessen konzentriere ich mich aufs Essen. Als wir fertig sind, kratzen wir unsere Teller leer und brechen auf. Die Morgensonne ist uns beiden zu grell. Während Tatum den Funkschlüssel auf ihren Wagen richtet, setze ich die Sonnenbrille auf.

»Auf zur Schule!«, sagt Tatum. »Ach ja, wegen der Party heute Abend: Schickst du Tillie eine SMS mit den Details?«

»Scheiße!«, fluche ich leise, denn mein Telefon steckt nach wie vor im Cadillac meines Vaters, und der ist noch nicht wieder da. Ich muss Nate danach fragen, wenn ich ihn sehe. Falls ich ihn sehe. »Äh …« Ich merke, dass Tatum mich beobachtet, während sie die Scherentür auf der Fahrerseite hochzieht. »Ja klar. Ich simse ihr nachher.« Am liebsten würde ich Tatum erneut über den *Elite Kings Club* ausfragen, aber es würde sie bestimmt misstrauisch machen, wenn ich mich auf einmal zu sehr für diese Typen interessiere.

Wenig später biegen wir aufs Schulgelände ein. Tatum lenkt den Wagen zu den Parkplätzen für Schüler, wir steigen aus und nehmen den Fahrstuhl, mit dem man in die Eingangshalle fährt. Wir sind spät dran – keine Überraschung. Ich renne den Gang entlang und öffne die Tür zum Englisch-Raum. Der Lehrer, der gerade etwas an die Tafel schreibt, blickt sich ein wenig erschrocken um. »Wie nett, dass Sie auch noch zu uns stoßen, Montgomery. Setzen Sie sich, und lassen Sie das nicht zur Gewohnheit werden.«

Ich nicke, murmle eine Entschuldigung und schaue dann auf den einzigen freien Platz. Neben Ally. Sie blickt mir finster entgegen. Ich lege meine Bücher auf den Tisch, lasse mich auf den Stuhl sinken und versuche, mich auf den Unterricht zu konzentrieren.

»Madison!«, ruft jemand hinter mir, als ich zur Essensausgabe gehe und nach einem Tablett greife.

Carter lächelt mich an, nimmt sich ebenfalls ein Tablett und reiht sich hinter mir ein. »Ach, übrigens, ich wusste gar nicht, dass du Nates neue Stiefschwester bist.«

»Oh nein.« Ich nehme mir einen Apfel und verdrehe die Augen. »Sag nur nicht, dass du mit diesen Typen abhängst?«

Er schenkt mir ein jungenhaftes Grinsen, und ich nehme mir einen Moment Zeit, ihn genauer anzuschauen. Er wirkt stark und athletisch – man sieht ihm an, dass er in seiner Freizeit Football spielt. Sein glattes blondes Haar fällt ihm in kurzen Strähnen in die Stirn, und in seinen babyblauen Augen funkelt es. »Eher nicht … Wir bewegen uns in unterschiedlichen Kreisen.«

Ich beiße in meinen Apfel und deute auf seine College-Jacke. »Das sieht man.« Es ist überhaupt nicht als Beleidigung gemeint, aber … Nate und seine Freunde kleiden sich stilvoll lässig. Und obwohl sie ebenfalls wie Athleten gebaut sind, würde ich meinen letzten Dollar darauf wetten, dass sie in der Freizeit nicht mit Bällen um sich werfen.

»Dann bist du bestimmt heute Abend bei seiner Party?«, fragt Carter, als wir das Ende der Theke erreichen.

Ich drehe mich um. »Jawohl. Kommst du auch?«

Gemeinsam steuern wir auf die Tische zu, und dabei grinst er mich erneut an. »Jetzt habe ich ja einen Grund hinzugehen.« Er zwinkert mir zu und schlendert zu seinem Platz.

Während ich noch von einem Ohr zum anderen grinse und still vor mich hin lächle, fällt mein Blick auf Bishop. Er schaut so finster drein, dass mir das Lächeln vergeht. Gleich darauf schiebt sich Nate durch die Menschenmenge und gesellt sich zu mir. »Worum ging's da eben?«

»Was?« Ich dränge mich an ihm vorbei; meine Stimmung hat sich augenblicklich verschlechtert. »Um gar nichts.«

»Blödsinn, Madi.«

Ohne ihn zu beachten, steuere ich meinen Tisch an, doch Nate packt mich am Arm, sodass ich stehen bleiben muss. »Halt dich von ihm fern.«

Ich befreie mich aus seinem Griff. »Von dir sollte ich mich fernhalten«, fahre ich ihn an. »Und übrigens, wo ist mein Handy? Wo ist der SUV?«

»Der Caddy ist wieder zu Hause, und dein Handy habe ich hier.« Er wirft es mir zu. Ich fange es auf und setze mich an meinen Platz.

»Was zum Teufel ist denn los?«, fragt Tatum leise.

In der nächsten Sekunde taucht Nate neben mir auf. »Setz dich zu uns.«

»Nein.« Ich greife nach meinem Sandwich. Dass er neben mir steht, kümmert mich wenig – wohl aber, dass wir so viel Aufmerksamkeit erregen.

»Auch gut.« Er wirft mir einen finsteren Blick zu, dann schaut er zum Rest des Rudels hinüber, pfeift laut und deutet mit einer Kopfbewegung herüber.

Oh, Scheiße.

Alle sieben laden ihren Kram auf unserem Tisch ab. Nate macht es sich neben mir bequem, Bishop sitzt mir gegenüber.

»Ich halt das nicht aus«, murmle ich vor mich hin und schüttle den Kopf.

»Was hältst du nicht aus?«, fragt Bishop und hebt die Augenbrauen. Dann beugt er sich vor und flüstert: »Willst du spielen?«

Tatum erstarrt und schaut mich an, doch ich ignoriere alles, was um mich vorgeht, und schaue Bishop wie gebannt in die dunkelgrünen Augen. Meine Kiefermuskeln sind angespannt. Dann lehnt Bishop sich zurück, und ich strecke ein Bein aus – und stoße unter dem Tisch gegen seins. Um seine Augen zuckt es, dann grinst er.

Tatum räuspert sich. »Äh …« Ich wende mich ihr zu; soll Bishop doch ohne mich mit dem Blickduell weitermachen. »Schreibst du Tillie noch?«

Ich nehme das Telefon aus der Tasche und schiebe es auf. »Ja, jetzt gleich.«

»Zwei Fragen«, fängt Nate an, greift nach meinem Sandwich und beißt hinein. Ich schlage ihm mit dem Handrücken auf den Arm. »Was ist denn?« Er sieht mich verärgert an.

»Kannst du das mal lassen? Ich hab Hunger. Iss den hier.« Ich werfe ihm einen Energieriegel zu.

»Ich hab noch nicht gefrühstückt!«

»Na ja, selbst schuld, wenn du nachts nicht nach Hause kommst. Iss den Riegel. Und gib mir das Sandwich wieder.« Ich entwinde es seinem gierigen Zugriff. Nate blickt so verlangend drein, dass ich lachen muss.

»Hm.« Ich hebe das Sandwich langsam an den Mund und beiße hinein. »So …« Ich kaue ausführlich und schlucke. Mit dem Daumen wische ich mir einen Tropfen Mayonnaise aus dem Mundwinkel und lecke ihn ab. »Lecker.« Lachend beiße ich erneut hinein. Dann schaue ich mich am Tisch um. Alle sind still. Sie beobachten mich, jeder mit einem anderen Gesichtsausdruck. Ich wende mich Nate zu, um ihn zu fragen, was zum Teufel denn jetzt wieder los ist. Ihm steht der Mund offen.

»Ja, ja.« Er nimmt mir das Sandwich weg. »Du kriegst kein Sandwich mit Mayonnaise mehr. Mm-kay?« Dabei stopft er sich den Rest meines Sandwiches in sein großes Maul. Ich zeige ihm den Mittelfinger. Dann blicke ich auf mein Handy, gehe die Liste meiner Kontakte durch, bis ich auf Tillie stoße, und sende ihr schnell eine Nachricht.

Ich: *Hey, ich bin's, Madison. Bist du heute Abend dabei?*
Tillie: *Hey! Hab mich schon gefragt, wann du dich meldest.*
Klar, wie viel Uhr?
Ich: *Tatum und ich können dich nach der Schule abholen, wenn*
du willst.
Tillie: *Mich kann jemand hinfahren.*
Ich: *Sicher?*
Tillie: *Ja. Schick mir einfach die Adresse. Ich komme.*

Nachdem ich Tillie meine Adresse geschickt habe, sehe ich
Tatum an. »Jemand fährt sie nach der Schule hin.«
»Zurück zu meinen Fragen. Wer ist Tillie? Ist sie Single?«
Ich werfe Nate einen Karottenstift an den Kopf, dann esse
ich das auf, was sich noch auf meinem Teller befindet. Dabei
fällt mein Blick auf Brantley: Er schenkt mir keine finsteren
Blicke mehr, sondern ignoriert mich vollständig. Von ihm lasse
ich den Blick zu den anderen Jungs schweifen. Sie essen und
unterhalten sich. Schließlich komme ich zu Bishop, und er …
starrt mich wieder mal nur an.
Ich beuge mich vor und grinse frech. »Weißt du was?«, flüstere ich. »Es ist unhöflich, Leute so anzustarren.«
Er beißt sichtlich die Zähne zusammen, doch sein Blick und
seine Miene bleiben unverändert hart. Dann verzieht er ein
wenig den Mund und beugt sich ebenfalls vor, bis seine Lippen nur noch Zentimeter von meinen entfernt sind. »Weißt du
was?«, flüstert er zurück. »Inzwischen sollte dir doch klar sein,
dass ich keine Manieren habe.«
Ich schaue kurz auf seinen Mund, dann sehe ich ihm wieder
in die Augen, runzle die Stirn und stehe auf.
»Ach, komm schon, Kätzchen«, spottet Bishop, während ich
zum Mülleimer gehe und die Essensreste entsorge. »Du spielst
doch gern, das weiß ich genau.«

Ich zeige ihm über die Schulter den Stinkefinger und gehe zur Mädchenseite der Schule hinüber. Kurz darauf holt Tatum mich atemlos ein.

»Was zur Hölle läuft da zwischen dir und Bishop?«, fragt sie laut. Ally und Lauren, die eben Bücher in ihre Spinde packen, schauen neugierig herüber.

»Pst!«, ermahne ich Tatum und schlage den Weg zu dem Unterrichtsraum ein, in dem meine nächste Stunde stattfindet. »Das erzähl ich dir später.«

Sie bleibt stehen und lässt mich allein weitergehen. »Das will ich hoffen!«, ruft sie mir nach.

Ich sehe auf die Uhr. Bis zum Ende der Pause bleibt mir noch Zeit, daher beschließe ich, einen Umweg über die Bücherei einzulegen. Dort habe ich mich noch gar nicht umgesehen, obwohl ich es schon seit Langem vorhabe.

Ich stoße die doppelflügelige Eingangstür auf, und sofort umfängt mich der Geruch von abgegriffenem Papier, solidem Wissen und Geschichte. Mir wird warm ums Herz. Ich atme tief ein, schließe die Augen und atme langsam wieder aus, und dabei schüttle ich jeden bösen Zauber ab, lasse ihn einfach an der Tür zur Bücherei zurück. Bibliotheken haben etwas Magisches. Sie sind das Tor zu unterschiedlichen Welten. Bei uns zu Hause wollen wir auch eine einrichten. Beim Hauskauf hat mein Dad immerhin darauf geachtet, dass es einen entsprechenden Raum gibt. Eigentlich müsste ich also nur für die passende Einrichtung sorgen und die Regale füllen, was ich mit der kleinen Plastikkarte meines Vaters jederzeit erledigen könnte. Aber bevor ich diese Art von Wurzeln schlage, möchte ich erst einmal sicher sein, dass wir auch hierbleiben. Außerdem will ich nicht, dass mir unser Haus zu sehr ans Herz wächst. Bisher habe ich noch jedes Mal darauf geachtet, dass ich mich in unserem jeweiligen Zuhause nicht zu wohl und heimisch fühle – und zwar aus Angst. Angst, dass mein Vater uns erneut verpflanzt, kaum dass ich mich eingelebt habe. Ob ich weiß, was mein Vater arbeitet? Na ja, dass er reich ist, wissen wir alle. Seine Vorfahren haben mit Öl viel Geld verdient. Er selbst ist außerdem an mehreren Unternehmen beteiligt, nicht nur in den USA, sondern auch in Europa. Geld war für mich nie ein Thema. Ein richtiges Zuhause dagegen schon.

Nachdem ich der Bibliothekarin höflich zugewunken habe, steuere ich auf eine dunkle, gemütliche Ecke hinter dem Geschichtsregal zu. Dort stelle ich meine Tasche auf dem Tisch vor dem plüschigen Lehnsessel ab und mache mich auf die Suche nach etwas, das mich für den Rest der Mittagspause unterhält. Nach längerem Rundgang lande ich schließlich bei der Volkskunde.

Ich lege den Kopf schräg und betrachte der Reihe nach all die abgenutzten braunen Buchrücken, bis ich zu einem komme, der ein Kreissymbol trägt. Aus irgendeinem Grund kommt es mir vertraut vor, doch mir fällt nicht ein, wo ich es schon mal gesehen haben könnte. Ich stecke einen Finger in den Spalt über dem Buch, ziehe den hohen und schweren Band heraus und trage ihn zu meinem Sessel. Dort lasse ich mich im Schneidersitz nieder und streiche mit den Fingerspitzen über den Einband. Ein verziertes Kreissymbol und darin ein zweifaches Unendlichkeitszeichen. Ganz schlicht, und sehr vertraut.

Ich schlage das Buch auf. Auf der Titelseite steht: *Geheimnisse sind Waffen, und das Schweigen ist der Abzug. – V. S. H.*

Ich lese den Satz mehrmals. Sehr vage. Schließlich verdrehe ich die Augen und blättere weiter, am Inhaltsverzeichnis vorbei.

1.

Die Berufung

Der schwermütige Teil meiner Seele wusste sofort, was geschehen würde. Sobald ich mein Baby zum ersten Mal strampeln fühlte. In unserer Welt maßen wir Wissen keine große Bedeutung bei, denn die Auserwählten orientieren sich nicht an Wissen, sondern an Tatsachen. Ihre Handlungen erwachsen aus Impulsen. Und zum Teufel mit den Konsequenzen. Mein Sohn sollte zu den Auserwählten gehören. Er würde einer der Ursprünglichen sein. Dieser verderbte Pakt, von Joseph begründet, bestand bereits seit Generationen. Den erstgeborenen Sohn einer jeden Familie von Auserwählten. Sie traten ein Erbe des Blutvergießens an.
Die Berufung. Das war die Berufung.

»Madison, nicht wahr?« Vor mir steht die Bibliothekarin. Ich klappe das Buch schnell zu, als hätte sie mich bei etwas Verbotenem erwischt.

»Ja. Tut mir leid.«

Sie deutet auf ihre Armbanduhr. »Die Mittagspause ist vorbei. Sie müssen zum Unterricht.«

»Oh!« Ich greife nach meiner Tasche. »Kann ich das Buch ausleihen?«

Sie schaut mich an; um ihre Augen zeigen sich Fältchen. »Tut mir leid, meine Liebe, aber Bücher aus dieser Abteilung dürfen nicht ausgeliehen werden. Sie können aber jederzeit herkommen und weiterlesen.«

Ich reiche ihr das Buch, und sie geht zum Regal hinüber und stellt es an seinen Platz.

Verdammt. Ich hätte wirklich gern weitergelesen. Dabei weiß ich gar nicht warum. Normalerweise interessieren mich ganz andere Genres, Dystopien und Romantic Fantasy. Trotzdem möchte ich unbedingt erfahren, was in diesem Buch steht. Ich hänge mir die Tasche um und nicke der Bibliothekarin zu. »Danke.« Dann verlasse ich die Bücherei. Sobald sich die Tür hinter mir schließt, atme ich sämtliche Probleme wieder ein, die ich vorhin hinter mir gelassen hatte.

Na super.

12. KAPITEL

»Und sie hat wirklich gesagt, dass sie kommt?«, fragt Tatum, während sie in meinem Schrank herumwühlt. In der anderen Hand hält sie eine Flasche *Moët*. Es ist erst fünf Uhr nachmittags, und Tatum hat schon angefangen zu trinken. Ich fürchte fast, sie wird heute früh ins Bett wollen.

»Ja!« Ich greife nach dem Telefon und rufe Tillie erneut an. Diesmal nimmt sie ab.

»Tut mir leid! Ich bin aufgehalten worden und musste ...« Sie unterbricht sich und lässt mich warten. »Scheiße. Ich bin gleich da.«

Ich lege auf, werfe das Handy aufs Bett und sage Sam Bescheid, dass sie Tillie reinlassen soll, wenn sie ankommt – für den Fall, dass wir sie nicht klopfen hören. Nate ist wieder mal nicht zu Hause. Immerhin hat er mir eine SMS geschickt mit der Nachricht, dass sie bald hier sind und dann alles vorbereiten. Was immer sie damit meinen. Mein Dad wird uns umbringen. Diesmal habe ich es mir zur Aufgabe gemacht, durchs ganze Haus zu marschieren und alles wegzuräumen. Zum Glück ist es überall noch recht leer, auch wenn Dad ein paar Leute dafür bezahlt hat, dass sie herkommen und Kisten auspacken, damit ich es etwas wohnlicher habe. Daran bin ich gewöhnt; mein Dad war nie viel daheim. Im Grunde hat mich Sam großgezogen. Selbst als meine Mom noch lebte, waren die beiden ständig geschäftlich unterwegs. Rückblickend glaube ich fast, dass meine Mutter ihm wie ein herrenloses Hündchen nachgelaufen ist, in der Hoffnung, ihn im Zaum halten zu können.

Es stimmt schon, mein Dad war nie der Typ, der sich dauerhaft bindet. Eigentlich wundert es mich, dass er nicht längst eine neue Geliebte hat. Andererseits hatte diese Seite an ihm nie Einfluss auf mein Leben oder auf sein Verhalten als Vater. Sicher, er ist selten für mich da, aber so verzogen bin ich nicht, dass ich ihm deswegen Vorwürfe machen würde. Dafür weiß ich zu genau, dass er hart arbeitet und dass ich ohne diese Arbeit niemals ein solches Leben führen könnte. Trotzdem habe ich mich ehrlich gesagt schon oft gefragt, wie es wäre, jemanden aus der Mittelschicht als Vater zu haben. Jemanden, der am Wochenende angeln geht, täglich um fünf Uhr nachmittags heimkommt und abends im Fernsehen Sport schaut und dabei ein Bier trinkt.

Ich stehe auf, wische mir über die Jeans und betrete den Kleiderschrank. Besser, ich helfe Tatum bei der Suche nach etwas zum Anziehen, sonst kriegt sie noch einen Nervenzusammenbruch.

»Wieso ziehst du denn nicht einfach das Kleid an, das du neulich in der Mall gekauft hast?«

»Weil ich seitdem garantiert eineinhalb Kilo zugenommen habe«, jammert sie.

»Tatum?«

»Ja?« Sie hat die Hände vors Gesicht geschlagen und stöhnt, ein Bild des Elends. Ich pruste fast los. Fast.

»Das ist erst zwei Tage her. Völlig unmöglich.«

»Bei dir vielleicht.« Sie mustert mich von oben bis unten.

»Hey!« Ich gebe ihr einen Klaps mit dem Handrücken. »Damit du's weißt: Wenn ich beim Essen nicht aufpassen würde, wäre ich längst so breit wie ein Haus. Schau her …« Ich fasse mir an die Hüften. »… wie die wackeln.«

Sie zieht einen Schmollmund, dann müssen wir beide lachen. »Na gut …« Tatum reicht mir die Champagnerflasche. »Dann machen wir halt die Alkoholdiät.«

Bevor ich ihr die Flasche abnehme, ziehe ich rasch die enge Jeans und den Kapuzenpulli aus. »Wie geht die denn?« In BH und Spitzenhöschen setze ich die Flasche an den Mund und lege den Kopf in den Nacken, bis ich das Prickeln der Bläschen auf der Zunge spüre.

Tatum wedelt, völlig aus dem Häuschen, mit den Händen. Weil sie eben ein schwarzes Paillettenkleid entdeckt hat. »Man betrinkt sich so lange, bis einem das eigene Gewicht egal ist.«

Ich lache, nehme noch einen Schluck aus der Flasche und deute dann auf das Kleid, das Tatum betrachtet. »Abgemacht. Und übrigens, *das* solltest du anziehen.«

Sie nickt, dreht sich zu mir um und mustert mich erneut von oben bis unten, diesmal viel genauer. »Und übrigens«, ahmt sie mich nach, »du hast eine verdammt tolle Figur, Madi. Was soll der Scheiß?«

Ich werde knallrot und wechsle das Thema. »Zieh das Kleid an.« Zugleich hebe ich die Flasche an den Mund.

Die Zimmertür geht auf. Ich wirble herum, die Flasche noch an den Lippen, fest überzeugt, dass Tillie hereinkommen wird.

Das tut sie auch. Allerdings nicht allein. *Verdammt.*

»Ach du Scheiße!«, stößt Hunter hervor. Nate verhindert, dass sich die Tür weiter öffnet, doch Bishop kommt trotzdem hereingeschlendert. Er lässt den Blick über meinen Körper schweifen. Jetzt fühle ich mich erst recht nackt.

Ich schreie auf und ducke mich hinters Bett. »Mein Gott! Alle außer Tillie: Sofort raus!«

Bishop legt den Kopf schräg und beobachtet mich, in seinen Augen funkelt es frech.

»Hey!« Ich zeige zur Tür. »Raus!«

Sie gehen. Allerdings bleibt Hunter noch einmal kurz stehen, die Hand schon am Türrahmen. »Nur so, damit ich Bescheid weiß, was habt ihr zwei …«

Bishop zerrt ihn am Kragen aus dem Zimmer, und Tillie knallt allen die Tür vor der Nase zu.

»Lieber Himmel«, murmle ich und stehe auf. »Was für eine Bande von Wölfen.« Tillie behält immer noch die Tür im Auge. Ich muss lachen.

»Tut mir leid. Ich hätte dich vorwarnen sollen, was meinen Stiefbruder und sein Rudel …« Ich zögere, auf der Suche nach einer passenden Beschreibung. »… na ja, *Wölfe* angeht.«

Tillie dreht sich zu mir um und lächelt. »Überhaupt kein Problem.« Sie betrachtet mich von Kopf bis Fuß. »Übrigens eine nette Begrüßung: Kann ich bitte deine Brüste haben? Verglichen damit sehen meine aus wie Zitronen.«

Wir müssen alle lachen, und Tillie kommt ein paar Schritte näher, einen Rucksack über der Schulter. »Ich mache mich hier zurecht.«

Ich nicke und reiche ihr die Weinflasche. »Wie du siehst, sind wir auch alles andere als angezogen.«

Tatum schubst mich mit der Hüfte an. »Achte nicht auf Madi. Sie ist ein bisschen …« Mit dem Zeigefinger malt sie Kreise neben ihre Schläfe, um anzudeuten, wie durchgedreht ich bin. »… neben der Spur, weil sie nach der Schule nicht schießen war.«

»Schießen?«, wiederholt Tillie, während sie Kleidungsstücke aus ihrem Rucksack nimmt.

»Das ist so eine Art Hobby von mir.« Ich lächle, und sie grinst mich an.

»Was für harte Mädels. Ich würde es zu gern auch lernen.«

Bei der Vorstellung, womöglich eine Freundin zu finden, die sich für dieselben Dinge interessiert wie ich, werde ich ein Stück größer. Sicher, Tatum und ich sind uns in der kurzen Zeit seit unserer ersten Begegnung schon extrem nahegekommen, vor allem wenn man bedenkt, dass ich anfangs dachte, wir könnten nie Freundinnen werden. Aber Tillie scheint irgendwie auf halbem Weg zwischen Tatum und mir zu stehen. So als … hätte sie von uns beiden etwas.

Offensichtlich bin ich schon angesäuselt, denn meine Gedanken driften in die gefühlvolle Richtung. Das muss augenblicklich aufhören. Ich schlucke und nicke. »Ich nehme dich gern mal mit! Jetzt zieh dich um und trink was!«

Sie lacht. Dann holt sie ein langärmliges, kurzes Kleid hervor, das ziemlich eng aussieht, und deutet mit dem Daumen über die Schulter. »Ich verschwinde kurz ins Bad.«

Sehr gesittet. Im Gegensatz zu mir, was mir ziemlich schrecklich vorkommt, jetzt, da ich darüber nachdenke. Bei der Erkenntnis stelle ich die Flasche *Moët* auf dem Nachttisch ab; dann drehe ich mich zu Tillie um. »Ja klar.« *Werd bloß wieder nüchtern, Madi, sonst liegst du noch vor neun Uhr im Bett, genau wie Tatum.*

Als ich mich wieder zum Kleiderschrank umdrehe, merke ich, dass Tatum auf die geschlossene Badezimmertür starrt. »Warum geniert sie sich denn vor uns?«, flüstert sie.

»Pst!« Ich lege einen Finger auf den Mund. Dann nehme ich mein – oder vielmehr Tatums – Kleid vom Bügel. »Vielleicht liegt es ja daran, dass sie bisher keine fünf Minuten mit uns verbracht hat?«

Tatums Augen werden schmal. »Hm, kann natürlich sein.«

»Hör auf!« Ich deute mit dem Finger auf ihre Nasenspitze. »Bohr ja nicht nach. Vergiss es einfach.« Scheiße. Ich bin wirklich angesäuselt. »Was zum Teufel war eigentlich in dem Wein?«

»Äh, Wein? Das war in dem Wein. Wein. Und nicht der billigste. Du musst noch viel lernen, meine Süße.« Sie steigt in das Kleid, und der Paillettenstoff schmiegt sich Zentimeter für Zentimeter an ihren zierlichen Körper. »Mach zu!« Ich ziehe den Reißverschluss hoch, und sie dreht sich um. »Wie sehe ich aus?«

»Oh, scheiße, du siehst umwerfend aus!«, sagt Tillie, die soeben aus dem Badezimmer kommt.

Ich halte inne und betrachte das winzige Kleid, das ihre kurvenreiche Figur umhüllt. »Du aber auch!« Ich zeige von einer zur andern. »Neben euch werde ich aussehen wie die hässliche Stiefschwester.« Tatum schaut mich an, als hätte ich den Verstand verloren, und Tillie zieht eine Grimasse. »Ich sollte doch noch was trinken«, füge ich leise hinzu, nur halb im Scherz.

Mein Selbstbewusstsein ist nun mal nicht allzu ausgeprägt. Das liegt daran, dass ich jahrelang das Gefühl hatte, nicht richtig dazuzugehören. Die hübschen Mädchen gehören immer alle zur gleichen Clique; sie ziehen sich gegenseitig an und bestärken einander in ihrer Schönheit und so – aber so jemand war ich nie. Ich war der Wildfang, die Einzelgängerin, die gern schießt und Keds oder Chucks trägt. Tatum dagegen ist der Typ für hohe Absätze und Diamanten. Sie wird immer umwerfend aussehen, und darum hat sie auch das Selbstvertrauen eines Mädchens, dem praktisch das ganze Leben lang gesagt wurde, dass sie hammermäßig aussieht. Tillie kann ich noch nicht so ganz einschätzen. Sie hat etwas Retro-Hippieartiges an sich, was an dem pastellrosa Haar liegt, aber auch an ihrem erdverbundenen, natürlich schönen Einklang mit dem Universum, falls das einen Sinn ergibt. Wohl eher nicht, denn … *Verdammter Wein.*

Himmel, ich muss mich echt zusammenreißen. *Tief atmen,*

ein und aus. Leider nehme ich bei jedem Einatmen das köstliche Aroma wahr, das der teure Alkohol in meinem Mund hinterlassen hat.

»Hallo?« Tatum wedelt mit beiden Händen vor meinem Gesicht herum. »Ist da jemand? Zieh dich um, Madi!«

»Scheiße.« Ich schrecke aus meinem wirren Selbstmitleid auf. »Ich zieh mich um. Schnapp du dir den Lockenstab.« Ich husche in den Kleiderschrank, öffne meinen BH und ersetze ihn durch einen trägerlosen. Als ich ins Zimmer zurückkehre, sage ich zu Tatum: »Habe ich eigentlich schon erwähnt, wie sehr ich dich hasse, weil du dieses Kleid für mich ausgesucht hast? Ich trage sonst nie Kleider.«

»Dann ist es ja gut, dass ich dir vorher was zu trinken gegeben habe.« Sie zwinkert mir zu, während sie ihr Haar mit dem Lockenstab bearbeitet. Tillie steht im Bad vorgebeugt am Waschbecken und trägt Make-up auf.

»Hast du das etwa so geplant?« Ich betrachte sie mit ganz neuen Augen. Offenbar ist sie hinterhältiger als gedacht.

Tatum tippt sich an den Kopf. »Das wirst du nie erfahren.«

Hm. Vermutlich nicht.

»Ich war übrigens noch nie auf einer Elite-Party«, wirft Tillie vom Bad her ein.

Ich halte inne, das Kleid in der Hand. »Was meinst du damit?«, frage ich leichthin.

»Na, du weißt schon.« Tillie umrahmt ihre Augen mit schwarzen Lidstrichen. »Eine Elite-Party eben.«

»Bildlich gesprochen?«

Tatum verdreht die Augen. Die langen blonden Haare fallen ihr in frischen Locken um die Schultern. »Nein. Sie meint *Elite*, Madi. Darüber haben wir doch schon gesprochen.«

»Augenblick mal.« Ich wende mich wieder Tillie zu. »Wieso weißt du davon?«

Sie unterbricht ihre Tätigkeit. »Madi, wir haben alle schon von ihnen gehört. Obwohl mir nicht klar war, dass dein Stiefbruder Nate Riverside ist.«

»Spricht das gegen mich?«

Sie fährt zu mir herum, einen Ausdruck des Entsetzens auf dem frisch geschminkten Gesicht. »Himmel, nein, Madi. Nein. Ich war nur überrascht, als ich hier angekommen bin. Das ist alles.«

Ich nicke und richte den Blick wieder auf das Kleid. Wenn ich wegen Nate und seinen Jungs eine Freundin verlieren sollte, werde ich ihn wirklich umbringen müssen. Freundschaft zu schließen fällt mir schwer genug – nicht, dass mich das sonderlich stört, aber zufällig mag ich Tillie und möchte daher nicht, dass unsere Freundschaft gleich wieder endet. »Übrigens, was immer du über sie gehört hast, es stimmt nicht.«

»Ach was.«

»Tatum, halt den Mund.« Ich lächle Tillie an. »Es stimmt wirklich nicht. Die Typen sind nicht mal besonders interessant.« Was genau ich beschützen will und warum, könnte ich selbst nicht sagen. Vermutlich liegt es wieder mal am Wein.

Tillie zuckt die Achseln. »So viel weiß ich gar nicht darüber. Es sind alles nur Gerüchte. Und klar, Bishop Hayes war mal mit einem Mädchen von meiner Schule zusammen.« Mein Herzschlag verlangsamt sich. »Aber wer zu den *Elite Kings* gehört, weiß jeder. Und außerdem«, fährt sie im Plauderton fort, »sind Nate und Cash ja die ganze Zeit im *Backyard Bucks* ...« Sie umrahmt ihre Lippen. »... und Bishop rast ständig durch die Straßen.«

»Was, was, was?« Ich gehe zu ihr, während ich mir zugleich das schulterfreie rote Kleid überstreife. Es ist eng und schmal und vorn tief ausgeschnitten, sodass einiges von meinem Dekolté zur Geltung kommt.

»Na, du weißt schon. *Backyard Bucks Octagon*. Der Kampf-ring? Und Bishops Rennen?«

Tatum sieht mich von der Seite an. »Sie wohnt noch nicht lange hier. Sie wird's schon noch kapieren.«

»Tut mir leid.« Ich räuspere mich und gebe Tatum durch Gesten zu verstehen, dass sie den Reißverschluss an meinem Rücken hochziehen soll. »Habe ich das richtig mitgekriegt? Nate in einem Oktagon-Kampfring, und Bishop fährt Rennen? Womit? Autos?«

Tatum beginnt mich zu schminken, und dabei versucht sie so zu tun, als würde sie all diese aufregenden Neuigkeiten nicht gierig aufsaugen. Mir ist völlig klar, dass sie vorher ebenfalls nichts davon wusste, denn sie hält den Mund und lauscht mit gespitzten Ohren unserem Gespräch.

»Das mit den Rennen ...« Tillie wirkt ein wenig verlegen, fast als dürfte sie eigentlich nicht darüber reden. Tatum lockert meine von Natur aus gewellten Haare. »Ich dachte, du wüsstest Bescheid, schließlich, na ja ...« Sie deutet um sich. »Ich habe das auch nur mitbekommen, weil meine Schwester ab und zu mit Jase schläft. Das ist Hunters älterer Bruder. Einmal habe ich zufällig gehört, wie sie sich darüber unterhalten haben, darum bin ich ihnen eines Tags heimlich gefolgt.«

Allmählich begreife ich, was sie mir da erzählt. Ich stoße Tatums Hand beiseite. *Was zum Teufel ist nur mit diesen Jungs los?*

»Ansonsten ist das nämlich super vertraulich. Keine Ahnung, warum Jase es meiner blöden Schwester überhaupt verraten hat. Also, bitte vergiss, was ich eben gesagt habe.«

Tatum hält mir zwei Kreolen vors Gesicht. »Ohrringe?«

Mein Gesicht ist starr vor Wut. »Später.« Ich stürme aus dem Zimmer. Dass ich erst halb geschminkt bin, mir die Haare in einer dichten Mähne über den Rücken fallen und ich keine Schuhe trage, ist mir völlig egal. Außerdem ist das hier schließlich mein Zuhause. Ich rase die Treppe hinunter. Der Kronleuchter im Foyer bebt bereits im langsamen Rhythmus tiefer Bässe: »Devil's Night« von D12. Ich biege in Richtung Wohnzimmer ab. Inzwischen bin ich so wütend, dass ich am liebsten jemand verprügeln würde. Vorzugsweise alle. Bis sie mir endlich verraten, was zum Teufel sie eigentlich treiben.

Im Durchgang zum Wohnzimmer bleibe ich stehen. Sie hängen alle schon auf den Sofas herum, und Ally und Lauren hocken ihnen auf dem Schoß. Oder besser gesagt, Ally hockt auf Bishops Schoß. Echt klasse. Ich sollte eher Tatum verprügeln, weil sie behauptet hat, Bishop würde nicht rumvögeln. Er wäre wählerisch. Alles gelogen. Wer wählerisch ist, nimmt nicht so eine Schlampe auf den Schoß.

Okay, hier bahnt sich wohl einer von Madis fiesen Wutanfällen an. Vielleicht trinkst du lieber noch ein Glas? Oder eine Flasche ... Denn diese Wutausbrüche sind erstklassig. Nate sitzt lang ausgestreckt da, eine Bong in der einen Hand, eine Zigarette in der anderen. Er grinst mich an. Neben ihm zerhackt Hunter ein Häuflein weißes Pulver auf dem Couchtisch und rollt eine Hundertdollarnote zusammen. Ich fröstle. *Das* Thema will ich jetzt lieber nicht ansprechen.

Stattdessen schaue ich Bishop an. Ally kuschelt sich an seine Brust und fragt gurrend: »Was macht die denn hier?«

Bishops Miene verhärtet sich, er sieht mir in die Augen und streicht zugleich Ally übers Haar. Dann wickelt er sich ihre lange Mähne um die Faust und zieht daran, sodass Ally zu ihm aufschauen muss. Zugleich sehen wir uns weiter in die Augen. Wie gebannt, wie hypnotisiert.

Ganz langsam schiebt er die Zunge hervor und leckt Ally über die Unterlippe. »Keine Ahnung, Baby. Frag doch Nate, warum seine nervige kleine Schwester und ihre nervigen kleinen Freundinnen heute Abend dabei sind.« Er saugt ihre Unterlippe in den Mund, beißt hinein und zieht daran, und Ally stöhnt schamlos auf. Was kümmern sie die anderen Leute im Raum.

Heiße Wut wallt in mir hoch. *Schön ruhig atmen, Madi. Zum Teufel mit ihm.*

Ich blicke Ally an und setze ein Grinsen auf. »Ach, komm«, sage ich mit ungerührter Miene. »Tu doch nicht so, als würde er toll küssen.« Ich verdrehe abfällig die Augen, sehe Bishop an und lege den Kopf schief. »Er schmeckt doch nach abgefickten Crack-Nutten.« Ich richte den Blick wieder auf Ally. »Wobei, jetzt, wo ich weiß, wenn er so alles küsst …« Ich grinse. »… wundert mich das nicht mehr.«

»Du Mist…«

Ich muss lachen. Ally will vom Sofa aufspringen, aber Nate packt sie am Arm und stößt sie wieder auf Bishops Schoß. In Bishops Augen lese ich Hass und Verlangen zugleich. Er beobachtet mich. Ich grinse ihn an und lache böse. Wenn er denkt, ich lasse es mir einfach gefallen, dass er mich mit seinem kleinen Spielzeug zum Narren hält, dann hat er sich geirrt. Mich hat man schon zu oft zum Narren gehalten, und jetzt eben ist mir klar geworden, wie wenig mir das gefällt. Was natürlich auch am Wein liegt.

»Du da!« Nate deutet auf mich. »Du musst dich umziehen. So kannst du heute Abend nicht rumlaufen.«

»Da hat er recht.« Cash nickt. Normalerweise macht er kaum den Mund auf; seltsam, dass er ausgerechnet jetzt seinen Senf dazugeben muss.

»Erstens mal, ihr Arschlöcher, ziehe ich mich natürlich nicht um. Wisst ihr überhaupt, wie lang ich gebraucht habe, in dieses Kleid hineinzukommen?«, frage ich liebenswürdig, immer noch lächelnd. »Ich meine, man kann nur hoffen, dass der Typ, bei dem ich heute Nacht lande, nicht so viel Mühe hat, es mir auszuziehen.«

»Halt den Mund. Zieh dich um.« Nate zeigt zur Treppe.

»Nein!«, fahre ich ihn gekränkt an und mustere ihn von oben bis unten.

»Gott, die ist ja schon besoffen«, spottet Bradley.

Ally lacht, zieht Bishops Arme um sich und windet sich auf seinem Schoß. »Das ist echt komisch.«

Ich zeige ihnen beiden den Mittelfinger. »Nicht so komisch, wie du aus dem Mund riechst.«

Sofort hören sie auf zu lachen. Ally will erneut aufspringen; diesmal hält Bishop sie davon ab.

»Und nebenbei«, sage ich hoch aufgerichtet, »das war das letzte Mal, dass ihr versucht habt, mich einzuschüchtern. Noch dazu in meinem Zuhause.« Zum Teufel mit Ally. Zum Teufel mit all diesen Jungs.

Ich wende mich ab. Den Grund, weshalb ich ursprünglich mit ihnen reden wollte, habe ich völlig vergessen.

»Ach, komm schon, Schwesterlein«, jammert Nate hinter mir. Ich zeige ihm den Mittelfinger und renne die Treppe hinauf, um mich fertig umzuziehen.

Denn der Plan hat sich geändert. Heute Abend will ich super sexy aussehen, mich betrinken und mir jemand suchen, mit dem ich rummachen kann.

13. KAPITEL

»Lieber Himmel.« Ich betrachte die Fremde im Spiegel. »Das soll ich sein?« Lächelnd streiche ich über das Kleid.

Tatum und Tillie prusten los. Sie sind beide schon ganz schön angesäuselt; ich noch ein bisschen mehr, aber nicht so stark, dass ich nicht gehen, stehen und reden könnte, als wäre ich nüchtern. Ich bin in dem Zustand, in dem man sich wundervoll warm fühlt; das Herz hämmert, und man weiß einfach, dass man eine tolle Nacht vor sich hat. Ich spüre es mit jeder Faser meines Körpers.

»Verdammt. Ich sehe echt anständig aus«, sage ich und tippe mir auf die ungeschminkten Lippen.

»Anständig?«, spottet Tatum beleidigt. »Nee, Süße, mir geht's nicht um Anstand, mir geht's um *verdaaaammt!*« Sie ahmt den Tonfall von Ice Cube und Smokey in »Friday« nach.

Ich muss lachen. Tatum hat das wirklich gut hinbekommen. Mein brünettes Haar ist vollkommen glatt und reicht mir bis zum Hintern, meine Augen sind schwarz umschattet, meine Haut golden überhaucht. Dazu pfirsichfarbenes Rouge auf den Wangen und ein Kleid, das noch mehr verrät als das erste. Ja, genau, das enge rote Kleid hat ausgedient – das, von dem Nate unbedingt wollte, dass ich es wieder ausziehe. Stattdessen trage ich eins mit Spaghettiträgern, aus einem Material, das an unbehandeltes Leder erinnert. Es umhüllt mich wie eine zweite Haut, betont meine schmale Taille und die Kurven meiner Hüften. Außerdem stellt es meinen prallen Hintern und die großen Brüste zur Schau, Eigenschaften, die ich sonst eher verstecke.

Aber nicht heute Abend. Oh nein.

Was meine Figur angeht, war ich immer befangen. Weil ich weder den hübschen kleinen Hintern noch die frechen kleinen Brüste habe, mit denen man automatisch perfekt aussieht. Ich bin nicht groß, im Gegenteil, eigentlich bin ich eher zierlich. Nur mein Busen und mein Hintern sind es eben nicht. Und in diesem Kleid zeige ich verdammt viel von meiner Figur. Bisher habe ich mich eher verhüllt. Aber jetzt hat Ally mich genervt. Und Bishop. Die ganze Truppe. Jetzt will ich sie alle umhauen. In diesem winzigen Kleid.

»Zieh die an.« Tatum wirft mir hochhackige schwarze Pumps zu.

»Möcht ich eigentlich nicht.«

»Mir doch egal.« Sie kichert und trinkt noch einen Schluck.

Unten ist die Party offenbar voll im Gange: laute, hämmernde Musik, das Klirren von Glas, brüllendes Gelächter. Das Kreischen von ätzend betrunkenen Mädchen – *du bist auch betrunken* – und das Scheinwerferlicht ankommender und abfahrender Autos, das durch mein halbdunkles Zimmer streift. Es dürfte eine chaotische Nacht werden. Den größten Teil des Abends haben wir zu dritt hier oben verbracht, mit Umziehen und Trinken. Das war nett. Es kommt mir so vor, als würde ich Tillie und Tatum schon mein Leben lang kennen. Fast als wären wir Seelenverwandte, nur eben auf die Art von Freundinnen. Vielleicht finden Mädchen Seelenverwandtschaft immer eher bei Mädchen, und Jungs brauchen sie nur für einen einzigen Zweck.

Nachdem ich den beiden genau erzählt habe, was im Wohnzimmer passiert war, haben wir einstimmig beschlossen, dass ich mir etwas anderes anziehen sollte, und zwar etwas Überdrehtes. Eben deshalb sehe ich jetzt so aus.

»Sind wir so weit, Mädels?«, fragt Tillie von der Zimmertür her und hebt die Augenbrauen.

»Moment, Moment!« Tatum bleibt stehen. »Wollen wir heute Nacht eigentlich rummachen?«

Ich lache. »Na, und ob.«

Tatum und Tillie sehen mich an. »Bist du noch Jungfrau?«

»Was?« Im ersten Augenblick will ich sie mit einem Märchen abspeisen, aber dann sage ich mir, dass ich diese beiden nicht anlügen muss. Sie sind meine Freundinnen, echte Freundinnen. »Nein.« Ich höre auf zu lachen. »Im Ernst. Ich bin keine Jungfrau mehr. Aber darüber würde ich jetzt lieber nicht reden.« Ich sehe von einer zur andern. »Und ihr, seid ihr Jungfrauen?«

Tatum nickt.

»Unmöglich!«, flüstere ich. Gleich darauf schäme ich mich dafür, dass ich einfach so das Gegenteil angenommen hatte. »Tut mir leid.«

Sie schüttelt den Kopf. »Macht nichts. Mich halten die meisten Leute für eine Schlampe.«

»Darüber sollten wir später noch reden«, sage ich zu ihr. Es ist als Versprechen gemeint. »Und du?«, frage ich Tillie.

Sie schüttelt den Kopf. »Nein.« Nach kurzem Zögern ergänzt sie: »Weit davon entfernt.«

»Ach ja?« Ich lächle ihr zu. »So ist das also?«

»Ich bin voll für weibliche Sexualität. Wir haben das gleiche Recht auf Spaß wie die Jungs.«

Ich strecke ihr die geballte Faust entgegen. »Das ist ein Wort!«

Wir machen den Faustcheck. Tatum sieht zu. »Jetzt fühle

ich mich ausgeschlossen. Der Plan lautet: Tatum lässt sich flachlegen!«

Wir lachen, dann reißt Tillie die Tür weit auf. Mächtige Bässe wummern herein. Im oberen Stock ist offenbar niemand, was mich erleichtert; vermutlich mag keiner der Gäste in unseren Privatbereich vordringen, weil niemand Nate und die anderen Jungs gegen sich aufbringen will. Niemand außer mir natürlich. Aber mich können die mal.

Lachend gehen wir die Treppe hinunter, jede mit einer Flasche Champagner in der Hand. Auf den hohen Absätzen fühle ich mich nicht eben sicher, aber wenn ich lang hinschlage, kann ich es wenigstens auf den Wein schieben. Gerade dröhnt »Shake« von den Ying Yang Twins aus den fetten Lautsprechern, und Tatum beginnt zu tanzen, während sie die letzten Stufen hinunterhüpft. Die Haare fliegen uns um die Ohren. Oh ja, wir sind ziemlich betrunken. Wir ziehen uns gegenseitig ins Wohnzimmer; dort drängen sich die Tänzer, doch wir ignorieren alle neugierigen Blicke und tanzen weiter, ohne sonst irgendjemand zu beachten.

Lachend winde ich mich zwischen Tillies Händen. Dabei fällt mein Blick auf die Jungs auf der anderen Seite des Raums. Ich grinse sie an, ducke mich, richte mich in Schlangenbewegungen wieder auf und presse meinen Hintern an Tillie. Es sind nicht alle da, aber immerhin Nate, Bishop, Brantley, Ace und Saint. Ally und Lauren sind inzwischen völlig besoffen, sie taumeln umher und reiben sich aneinander. Kichernd wende ich den Blick ab. Wahrscheinlich bilden sie sich ein, das würde sinnlich wirken. *Stimmt ja auch, wenn man unter »sinnlich« zwei betrunkene Waschbären versteht, die aussehen, als wären sie eine Woche lang mit Charlie Sheen um die Häuser gezogen.*

Bishop mustert langsam meinen Körper und verzieht ein wenig den Mund. *Pah, klar doch.* Ich schaue mich nach Nate um; er kommt bereits auf mich zugestürmt, das Gesicht rot vor Wut. Die übrigen Jungs folgen ihm.

»Verdammt, zieh dich um, Madi. Heute Abend kannst du hier nicht so rumlaufen und dich derart aufführen.«

»Oh, tut mir leid.« Grinsend drehe ich mich um und tanze an seine Brust geschmiegt weiter, mit dem Hintern an seinem Becken. »Du verwechselt mich wohl mit jemand, dem du was zu sagen hast.«

»Tillie!«, fährt Saint meine Freundin an.

»Hey!« Ich schnippe vor seinem Gesicht mit den Fingern, dränge mich zwischen ihn und Tillie und sehe ihn aus schmalen Augen an. »Lass sie in Ruhe, Kumpel.«

Er grinst, als fände er das komisch. »Geh mir aus dem Weg, Kätzchen. Du weißt doch inzwischen, dass wir nichts von Fair Play halten.«

»Oh, ich auch nicht«, erwidere ich ebenso aggressiv. »Neulich Nacht habt ihr mich überrumpelt, das ist alles.«

Ich schaue von einem zum andern. »So, und wenn's euch nichts ausmacht, ihr stört irgendwie.« Ich fasse meine Freundinnen an der Hand und gehe mit ihnen ins Freie. Auch hier hört man die Musik. Der Mond scheint, Lichterketten funkeln, im Pool leuchten die farbigen Neonlampen, und überall schlendern halb nackte betrunkene Teenager umher.

Ich lege den Kopf in den Nacken und trinke noch einen Schluck Champagner. »Das war verflucht klasse.«

Ein junger Typ hängt quer über einem der Liegestühle, eine Flasche Tequila locker in der Hand. Tillie geht zu ihm, schnappt sich die Flasche und kehrt zu uns zurück. »Höchste Zeit für die harten Sachen.«

Wir trinken, tanzen, reiben uns aneinander, bis unsere Haut schweißfeucht ist und sich das Lächeln auf unseren Gesichtern wie eingemeißelt anfühlt.

Als wir zu »Dangerous« von Akon tanzen, fällt mein Blick auf Carter. Er passiert eben die Terrassentür, durch die man die Fläche neben dem Pool erreicht. Mit ihm kommen drei oder vier seiner Freunde ins Freie, alle in College-Jacken. *Verdammt.* Ich befeuchte mir die Lippen. Carter sieht noch etwas attraktiver aus als sonst. *Der Wein.* Ach, nein. *Der Tequila.* Er scheint in der Menge jemanden zu suchen, und als er mich entdeckt, lächelt er breit. Er scheint überhaupt zu strahlen; jedenfalls ist er verdammt schön. Genau was ich brauche, nachdem ich es zwei Nächte lang nur mit schlecht gelaunten Arschlöchern zu tun hatte. Ein freundliches Gesicht. Jemand, in dessen Gesellschaft ich mich wohlfühle. Ich winke ihm. *Oh Gott, ich habe ihm zugewunken.*

»Verdammt, hast du ihm etwa gerade gewunken?«, zischt Tatum mich von der Seite her an.

»Halt den Mund.« Ich lächle Carter an. Er kommt auf uns zu, wobei er mein Outfit förmlich in sich aufsaugt.

»Verdammt!« Er zieht mich an sich, und ich schmiege mich an seine Brust. Dann hebe ich lächelnd den Kopf.

»Schön, dich zu sehen. Ich bin ein bisschen betrunken. Nicht so wie die da.« Mit einem Händewedeln deute ich auf Ally und Lauren hinüber. *Ha, ha.* »Aber dessen ungeachtet betrunken.«

»Hast du eben, ›dessen ungeachtet‹ gesagt?«, schimpft Tatum im Flüsterton. Himmel, man könnte glauben, dass *ich* die Jungfrau bin und sie die Expertin. Ich schiebe sie unauffällig weg.

Die schlechteste Wing Woman aller Zeiten.

Tatum ist gefeuert.

Carter grinst und hebt mit dem gekrümmten Zeigefinger mein Kinn an. »Du bist unglaublich süß, weißt du das?«

»Hm.« Ich lasse die Worte auf mich wirken. »Nicht eben die beste Anmache, die ich je gehört habe …«

Er küsst mich. Ich spüre seine warmen Lippen auf meinen und seine geschmeidige Zunge im Mund. Einen Moment lang erstarre ich, aber dann sehe ich im Geist Bishop und Ally vor mir, Bilder aus einem schlechten Liebesfilm. Instinktiv schlinge ich Carter die Arme um den Nacken und dränge mich an ihn.

Er löst sich von mir und sieht mir forschend in die Augen. »Sollen wir von hier verschwinden?« Offenbar spürt er, dass ich zögere. »Deine Freundinnen können ja mitkommen.« Er deutet auf Tillie; sie küsst gerade einen seiner Freunde.

»Okay.« Wäre ich nüchtern, hätte ich nicht so schnell zugestimmt. Inzwischen habe ich nämlich kalte Füße bekommen, was die Sache mit dem Flachgelegtwerden angeht, aber solange Tillie mit dabei ist, kann schließlich nichts passieren. Und außerdem ist Carter ein netter Typ. Ich habe ein gutes Gefühl dabei, mit ihm wegzufahren. Obwohl das vielleicht auch nur am Wein und den schlechten Erfahrungen liegt. Von beidem habe ich jedenfalls mehr als genug.

»Wohin?«, frage ich.

»Dahin, wo wir Spaß haben können«, erwidert er grinsend.

Ich sehe Tillie an, und sie erwidert meinen Blick mit bittender Miene: Sie hat offenbar keine Bedenken.

»Okay.«

Carter fasst mich an der Hand, doch ich zögere und schaue ins Hausinnere.

»Nate und Bishop sind schon weg – falls du dich fragst, wie du an ihnen vorbeikommen sollst.«

»Aber Hunter und Saint sind ...« Ich schaue zur Schmalseite des Hauses hinüber. Dann fasse ich Carter am Arm und drehe mich zu Tatum um. »Los, komm mit!«

Tatum zögert. »Na gut, scheiß drauf. YOLO und so.«

Lachend ziehe ich Carter hinter mir her; sein muskulöser

Körper streift meinen Rücken. »Erst maulst du mich an, weil ich ›dessen ungeachtet‹ sage, und dann wirfst du mit Sachen wie ›YOLO‹ um dich?« Ich öffne das seitliche Gartentor und zerre sie durch den ordentlich getrimmten Garten, bis wir zum Platz vor dem Haus gelangen.

»Ta-da!« Lachend breite ich die Arme aus.

Carter deutet auf einen Porsche. »Du bist der Beifahrer.« Er geht zur Fahrerseite herum; als er an mir vorbeikommt, streift seine Hand meinen Po. Tillie und ihr Typ steigen hinten ein, und ich schubse Tatum zu ihnen.

»Ach, beschwer dich nicht«, sagte ich grinsend zu ihr, als sie ganz zur Seite rutscht, möglichst weit weg von der knutschenden Tillie und … »Wie heißt du?«, frage ich den Typ auf dem Rücksitz.

»Pauly.«

Ich sehe Tatum an. Ihre Miene ist finster. »Was für ein Auto fährt Bishop eigentlich?«, frage ich, in Gedanken bei dem, was Tille uns früher am Abend erzählt hat.

Carter lacht in sich hinein. »Einen mattschwarzen Maserati GranTurismo. Warum?«

Ich zucke die Achseln. War ja klar, dass Bishop einen Maserati hat. »Nur so.« Ich sehe Carter an. »Woher weißt du denn, was er fährt?«

Er grinst mich an. »Das wirst du bald merken.« Wir biegen auf den Highway ein. Carter schaltet in den zweiten Gang, und wir rasen davon.

14. KAPITEL

»Closer« von den Chainsmokers dröhnt durch den Innenraum des Wagens, und ich bewege mich in meinem Sitz dazu. Nach einer Weile drehe ich mich um und sehe zu, wie Tatum in ihrem Sitz *tanzt*. Seit wir das Haus verlassen haben, ist sie deutlich lockerer geworden. *Danke, lieber Tequila.*

»Also, wo fahren wir hin?« Wir sind jetzt seit einer halben Stunde unterwegs und haben die Lichter der Stadt längst hinter uns gelassen.

Carter grinst und schaltet das Fernlicht ein; dann zieht er an der Handbremse, bis die Hinterräder blockieren. Plötzlich rutschen wir seitlich auf eine lange Privatstraße. Eine dicke Staubwolke bleibt hinter uns zurück.

»Gar nicht cool, Dominic Toretto«, schimpft Tatum.

Ich dagegen grinse von einem Ohr zum andern. »Mach das noch mal.«

Tatum tritt von hinten gegen meine Sitzlehne. Ich sehe Carter an, ohne auf das tobende Kleinkind auf dem Rücksitz zu achten. »Im Ernst.«

Er lächelt mich an und schaut dann wieder auf die Fahrbahn. Links und rechts laufen jetzt endlose, teure Zäune vorbei. »Was denn jetzt?«, murre ich leise.

Endlich kommen wir zum Ende der Zufahrt. Leute umstehen einen Halbkreis von parkenden Autos. Und mit Autos meine ich *Autos.* »Ist das hier der Spielplatz für reiche Jungs?«

Carter lacht leise und bremst. Mir ist nicht entgangen, dass alle dort draußen ihre Beschäftigungen unterbrochen haben und zu uns herüberschauen. »Könnte man so sagen.« Carter zwinkert mir zu und fasst nach dem Türgriff. »Also, dann mal los.«

Tillie murmelt etwas und beugt sich vor. »Dann werden wir wohl gleich mit eigenen Augen sehen, wie Bishop Rennen fährt.«

Moment, wie bitte?

Scheiße.

Ich stoße die Beifahrertür auf. Carter kommt schon zu mir herum. Er streckt mir eine Hand hin, ich fasse zu und steige aus. Alle Blicke sind auf uns gerichtet. Na super. Ich glaube, ich brauche noch einen Schluck Tequila. Tatum ist inzwischen ziemlich betrunken; ich entreiße ihr die Flasche, setze sie an die Lippen und lege den Kopf in den Nacken.

»Hey.« Carter zieht mich an sich. »Du kannst bei mir mitfahren.«

Ich schlucke das starke Zeug hinunter. »Ehrlich?«

Er sieht mir tief in die Augen. »Ganz, ganz ehrlich.«

Ich schlinge ihm die Arme um den Nacken und ziehe seinen Kopf zu mir herab. Sein warmer Atem streift meine Lippen. Mein Herz hämmert. Ich lehne mich ihm entgegen, um ihn zu küssen …

Jemand legt mir einen kräftigen Arm um die Taille und zerrt mich von ihm weg. »Kommt nicht infrage.«

Bishop schiebt mich hinter sich. Er und Nate bauen sich vor mir auf.

»Hm, tja, ich glaube fast, sie ist mit mir hergekommen. Also fährt sie auch bei mir mit.« Carter streckt eine Hand nach mir aus. Als er meinen Arm berührt, macht Bishop einen Schritt auf ihn zu. So stehen sie sich gegenüber, Brust an Brust, Nase an Nase.

»Stimmt«, erwidert Bishop leise und sieht Carter fest in die Augen. »Und ich habe gesagt, dass das nicht infrage kommt.«

Alle Anwesenden beobachten gebannt, wie dieses Kräftemessen ausgehen wird. Tatum und Tillie stehen stumm und verlegen hinter mir.

»Bishop«, flüstere ich. Er rührt sich nicht. Hilfe suchend wende ich mich Nate zu, doch der starrt Bishop nur fragend an. Carter macht nicht den Eindruck, als wollte er nachgeben. *Verflucht. Ich bin auf mich allein gestellt.*

Da Bishop sich immer noch nicht bewegt, lege ich ihm eine Hand auf den Oberarm, und ich könnte schwören, dass er bei der Berührung eine Gänsehaut bekommt. »Bishop?«, wiederhole ich und blicke mich nervös unter den Zuschauern um.

»Nee, alles bestens«, sagt Carter, ohne mich zu beachten, den feindseligen Blick weiter auf Bishop gerichtet. »Nimm sie ruhig mit. Aber mach dir nichts vor, nachher wird sie mit mir zusammen sein, und …« Er unterbricht sich und tut so, als müsste er nachdenken. »… danach auch.«

Oh, Herr im Himmel.

Er wendet sich ab, geht zu seinem Wagen und steigt ein. Alle sehen ihm nach. Tatum räuspert sich. »Äh, na, das war aber unerfreulich.«

Bishop fährt zu mir herum. Ganz offensichtlich sind er und Nate sauer auf mich. »Verdammt, was fällt dir ein, zu dem Typ ins Auto zu steigen? Du solltest doch zu Haus bleiben!«

Ich sehe ihm ins Gesicht. »Es wäre mir neu, dass du mir was zu sagen hast.« Ich hoffe nur, dass der Satz nicht zu genuschelt herauskam.

Bishop zeigt zu seinem schönen – *verflucht schönen* – Maserati hinüber. »Steig in das verdammte Auto, Kätzchen, und rühr dich nicht vom Fleck, bis ich es dir erlaube.«

Mir klappt fast die Kinnlade herunter. Ich schaue Nate an, in der Hoffnung, dass er mir hilft. Aber mein Stiefbruder hat offenbar Mühe, nicht loszulachen. »Nate!«, fahre ich ihn an.

»Okay, okay, tut mir leid, Schwesterlein. Aber er hat nun mal recht. Ich hätte dich sonst selbst zur Schnecke gemacht. Jetzt hat *er* das erledigt. Steig ein.« Er schaut an mir vorbei zu Tatum. »Du auch.« Dann sieht er Tillie an; sie schiebt gerade Carters Freund weg. »Und du auch.«

»Scheiße.« Bishop schüttelt den Kopf. »Dann ist der Wagen zu schwer beladen. Ich nehme nur Madison mit.«

»Scheiß drauf!«, platze ich heraus. Bishops Augen werden schmal. Ich deute auf Nate. »Nimm doch den mit!«

»Nein«, erwidert Bishop im Befehlston und macht einen Schritt auf mich zu. »Jemand muss dich im Auge behalten.« Er entreißt mir die Tequilaflasche und wirft sie weg. »Und da ich keine Pussys auf dem Beifahrersitz dulde ...« Er sieht Tatum und Tillie an und verzieht abfällig den Mund. »... muss ich mich eben mit dir abfinden. Steig ein.«

»Ich denke, du willst keine Pussy auf dem Beifahrersitz!« Mir ist bewusst, dass uns alle beobachten, aber weil ich so viel Tequila getrunken habe, ist es mir egal. Wobei das nächsten Montag vermutlich anders aussehen wird. »Neulich hatte ich noch eine.«

Bishop kommt grinsend näher und legt den Kopf schief. »Hm. Soll ich mal nachsehen? Ich bin mir da nämlich gar nicht so sicher.«

Ich zeige ihm den Mittelfinger. »Verpiss dich!« Dann stürme ich zu seinem Wagen, reiße die Tür auf – allerdings erst im zweiten Anlauf, denn es ist eine Scherentür – und rutsche auf den Beifahrersitz. Bishop ist bei Nate geblieben; erst schaut er mir finster nach, dann wendet er sich ab und redet mit ihm. Nate hat inzwischen Tatum und Tillie je einen Arm um die Schultern gelegt und grinst selbstzufrieden. Die beiden Mädchen sehen ihn an, als wäre er ein Geschenk Gottes. *Oh Gott.*

Warum fahren diese Typen überhaupt Rennen? Es ist ja nicht so, als ob sie Geld brauchen. Oder Autos. Also was ist der Grund? Bishop dreht sich um und kommt zu mir, öffnet die Tür und steigt ein.

»Ich begreife echt nicht, was das soll. Wieso fahrt ihr beide, du und Nate, nicht einfach allein ein bisschen im Kreis rum? Ich würde schon nicht weglaufen, bis ihr wieder da seid.«

»Erstens mal fahren wir nicht nur ein bisschen im Kreis. Das Rennen dauert vierzig Minuten und führt durch die gesamte Stadt. Und zweitens bist du betrunken, weshalb Nate dich nie im Leben allein lassen würde.«

Nate? Es war doch wohl eher so, dass *Bishop* unbedingt bestimmen wollte, wo ich mich heute Nacht aufhalte und mit wem. Aber ihm zu verraten, dass mir das aufgefallen ist, wäre bestimmt keine kluge Idee – etwa so dumm, wie ihm zu sagen, dass ich ihn heiß finde. Es würde mich nur in Verlegenheit bringen, weil es ihm zeigen würde, dass ich auf sein Verhalten achte. Damit hätte er die Oberhand, und die Vorstellung passt mir gar nicht.

»Vierzig Minuten?«, wiederhole ich stattdessen.

Er legt mir den Gurt an, wobei ich zu ignorieren versuche, wie mich sein starker Arm streift. Dann startet er den Motor, macht die Scheinwerfer an und legt den ersten Gang ein. »Ja.« Er tippt auf dem Navi herum, das am Armaturenbrett befestigt ist. Auf dem Display erscheint eine Karte mit einer grün markierten Route.

»Warum?« Ich sehe ihn von der Seite an. Er hat wirklich ein tolles Profil, wie gemeißelt. Besser, ich schaue weg. Oder werde nüchtern. Oder beides.

»Warum was?« Er lässt den Wie-viel-Zylinder-auch-immer-Motor hochdrehen, bis der Wagen unter uns bebt.

»Warum machst du das?«

»Ah.« Er grinst mich an und tippt sich gegen die Schläfe. »Das ist die Eine-Million-Dollar-Frage, nicht wahr?« Dann lässt er die Kupplung kommen. Schotter spritzt unter den Reifen hervor, und wir schießen die Straße entlang.

»Ach du Scheiße!« Ich drehe mich im Sitz um. Hinter uns verblassen die Scheinwerfer der anderen Autos. Bishop schaltet in den dritten Gang hoch, dann kurz vor dem Ende der Privatstraße zurück in den zweiten. Er zieht an der Handbremse, das Wagenheck rutscht seitlich weg, und wir gleiten auf die ruhige Seitenstraße, über die man den Highway erreicht. Mir entfährt ein echtes Mädchenkreischen. Rasch schlage ich die Hand auf den Mund, doch das Lachen kann ich nicht mehr unterdrücken.

Das Licht der Straßenlaternen huscht, unterbrochen von Schatten, über Bishops fein geschnittene Gesichtszüge. »Biegen Sie an der nächsten Kreuzung rechts ab«, befiehlt die elektronische Stimme des Navis. Bishop wechselt auf die rechte Spur und tritt aufs Gas, bis wir hundertfünfzig fahren. Ich hätte erwartet, dass mir das Angst macht. Ich meine, schließlich weiß ich nicht, wie gut Bishop fährt, doch ich empfinde keine Furcht. Vielleicht ist das der Grund, weshalb so viele junge Leute bei illegalen Autorennen ums Leben kommen. Aus schierer Dummheit. Ich spüre nichts außer dem Adrenalin in meinen Adern.

»Du und Carter?«, fragt Bishop, den Blick geradeaus auf die Fahrbahn gerichtet.

»Etwa so eng befreundet wie du und Ally.« Gut möglich, dass mein Tonfall brüsk ist, aber auch wenn ich diese Autofahrt genieße, habe ich Bishop nicht darum gebeten, mich mitzunehmen. Er ist ein eingebildetes Arschloch. Genau der Typ Junge – oder überhaupt der Typ Mensch –, den ich nicht leiden kann.

Er lacht, doch es klingt ziemlich böse. »Ally bedeutet mir einen Scheißdreck.«

»Wie charmant«, antworte ich trocken.

Er sieht mich an und verzieht den Mund zu einem finsteren Grinsen. »Bin ich nie.« Dann schaltet er in den dritten Gang, und wir schießen auf den Highway. Wieder zieht er an der Handbremse, und der Wagen schwenkt mühelos nach rechts.

Ab da verläuft die Fahrt größtenteils ruhig und ohne Zwischenfälle. Bishop ist schweigsam und in sich gekehrt – typisch Bishop eben. Es beunruhigt mich, doch da ich auch nicht weiß, wie ich das beklommene Schweigen brechen soll, bleibe ich stumm. Irgendwann lenkt er den Wagen in eine Tiefgarage auf einem Gewerbegebiet. Das tiefe Brummen des Motors hallt durch die riesige leere Halle.

»Du bleibst im Wagen.«

Hinter der nächsten Ecke wartet eine Stretch-Limousine. An ihr lehnt ein Mann im gepflegten Anzug, mit glatt zurückgekämmtem grauem Haar und einer Zigarre im Mund. Links neben ihm stehen seine beiden Leibwächter, beide im schwarzen Anzug, die Augen hinter dunklen Sonnenbrillen verborgen. Bishop hält an und steigt aus. Ich erwäge, ebenfalls auszusteigen, um ihn zu ärgern, doch nach einem weiteren Blick auf den Mann mit der Zigarre überlege ich es mir anders. Die Art, wie er Bishop grinsend entgegenblickt, verursacht mir eine Gänsehaut. Er reicht Bishop eine Zigarre; Bishop nimmt sie und steckt sie in die Tasche.

Was zum Teufel soll das jetzt?

Ich blicke über die Schulter. Es ist kein weiteres Auto zu sehen. So weit können wir die anderen Jungs eigentlich nicht hinter uns gelassen haben. Bishop macht auf dem Absatz kehrt und kommt zum Auto zurück. Dabei begegnet er meinem Blick, und ich zucke zusammen und lasse mich im Sitz weiter nach unten gleiten. Als Bishop eben die Fahrertür öffnen will, schaue ich noch einmal zu dem Mann im Anzug hinüber. Er sieht mich an. Ich will den Blick abwenden, aber schaffe es nicht. Der Mann hält ihn gefangen. Seine Miene ist undurchdringlich. Dann legt er den Kopf schräg und sieht Bishop an. Der hat in der Bewegung innegehalten, die Hand auf dem Türgriff. Ich drehe den Kopf und sehe ebenfalls zu Bishop hin. Die Tür schwingt auf, er setzt sich neben mich und lässt den Motor an. Nach einem wütenden Blick auf den Mann legt er den Rückwärtsgang ein und tritt das Gaspedal durch. Schleudernd verlassen wir die Tiefgarage.

»Verflucht!« Bishop schlägt mit der flachen Hand aufs Lenkrad.

»Was ist denn los?« Ich blicke mich um. Worüber regt er sich so auf? Ich meine, er hat schließlich gewonnen, oder? Und darum ging es doch.

Er greift in die Tasche nach seinem Handy.

»Bishop?«

Ohne mich zu beachten, hält er sich das Telefon ans Ohr. »Also, wir haben da ein Problem. Ja, sie ist im Auto geblieben! Das ist egal. Ich habe es selbst gesehen. Ja, genau da fahre ich jetzt hin.«

Er legt auf, schaltet in den vierten Gang hinunter und verlangsamt das Tempo.

»Was geht hier eigentlich vor?« Ich lehne mich seitlich an die Tür. »Verdammt, Bishop!«

»Nichts, worüber du dir Sorgen machen musst.«

»Ach ja?« Ich hebe die Augenbrauen. »Und weshalb dann die ganze Aufregung?«

Wir biegen in eine Straße ein, die nicht weit von meinem Zuhause entfernt ist. Wenn mich meine Erinnerung nicht trügt, liegt unser Haus in der nächsten Straße. Das beruhigt mich etwas. Hoffentlich hat Nate recht, wenn er denkt, man könnte Hunter und Saint die Aufsicht über die Party überlassen. Letztlich glaube ich das aber schon. Mir ist nicht entgangen, wie sich die Leute in der Gegenwart dieser Jungs benehmen. Vorsichtig, eingeschüchtert, respektvoll. Dass Bishop der Anführer ist, weiß ich inzwischen. Selbst wenn Tatum es mir nicht gesagt hätte, sein befehlsgewohntes Auftreten würde es jedem verraten.

Wir erreichen eine von einem hohen Tor versperrte Zufahrt. Bishop öffnet das Fenster auf der Fahrerseite und tippt einen Code ein. Wenige Sekunden später öffnet sich das elektronisch gesteuerte Tor, und wir folgen einer mit Kopfsteinen gepflasterten Privatstraße. Sie ist von Bäumen gesäumt, in deren Zweigen Windlichter hängen. Wir kommen zu einem großen runden Vorplatz, und … ach du Scheiße. Die Zufahrt hat die Erwartung geweckt, dass ich gleich ein altes Wohnhaus im viktorianischen Stil vor mir sehen würde, aber das ist nicht der Fall. Dieses Haus ist riesig und ganz aus Glas. Ein sehr sachliches Gebäude, schön, aber kalt. Dahinter erblicke ich einen großen Hof und ganz am Rand des Grundstücks einen Fluss. Bishop zieht die Handbremse an und steigt aus. Ich werte das als Signal, dass ich ebenfalls aussteigen kann, und rutsche vom Beifahrersitz. Dabei wird mir etwas schwindelig. Betrunken bin ich nicht mehr, glaube ich; vermutlich steuere ich geradewegs auf die Katerphase zu. Eigentlich war ich davon ausgegangen, dass ich diese Phase nicht wach, sondern im Schlaf hinter mich bringen würde. Verdammt.

»Wo sind wir hier?« Ich schaue erneut an dem Haus hinauf. Ein Viereck aus Glas über einer etwas kleineren Glasfläche, in der sich die Eingangstür aus Metall befindet.

Bishop kommt zur Beifahrerseite, fasst mich an der Hand und zieht mich weiter. »Komm jetzt.«

»Wo sind wir?«

»Hältst du eigentlich auch mal den Mund?«

»Ganz ehrlich? Nein.«

Er antwortet nicht, sondern zieht mich weiter. Ich versuche, nicht darauf zu achten, wie gut es sich anfühlt, seine Hand zu halten, aber auf meiner Stirn bilden sich Schweißperlen, die ich mit der freien Hand wegwische. Wir gehen seitlich am Haus vorbei, durch den Garten zu dem Platz auf der Rückseite. Vor Überraschung bleibe ich wie angewurzelt stehen. Der Pool ist doppelt so groß wie unserer, und in seiner Mitte befindet sich eine gläserne Bar. Lieber Himmel. Was für Leute wohnen hier? Neonleuchten strahlen die schwimmenden Hocker rings um die Bar von unten an, andere erhellen das Becken selbst. Hinter dem Pool steht ein Miniaturhaus, das genauso aussieht wie das Hauptgebäude, nur kleiner.

»Wer wohnt hier? Warum hast du mich hergebracht?«

Bishop ignoriert mich weiter; darin ist er echt gut. Er zieht mich auf das kleine Gästehaus zu. Dort steigt er die wenigen Stufen hinauf, öffnet die zimmerhohe Schiebetür und zieht eine schwarze Gardine zur Seite.

Ach du Scheiße. Ich stehe im Schlafzimmer von Bishop Vincent Hayes.

15. KAPITEL

Er schiebt die Tür zu, und ich schaue mich in dem dunklen Innenraum um. Die Wände sind schwarz gestrichen; nur die Wand, an die das Kopfende des Bettes stößt, ist aus rotem Marmor mit wirbelnden schwarzen Adern. Es gibt keine billigen Poster, keine nackten Frauen – wie bei Nate. Das Zimmer ist sauber, wirkt aber beunruhigend düster. Die Tagesdecke auf dem Bett ist aus roter und schwarzer Seide, die Kommode ist schwarz, und dem Bett gegenüber, am anderen Ende des riesigen Raums, steht eine große L-förmige Sitzgruppe in schwarzem Leder. Ursprünglich habe ich dieses Gebäude für ein Gästehaus gehalten, aber offenbar besteht es aus einem einzigen großen Zimmer ... und einem Bad vielleicht? Eine Küche gibt es jedenfalls nicht. Auf dem dunklen Teppichboden liegt ein schwarz-roter Läufer, und an einer Wand hängt der größte Fernseher, den ich je gesehen habe.

Nirgendwo gibt es eine persönliche Note. Es scheint fast so, als würde Bishop kaum Zeit in diesem Zimmer verbringen. Keine Bilder. Gar nichts. Es ist alles ... *leer*. Ich gehe zur Rückwand. Sie besteht ganz aus Glas und gibt den Blick auf den Fluss frei, der hinter dem Gebäude fließt. Der Blick ist umwerfend. Das ganze Zimmer ist umwerfend. Ich hebe eine Hand und berühre das Glas, dann drehe ich mich um. Bishop beobachtet mich. Es ist das erste Mal, dass wir uns allein in einem Zimmer befinden. Während der Autofahrt war ich zunächst auch befangen, doch dann hat sich das Schweigen bald entspannt angefühlt. Aber hier in seinem Zimmer mit ihm allein zu sein ist seltsam.

Er mustert mich von oben bis unten. »Wir warten hier auf Nate und die anderen. Sie schicken gerade die Partygäste nach Hause.« Er geht zu dem kleinen schwarzen Kühlschrank in der Zimmerecke, nimmt eine Flasche Wasser heraus, öffnet sie und kommt zu mir herüber. »Hier, trink.«

»Ich hab keinen Durst.«

»Trink einfach, Madison. Du siehst aus, als würdest du gleich ins Koma fallen.«

Ich nehme ihm die Flasche ab. »Danke.« Das kühle Wasser rinnt wohltuend durch meine ausgedörrte Kehle. Himmel, ich gehöre echt ins Bett. Ohne den Blick von Bishop abzuwenden, trinke ich noch einen Schluck. Bishop öffnet den Mund, als wollte er etwas sagen, doch da öffnet sich die Schiebetür. Ich sehe Nate, Hunter, Brantley und Saint.

Nate bleibt auf der Türschwelle stehen, sieht von Bishop zu mir und fängt an zu grinsen. »Stören wir etwa?«

Ich verdrehe die Augen; Bishop ignoriert ihn. Die Jungs treten ein und schließen die Tür. Nate nimmt mich in die Arme. Sein weißes T-Shirt riecht nach Aftershave und nach Tatums Parfüm. »Mein Gott, Nate«, murmele ich. »Lass gefälligst die Finger von meinen Freundinnen.«

»Hey!« Er setzt eine Unschuldsmiene auf, bugsiert mich zu dem großen Sofa, setzt sich und zieht mich neben sich. »Sie ist einfach über mich hergefallen. Und sie ist echt heiß.«

Ich kneife ihn in den Arm. »Lass die Finger von meinen Freundinnen. Ich möchte nicht, dass sie nichts mehr mit mir zu tun haben wollen, weil mein Stiefbruder alle vierundzwanzig Stunden ein neues Abenteuer hat.«

Einen Moment lang starrt er mich an, dann hat er sich wieder gefangen und grinst durchtrieben. »Also, das ist jetzt echt unfair. Es kommt durchaus vor, dass ich es zweimal mit derselben mache.«

»Nein, tut es nicht«, spottet Hunter.

»Aha!« Ich zeige mit dem Finger auf Nate. Dem steht jetzt der Mund offen. Er sieht Hunter scharf an. Dann wechselt er das Thema.

»Was wollen wir überhaupt hier?«, fragt er Bishop.

»Wir müssen was wegen der Übergabe besprechen.« Bishop beugt sich vor.

»Du warst doch da. Also wo liegt das Problem?«, fragt Nate. Bis eben war ich davon ausgegangen, dass Bishop vorhin im Auto mit ihm telefoniert hat, aber anscheinend war es doch nicht Nate. Allmählich werden mir die Augen schwer. Ich rücke näher an Nate heran und kuschle mich in seine Armbeuge. Die Stimmen der Jungs driften von mir fort. Schließlich schlafe ich ein.

Ich wache auf, weil mich jemand trägt und mir kühle Luft über die Wange streicht. »Nate?«

»Bishop.« Er verstummt kurz. Ich schlinge ihm den Arm etwas fester um den Nacken. »Nate musste schon weg. Ich bringe dich nach Hause.«

Wie bitte? Nate musste weg? Er hat mich hier allein gelassen? *Der Drecksack.*

»Das ist nicht nötig.« Ich blinzle, bis ich wieder klar sehe. Wir nähern uns gerade Bishops Auto.

»Was denn? Möchtest du etwa hier schlafen?« Der amüsierte Unterton ist nicht zu überhören.

Ich zögere. »Recht hast du. Lass mich runter.« Er setzt mich ab und öffnet mir die Beifahrertür. Ich steige ein. Dann werfe ich einen Blick auf mein Telefon. Es ist vier Uhr früh. Bald dürfte die Sonne aufgehen. Bishop setzt sich ans Steuer und lässt den Motor an.

»Wie's scheint, habe ich ein paar Stunden geschlafen.«

»Stimmt«. Wir folgen der langen Zufahrtsstraße.

»Hab ich was verpasst?«

Er lacht leise. »Nur wie Nate ausgerastet ist.«

»Will ich wissen warum?«

Er schüttelt den Kopf. »Eher nicht, nein.« Er biegt links ab, in meine Straße. Ich hatte recht: Mit dem Auto braucht man von Bishop zu uns nur zwei Minuten. Er lenkt den Wagen in unsere Zufahrt und hält vor unserem Haus.

Ich drehe mich zu ihm um. »Warum habt ihr so viele Geheimnisse?«

Er schaut mich kurz von der Seite an und streicht sich über die Oberlippe. »In dieser Welt sind Geheimnisse Waffen, Kätzchen. Sie bewahren uns davor, unter der Erde zu landen.«

Ich lache leise; dann räuspere ich mich und streiche mir das Haar aus dem Gesicht. »Du redest, als würdest du eigentlich ein ganz anderes Leben führen.«

Er legt den Kopf schräg. »Der Schein trügt eben manchmal.«

»Was für ein Klischee.«

Er grinst. »Los, ich bring dich ins Haus. Nate hat gesagt, dein Dad kommt am Montag zurück?«

»Stimmt.« Ich räuspere mich erneut und steige aus. »Das hatte ich fast vergessen. Ich gehe erst seit einer Woche auf diese Schule. Es fühlt sich eher an wie ein Monat.«

Er lacht, fasst mich an der Hand und geht mit mir zur Eingangstür. »Du sagst das, als wäre es etwas Schlechtes.«

»Es ist verwirrend.«

Er nickt und stößt die Haustür auf. Vor uns erstreckt sich

ein mit Abfall übersäter Fußboden. Überall liegen rote Plastikbecher herum. »Na, gut, dass ich die Nummer von einem Reinigungsdienst weiß.«

Bishop schließt die Tür, und ich gehe auf die Treppe zu. »Du musst mich nicht bis nach oben bringen.«

»Doch, klar muss ich das.« Schon wieder ein Rätsel: Bishop ist nett.

»Warum bist du plötzlich so nett zu mir?«, frage ich, als ich das Kopfende der Treppe erreiche. Ich steuere auf mein Zimmer zu, Bishop dicht hinter mir. Drinnen lasse ich mich aufs Bett sinken. Er kommt ebenfalls herein und schließt die Tür.

»Nicht deinetwegen.«

»Ach, und ich dachte schon, wir würden endlich miteinander auskommen.«

»Ich tue das nicht für dich.«

Das tut weh. Warum, weiß ich selbst nicht. Weil ich blöd bin vermutlich. Ich schlucke. Meine Kehle fühlt sich eng und rau an. »Dann verschwinde jetzt.«

»Wenn ich gesagt hätte, dass ich es für dich tue …« Er geht zur Balkontür und schaut zwischen den Vorhängen hindurch ins Freie. »… würdest du dann wollen, dass ich bleibe?«

Ich drehe mich zu ihm um. Mein Haar liegt ausgebreitet auf dem Bett. »Ich weiß nicht. Wahrscheinlich nicht. Wieso schaust du nach draußen?«

»Wieso stellst du so verflucht viele Fragen?« Er entfernt sich von der Balkontür.

»Verschwinde jetzt«, wiederhole ich.

»Erst wenn Nate wieder da ist.«

»Das kann zwei Minuten dauern oder Tage. Je nachdem, wie vielen Frauen er unterwegs begegnet.«

Bishop lässt sich auf den Stuhl neben dem Bett sinken, streckt die gespreizten Beine von sich und streicht sich mit dem Finger über die Oberlippe. Dann lässt er den Blick über meinen Körper schweifen. Mein Herzschlag beschleunigt sich. Plötzlich habe ich Schmetterlinge im Bauch.

»Wir könnten aber mehr Spaß dabei haben.« Er grinst.

Ich presse die Lippen aufeinander. »Jetzt bin ich echt verwirrt. Ich dachte, du kannst mich nicht ausstehen.« Ich verdrehe die Augen, schleudere die Schuhe von den Füßen und stehe auf. Höchste Zeit, dass ich aus diesem Kleid herauskomme. Ich betrete den Kleiderschrank, ziehe die Tür halb hinter mir zu und greife nach dem Reißverschluss. Dann muss ich lachen. »Ach verdammt, natürlich.« Ich spähe durch den Türspalt ins Zimmer und lächle Bishop an. »Kannst du mir mal helfen?«

Wortlos steht er auf und kommt zu mir. Ich kehre ihm den Rücken zu, schiebe meine Haare beiseite und schließe die Augen. Bishop fasst nach dem Reißverschluss und zieht ihn langsam nach unten; dabei streichen seine rauen Fingerknöchel ganz leicht über meine Haut. Ich nehme die Unterlippe zwischen die Zähne und beiße hinein, um mich davon abzulenken, wie wundervoll sich diese Berührung anfühlt.

»Danke«, flüstere ich atemlos, nachdem er unten angekommen ist. Ich schiebe die Träger von den Schultern und lasse das Kleid zu Boden gleiten. Lachend drehe ich mich um, um ihm zu sagen, dass er wieder hinausgehen soll. Doch als sich unsere Blicke begegnen, legt er mir die Arme um die Taille und zieht mich an sich. Dann presst er mir die Lippen auf den Mund. Es verschlägt mir den Atem. Mein gesunder Menschenverstand verabschiedet sich. Zunächst kämpfe ich dagegen an – bis er mich rückwärts gegen die Wand drängt, ohne den Kuss auch nur für einen Moment zu unterbrechen.

Ich öffne die Lippen und lasse seine Zunge herein. In diesem Moment verliere ich endgültig den Kopf. Meine Hormone übernehmen die Führung, ich lege Bishop die Hände in den muskulösen sonnengebräunten Nacken und streichle mit der Zungenspitze seine Zunge. Er stöhnt auf, packt mich an den Oberschenkeln und hebt mich hoch. Ich schlinge ihm die Beine um die Taille. Er hebt beide Hände und umfasst mein Gesicht, zugleich drückt er mich mit dem Becken hart gegen die Wand. *Scheiße.* Vor Unsicherheit und Nervosität spüre ich einen harten Kloß in der Magengrube. Aber auch Hitze. Reine, brennende, unverbrauchte, flammende Hitze.

Er fährt mir mit der Zunge über die Unterlippe, saugt sie in seinen Mund, beißt grob hinein und zieht daran, bis sie mit einem *Plopp* aus seinem Mund gleitet. Dann sieht er mich an, einen forschenden Ausdruck in den dunkelgrünen Augen. »Scheiße.« Er schaut auf meinen Mund und dann wieder in meine Augen.

»Nicht.« Ich schüttle den Kopf. »Denk gar nicht erst drüber nach.« *Was zum Teufel rede ich da?* Ich streiche ihm über den Nacken – wie so eine verdammte Katze, die sich nach der Zuwendung ihres Besitzers sehnt. *Himmel, ich brauch dringend Hilfe.*

Er stöhnt erneut und schließt die Augen. »Wir haben eine Regel.«

»Eine Regel?«, wiederhole ich einladend und lege den Kopf schräg.

»Genau. Eigentlich eher eine Abmachung.«

»Geht es bei dieser Abmachung etwa um mich?«

Er sieht mich an. »Tu nicht so harmlos, Madison. Du weißt verdammt genau, dass es um dich geht.«

»Und was ist das für eine Abmachung?«

»Scheiße«, flüstert er. »Es gibt so vieles, was du nicht weißt, und was du verdammt noch mal auch nicht erfahren sollst. Wir bewegen uns jetzt schon auf dünnem Eis.«

Ich sehe ihm in die Augen. Betrachte die dunkelgrüne Iris, die von einem noch dunkleren Ring umgeben ist, und die Art, wie seine sonnengebräunte Haut im Licht der schwachen Schrankbeleuchtung schimmert. Seine Lippen sind wunderbar voll; man muss sich zusammennehmen, um nicht einfach hineinzubeißen. Und dann dieses verdammte zerzauste Haar. Er sieht so toll aus, strahlt eine solche Intensität aus, außerdem umgibt ihn diese Aura von Gefahr – ihn und den Maserati –, dass wohl jede Frau ihre guten Vorsätze vergessen würde. Und dazu diese verdammte Unnahbarkeit.

Ich reibe ein wenig das Becken an ihm, beuge mich vor und flüstere ihm ins Ohr: »Dann müssen wir eben *rennen*.« Als ich mich wieder aufrichte, sehe ich, wie sich der Ausdruck in seinen Augen verändert. Verdammt, vielleicht bin ich ja doch noch betrunken …

Er presst erneut die Lippen auf meinen Mund, löst sich gemeinsam mit mir von der Wand und trägt mich ins Zimmer. Dabei streicht er mir mit einer Hand über den Rücken, bis er den Verschluss meines BH findet. Eine schnelle Bewegung, und der BH fällt. Bishop dreht sich mit mir herum und wirft mich aufs Bett. Jetzt bin ich nur noch mit einem Seidenhöschen bekleidet.

Er zieht sich das Hemd aus. »Bist du Jungfrau? Sei ehrlich.«

»Ist das so wichtig?«

Er zuckt die Achseln. »Eigentlich nicht. Aber sag es mir trotzdem. Mir ist nämlich nicht danach, sanft zu sein.« Er wirft das Hemd auf den Fußboden und kommt auf mich zu, ein freches Grinsen auf dem Gesicht. Ich sehne mich danach, ihm in die Lippen zu beißen, ihm die Brust zu zerkratzen. Alles an ihm ist schön, jeder Muskel trainiert, jeder Körperteil perfekt geformt. Wenn ich nicht so scharf auf ihn wäre, würde ich ihm eine reinhauen, nur weil er so makellos ist.

Ich sehe ihm in die Augen, lächle und schüttle den Kopf. »Bin ich nicht.«

»Verdammt.« Er öffnet den Gürtel und lässt ihn lose aus der locker sitzenden zerrissenen Jeans hängen. Dann steigt er aufs Bett und kriecht langsam zu mir herauf, während ich immer weiter auf der Matratze zurückweiche. Als er sich über mich beugt, packt er meine Handgelenke, drückt sie über meinem Kopf aufs Bett und schiebt zugleich seine Beine zwischen meine Oberschenkel. Er reibt sich sanft an mir, und einen Moment lang schließe ich die Augen und atme nur seinen Duft ein. Dann küsst er mich auf die Lippen, und sobald seine Zunge in meinen Mund eindringt, sauge ich daran und lasse meine Zunge kreisen. Er stöhnt erneut, unterbricht den Kuss und leckt mir übers Kinn.

»Scheiße«, flüstere ich, denn diese Berührungen sind einfach überwältigend. Bishop lässt seine Zunge abwärts wandern und nimmt eine meiner Brustwarzen in den Mund. Statt kühler Luft spüre ich dort nun seine warmen, feuchten Küsse, und ich wölbe mich ihm entgegen. Sofort packt er meine Handgelenke fester.

»Halt still.«

Himmel, was soll das? Ich versuche, mich zu entspannen und ruhiger zu atmen, aber es ist aussichtslos. Bishop lässt meine Handgelenke los, umspielt meine Brustwarze mit der Zungenspitze, leckt mich dann zwischen meinen Brüsten hindurch und von dort weiter abwärts. Er saugt an meinem flachen Bauch, überall, hebt nur zwischendurch manchmal den Kopf, um mich zu betrachten. Schließlich kommt er zum Bund meines Höschens. Mit einer Hand reißt er es mir herunter und wirft es weg. Dann richtet er sich auf und schaut mich an.

Innerlich winde ich mich unter seinem Blick. Eigentlich bin ich nicht allzu schüchtern, was Sex angeht, aber bis jetzt hatte ich nur zweimal etwas mit einem Typen. Das erste Mal zählt nicht; das zweite Mal war es jemand an meiner letzten Schule. Wir waren drei Monate zusammen. Wie üblich hatte ich keine Freundschaften geschlossen, doch er nahm sich meiner an und sorgte dafür, dass ich seine Football-Kumpels kennenlernte. Die Mädchen konnten mich nicht ausstehen, weil ich weder Cheerleader war noch auf derselben sozialen Stufe wie Jacob stand: In ihren Augen war ich nicht gut genug für ihn. Es waren drei tolle Monate, und in dieser Zeit ist so einiges zwischen uns passiert. Bis ich ihn mit Stacey Chance, der größten Schlampe der Schule, im Bett erwischt habe. Danach war Schluss.

Trotzdem, die Art, wie Bishop mich jetzt da unten anschaut, macht mich nervös.

»Verdammt.« Er leckt sich über die Unterlippe. »Diese Pussy ist dermaßen sexy, so was habe ich noch nicht gesehen.« *Oh Himmel.* Eigentlich sollte mich seine dreckige Art zu reden nicht anmachen, aber sie tut es trotzdem. Er sieht mir in die Augen; zugleich beugt er sich wieder zu mir herab. »Lass die Augen offen, Kätzchen«, sagt er rau, den Mund zwischen meinen Oberschenkeln, sodass ich die Worte als Vibrationen an der Klitoris spüre. Er presst mir seine Zunge zwischen die Schamlippen, streicht mit der Zungenspitze hin und her und hebt erneut den Kopf, um sich anzuschauen, was er dort macht. Dann leckt er über die Klitoris.

Ich atme heftig und keuchend, und es fällt mir schwer, nicht die Augen zu schließen. Doch ich sehe Bishop weiter an. Er nimmt meine Klitoris jetzt zwischen die Lippen, in seinen warmen Mund. »Scheiße«, flüstere ich, denn mein ganzer Körper fängt an zu kribbeln, zu ziehen, zu pulsieren. Ich möchte, dass Bishop schneller leckt, härter, aber er begnügt sich mit dem einen Kuss, lässt die Zunge wieder tiefer gleiten und dringt mit ihr in mich ein. Ich lege den Kopf in den Nacken, greife in Bishops Haare und hebe ihm das Becken entgegen. Stöhnend lecke ich mir über die Lippen und fasse immer kräftiger zu. Auf einmal hört er auf, und ich spüre nur noch kühle Luft auf der Haut.

Fragend schaue ich zu ihm hinunter. Warum zum Teufel hat er aufgehört? Er hebt mein Bein an und dreht mich um, bis ich auf allen vieren hocke, dann gibt er mir einen Klaps auf den Hintern und zieht seine Boxershorts aus. »Du sollst mich ansehen, habe ich gesagt.« Ich verkneife mir ein Lächeln und blicke mich nach ihm um. Er grinst mich an und reibt seinen Schwanz. Einen Moment lang verdreht er lüstern die Augen, dann sieht er wieder mich an, diesmal unverkennbar voll Verlangen. »Böses Kätzchen.«

Mir kommt der Verdacht, dass ich Bishop nicht gewachsen sein könnte. Er klatscht mir erneut auf den Hintern, diesmal so kräftig, dass es wehtut. »Autsch!« Ich drücke den Rücken durch und presse den Hintern gegen seinen Schwanz. Er umfasst meine Hüften und bringt sich in Position, dann streicht er mir mit einer Hand übers Kreuz und Rücken hinauf bis zum Nacken. Dort packt er auf einmal kräftig zu, und zugleich dringt er in mich ein. Erst zucke ich zusammen, dann öffne ich mich langsam für ihn und umschließe ihn.

»Verdammt, ist das eng.«

Sobald er ganz in mir ist, dränge ich mich ihm entgegen. »Fester.«

Er zieht sich zurück und stößt dann wieder in mich hinein. Unwillkürlich stöhne ich auf. Bishop fasst nach meinem Haar, wickelt es sich um die Hand und zieht, sodass ich den Kopf in den Nacken legen und den Rücken noch weiter durchbiegen muss. Die andere Hand legt er um meine Kehle, und dabei stößt er immer wieder hart in mich hinein. Er leckt mir über die Schläfe und umfasst meinen Hals noch fester. Die freie Hand schiebt er mir zwischen die Beine und zieht mit dem Daumen Kreise um meine Klitoris. Ich stöhne auf, meine Oberschenkel spannen sich an, in meinem Bauch breitet sich eine solche Hitze aus, dass er eigentlich längst glühen müsste. Und dann explodiert alles in mir, mein Körper bebt, ich sehe nichts mehr als tanzende Farben. Bishop zieht sich aus mir zurück, dreht mich auf den Rücken und legt sich auf mich. Sein schwerer Körper drückt mich in die Matratze.

»Verdammt«, flüstere ich rau.

»Oh ja, Baby.« Er streicht mir mit der Nasenspitze über Stirn und Nase, dann küsst er mich auf den Mund, und ich habe meinen eigenen Geschmack auf der Zunge. Bishop berührt meine Brust, spreizt mit den Beinen meine Oberschenkel und reibt sein Becken in langsamen Kreisen an meinem, sodass sein Schwanz über meine Klitoris gleitet und das Feuer in mir neu entfacht. Mit der einen Hand fasst er mir zwischen die Oberschenkel, öffnet mich noch weiter und dringt in mich ein. Wieder küsst er mich auf den Mund, seine Zunge ist überall, er drückt, reibt, leckt, nimmt mich vollständig in Besitz.

Stöhnend zieht er sich zurück und stößt erneut zu, so hart, dass meine Brüste hüpfen und ich gegen das Kopfende des Bettes pralle. Wieder legt er mir eine Hand um die Kehle, wickelt sich mein Haar um die andere Hand und zieht daran, und dabei reitet er auf mir wie auf einer Welle. Ich hebe das Becken und dränge jedem Stoß entgegen. Er lässt das Becken kreisen; und die ganze Zeit hört er nicht auf, mich zu küssen und mit der Zunge zu liebkosen. Wann immer er tief in mich eindringt, prallt sein Beckenknochen gegen meine Klitoris, immer schneller, immer härter, bis ich aus wunder Kehle seinen Namen schreie und noch einmal alles in mir explodiert. Diesmal kommt er auch, sein Schwanz pulsiert, und ich lasse das Becken kreisen, um ihm auch noch den letzten Tropfen zu entlocken. Etwas in mir – etwas, das ich vorher nicht an mir kannte – möchte ihm die Seele aus dem Leib vögeln.

Er lässt sich auf mich sinken, seine Lippen streifen meinen schweißnassen Hals. Ich drehe mich auf die Seite, ziehe die Bettdecke über mich und schmiege mich in seinen Arm. Die Augen fallen mir zu. Ich schlafe ein.

16. KAPITEL

»Madi!« Tatum wedelt mir vor dem Gesicht herum, als ich gerade meinen Spind zumache.

»Ja, was ist?« Ich schließe ab und klemme mir die Bücher unter den Arm.

»Ich hab dich gefragt, ob dein Dad schon von der Party gehört hatte, als er heute früh nach Haus kam.«

Wir gehen den Korridor entlang, auf dem Weg zur Englischstunde. Es ist das einzige Fach, das Tatum und ich zusammen haben.

»Äh, nein«, antworte ich, wobei ich es vermeide, sie anzusehen. »Aber ganz ehrlich, es würde ihn gar nicht kümmern. Solange wir die Finger von seiner Hausbar und meinem Waffenschrank lassen, ist alles bestens.«

»Oh!« Tatum fährt sich mit einer Hand durchs Haar. »Na dann. Wie ist denn der Rest der Nacht für dich gelaufen? Seit Bishop mit dir im Auto weggefahren ist, habe ich nichts mehr von dir gesehen, und auf meine Nachrichten hast du das ganze Wochenende nicht reagiert. Habe ich irgendwas falsch gemacht?«

Huch, wie bitte? Ich bleibe vor der Tür zum Unterrichtsraum stehen. »Was könntest du denn falsch gemacht haben?« Sie errötet schuldbewusst, da dämmert es mir. »Du und Nate.«

»Na ja, ich meine, wir haben sozusagen ...«

»Was?«, rufe ich aus ich, wenn auch mit gedämpfter Stimme. Dann packe ich sie am Arm und zerre sie in einen Winkel, wo wir ungestört sind. »Das ist nicht dein Ernst.«

Sie nickt und lächelt, so unbeschwert wie ein Hundewelpe. »Doch.«

»Tatum …«

Sie legt mir eine Hand auf den Arm. »Schon okay, Madi. Ich weiß, wie Nate ist. Ich bin ja nicht blöd. Aber ich wollte es endlich hinter mich bringen, und er war ganz offensichtlich bestens dafür geeignet.«

Ich sehe sie scharf an. »Da wäre ich mir nicht so sicher, Tatum.«

Sie tut die Bemerkung mit einem Handwedeln ab. »Also bitte. Ich weiß, dass ich für ihn nur eine Kerbe im Bettpfosten bin. Das ist völlig in Ordnung. Genau deshalb habe ich ihn mir ja ausgesucht.«

Ich entspanne mich ein wenig, auch wenn ich ihren Worten nach wie vor nicht ganz traue. Aber schließlich, was verstehe ich schon von schönen – oder auch nur halbwegs netten – ersten Malen.

»Na, jedenfalls …« Sie grinst mich an. »… was hast du denn noch so erlebt?«

Was ich erlebt habe? *Tja, weißt du, erst hatte icg magakras-*
sen Sex, und dann ist der Typ, der das erledigt hat, mitten in der
Nacht einfach verschwunden, und ich habe nichts mehr von ihm
gehört.

»Gar nichts.«

Wir betreten den Unterrichtsraum und setzen uns in die letzte Reihe.

Es läutet zur Mittagspause, ich greife nach meinen Büchern und streiche mir das Haar hinters Ohr. Als ich zur Tür gehe, prallt Ally mit der Schulter gegen mich. »Huch.« Sie legt eine Hand auf den Mund, um ihr Grinsen zu verbergen. »Tut mir echt leid. Ich dachte, der Müll wäre längst entsorgt.« Sie schaut Lauren an, und beide werfen lachend das Haar zurück.

»Wow«, sage ich ruhig. »Ich hätte nicht gedacht, dass du in meiner Achtung noch tiefer sinken kannst, aber das eben war derart fantasielos, dass ich meine Meinung wohl doch ändern muss.« Ich wende mich ab und lasse sie stehen, mit finsteren Mienen und verächtlich verzogenen Lippen.

»Hey!«, ruft Ally mir nach. Mrs Robinson hält im Einpacken ihrer Unterlagen inne. Ich bleibe an der Tür stehen. »Bishop gehört mir.«

Ich lache. »Du kannst ihn haben.« Dann gehe ich wirklich. Ich steuere meinen Spind an, tippe den Code ein und lege meine Bücher ins Fach. Meinen Ärger sieht man mir vermutlich deutlich an. Ich sollte mich von Ally wirklich nicht provozieren lassen, aber ihre Sticheleien gehen mir nun mal unter die Haut. Kein gutes Zeichen. Es bedeutet, dass mir die Menschen, mit denen ich zu tun habe, nicht gleichgültig sind. *Hallo, Bishop.*

»Hey.« Der Ruf stört mich bei dem Versuch, tief ein- und auszuatmen. Und es ist nicht die Stimme, die ich jetzt gern hören würde.

»Hallo, Carter.« Ich schließe den Spind und schlage den Weg zur Cafeteria ein.

Er folgt mir auf dem Fuß. »Du, ich wollte mit dir über diesen Kuss neulich reden.«

Am liebsten hätte ich laut gelacht. Den Kuss hat Bishop längst gestohlen und durch einen anderen ersetzt und am Ende zu winzigen Stücke zerschlagen.

»Das ist wirklich nicht nötig«, erwidere ich abwehrend, während wir die Cafeteria betreten. Ich habe mir das alles doch nicht eingebildet. Ich weiß, wie stark Bishop Abstand von anderen Menschen hält und dass er nicht mit jeder rummacht oder schläft – gut, jedenfalls hat man mir das erzählt. Dass ich nichts Besonderes bin, weiß ich auch. Aber wenn dich einer einfach allein lässt, während du schläfst, dann ist das schon eine ziemlich heftige Zurückweisung. *Arschloch.*

Schon die Erinnerung macht mich wütend. Unwillkürlich rücke ich etwas näher an Carter heran. Nicht um es Bishop heimzuzahlen – mir ist klar, dass ihn das gar nicht kümmern würde –, sondern um ein wenig Trost zu finden. Bei jemand, der mich vielleicht wirklich will. Aber nein, das kommt nicht infrage. Ich ersticke den Gedanken im Keim und nehme mir ein Tablett.

»Und? Was hältst du davon?«, fragt Carter, während wir uns in die Schlange einreihen.

»Wovon?«, frage ich mit erhobenen Augenbrauen, greife nach einem Apfel und stelle einen Salat auf mein Tablett.

»Vom Campen. Wir wollen über Halloween alle zusammen in die Berge.«

»Oh.« Das interessiert mich. Zelten macht mir viel Spaß, genau wie Freizeitsport. »Wann denn?«

Carter steckt sich einen Karottenstift in den Mund, während er sich den Teller füllt. Zugleich lächelt er mich an. In seinen Wangen bilden sich Grübchen. Er ist wirklich süß; wenn ich mich trösten wollte, könnte ich es deutlich schlechter treffen. Aber ich möchte keine Hoffnungen in ihm wecken, denn ehrlicherweise kann ich mir kaum vorstellen, mich mit Carter auf Sex oder sonst irgendwas Ernstes einzulassen. Das mit Bishop hat etwas in mir wach gerüttelt. Unser One-Night-Stand hat meine inneren Alarmglocken schrillen lassen.

»Und wer macht alles mit?«, frage ich weiter. Inzwischen bin ich am Ende der Theke angekommen und nehme mir eine Flasche Wasser.

»Pauly und Alias, mit ihren Freundinnen. Wenn du willst, kann Tatum auch mitkommen.«

Ich beiße in den Apfel; dabei schaue ich an Carter vorbei und entdecke Bishop. Die übrigen Jungs sind ebenfalls da, einschließlich Nate.

»Es gibt da nur ein Problem«, sage ich, während ich mich innerlich unter Bishops hartem Blick winde. »Meinen nervigen Stiefbruder und sein Rudel. Die lassen mich nicht aus den Augen.« *Bitte, besteh nicht drauf, bitte, besteh nicht drauf,* bettle ich in Gedanken. Hoffentlich sagt er, ich soll das Ganze vergessen.

So viel Glück habe ich nicht.

Er zuckt die Achseln. »Machen wir halt 'ne Party draus.«

Ich schaue erneut an ihm vorbei. Inzwischen sitzt Ally auf Bishops Schoß und spielt mit seinen Haaren. Sein Blick ist jedoch immer noch auf mich gerichtet; er durchbohrt mich geradezu.

»Gut.« Ich lächle lieb, wobei ich Bishop voll ins Gesicht sehe. Dieses Spiel beherrsche ich auch. »Das macht bestimmt Spaß.« Sicher, eigentlich habe ich gar kein Recht, mich über ihn und Ally aufzuregen. Aber ich müsste lügen, wenn ich behaupten wollte, dass es mir keinen Stich versetzt, wenn ich sie so kuschlig auf seinem Schoß hocken sehe – und er keine Anstalten macht, sie von sich zu stoßen. Obwohl ich nicht so naiv bin, mir einzubilden, dass zwischen uns eine echte Verbindung entstanden ist, oder wir uns wirklich etwas auseinander machen. Wir sind hier schließlich nicht in einem Märchen. Im wirklichen Leben laufen die Dinge anders. Jedenfalls bei mir.

»Also, wann soll das stattfinden?«, frage ich Carter, während ich ihm zu dem Tisch folge, an dem Tatum sitzt.

»Nächstes Wochenende.« Zu meiner Überraschung setzt er sich zu uns, und die Freunde, die auf ihn gewartet haben, folgen seinem Beispiel.

»Was ist nächstes Wochenende?«, fragt Tatum, während sie den Deckel von ihrem Joghurt abzieht.

»Ein Campingausflug«, antworte ich munter, in dem sicheren Wissen, dass sie meckern wird.

Prompt versetzt sie mir unter dem Tisch einen Tritt. »Toll! Das macht bestimmt Spaß.«

Ich lache, beiße wieder von meinem Apfel ab und widme mich der Aufgabe, Bishop nicht zu beachten. Allerdings nur, bis Nate zu uns an den Tisch kommt. Er beugt sich grinsend über mich und zwinkert Tatum zu. »Hey, Schwesterlein, soll ich dich nach der Schule mitnehmen?«

Ich nicke erfreut und wische mir den Mund ab. »Ja, danke.« Nate nickt ebenfalls, lächelt ein wenig, richtet sich auf und wendet sich zum Gehen. »Warte mal!«, rufe ich ihm nach, und er bleibt stehen und dreht sich zu mir um. Ich deute mit dem Daumen auf Carter. »Carter hat uns für nächstes Wochenende zu einem Campingausflug eingeladen. Willst du mitkommen?«

»Was denn, hast du etwa gedacht, du könntest meine kleine Schwester ohne mich kriegen, du Wichser?« Er grinst Carter an, doch dieses Grinsen ist nicht so unbeschwert, wie ich es sonst von Nate kenne. Es wirkt angespannt, es lässt Alarmglocken schrillen. Nate entfernt sich rückwärts von unserem Tisch. »Klar kommen wir mit.« Dann dreht er sich um und kehrt zu seinem Platz zurück. Na toll. Die Spannung zwischen den beiden war mit Händen zu greifen.

Ich wende mich Carter zu. »He.« Ich schubse ihn an. Auf ihn darf ich wirklich nicht böse sein. Er hat mir immer nur das Gefühl vermittelt, dass er mich mag. Auch jetzt entspannt sich seine Miene, als er mich anschaut. »Alles in Ordnung?«

Er lächelt. »Aber klar.«

»Gibt es irgendwas zwischen euch, wovon ich wissen sollte?« Ich sehe ihm forschend in die Augen. Sein Atem streift fast meine Lippen. Um mich zu küssen, müsste er sich nur ein wenig vorbeugen. *Bitte, tu's nicht.* Ich mag ihn, aber ohne es zu merken, habe ich ihn wohl in die Friendzone abgeschoben.

»Schon«, flüstert er und schaut auf meinen Mund.

Oh nein, oh nein, oh nein.

Rasch stehe ich auf und nehme mein Tablett. »Super!«

»Du hast aber nicht gerade viel gegessen.« Er deutet auf das übrig gebliebene Essen auf meinem Tablett. Ich halte kurz inne, dabei fällt mein Blick erneut auf Bishop. Ally sitzt nicht mehr auf seinem Schoß, sondern neben ihm. Immerhin ein Fortschritt. Trotzdem, ich hasse ihn. Ich reiße mich von seinem Anblick los und lächle Carter an. »Irgendwie habe ich heute keinen Hunger.« Dann trage ich das Tablett zum Ausgang, entsorge die Reste und lege es auf dem Tisch ab.

Tatum kommt hinter mir hergerannt. »Hey!« Sie fasst mich an der Hand, doch ich entziehe mich ihr und gehe schneller. Ich bin es nicht gewohnt, so viele Menschen in meiner Nähe zu haben, erst recht nicht solche, die sich für mich und mein Leben interessieren. Das alles überfordert mich allmählich, und dazu kommt noch Bishop mit seinen verwirrenden Psychospielchen.

Warum ist er einfach verschwunden? War ich nicht gut genug?

Natürlich nicht! Du bist ein widerliches kleines Mädchen mit einer Vorliebe für schlimme Sachen.

Ich schließe die Augen und versuche, die bösartige Stimme aus meinem Kopf zu verbannen. Es ist lange her, seit ich sie das letzte Mal gehört habe. Keine Ahnung, warum sie sich heute wieder meldet, aber da ist sie. Als ich die Augen öffne, fällt mein Blick auf den Zugang zu den Toiletten. Ich renne hin. Hinter mir höre ich Tatum fluchen, aber achte nicht darauf. Meine Augen sind voller Tränen, sodass ich das blaue

Zeichen für die Mädchentoilette nur verzerrt und verschwommen wahrnehme. Ich stoße die Tür auf und flüchte in eine der Kabinen, knalle die Tür hinter mir zu und schiebe den Riegel vor. Eine Sekunde später wird die Tür zum Gang erneut geöffnet.

»Madi?«, flüstert Tatum. »Kannst du mit mir darüber reden?«

Ich habe angefangen, diese Leute ins Herz zu schließen. Jedenfalls Nate und Tatum – und vielleicht Hunter, bei den übrigen Kings bin ich mir nicht so sicher. Und Carter. Er ist auch nett. Aber es wird mir einfach zu viel. All diese Menschen, die mir zeigen, dass ich ihnen wichtig bin. Das gab es noch nie. Irgendwie werde ich den Gedanken nicht los, dass das Ganze nur ein perfides Spiel ist. Warum haben Nate und Bishop mich neulich nachts überfallen? Was haben sie gemeint, als sie vom Spielen geredet haben, und warum haben sie dann aufgehört? Warum? So viele Fragen. In meinem Kopf geht alles durcheinander.

»Madi, Baby, sag doch was«, flüstert Tatum. Sie lehnt draußen an der Trennwand der Kabine. »Was ist passiert?«

Eigentlich liegt es gar nicht an Bishop und Ally. Sie haben die Stimme nicht wachgerufen. Es liegt an meiner eigenen inneren Unsicherheit, und die ist eine Folge schlimmer Erlebnisse. Erlebnisse, die ich mit mir allein ausgemacht habe, aus Angst, meinen Vater so kurz nach dem Tod meiner Mutter zu überfordern. Trotzdem platze ich jetzt mit Bishop und mir heraus, denn darüber zu reden fällt mir leichter. Und eine glaubwürdige Erklärung ist es auch.

»Ich habe mit Bishop geschlafen.«

Tatum atmet scharf ein. »Na ja, sehr überrascht bin ich nicht, muss ich sagen. Dann ärgerst du dich jetzt wohl über ihn und Ally?«

Ich schlucke, wische mir die Tränen von den Wangen und behaupte: »Ein bisschen.«

Irgendwem muss ich mich anvertrauen, und wenn dafür überhaupt jemand infrage kommt, dann Tatum. Obwohl wir so unterschiedlich sind, haben wir uns vom ersten Tag an verstanden. Sie ist das Yin zu meinem Yang – aber vor allem vertraue ich ihr. Ich beuge mich vor und entriegle die Tür. Tatum öffnet und schaut mich mit besorgter Miene an. Dann kommt sie herein, schließt die Tür der winzigen Kabine und verriegelt sie wieder. Sie kniet sich hin, ohne darauf zu achten, wie dreckig der Boden ist. Dabei ist sie so eine Sauberkeitsfanatikerin. Es beweist, was für eine gute Freundin sie ist.

»Bishop macht sich doch gar nichts aus ihr, Liebes. Trotzdem, ich hätte dich deutlicher warnen müssen. Seit Khales war er mit keinem Mädchen mehr fest zusammen.« Sie zögert, dann tätschelt sie mir das Knie. »Versteh mich bitte nicht falsch«, fährt sie mit leisem Lachen fort, »es hat nach ihr durchaus Mädchen in seinem Leben gegeben. Immer aus den besten Kreisen. Promis. Hier an der Schule oder auch am College hat es keine auch nur annäherungsweise geschafft, ihn ins Bett zu locken. Und wenn ich sage, es hätte da andere Mädchen gegeben, dann waren das, na ja, vielleicht zwei, von denen ich weiß. Und zwar …« Sie legt den Kopf schräg. »… weil irgendwelche Paparazzi ihn zusammen mit ihnen fotografiert haben.«

»Paparazzi?«, frage ich, ein wenig entsetzt von der Vorstellung, dass ein Paparazzi sich für Bishop interessieren könnte.

»Also, mal abgesehen davon, dass die Mädchen eben Promis waren: Bishops Mutter ist auch berühmt.«

»Bah«, mache ich verächtlich und wische mir die letzten Tränen ab. »Wieso berühmt?«

Tatum lächelt. »Tja, sein Dad ist ein wichtiger Mann in New

York. Immobilien und so. Der Familie gehört fast die ganze Upper East Side. Und seine Mom ist Scarlett Blanc.«

»Scarlett Blanc ist Bishops Mutter?«

Tatum nickt. »Genau. Das erklärt alles, oder?«

Und ob. Scarlett Blanc ist eine sehr berühmte Schauspielerin. »Interessant.« Meine Tränen sind versiegt.

»War das alles? Sonst bedrückt dich nichts?«, fragt Tatum.

Ich schüttle den Kopf. »Nein, sonst ist nichts«, behaupte ich. Denn, ganz ehrlich, ich möchte gar nicht, dass sie weiß, wie viel mir das mit Bishop und Ally ausmacht. Das soll niemand wissen. Es wäre ein Zeichen von Schwäche, und ich lasse mir meine wunden Punkte nun einmal nicht gern anmerken.

Tatum fasst mich an der Hand und zieht mich vom Toilettensitz auf die Füße. »Okay, dann passiert jetzt Folgendes.« Sie wischt mir die letzten Spuren der Tränen von den Wangen. »Wir beschließen, nie mehr wegen Bishop Vincent Hayes zu weinen. Abgemacht?«

Ich lache und nicke. »Abgemacht.«

Gemeinsam verlassen wir die Mädchentoilette. Auf dem Gang dreht Tatum sich zu mir um. »Übrigens, Tillie will sich nach der Schule mit uns treffen. Soll ich mit dir hinfahren?«

Ich klemme mir die Bücher unter den Arm. »Ja. Ich muss nur vorher nach Hause und meinen Vater begrüßen. Aber du kannst gern mitkommen.«

Tatum hebt eine Augenbraue. »Er ist zum ersten Mal hier, seit ihr hergezogen seid, oder?« Andere Leute fänden es vermutlich seltsam, dass unsere Eltern ständig abwesend sind, aber Tatum und ich kennen es nicht anders. Es gehört einfach dazu, ob es uns gefällt oder nicht.

»Richtig, aber darum geht's gar nicht so sehr.«

»Worum dann?«, fragt sie, während wir gemeinsam dem langen Gang folgen.

»Er hatte gesagt, ich soll Nate auf Abstand halten, aus welchen Gründen auch immer.«

Tatum lächelt. »Der Club. Das ist der Grund. Er hat bestimmt sämtliche Geschichten darüber gehört.«

Das tue ich mit einem Schnauben ab. »Glaub ich nicht. Mein Dad stammt ja nicht von hier. Er ist aus New Orleans.« Dann schaue ich sehnsüchtig in Richtung Bücherei. »Wir sehen uns nach der Schule.« Ich lasse Tatum stehen und steuere mit großen Schritten auf die Bibliothek zu.

Dort stoße ich die Schwingtür auf und will sofort zu dem Regal gehen, in dem ich das Buch gefunden habe.

»Madison?«, ruft die Bibliothekarin von ihrem Platz aus und steht auf. Ihren Namen weiß ich immer noch nicht. Sie ist etwa Mitte bis Ende dreißig und sieht überhaupt nicht so aus, wie man sich eine Bibliothekarin vorstellt. Sie wirkt jung, lebendig und unkonventionell. Keine Brille, keine Nylonstrümpfe. Sie hat von Natur aus rotes Haar, einen hellen Teint und ein paar Sommersprossen unter den leuchtend grünen Augen. Um ihre Haut kann man sie nur beneiden. Sie ist glatt wie Seide. Während ich gerade mit dem dritten Pickel innerhalb einer Woche kämpfe.

»Hi.« Ich lächle ihr zu und umklammere die Bücher in meiner Hand. »Tut mir leid. Ich möchte nur das Buch weiterlesen.«

Sie schüttelt den Kopf. »Sie müssen sich nicht entschuldigen. Aber darf ich fragen, was Sie gerade an dem Buch so fasziniert?« Sie hebt eine Augenbraue, lehnt sich an den Schreibtisch und kreuzt die Beine.

»Ganz ehrlich?«, erwidere ich lachend. »Das weiß ich auch nicht. Keine Ahnung.«

Sie schaut mich aufmerksam an, als wollte sie erraten, was hinter meinen Worten steckt. Dann seufzt sie leise und entspannt sich. »Dann nur zu. Aber gehen Sie nicht zu spät zum Unterricht.«

»Nein, Ma'am.« Ich gehe in die kleine Ecke der Bücherei, in der ich vor ein paar Tagen auch gesessen habe. Dort lege ich meine Bücher auf dem Tisch ab und sehe die abgegriffenen Buchrücken durch. Als ich den gesuchten Band finde, atme ich auf, ziehe ihn aus dem Regal und kehre zu meinem Sessel zurück. Sonnenlicht fällt auf den alten Ledereinband. Mit der flachen Hand streiche ich über das Kreissymbol mit dem zweifachen Unendlichkeitszeichen darin. Was hat dieses Buch an sich? Warum fühle ich mich so davon angezogen – als wäre es von einem Magnetfeld umgeben? Ich spüre ein leises Frösteln. Dann schlage ich das Buch auf und lese dort weiter, wo ich aufgehört habe.

2.

Die Entscheidung

Ich presste wieder, wohl zum hundertsten Mal. Schweiß lief mir übers Gesicht, und ich umklammerte die Hand meines Ehemanns. Die Hand, dich ich gehalten habe, als wir unser Ehegelübde sprachen. Die Hand, der ich mein Leben anvertraut hatte, und das meines Kindes. Die Hand, die mir am Ende den Tod bringen sollte. Die sich wie eine Klammer um meinen Hals legen sollte. Und die Augen, in die ich nun schaute, voller Bewunderung, voller Liebe und Glauben an die Zukunft, sollte ich als Letztes vor mir sehen, wenn in der Stunde meines Todes die Teufelstür zugeschlagen wurde.
Ich presste noch stärker, mit aller Kraft, bis ich das Gefühl hatte, die Beckenknochen aus meinem Körper zu pressen. Bis ich vor Schmerz tanzende Lichtpunkte hinter den geschlossenen Lidern

sah. Bis meine Beine zitterten und mein Körper schweißüber-
strömt war. Bis der Säuglingsschrei meines kleinen Jungen
durch den kalten Raum hallte. Und so plötzlich, wie er in dieser
Welt angelangt war, wurde er mir wieder weggenommen. Eine
Decke zum Einwickeln, das Durchschneiden der Nabelschnur,
dann trug mein Mann das Baby davon.
Ich ließ den Kopf aufs Bett sinken. Der Widerschein der Flam-
men in der offenen Feuerstelle huschte über meine erhitzten
Glieder. Zwischen meinen Beinen glitt etwas Warmes, Klebri-
ges, Nasses hervor. Vor Schwäche fielen mir die Augen zu. Müh-
sam öffnete ich sie wieder und sah zu, wie die Flammen um den
Wasserkessel tanzten, der über dem Feuer hing. Eine schatten-
hafte Gestalt erschien neben dem Bett. Es war mein Ehemann.
Er hielt meinen Sohn auf dem Arm und blickte mich an.
»Dies ist die Entscheidung, Weib. Du weißt, was das für ihn be-
deutet. Wofür wir stehen.«
Ich öffnete und schloss mehrmals den Mund, fuhr mir auf der
Suche nach Feuchtigkeit mit der Zunge durch den Mund und
suchte nach Worten. Schließlich nickte ich, denn ich wusste, dass
es in jedem Fall geschehen würde. Ich hatte keinerlei Mitspra-
cherecht. Ob ich einverstanden war oder nicht, ich konnte es
nicht verhindern. Also nickte ich und sah zu, wie mein Mann
und seine drei Freunde meinen neugeborenen Sohn flach auf
den nackten Steinboden legten.
Sein Schreien traf mich bis ins Mark. Tränen liefen mir aus den
Augen. Mein Mann griff nach dem kleinen Brenneisen, hielt
es übers Feuer und kehrte dann zu meinem Sohn zurück. Er
drückte ihm das Eisen auf den winzigen Oberarm. Das Schrei-
en wurde noch gellender. Es brach mir das Herz. Ich weinte
immer mehr. Mein Mann wickelte mein Baby wieder in seine
kleine Decke, kam zu mir und legte ihn mir in die Arme.
Ich gurrte besänftigend und richtete mich auf einem Ellbogen

auf. Eben marschierte eins unserer Dienstmädchen ins Zimmer, sie brachte einen Eimer mit warmem Wasser und Tücher. Ich wiegte mein Baby in den Armen und schaute meinen Mann an, mit neu erwachtem Hass im Herzen. Dann betrachtete ich meinen Sohn. Er trug jetzt den Kreis der Unendlichkeit auf seinem jungen Körper.

Die Entscheidung war gefallen. Eine neue Weltordnung sollte beginnen.

Ich bekomme eine Gänsehaut.

»Madison? Sie müssen zum Unterricht.«

»Oh. Okay.« Ich schlage das Buch zu und klemme es mir unter den Arm.

»Ich bin übrigens Miss Winters. Damit Sie bei Ihrem nächsten Besuch Bescheid wissen.« Sie lehnt sich gegen eins der Regale.

»Das ist wirklich gut zu wissen.« Ich gehe zu der Stelle, wo das Buch stand.

Miss Winters beobachtet mich aufmerksam. Dann öffnet sie den Mund, als wollte sie etwas sagen, schließt ihn aber wieder. Ich nehme meine Schulbücher vom Tisch und lächle ihr zu. »Danke, dass ich hier einfach so hereinmarschieren darf.«

»Kein Problem.« Sie lächelt schwach. Als ich mich zum Gehen wende, sagt sie: »Zehn Uhr.«

Ich halte inne und drehe mich um. »Wie bitte?«

Sie räuspert sich. »Freitags schließen wir erst um zehn Uhr abends. Die Bücherei und die Sporthalle, heißt das. Um ins Gebäude zu kommen, müssen Sie den Seiteneingang mit Ihrem Schulausweis entriegeln. Aber die Bücherei hat so lange geöffnet.«

Sie geht zu der Stelle, wo ich das Buch ins Regal gestellt habe, und streicht mit einem Finger über den Rücken. »Wissen

Sie, warum dieses Buch keinen Titel hat?«, fragt sie leise und blickt mich über die Schulter hinweg an.

Ich schüttle langsam den Kopf. »Nein. Ich bin erst in Kapitel zwei.«

»Das sind keine Kapitel. Und eigentlich ist es auch kein Buch.«

Hä? Um nicht irgendetwas Dummes zu sagen, halte ich lieber ganz den Mund, in der Hoffnung, dass sie weiterredet. Und das tut sie auch.

»Es ist eine Legende, eine alte Geschichte.« Sie lächelt mich an. »Und es wurde nicht als Buch geschrieben. Die Frau, die es verfasst hat …« Sie schlägt die erste Seite auf und streicht mit den Fingerspitzen über die feine Schreibschrift. Jeder Strich der Krähenfeder wurde mit völliger Präzision ausgeführt. »Sie hat es nicht als Buch geschrieben.«

Ich räuspere mich. »Als was denn dann?«

»Als Abschiedsbrief. Sie hat Selbstmord begangen.«

17. KAPITEL

Der Rest des Tages verstreicht quälend langsam. Nach dem Gespräch mit Miss Winters habe ich die Bücherei sofort verlassen. Am Freitag werde ich jedoch wieder hingehen. Ich möchte möglichst viel in diesem Buch lesen. Oder diesem Abschiedsbrief. Bei dem Gedanken läuft es mir kalt über den Rücken.

Selbstmord? Wenn das stimmt, warum beschreibt sie dann, wie ihr Ehemann ihr eine Hand an die Kehle legt? Es kann natürlich sein, dass die beiden einfach Spaß an Sexspielen hatten. Doch so sehr ich auch versuche, diese offensichtlich düstere Geschichte mit trockenem Humor abzutun, mir ist schwer ums Herz. Ich habe alles nachempfunden, was die Frau berichtet hat. Ich war bei ihr, als sie ihren Sohn zur Welt brachte. Es war fast, als würde ich eine Liveübertragung sehen. Die Erinnerungen an *Das Buch* – da es keinen Titel hat, habe ich beschlossen, es so zu nennen – begleiten mich noch, als die Schulglocke zum letzten Mal läutet und der Unterricht beendet ist.

Ich verlasse den Raum und gehe den lärmerfüllten Korridor entlang. Auf einmal schlingt Nate einen Arm um mich. »Hallo, du da.«

»Hi.« Ich lächle ihn an. Bis eben hatte ich die Sache mit Bishop und Ally völlig vergessen. Jetzt weiß ich wieder, weshalb ich Bücher so liebe. Man entkommt der Welt. »Wie ist dein Tag so gelaufen?«

Er zuckt die Achseln. »Schule halt. Was kann man da schon erwarten?«

»Stimmt!« Ich lasse mich in Richtung Tiefgarage dirigieren. »Und, bist du bereit, deiner Mom und meinem liebsten Daddy unter die Augen zu treten?«

Er grinst und setzt sich die Aviator-Brille auf. »Nee.«

Ich bleibe stehen. »Mist. Tatum kommt mit. Das hätte ich fast vergessen.«

Nate zuckt die Achseln. »Schreib ihr. Sie soll sich beeilen.«

Ich sehe ihn skeptisch an. »Wird das jetzt irgendwie komisch?«

»Warum? Weil wir Sex hatten?«

»Nun … ja.«

»Nein.« Er sieht mich aufmerksam an, dann seufzt er und nimmt meine Hände. »Es wird überhaupt nicht komisch. Versprochen. Ich bin es gewöhnt, dass sie anhänglich werden. Mit Mädchen wie Tatum kann ich umgehen.«

Ich lache spöttisch, fasse in die Tasche und hole das Telefon hervor. »Ach, um Tatum mache ich mir keine Sorgen«, sage ich, während ich rasch eine Nachricht an sie tippe. Nates Lächeln verblasst. Ich verdrehe die Augen. Wieso kränkt ihn das jetzt? Aber gut, so ist Nate nun mal. Unter dem knallharten, rebellenhaften Auftreten verbirgt sich ein äußerst empfindsames Ego. Was für ein Schock. Er findet sich selbst toll, und wenn ich dann andeute, dass Tatum sich vielleicht gar nichts aus ihm macht, ist er in seinem Stolz verletzt. Ich tippe auf *Senden* und fahre erklärend fort: »Ich wollte nur sagen, dass sie nicht der anhängliche Typ ist. Sie hat dich auch nur benutzt, so wie du sie.«

Tatum antwortet fast augenblicklich. Sie will sich bei uns zu Hause mit mir treffen.

Nate lacht befreit. »Na, siehst du? Alles bestens. Wenn ihr so klar ist, was läuft, könnte ich es ja noch mal bei ihr probieren.«

Ich tippe mir an den Kopf. »Erstens: nein. Lass sie in Ruhe. Und zweitens: Wir treffen uns bei uns zu Hause.«

»Und, soll ich jetzt mit dir über meine Freunde reden?« Er legt mir einen Arm um die Schultern. Wir betreten den Fahrstuhl zur Tiefgarage.

Ich schnaube verächtlich. »Ganz bestimmt nicht.«

Denn dafür ist es schon zu spät.

18. KAPITEL

Kennt ihr die Filmszene mit den zwei kleinen Kindern auf dem Sofa? Sie sind dabei erwischt worden, wie sie die Wände bemalt oder die neuen Bettlaken aus ägyptischer Baumwolle zerschnitten haben, und jetzt versuchen sie, möglichst unschuldig dreinzublicken, während die enttäuschten Eltern ihnen gegenübersitzen und überlegen, wie sie sie bestrafen sollen.

Tja, im Augenblick sind Nate und ich diese Kinder.

»Madi?«, fragt mein Vater, und dabei blickt er auf den Arm, den Nate mir lässig um die Taille gelegt hat, während wir nebeneinander auf dem L-förmigen Sofa sitzen. Unruhig rutsche ich auf meinem Platz hin und her. Es behagt mir nicht, dass mein Dad offensichtlich so viel dagegen hat, wenn Nate den Arm um mich legt.

»Hm? Ja?« Ich habe beschlossen, die Unschuldige zu spielen. Bei meinem Dad zieht das immer. Er hält mich für naiv; vermutlich denkt er sogar, ich wäre noch Jungfrau. Rein technisch betrachtet ist das bei einer Siebzehnjährigen vielleicht gar nicht ungewöhnlich. Nicht jedes Mädchen erlebt, was *mir* passiert ist.

Elena seufzt und steht auf. »Ist schon gut, Michael. Sie sind halt jung. Da macht man solche Sachen.« Sie zögert und fährt dann fort: »Immerhin verstehen sie sich gut genug, um zusammen eine Party zu geben.«

Ich hätte wirklich nicht erwartet, dass es meinem Vater etwas ausmacht. Nicht, dass ich je zuvor eine Party veranstaltet habe, aber schließlich ist er nicht eben häufig daheim. Ich bin gar nicht sicher, ob er überhaupt noch Strafkarten verteilen darf. Die sollten eigentlich ungültig geworden sein, als er damals kurz vor meinem fünften Geburtstag verreist ist.

Dad steht ebenfalls auf. Mit gerunzelter Stirn und Fältchen um die Augen schaut er Nate an. »Nicht noch einmal.« Dann geht er hinaus, dicht gefolgt von Elena.

»Wow!« Lachend lehnt Nate sich auf dem Sofa zurück und kippt die Mütze nach vorn, bis sie seine Augen verdeckt.

»Wow?«, wiederhole ich im Flüsterton. »Machst du Witze?« Ich verpasse ihm einen Rippenstoß und stehe auf. »Das ist alles deine Schuld.«

Er lacht in sich hinein. Dieses unerschütterliche Arschloch. »Soll mir recht sein.«

»Nate!« Ich kneife ihn in den Arm.

»Autsch!« Er schiebt die Mütze wieder nach oben, bis er mir ins Gesicht sehen kann. »Was ist denn?«

»Du solltest dich doch um die Mülltonnen kümmern!«

Er schüttelt den Kopf. »Das habe ich auch, das weiß ich genau. Tatum und ich sind rüber …« Er verstummt und blickt ins Weite.

»Ja? Tatum und du? Wo seid ihr hin?« Frustriert wippe ich mit dem Fuß.

Nate lacht. »Okay, tut mir leid!« Er steht auch auf, legt einen Arm um mich und zieht mich an sich.

Eine Sekunde lang stemme ich mich gegen seine harte Brust, dann gebe ich beleidigt auf und lehne mich an ihn. »Mach das nicht noch mal. Wir hatten alles genau geplant. Wenn wir uns hier weiter frei bewegen wollen, müssen wir uns an unsere Pläne halten.«

»Stimmt.« Als er spricht, spüre ich die Vibration an meiner Wange. Sein süßliches Rasierwasser steigt mir in die Nase. »Aber wir müssen hier sowieso keine Partys mehr geben. Dafür haben wir Brantleys Haus.«

»Brantley kann mich nicht leiden. Egal. Ich sollte sowieso nicht auf Partys gehen.«

Nate schlingt die Arme fester um mich. »Es stimmt nicht, dass Brantley dich nicht leiden kann.«

»Ach nein?« Ich rücke ein Stück von ihm ab, gerade so weit, dass ich ihm ins Gesicht schauen kann, aber immer noch seine Arme um mich spüre. »Der Typ macht doch ein saures Gesicht, sobald er mich sieht. Ich glaube, er hasst mich noch mehr als Bishop.«

Nate drückt mich an sich. »Bishop hasst dich nicht.«

»Doch. Da bin ich mir ziemlich sicher. Im Grunde scheint keiner aus eurer Bande sonderlich glücklich darüber zu sein, dass es mich gibt.«

»Die kennen dich einfach nicht.«

»Ihr habt mich entführt. Die Jungs können von Glück reden, wenn sie mich überhaupt noch kennenlernen dürfen. Und übrigens, wieso umarme ich dich eigentlich? Auf dich bin ich deswegen auch sauer.« Ich versuche ihn wegzuschieben. Aber er packt noch fester zu. Dann legt er mir einen gekrümmten Finger unters Kinn, hebt es an und sieht mir forschend in die Augen. Sein Mund ist mir so nah, dass ich mich nur ein wenig bewegen müsste, um ihn zu küssen.

»Bei dem, was neulich nachts passiert ist, hat man kein Mitspracherecht.« Er ist jetzt völlig ernst, und das macht mich nervös. So habe ich Nate noch nicht oft erlebt. »Wirklich, Madi. Wir haben alle kaum eine Wahl. Hatten wir nie. Außer Bishop vermutlich.«

»Wieso magst *du* mich eigentlich?«, frage ich. Seine Augen werden schmal. »Ich meine, das ist schließlich gegen die Regeln«, flüstere ich und schaue auf seinen Mund. »Wir sind Stiefgeschwister. Wir sollten uns hassen.«

Er senkt den Kopf noch ein wenig mehr und schlingt mir den Arm noch fester um die Taille. Ich spüre seine Erektion an meinem Bauch. Ganz leicht streicht er mit den Lippen über meinen Mund. »Da musste ich mich einfach entscheiden. Entweder ich mag dich …« Er grinst, den Mund an meinen Lippen. Ich sollte mich bewegen; wenn ich klug wäre, würde ich mich jetzt sofort bewegen, doch ich tue es nicht. » … oder ich fick dich.« Er saugt meine Unterlippe in seinen Mund.

Als er sich eben von mir lösen will, fasse ich ihm in den Nacken, ziehe ihn zu mir herunter und küsse ihn. Ich öffne den Mund und lasse seine Zunge herein. *Er hat ein Zungen-Piercing?* Geübt lässt er das Schmuckstück über meine Zunge gleiten – und, verdammt, er küsst echt toll. Zugleich stößt er mich rücklings aufs Sofa, bis ich auf den weichen Polstern liege. Ich spreize die Beine, und ohne den Kuss zu unterbrechen, schiebt er seine Knie dazwischen. Dann legt er den Kopf schief, sodass ich besser an seinen Mund herankomme, und ich lecke über seine Zunge, sauge sie in den Mund.

»Madi, wir gehen heute Abend essen!«, ruft mein Vater aus einiger Entfernung. Es wirkt wie ein Eimer kaltes Wasser. Nate und ich fahren auseinander, ich lege eine Hand auf den Mund, und wir sehen uns entsetzt an. Ich stoße Nate weg, wir stehen auf, und im selben Moment kommt mein Vater herein. Er ist mit seinen Manschettenknöpfen beschäftigt. »Ihr kommt beide mit.«

»Tut mir leid«, erwidert Nate mit unbewegter Miene. »Ich hab heute Abend schon was vor.« Dann sieht er mich an. »Und hast du nicht gesagt, dass Tatum vorbeikommt?«

Nervös schaue ich von ihm zu meinem Dad. »Stimmt, aber das kann ich absagen.«

Nate reißt die Augen auf. Ich sehe ihn ebenfalls voll an, denn ich finde ihn unhöflich. Klar ist mein Vater ziemlich direkt, aber so ist er nun mal, und auch wenn er vielleicht keinen so ganz tollen Vater abgibt, er hat sich wenigstens immer bemüht.

»Gut. Dann ist das abgemacht. Wir treffen uns in einer halben Stunde draußen am Auto.«

Eine halbe Stunde später sitzen Nate und ich im Range Rover meines Vaters auf der Rückbank. Wenn wir uns ansehen, dann mit finsterer Miene. Seit dem Fehler vorhin haben wir kein Wort mehr miteinander gesprochen. Natürlich könnte man auch »Kuss« dazu sagen, aber »Fehler« kommt mir passender vor. Nate trägt eine dunkle Jeans, ein Polohemd und schwarze Stiefel. Ich bin ebenfalls lässig gekleidet, aber mit einer Jeans wäre ich wohl nicht durchgekommen, darum habe ich mich für einen Jumpsuit entschieden. Er ist schwarz und schmucklos, hat aber immerhin kleine Schlitze links und rechts am Brustkorb, sodass man dort ein wenig Haut sieht. Es ist eins der vielen Kleidungsstücke in meinem Schrank, die ich nicht sonderlich mag, aber die jemand aus meiner Gesellschaftsschicht nun mal besitzen muss, für den Fall, dass – ich weiß auch nicht – mein Vater mich mit dem Vorschlag überrumpelt, mit uns ins *The Plaines* zu gehen vermutlich. Es ist das exklusivste Restaurant hier in der Gegend. Das hat mir Tatum verraten, nachdem ich ihr geschrieben habe, dass ich heute doch keine Zeit habe und sie und Tillie ohne mich auskommen müssen. Vorher hat sie mich natürlich nach Strich und Faden verflucht.

»Wie geht es dir denn in der Schule, Madison?«, fragt Elena vom Beifahrersitz aus.

»Gut.«

»Madi hat sich da ganz schnell eingewöhnt.« Nate grinst mich an. »Nicht wahr, Schwesterlein?«

Als er mich Schwesterlein nennt, wird mir fast schlecht: Dieselben Lippen, die das aussprechen, habe ich eben noch geküsst. Was zum Teufel habe ich mir nur dabei gedacht? Mein Vater schaut mich im Rückspiegel an.

»Stimmt. Ich hab schon ein, zwei tolle Freundinnen gefunden.«

Während Elena Nate auszufragen beginnt, vibriert das Telefon in meiner Tasche. Ich schiebe es auf.

Bishop: *Wir müssen uns unterhalten.*

Meint er das ernst?

Ich: *Finde ich nicht.*
Bishop: *Ich bin nicht Nate, Madison. Ich vögel mich nicht von einem Bett zum anderen. Wir müssen uns unterhalten.*
Ich: *Hätte ich nicht gedacht. Wenn ich mir ansehe, wie Ally an dir rumtatscht.*
Bishop: *Eifersüchtig?*
Ich: *Nein. Und nein, ich will nicht mit dir reden. Vergiss das Ganze einfach. Ich bin jetzt praktisch mit Carter zusammen.*

Noch eine Lüge. Warum habe ich das jetzt wieder geschrieben? Wir leben im Jahr 2017. Es gibt Drohnen, es gibt Autos, die im Wasser fahren, Menschen sind auf dem Mond spazieren gegangen. Warum zur Hölle hat noch niemand eine Methode erfunden, eine Textnachricht wieder zu löschen, nachdem man sie gesendet hat? Keine Ahnung, wer dafür zuständig wäre. Apple vermutlich.

Bishop: *Sieh dich vor, Kätzchen …*

Ich verdrehe die Augen und stecke das Telefon wieder ein. Nate stößt mich mit dem Bein an, und ich sehe ihn an. Das Licht der Straßenlaternen huscht über sein scharf geschnittenes Gesicht. »Was ist?«, frage ich.

»Wer war das?«

»Niemand.«

Ich wende mich ab und schaue aus dem Fenster. Wie bin ich nur innerhalb so kurzer Zeit in dieses Durcheinander geraten? Plötzlich möchte ich noch einmal die neue Schülerin sein, die zum ersten Mal durch die Gänge geht.

»Dad?«, sage ich, die Stirn an die kühle Scheibe gelehnt.

»Ja?«

Ich atme tief durch. »Kannst du morgen mit mir eine Runde schießen gehen, bevor du los musst?«

Es folgt eine lange Pause. Ich schließe die Augen. Falls er Nein sagt, fange ich womöglich an zu weinen. Nach allem, was in letzter Zeit passiert ist, möchte ich meinen Dad bei mir haben. Ich möchte wie früher mit ihm zusammen schießen gehen. Ich möchte wieder festen Boden unter den Füßen spüren.

»Na klar, kleines Mädchen.«

Ich seufze, meine Schultern entspannen sich, und mein Stress lässt augenblicklich ein wenig nach.

Wir halten auf dem Parkplatz des Restaurants. Als ich ausgestiegen bin, spricht Elena mich an. »Ich wollte nur sagen: Es freut mich, dass du dich gut mit Nate verstehst.«

»›Gut verstehen‹ würde ich nicht unbedingt dazu sagen.«

»Du bist ihm wichtig«, versichert sie mir und schließt die Beifahrertür. »Das ist einiges wert, denn Nate nimmt nicht sehr viele Dinge wichtig. Außer seinen Freunden.«

Ich nicke und schließe ebenfalls die Tür. »Wir kommen schon miteinander aus.«

Elena lächelt und hakt sich bei mir unter. »Und nun erzähl mal. Du magst also Waffen?«

Nach unserer Rückkehr von dem – überraschend normal verlaufenen – Abendessen verlässt Nate das Haus gleich wieder. Während des Essens haben wir wenig miteinander geredet. Er scheint den Fehler schon völlig vergessen zu haben, was mir nur recht ist, denn so etwas wird sich nicht wiederholen. Ich will mir gerade den Pyjama anziehen und mich an die Englisch-Hausaufgabe setzen, da klopft es leise an der Zimmertür.

»Herein!«, rufe ich, während ich im Schrank herumkrame. Seit der Party herrscht hier noch immer Durcheinander. Normalerweise hätte ich längst aufgeräumt, aber in letzter Zeit bin ich irgendwie entspannter. Fast schon träge.

»Hey, Süße!« Tatum marschiert zur Tür herein, dicht gefolgt von Tillie.

»Hey!« Ich lächle die beiden an. »Was macht ihr denn hier?«

»Wir dachten, wir besuchen dich mal, wenn du uns schon hängen lässt, als wärst du krank.« Tatum setzt sich aufs Bett, Tillie auf den Stuhl neben meinem weißen Schreibtisch.

»Stimmt«. Ich finde das Tanktop und ziehe es über. »Tut mir leid.«

Die Situation ist mir ein bisschen peinlich. Auch wenn mir der Fehler vorhin nichts bedeutet hat, bin ich mir keineswegs sicher, was Tatum davon halten würde. Sicher, sie hat behauptet, Nate wäre für sie »ein Nichts«, aber sagen das nicht alle?

»Ich habe meine liebste Freundin mitgebracht.« Tatum zaubert eine Schachtel hervor, blau mit goldener Verzierung und wie ein Buch gestaltet.

»Das gibt's nicht!«, rufe ich begeistert aus und gehe zu ihr hinüber. »*Le Livre* von *Debauve & Gallais?*«

»Himmel«, murmelt Tatum, »dein Französisch klingt viel besser als meins. Dabei habe ich ein Jahr lang dort gelebt.«

Ich winke ab. »Ich beschäftige mich schon lange mit Frankreich. Mit der Sprache, der Kultur, und in diesem Fall … mit der Schokolade!« Ich öffne die Lederpackung mit Goldprägung und atme den süßen, köstlichen Duft der Ganaches und Pralinés ein. »Hm.« Ich nehme ein Stück heraus. »Die habe ich seit Jahren nicht mehr gegessen.«

Tatum sieht Tillie an und verdreht die Augen. »Der Gierschlund isst noch alles allein. Komm her und probiere mal!«

Tillie schluckt nervös, dann kommt sie zu uns herüber. Ich muss mich beherrschen, um mir nicht die Schachtel zu schnappen und damit wegzurennen wie ein Neandertaler.

»Was ist an den Dingern denn so toll?«, fragt Tillie. »Es ist halt Schokolade, oder?« Sie nimmt sich ein Praliné. Ich halte im Kauen inne und sehe sie scharf an. Über Schokolade herziehen, das tut man nicht. Schon gar nicht über das Werk des Sulpice Debauve.

»Außer dass es für diese eine Warteliste gibt und sie ungefähr fünfhundert Dollar kosten? Eigentlich nichts.« Tatum zuckt die Achseln.

Tillie wird rot. »Ihr seid einfach viel zu reich. Da komme ich mir total verloren vor.«

»Bist du aber nicht. Hier bei uns bist du ganz in deinem Element.«

Tillie lächelt und streicht sich das Haar hinters Ohr. »Ja, stimmt wohl.«

Während ich mir Schokolade vom Gaumen lecke, betrachte ich Tillie etwas genauer. Sie ist so still geworden. »Was ist los? Alles in Ordnung?«

Sie sieht mich an und lächelt gekünstelt. »Aber ja! Alles bestens. Was machen wir eigentlich nächstes Wochenende?«

Tatum schleudert die Schuhe von den Füßen, und Tillie zieht ihre ebenfalls aus und setzt sich neben Tatum. »Keine Ahnung. Wir sind alle …« Tatum sieht Tillie an. »… du also auch, Halloween zu einem Campingausflug mit Madis neuem Freund eingeladen.«

»Er ist nicht mein Freund«, sage ich zu Tillie.

»Und ob er ihr Freund ist«, widerspricht Tatum lässig.

Ich schüttle den Kopf und flüstere unhörbar »Ist er nicht« in Tillies Richtung.

»Wie dem auch sei«, unterbricht Tatum laut, »ich finde, wir sollten zusagen.«

»Ach, ich weiß nicht.« Ich stehe vom Bett auf. Eigentlich sehne ich mich schon lange danach, mal wieder zelten zu gehen, aber seit ich weiß, dass Carter mehr für mich empfindet als ich für ihn, habe ich Angst, dass er eine Zusage falsch auslegen würde.

»Was weißt du nicht?«, fragt Tatum, während sie zum Kopfende des Bettes hinaufrutscht und unter die Decke kriecht. Ihr Haar ist zu einem perfekten schleifenförmigen Knoten hochgesteckt, ihr Make-up makellos. Außerdem scheint sie von innen zu glühen. Wie frisch entjungfert. *Von diesem verdammten Nate.*

»Eine ganze Menge.« Ich wedle mit den Händen. Tillie folgt Tatum – und der Schokolade – zum Kopfende und schlüpft ebenfalls unter die Decke.

»Madi!«, ruft mein Vater aus dem Erdgeschoss. Ich entreiße den beiden Mädchen die Pralinenpackung, klemme sie mir unter den Arm, werfe den beiden noch einen strengen Blick zu und gehe zur Tür.

»Komme schon!«, rufe ich zurück, sobald ich die Tür geöffnet habe. Dann drehe ich mich noch einmal um und zeige mit dem Finger auf die beiden. »Das Gespräch ist noch nicht beendet.«

Als ich die Treppe hinunterlaufe, sehe ich Dad an der offenen Haustür stehen. Seine Miene ist ausdruckslos, die Kiefermuskeln angespannt, der Blick hart. *Oh nein. Was habe ich jetzt wieder verbrochen?*

»Was ist denn, Daddy?«, frage ich betont lieb, während ich mich der Tür nähere. Er schaut ins Freie. Ich blicke in die gleiche Richtung und entdecke Bishop, in zerrissener Jeans, weißem T-Shirt und Kampfstiefeln. Mir läuft das Wasser im Mund zusammen, was diesmal nicht an der Schokolade liegt.

»Hi«, sage ich zu Bishop und versuche, nicht darauf zu achten, dass sein Haar noch feucht ist, oder darauf, wie entspannt er dasteht: breitbeinig und mit hartem Blick, aber der Andeutung eines Lächelns um die Lippen.

»Ich kümmere mich drum, Dad.«

Doch mein Vater zögert. Er schaut von mir zu Bishop, dann wendet er sich wieder mir zu, gibt mir einen Kuss auf die Stirn und sieht mir in die Augen. »Wir reden morgen darüber.«

Das habe ich geahnt.

Ich lächle. »Klar doch.« Auf dieses Gespräch freue ich mich jetzt schon.

»Was willst du hier?«, frage ich Bishop, sobald ich draußen im Dunkeln vor ihm stehe und die schwere Holztür hinter mir geschlossen habe. Er entfernt sich ein paar Schritte und setzt sich auf eine Treppenstufe. Sein Auto parkt am Fuß der Treppe. Es ärgert mich, dass ich offenbar zu abgelenkt war, um den Wagen vorfahren zu hören.

»Das habe ich dir doch schon gesagt«, erwidert er gelassen. »Wir müssen uns unterhalten.«

Ich setze mich neben ihn und versuche, nicht daran zu denken, dass ich nur winzig kleine Shorts und ein enges Tanktop trage, das viel von meinem Bauch freilässt. Zum Glück habe ich wenigstens Socken an den Füßen.

Bishop schaut auf meine Füße. »Ist das ein Banksy-Design?«

»Jetzt bin ich aber schockiert«, spotte ich. »Du hast schon mal von Banksy gehört?«

»Ich kenne seinen Kunststil.«

Um ihn nicht anschauen zu müssen, klappe ich die Pralinenpackung auf und stelle sie zwischen uns. »Du kannst gern welche abhaben.«

Dann werde ich doch schwach und sehe ihm ins Gesicht. Ich erwische ihn dabei, wie er mich durchdringend anschaut. Als wäre ich die wichtigste Prüfungsfrage aller Zeiten.

Schließlich wird mir die Stille zu viel. Mein Gesicht fühlt sich an, als wollte es gleich in Flammen aufgehen. Ich stecke mir ein Praliné in den Mund. »Und?«

Er zögert, dann schüttelt er den Kopf und sieht geradeaus, von mir weg. Sofort fehlt mir der fordernde Blick. »Du bist anders«, sagt er.

»Das bekomme ich schon mein ganzes Leben zu hören«, erwidere ich bissig. Seine Miene verhärtet sich. »Wolltest du wirklich *darüber* mit mir reden?«

»Du und Carter?«, fragt er zurück.

»Das geht dich nichts an.«

»Ach nein?« Er schnaubt verächtlich und schaut mich an. Sein Blick ist so intensiv, dass es mir den Atem verschlägt. »Seit du meinen Namen geschrien und mir den Rücken zerkratzt hast, geht es mich sehr wohl etwas an.«

»Ich kratze nicht«, widerspreche ich lässig und lecke mir Schokolade von den Fingern.

Er wölbt die Augenbrauen. »Bist du dir da ganz sicher, Kätz-

chen? Soll ich dir die Spuren zeigen? Die sind bestimmt noch
zu erkennen.«

»Du hast trotzdem kein Recht, mich nach Carter zu fragen.
Nicht, nachdem du Ally auf dem Schoß hattest.« Ich achte
darauf, mir keine Eifersucht anmerken zu lassen. Denn genau
das bin ich. Eifersüchtig.

»Ally ist ein Nichts. Sie führt sich immer so auf. Sie umkreist uns wie eine Fliege einen Scheißhaufen. Zwischen uns
ist nichts. Da war noch nie was. Ich dachte, das wüsstest du. Ich
hatte vergessen, dass du hier neu bist.«

»Wenn das so ist, worüber wolltest du dann mit mir reden?«

Er atmet schwer aus. »Ich weiß es nicht, verdammt noch
mal. Lieber Himmel.«

»Ruf an, wenn du es herausgefunden hast.« Ich will aufste-
hen, doch er fasst nach meiner Hand. Dann steht er selbst auf,
sodass er mich weit überragt.

»Ich weiß nur, dass es mich wütend macht, wenn Carter dich
anfasst. Solche Gefühle kenne ich nicht an mir.«

Vermutlich wäre dies ein ganz mieser Zeitpunkt, von seiner Ex anzufangen, darum verkneife ich mir die neugierigen
Fragen und sage stattdessen: »Aber?« Warum, weiß ich selbst
nicht. Vielleicht weil mit meiner weiblichen Ausstattung alles
in Ordnung ist und Bishop ein sündhaft heißer Typ ist. Mehr
habe ich als Erklärung nicht anzubieten.

»Aber das mit uns beiden kann nicht gut gehen, und jetzt
weiß ich nicht, was zum Teufel ich machen soll. Ich bin es
nicht gewohnt, nicht zu kriegen, was ich mir wünsche.«

»Das merkt man.«

Er lacht leise und streicht mir übers Gesicht. »Verdammt,
Kätzchen, du hast ja keine Ahnung, was für verrückte Gefühle
du in mir auslöst.« Dann wird er ernst, seine Miene verhärtet
sich. »Es geht nicht.«

»Warum?«, flüstere ich und schaue auf seinen Mund. »Warum lassen wir es nicht einfach geschehen?«

»Das ist ja die große Scheiße. Ich kann dir nicht mal den Grund verraten.«

»Dann gibt es auch nichts mehr zu bereden.« Geheimnisse über Geheimnisse, und niemand erzählt mir irgendetwas. Eine Weile habe ich mir eingeredet, das Ganze ginge mich letztlich nichts an, aber dieser Gedanke scheint mir inzwischen veraltet. Auch wenn ich normalerweise nicht in anderer Leute Angelegenheiten herumschnüffle, die Frage, was für Geheimnisse er und Nate und die übrigen Jungs hüten, lässt mir allmählich keine Ruhe mehr.

»Stimmt«, sagt er und entfernt sich rückwärts, ohne den Blick von mir abzuwenden. »Und es wird eher schlimmer werden. Aber ich wünschte, es wäre anders. Das wollte ich dir nur sagen.«

»Ja«, flüstere ich, während er zu seinem Auto geht und einsteigt. »Ich auch.«

Ich kehre in mein Zimmer zurück und knalle die Tür hinter mir zu. Die beiden Mädels haben es sich im Bett gemütlich gemacht und schauen Netflix. »Wir gehen zelten«, verkünde ich.

19. KAPITEL

»Ich möchte ja nur, dass du dich vorsiehst, Baby«, versichert Dad mir, während er zum dritten Mal lädt. Er richtet die Waffe auf den Pappkameraden, drückt ab und leert das Magazin.

Ich ziele ebenfalls, indem ich ein Auge schließe und das Zentrum der Schießscheibe anpeile. Dann drücke ich auf den Abzug der Pistole. Der Rückstoß erschüttert mich weniger stark, als man erwarten könnte, wenn eine so leicht gebaute Person wie ich eine Desert Eagle abfeuert. Die Waffe gehört Daddy, und er hat mich von Anfang an damit schießen lassen. Mag sein, dass manche Leute so etwas für gefährlich halten, aber bei uns zu Hause wurde schon immer großer Wert darauf gelegt, die Rechte auszuüben, die uns zustehen. Außerdem jagen wir gern. Ich selbst besitze zwar keine Pistole, aber mehrere Schrotflinten, die ich auch oft benutze.

»Mir passiert schon nichts, Daddy.«

Er sieht mich besorgt an. Dann nehmen wir beide die Schutzbrillen ab und warten darauf, dass sich die Zielscheiben auf uns zu bewegen. »Nate und seine Freunde gefallen mir nicht.«

Ich verdrehe die Augen, löse meinen Pappkameraden aus der Halterung und stelle fest, dass ich ins Ziel getroffen habe. »Dir gefällt doch nie irgendein Junge, Daddy.«

»Nein.« Sein Tonfall wird streng. »Ich meine es ernst, Madison. Ich mag diese Jungen nicht.«

Ich höre auf, mit zufriedenem Grinsen meine tolle Schießleistung zu bestaunen, und wende mich meinem Dad zu. In diesem Tonfall spricht er nur ganz selten zu mir. Es ernüchtert mich. »Okay, Dad. Ich sehe mich vor.«

»Gut.« Jetzt lächelt er wieder. Dann deutet er auf meine Zielscheibe. »Wie sieht's denn aus?«

Nachdem ich mich von Dad und Elena verabschiedet habe und sie wieder abgereist sind, gehe ich in mein Zimmer, lasse mich aufs Bett fallen und hänge erneut meinen Gedanken nach. Gestern Abend, nach meinem Gespräch mit Bishop, sind Tatum und Tillie zusammen mit mir mitten in einer Episode von »Sons of Anarchy« in meinem Bett eingeschlafen. Tatum hat sich schon bei der ersten Episode zu Tode gelangweilt, aber Tillie und ich wollten die Serie unbedingt sehen.

In meiner Gesäßtasche vibriert mein Telefon. Ich hole es hervor, schiebe es auf und melde mich. »Hallo?«

»Ich bin fast zu Hause. Wenn ich hupe, kommst du raus.«

»Warum?« Zögernd stehe ich auf.

»Weil ich wieder den Babysitter spielen darf. Das bedeutet, dass du in meiner Nähe bleiben musst.«

»Tja …« Ich schüttle den Kopf. »… was das angeht, Nate, ich kann mir eigentlich nicht vorstellen, dass mein Dad dich zu meinem Babysitter ernannt hat. Der Mann kann dich nämlich nicht besonders gut leiden.«

»Scheiß auf deinen Dad«, murmelt er.

»Wie bitte?«

»Nichts. Komm einfach raus, wenn ich hupe, sonst schleppe ich dich auf der Schulter ins Freie. Und nur damit du Bescheid weißt, Hunter und Brantley sind auch dabei.«

»Na, toll!« Ich lege auf und werfe das Telefon aufs Bett. Dann gehe ich ins Bad, löse mein Haar, dass es mir offen bis zum Po hängt, und setze eine Baseballmütze auf. Ich trage noch immer die Sachen, die ich beim Schießen anhatte, eine Yoga-Hose und ein enges Tanktop, doch nun ziehe ich die Laufschuhe aus und steige stattdessen in meine Air Max 90. Als ich eben das Telefon vom Bett angle, höre ich Nate draußen hupen. Ich laufe die Treppe hinunter, wobei ich immer zwei Stufen auf einmal nehme, und springe zur Vordertür hinaus.

Dann bleibe ich stehen. Soeben steigt Brantley auf der Beifahrerseite aus Nates Ford Raptor. »Ich kann gern hinten mitfahren«, sage ich, doch er antwortet nicht, sondern setzt sich auf die Rückbank. »Oder auch nicht«, murmele ich, steige aufs Trittbrett und rutsche auf den Beifahrersitz.

»Du weißt doch, dass am Wochenende Halloween ist, oder?«, fragt Nate grinsend, während er den Wagen auf die Straße lenkt.

»Echt jetzt?«, antworte ich sarkastisch. »War mir nicht klar.«

»Stimmt aber«, sagt Brantley von der Rückbank.

Ich sehe Nate an. »Was soll ich überhaupt hier?«

»Das habe ich dir doch schon erklärt.« Er wirft mir einen Blick zu, dann biegt er in eine Straße ein, die von unserer abgeht. »Ich muss auf dich aufpassen.« Er lenkt den Wagen auf eine geschotterte Zufahrt und hält vor einem alten Wohnhaus im Stil der Südstaaten. Hohe Räume, weiße Säulen, und neben der Eingangstür flattert die amerikanische Fahne.

»Wohnen wir eigentlich alle in derselben Straße?«, frage ich Nate.

Brantley knurrt etwas, reißt sich den Sicherheitsgurt herunter und steigt aus. Ich sehe Nate nervös an. »Nate, wenn das Brantleys Zuhause ist, möchte ich lieber nicht mit reinkommen.«

Hinter mir räuspert sich Hunter. »Mach dir wegen dem keine Gedanken.«

Ich drehe mich zu ihm um, verblüfft, dass er überhaupt mit mir spricht. »Ich mach mir aber Gedanken.«

Hunter verdreht die Augen, löst den Sicherheitsgurt und öffnet die Tür. »Wenn sie vor jemand wie Brantley Angst hat, ist ihr echt nicht zu helfen.« Er schlägt die Tür zu und folgt Brantley zum Haus.

Ich bin die Letzte, hinter Nate. Wir durchqueren eine riesige Eingangshalle, gehen eine Treppe hinunter und betreten ein Schlafzimmer. Von hier führt eine Schiebetür zum Swimmingpool, und die gesamte Rückwand besteht aus zimmerhohen Fenstern. Ich lasse mich in einer Ecke in einen Sessel fallen. Hunter und Nate öffnen die Schiebetür und verschwinden lachend in Richtung Pool. Dieser verdammte Nate lässt mich einfach mit Brantley allein. Mit diesem unmöglichen Typ. Brantley ist ungefähr eins achtzig groß, hat dunkles Haar, durchdringende dunkle Augen und Bartstoppeln. Der Inbegriff von »ungepflegt, aber sexy«. Er lehnt an der Schiebetür und blickt zu Nate und Hunter hinaus.

Schließlich unterbreche ich das Schweigen, indem ich alle Filter auf *Aus* schalte. »Warum kannst du mich nicht leiden?«

Er sieht mich über die Schulter hinweg an. »Du bist nun mal kein sympathischer Mensch.«

»Ach ja?« Ich hebe die Augenbrauen. »Meinst du wirklich, du kennst mich gut genug, um das beurteilen zu können?«

Er schnaubt verächtlich, löst sich von der Tür und dreht sich zu mir, die Arme vor der Brust verschränkt. »Dazu muss ich dich nicht kennen. Ich habe genug über dich gehört.«

»Du kannst ziemlich fies sein.«

Er sieht mir fest in die Augen. »Etwas anderes habe ich auch nie behauptet, *Kätzchen*.«

»Was habe ich denn getan? Oder vielmehr, was hast du über mich gehört?«

»Ich habe das nicht nur gehört«, erwidert er gelassen. »Ich weiß es.«

»Das ist doch Unsinn.«

»*Du* redest Unsinn.« Brantley kommt auf mich zu. Er trägt ein dunkles Hemd, locker sitzende Jeans und schwarze Stiefel. Dicht vor mir bleibt er stehen und stützt die Hände links und rechts von mir auf die Armlehnen des Sessels, sodass ich gefangen bin. Er beugt sich über mich, schaut auf meine Lippen, dann in meine Augen, dann wieder auf meine Lippen. »Du glaubst wohl, du kannst dir alles erlauben, nur weil Bishop dich gevögelt hat.«

Mein Herz setzt einen Schlag aus, und vermutlich verrät mein Gesicht, wie überrascht ich bin, denn Brantley lacht. Es klingt drohend.

»Na, was denn? Hast du etwa geglaubt, dass er das freiwillig gemacht hat?« Er legt den Kopf schief und beugt sich noch weiter herab, bis seine Nase meine berührt und seine Lippen nur noch einen Lufthauch von meinen entfernt sind. Ich halte den Atem an. »Nee, Kätzchen. Das war alles Teil des Plans.« Er kommt mir noch näher. Seine Lippen streifen meine. »Erst bearbeitet er dich, bis du feucht und gierig bist, dann vögelt er dich rauf und runter, dann macht er dir weis, dass er mehr in dir sieht als nur eine, die sich leicht flachlegen lässt.« Er legt eine kleine Pause ein und sieht mir in die Augen. »Ich wünschte, das zwischen uns könnte anders laufen‹«, sagt er und ahmt damit fast genau Bishops Worte von gestern Abend nach.

Alles um mich herum wird grau und schwarz. »Das war nur ein Trick?«, flüstere ich, mehr an mich selbst als an Brantley gerichtet.

Brantley lacht. »Es ist *alles* ein Spiel, Kätzchen. Und du befindest dich auf einem ziemlich verqueren Spielbrett.«

Ich schnaube verächtlich. »Glaubst du etwa, das macht mir was aus?« Es gelingt mir, ihm fest in die Augen zu blicken.

Er sieht mich scharf an, dann schaut er auf meinen Mund. »Beweis mir das Gegenteil.«

»Du kannst mich nicht leiden.«

»Ich würd dich trotzdem vögeln.«

Ich senke den Blick und lecke mir über die Unterlippe. »Eigentlich habe ich einen Freund.«

Er lacht, den Blick noch immer auf mein Gesicht gerichtet. »Carter?« Er legt mir eine Hand um den Hals und drückt meinen Kopf gegen die Sessellehne. »Der ist doch viel zu normal, um zu verstehen, was für einen Mist du im Kopf hast. Das wissen wir beide.« Er zerrt mich aus dem Sessel.

Ich sehe ihm in die Augen. »Alles nur Geschwätz. Kannst du auch beißen?« *Was zum Teufel rede ich denn da?*

Er lacht und umfasst meine Kehle noch fester. Dann zieht er mich an sich und saugt meine Unterlippe in seinen Mund. Er beißt hinein, zerrt grob daran und lässt seine Zunge in meinen Mund gleiten. Voller Wut öffne ich die Lippen. Wut auf Nate, weil ich nie sicher sein kann, ob er mich tatsächlich mag. Wut auf Bishop, weil er mich als Spielzeug benutzt hat. Wut auf mich selbst, weil ich geglaubt habe, Bishop läge etwas an mir. *Es soll einfach aufhören.*

Ich umfasse Brantleys Nacken. Sofort lässt er meine Kehle los und stößt meine Hände weg; dann fasst er mich an den Oberschenkeln und wirft mich aufs Bett. Ganz langsam kriecht er zu mir herauf, packt mich an den Handgelenken und drückt meine Arme über meinem Kopf auf die Matratze.

»Nate und Hunter kommen bestimmt gleich wieder rein, Brantley.«

Er grinst. Seine Augen sind dunkel, sein Unterleib lastet schwer auf mir. »Tja, damit rechne ich auch. Wir können uns bestimmt einigen, wer wann dran ist.«

»Kommt nicht infrage.«

»Du tust ja gerade so, als hättest du hier das Sagen.« Er fährt mit einem Finger zwischen den Brüsten hindurch, dann umfasst er wieder meine Kehle. Auf einmal drückt er zu. In mir verkrampft sich alles, und einen Moment wird mir schwarz vor Augen.

»Stimmt doch auch.«

Er presst seine Lippen seitlich an meinen Hals und schiebt sich zwischen meine Beine, sodass ich die Oberschenkel spreizen muss. »Dieser Scheiß gefällt dir doch, oder?«

Ja. Er reibt sein Becken an mir, ich spüre seinen harten Schwanz. *Es soll einfach aufhören.*

»Störe ich?« Beim Klang dieser Stimme fahren wir beide zusammen, doch Brantley bleibt auf mir liegen und starrt mich an. Dann grinst er.

»Kommt drauf an.« Er dreht den Kopf und schaut Bishop an, der soeben das Zimmer betreten hat. »Willst du mitmachen? Es wäre ja nicht das erste Mal, dass wir uns eine teilen.«

Als Bishop nicht antwortet, stütze ich mich auf die Ellbogen, um ihn ansehen zu können.

Er erwidert meinen Blick und grinst. »Nee, kein Bedarf. Die da hatte ich schon, und ich hab keine Lust, mir an ihr noch mal die Finger dreckig zu machen.«

»Autsch«, sage ich trocken. Die Bemerkung hat mehr wehgetan, als mir lieb ist. Zum Glück war ich schon etwas abgestumpft, weil ich bereits wusste, dass Bishop mich nur für irgendwelche Spielchen benutzt hat. Ich hasse ihn.

»Hallo! Brantley hat …« Nates Worte sind an Bishop gerichtet, doch als er hereinkommt, entdeckt er Brantley und mich auf dem Bett und verdreht die Augen. »Runter von ihr, du Arschloch.«

»Und wenn ich gar nicht will, dass er runtersteigt?«, fauche ich ihn an. Wenn ich für diese Jungs sowieso nur Dreck bin, wieso soll ich dann versuchen, mit Würde aus der Situation herauszukommen? »Was ist los, Nate?« Ich grinse ihn an. »Bist du etwa sauer, weil ich nicht deine Zunge im Hals hatte?« Dann drücke ich Brantley mit beiden Händen gegen die Brust und rutsche unter ihm weg zur Bettkante. »Ich hau hier ab.« Auf dem Weg zur Tür zupfe ich mein Tanktop zurecht.

»Ach komm schon, Schwesterlein. Es ist doch nur ein Spiel.«

»Schön für euch. Aber sucht euch ein anderes Spielzeug.« Ich sehe Bishop an. »Eins, bei dem du nicht das Gefühl hast, Dreck zu ficken.« Ich öffne die Zimmertür.

»Du hast sie gevögelt?«, fährt Nate Bishop an.

Huch, habe ich da etwa was ausgeplaudert? Ist ja schlimm.

Ich gehe zur Haustür hinauf. Sobald ich im Freien bin, fange ich an zu laufen. Bis zu meinem Zuhause wären es zu Fuß nur fünf Minuten, doch etwas sagt mir, dass Nate mir nachkommen wird, und im Augenblick will ich mit niemand reden. Bishop, Nate, Hunter und Brantley haben mir schon übel genug mitgespielt. Ich will gar nicht erst wissen, wozu Saint, Ace und Jase fähig wären. Zumal sie älter sind. Es war alles nur ein Spiel. Bishop hat mir vorgemacht, dass ihm etwas an mir liegt, und dann haben sie mich nach Strich und Faden verarscht.

20. KAPITEL

Als ich am nächsten Tag mit Carter in der Cafeteria sitze, lässt Tatum ihre Tasche auf den Platz neben mir fallen. »Ich kann's kaum erwarten, dass das Wochenende anfängt und wir Halloween haben.«

»Ich kann's kaum fassen, dass wir zum Feiern in die Wälder ziehen«, erwidere ich und beiße von meinem Apfel ab.

Carter stößt mich mit dem Arm an. »Lässt du deine Gewehre zu Hause?«

»Schon möglich.« Ich blicke in Richtung Bishop. »Oder auch nicht.«

Carter schaut ebenfalls hin. »Ärger?«

»Könnte man sagen«, murmele ich und reiße mich vom Anblick dieser Typen los. Im gleichen Moment geht Ally zu ihnen hinüber. Ich verdrehe die Augen. Jetzt geht das wieder los. Doch als sie sich Bishop auf den Schoß setzen will, stößt er sie weg. Sie landet auf dem Fußboden und sieht lächerlich aus. Nate und Brantley lachen, Hunter stößt ein Wolfsgeheul aus, die übrigen Jungs grinsen und schauen verächtlich zu. Lauter Arschlöcher, einer wie der andere. Auch wenn ich Ally nicht sonderlich mag – man könnte sogar behaupten, dass ich sie ein kleines bisschen hasse –, das Verhalten dieser Jungs beweist mir, dass sie durch und durch mies sind. Normalerweise gibt es in so einer Gruppe wenigstens einen, der kein Arschloch ist.

Nicht bei ihnen. Ich habe mich mit den übelsten Typen an unserer Schule eingelassen. Um mich aus diesem Netz zu befreien, werde ich die Krallen ausfahren müssen.

»Was läuft da zwischen euch?«, fragt Tatum und trinkt einen Schluck Wasser.

Ich schüttle den Kopf. »Gar nichts.«

»Gestern Abend hast du das Zimmer abgeschlossen, damit Nate nicht reinkann. Das ist mehr als gar nichts.«

»Im Augenblick kann ich Nate nicht besonders gut leiden.«

Carter legt mir einen Arm um die Taille und zieht mich an sich. Mir ist völlig klar, dass ich das abwehren müsste. Es führt zu nichts Gutem, wenn ich ihm Hoffnungen mache. Aber ich kann nicht anders. Es tut einfach so gut, jemand zu haben, der sich wirklich für mich interessiert. Das wünscht sich schließlich jedes Mädchen irgendwann mal, oder nicht? Einfach nur jemanden, der es will.

»Hey.« Ich wende mich Carter zu. »Am Freitag komme ich mit dem eigenen Auto. Ich muss vorher noch ein paar Dinge erledigen.«

»Ich kann bei dir mitfahren«, schlägt Tatum vor.

Ich schüttle den Kopf. »Schon okay. Es gibt doch Google Maps und so. Sagt mir nur genau, wo es hingeht, dann treffen wir uns da.«

Carter sieht mich an. »Bist du sicher?«

Ich nicke. »Absolut sicher.«

Er holt ein Blatt Papier hervor, notiert eine Wegbeschreibung und schiebt mir das Blatt zu. »Es ist ungefähr eineinhalb Autostunden weiter im Inland. Kein großer Komfort. Der Ort heißt *The Myriad*. Ein See, mitten im Nirgendwo. Man stellt den Wagen auf dem Parkplatz ab und folgt dem Trampelpfad in den Wald. Du siehst dann die anderen Autos, deshalb kannst du dich nicht verirren. Handyempfang gibt es da draußen aber nicht, also solltest du vielleicht doch nicht allein hinfahren.«

»Ich komm schon klar, Carter.«

»Na, ich weiß nicht.« Tatum nagt an ihrer Unterlippe. »Was ist mit Berglöwen?«

»Das ist nicht mein erster Campingausflug. Den Kompass von meinem Dad nehme ich auch mit. Wirklich, ich komme schon klar. Mit Ausflügen in den Wald habe ich mindestens so viel Erfahrung wie du mit Shoppen bei *Barneys*.«

»Okay, gut.« Sie seufzt. »Dann treffen Tillie und ich uns dort mit dir.«

Es läutet zum Ende der Mittagspause. Ich sammle meinen Abfall ein und lege ihn aufs Tablett.

»Madi!«, ruft Bishop mir zu. Ich beachte ihn nicht – obwohl völlig offensichtlich ist, dass ich ihn gehört haben muss, schließlich haben alle in der Cafeteria ihre Tätigkeiten unterbrochen. Tatum schaut mich an; auch das beachte ich nicht. Stattdessen durchquere ich den Raum, werfe den Abfall in die Mülltonne und stoße die Tür zum Gang auf.

Zum Teufel mit ihm.

Als ich den Unterrichtsraum für meine nächste Schulstunde erreiche, vibriert das Telefon in meiner Tasche.

Tillie: *Hi Chica. Bleibt es bei den Plänen fürs Wochenende? Was ziehen wir an?*

Richtig. Halloween. Bei all dem anderen, was ich im Kopf hatte – das Drama mit Bishop, der Campingausflug, dazu der Wunsch, *Das Buch* weiterzulesen – habe ich die Frage aus den Augen verloren, wie wir uns zu Halloween verkleiden sollen.

Ich: *Es bleibt dabei! Du fährst bei Tatum mit. In Sachen Verkleiden bin ich unsicher. Tatum will bestimmt vorher einkaufen. Hast du nach der Schule was vor?*
Tillie: *Heute?*
Ich: *Ja.*
Tillie: *Da kann ich.*
Ich: *Okay, wir holen dich von der Schule ab.*

Bei Tillies Schule bin ich noch nie gewesen. Bisher hat es sich einfach nicht ergeben. Jetzt plötzlich möchte ich sie mir aber gern einmal anschauen. Es gibt immer noch eine Menge, was ich über Tillie nicht weiß. Trotzdem, sie passt zu Tatum und mir. Als wäre sie ein Puzzleteil, das uns zwei vorher gefehlt hat.

Der Tag vergeht langsam. In Naturwissenschaften bestehe ich einen Test, obwohl ich mich nicht vorbereitet habe. Als ich nach der letzten Stunde den Korridor entlanggehe, holt mich Tatum ein, die Bücher an die Brust gepresst, völlig außer Atem.

»Scheiße, Madison, renn doch nicht so«, schimpft sie.

Ich muss kichern. »Vielleicht sollten wir mal ins Fitnessstudio gehen.«

Wir bleiben beide stehen, sehen uns an und fangen an zu lachen. »Oder auch nicht.«

Ich schubse sie an. »He, wir sollen Tillie abholen. Sie möchte fürs Wochenende einkaufen.«

»Ja!« Tatum rollt die Schultern, als würde sie sich auf eine Schlacht vorbereiten.

»Was ist?«, frage ich. »Machst du jetzt doch Schulterübungen?«

»Na klar«, murmelt sie vor sich hin. »Da wird Dads Plastikkarte aber zu tun kriegen.«

Wir verlassen die Schule durch den Vordereingang und warten, bis Sam uns abholen kommt. Sie ist die zweite Fahrerin meines Vaters, doch wenn Dad verreist, nimmt er gewöhnlich Harry mit, und dann ist Sam meine Chauffeurin.

Seit gestern habe ich nicht mehr mit Nate gesprochen und seine Angebote, mich zur Schule mitzunehmen, ignoriert. Ich habe diesen Jungs nichts mehr zu sagen, und ich traue ihnen nicht über den Weg. Im Grunde schon seit der Nacht nicht mehr, als sie mich entführt haben. Wovon Tatum übrigens nach wie vor nichts weiß.

Als wir ins Auto steigen, lächelt Sam mir im Rückspiegel zu. »Alles gut gelaufen?«

Ich zucke die Achseln. »Es gab schon bessere Tage.«

»Weil?«, hakt sie nach. Sam kennt mich. Diese zweiundfünfzigjährige Afroamerikanerin fährt für uns, solange ich denken kann. Sie hat mich praktisch großgezogen. Sie und Jimmy. Jimmy ist fast sechzig, und ich versuche seit Jahren, die beiden zu verkuppeln, denn wenn man mich fragt, haben sie seit ewigen Zeiten eine Schwäche füreinander. Aber anscheinend wollen sie nicht, dass mehr daraus entsteht.

»Weil sie Jungsprobleme hat«, mischt Tatum sich ein.

»Oh.« Sam lenkt den Wagen auf die Straße. »Welche Art Probleme? Die, für die ich eine Schaufel und ein Alibi brauche? Oder sollte ich ihm einen Kuchen backen und zugleich drohen, ihm die Eier abzuschneiden, damit er *dir* verzeiht?«

Ich muss kichern, und Tatum lacht. »Nein, nichts von beidem«, sage ich. »Den Typen sollst du ganz bestimmt keinen Kuchen backen.«

»Pass nur gut auf, Baby. Ich weiß, du denkst, es macht dir nichts aus, du kannst deine Gefühle einfach wegsperren, aber das könnte sich mal rächen.«

»Was denn?« Ich schnaube verächtlich und lehne mich im

Sitz zurück. »Meinst du, irgendwann macht es mir zu viel aus?«

Sam schüttelt den Kopf. »Nein, kleines Mädchen, eher dass du es irgendwann nicht mehr schaffst, wieder umzuschalten. Dafür bist du zu jung. Du musst leben, Dinge fühlen, Sex haben – verrat deinem Vater bloß nicht, dass ich das gesagt habe –, und du darfst *niemals* deine Gefühle wegsperren. Sie sind das, was dich zu Madison macht.«

»Ich fühle die Dinge ja, Sam«, flüstere ich und schaue aus dem Fenster. Aus dem Augenwinkel nehme ich wahr, wie Tatum mich anstarrt. Bestimmt legt sie sich schon wieder hundert Fragen zurecht, die sie mir gleich an den Kopf knallen will. »Ich versuche nur, selbst zu bestimmen, auf wen ich meine Energie richte. Wer es verdient hat.« Sam weiß, was ich erlebt habe. Sie ist der einzige lebende Mensch auf dieser Welt, der Bescheid weiß, und dabei möchte ich es belassen. Auch Sam hat nur deshalb davon erfahren, weil ich es einmal ausgeplaudert habe, als sie mich von einer Party abgeholt hat und ich betrunken war.

»He.« Tatum stößt mich an. »Wieso verbringst du eigentlich so viel Zeit in der Bücherei?«

»Keine Ahnung. Ich habe Bücher schon immer geliebt.«

»Nein. Da steckt mehr dahinter.«

Sam lächelt mir zu. »Madi hatte Bücher schon immer gern. Als sie klein war, haben wir ihr ständig vorgelesen, und sie war noch keine sechs, da hat sie angefangen, selbst zu lesen. Ein kluges Mädchen. In mancher Hinsicht.«

Wir halten vor unserem Haus, und ich öffne die Wagentür. »Danke, Sam. Sagst du bitte Jimmy Bescheid, dass Tatum, Tillie und ich heute Abend bei uns zu Hause essen?«

»Was ist mit Nate?«, fragt Sam, während ich aussteige.

»Scheiß doch auf Nate.«

»Madison Maree Montgomery!«

»Komm mir nicht mit den drei M, Sammy!« Ich drehe mich zu ihr um, grinse sie an und bewege mich rückwärts aufs Haus zu. »Nimm sie zurück!« Die drei M sind meine Initialen. Es passt mir überhaupt nicht, dass alle meine Namen mit einem M anfangen. Vermutlich wollte meine Mutter mich auf die Art ein bisschen bestrafen. Als sie noch lebte, habe ich darüber oft Witze gemacht. Jetzt bekomme ich ein schlechtes Gewissen, wenn mir solche Gedanken durch den Kopf gehen.

»Und du fluch nicht, kleines Mädchen!« Sam hält überhaupt nichts vom Fluchen und regt sich jedes Mal auf, wenn jemand in ihrer Hörweite damit anfängt. Vermutlich hat es zwischen Jimmy und ihr deshalb nie geklappt. Jimmy ist Italiener und ein echtes Schandmaul. Was einer der vielen Gründe ist, weshalb ich ihn liebe. Er kennt tolle italienische Beschimpfungen, und als ich jünger war, haben wir beide oft zusammen auf Italienisch geflucht, wenn Sam in der Nähe war. »*Scopare questa merda!*« Sammy wusste dann nie, was zum Teufel wir da reden. Das war lustig.

Dicht gefolgt von Tatum betrete ich das Haus und steuere die Küche an. Dort nehme ich die Autoschlüssel für den GMC aus dem Schrank. Dann gehen wir in die Garage.

»Ach, hör mal …«, fängt Tatum an, während wir ins Auto steigen. »Wie war Bishop eigentlich im Bett?«

Ich lache und lasse den Motor an. »Ich plaudere keine Bettgeschichten aus, Tate.«

»Na klar tust du das.«

Kopfschüttelnd steuere ich den Wagen aus der langen Zufahrt. »Nein. Tue ich nicht.«

Als wir vor der *Hampton Beach High School* am Straßenrand halten, flüstert Tatum: »Hier war ich aber lange nicht mehr.«

»So übel sieht das gar nicht aus. Ich habe es mir ruppiger vorgestellt.«

Tatum schüttelt den Kopf. »Die Leute hier sind auch eher ruppig.«

In diesem Moment kommt Tillie durchs Schultor, den Rucksack in der Hand. Neben ihr geht ein Junge.

»Hotness auf vier Uhr«, verkündet Tatum, nachdem sie Tillies Begleiter von Kopf bis Fuß gemustert hat.

Ich schubse sie an. »Glotz doch nicht so.« Dann betrachte ich ihn ebenfalls von oben bis unten. »Aber heiß ist er schon.« Er hat raspelkurze Haare, und Hals und Arme sind voller Tattoos. Wegen der dunklen Augen und der olivbraunen Hautfarbe vermute ich, dass er ein paar Spanisch sprechende Vorfahren hat. Oder? Seine Gesichtszüge würden auch zu einem hellhäutigen Jungen passen. Scharf geschnittene Nase und ein Kinn, das es mit dem von Bishop aufnehmen kann.

»Ich soll nicht glotzen, aber du sabberst das Lenkrad voll, ja?« Tatum schubst mich ebenfalls an.

Tillie öffnet die hintere Autotür und lässt das Fenster herunter. »Mädels, das ist mein Kumpel Ridge. Übrigens eine echte Nervensäge.« Sie sieht ihn finster an.

Ridge grinst – zum Teufel mit diesen heißen bösen Jungs aus dem falschen Stadtteil. Er hat tiefe Grübchen und perlweiße Zähne, und mit denen blitzt er nun Tillie an. »Quatsch, ich bin keine Nervensäge.« Er schaut zu Tatum und mir herüber. »Sie soll nur richtig gut auf sich aufpassen.«

Tillie verdreht die Augen. »Ich pass immer gut auf mich auf. Du machst dich nur wichtig.«

»Ich bin Tatum.« Sie winkt ihm zu.

Er nickt kurz. »Super.«

Ich lächle. »Ich bin Madison.«

Er nickt noch einmal. »Okay, ich muss los.«

»Wer ist das?«, fragt Tatum mit samtiger Stimme, während wir losfahren. »Bitte sag, dass du mit ihm schläfst.«

»Tu ich.« Tillie nickt. »Wir wollen es beide gleichermaßen. Und wir sind uns völlig einig, dass nie mehr daraus werden soll als toller Sex.«

Ich schaue sie im Rückspiegel an. Nicht, dass ich ihr nicht glauben würde. Es ist nur so … Na ja, ich glaube ihr nicht. Wenn man ein Mädchen kennenlernt, das aussieht wie Tillie, und dann einen Jungen, der aussieht wie Ridge, dann wünscht man sich einfach Babys von den beiden.

»Ehrlich?«, frage ich. »Wie funktioniert das? Du weißt schon … ohne dass man doch stärkere Gefühle entwickelt?« Ich bin wirklich nicht sonderlich anhänglich, aber auch mir fällt es schwer, Sex und Gefühle voneinander zu trennen. Damit hatte ich schon immer meine Probleme. Ich habe noch nie zu den Mädchen gehört, die mit einem Typen Sex haben können, ohne auch nur das Geringste für ihn zu empfinden. Und sei es auch noch so wenig. Ich glaube, dafür fehlt mir einfach die Begabung. Selbst für Bishop empfinde ich ja etwas. Nämlich Hass.

»Es funktioniert einfach. Ridge und ich kennen uns schon seit unserer Kindheit. Vermutlich haben wir mehr Erfahrung als andere in unserem Alter, aber hauptsächlich deswegen, weil wir schon so lange miteinander ins Bett gehen.«

Ich lenke den Wagen auf den Highway, Richtung Shopping Mall. »Und wenn einer von euch mit jemand anders schlafen will? Ist der andere dann nicht sauer?«

Sie schüttelt den Kopf. »Nein. Es geht bei uns wirklich nur um Sex. Ich weiß, die meisten Leute können das nicht verstehen, und es stimmt, Mädchen behaupten ganz oft, sie kämen gut damit klar, und dann verlieben sie sich doch, aber ich nicht. Ridge hat schon viele Freundinnen gehabt, seit wir miteinander schlafen.« Sie zuckt die Schultern. Ich beobachte sie im Rückspiegel, um herauszufinden, ob sie blufft. »Manchmal betrügt er sie mit mir, manchmal nicht. Wie auch immer, ich achte schon darauf, dass ich nicht zu kurz komme.« Sie zwinkert mir zu.

Lachend schüttle ich den Kopf und biege auf den Parkplatz ein. »Jedenfalls, ein heißer Typ. Möchte ich nur mal gesagt haben.«

»Soll ich dir seine Nummer geben? Er wäre bestimmt interessiert.« Tillie stößt die Autotür auf.

»Wie bitte?« Ich schnaube verächtlich, steige aus und gehe um den Wagen herum. Zu dritt steuern wir auf die Mall zu. »Ich hab nicht gesagt, dass ich ihn will. Nur dass ich ihn heiß finde.«

»Ich schon!« Tatum hakt sich bei Tillie unter.

Tillie lacht; dann hört sie auf zu lachen, weil ihr offenbar klar wird, dass Tatum es ernst meint. »Oh nein, Süße. Nein, nein.« Während wir die klimatisierte Mall betreten, tätschelt sie Tatum die Hand. »Dich würde er mit einem Bissen verspeisen.«

Es ist schon komisch. Auf den ersten Blick würde jeder Tatum für die Schlampe unter uns drei halten. Nicht Tillie oder mich, obwohl wir sexuell aktiver sind als Tatum.

Bei dem Gedanken muss ich lachen. Im selben Moment vibriert mein Telefon. Es zeigt einen unbekannten Anrufer an. Ich scheuche die beiden anderen in den nächsten Kleiderladen und entsperre das Telefon.

»Hallo?« In dem Wort schwingt noch ein Rest meines Lachens mit.

»*Hier kommt ein Rätsel*«, sagt eine Maschinenstimme.

»Wie bitte?« Ich setze mich vor einem der Cafés auf einen Stuhl. »Wer ist denn da?«

»*Ich bin weder tot noch lebendig, und die kleine Madison wird mich nicht verbergen können. Wenn alles getan ist, wirst du tot sein. Die Uhr läuft. Die Spiele haben begonnen.«*

»Hallo? Das ist nicht witzig …« Die Verbindung wird unterbrochen. Mit offenem Mund starre ich das Telefon an. Was zum Teufel sollte das denn?

»Madi!«, ruft Tillie aus einem der Kleiderläden und wedelt mit einem Kleid.

Oh nein.

»Komme schon!« Ich schaue erneut aufs Telefon. Wer würde denn so eine gruselige Maschinenstimme benutzen? Irgendein dummes Kind, das mit dem Telefon der Eltern herumspielt?

Ja klar, irgendein dummes Kind, das zufällig weiß, wie man das Anzeigen der eigenen Telefonnummer unterdrückt.

Ich stehe auf und gehe zum Laden hinüber. Dabei stecke ich das Telefon wieder in die Tasche und schiebe auch mein ungutes Gefühl wegen des Anrufs beiseite.

»Was. Ist. Das. Denn?« Ich deute auf das Outfit, das Tatum gerade vor dem Spiegel an sich glatt streicht.

»Was?« Sie lacht gellend. »Das ist Harley Quinn!«

»Das weiß ich auch. Aber warum bist du so angezogen?« Kichernd nehme ich das Kostüm entgegen, das Tillie für mich ausgesucht hat.

»Weil ich meinen Pupsie finden will.«

»Oh Gott.«

Sie fängt an, wie verrückt ihre Haare durch die Luft zu schleudern. Ich schüttle den Kopf und schaue auf das … »Das ziehe ich nicht an.«

»Warum?«, jammert Tillie. »Es ist so süß!«

»Stimmt – wenn man unbedingt seinen Hintern rumzeigen will.« Ich gebe ihr das Kostüm zurück und lasse mich auf einen der Stühle für die Kundschaft fallen. »Ich habe nicht die leiseste Ahnung, was ich anziehen soll.«

»Na, irgendwie musst du dich aber verkleiden!«, verkündet Tatum ungeduldig, kehrt in die Umkleidekabine zurück und zieht ihr Outfit aus.

»Ja, gut …« Ich schaue nach links. Dort hängt eine Maske im Skelett-Design. »Moment mal.« Ich gehe hinüber, stelle mich auf die Zehenspitzen und nehme der Schaufensterpuppe die Maske ab. Mit dem Daumen streiche ich über den Seidenstoff mit der Skelettprägung und grinse. »Damit käme ich schon eher klar.«

»Die finde ich unheimlich«, murmelt Tatum direkt hinter mir.

»Tja, weißt du, es ist nun mal Halloween, und auf die Gefahr hin, dich zu schockieren: Eigentlich soll man sich da unheimlich kleiden. Nicht wie ein Flittchen. Das heben wir uns für das Wochenende auf, wenn unser Freund mit uns Schluss gemacht hat.« Das Letzte ergänze ich, um der Bemerkung die Schärfe zu nehmen, und dabei lächle ich Tatum an. Denn ein bisschen was von einem Flittchen hat sie schon an sich. Aber haben wir das nicht alle? Auch wenn ich sehr gern Jeans und Kapuzenpullis trage, Kleidung, die meinen Hintern bedeckt, manchmal ist mir ebenfalls danach, mich aufzubrezeln.

Tillie lacht. »Also, ich gehe als Cowgirl, Tatum als Harley Quinn und Madi als Party-Zombie. Das wird eine höllische Truppe!«

Wir müssen lachen. Dann schlendere ich davon und suche den Laden nach einem Kleid oder etwas anderem ab, das zu der Maske passt. Nach dem fünften Fehlschlag drehe ich mich zu den anderen um. »Ich kann auch einfach ein schwarzes Kleid anziehen.«

»Und Strapse!«, ruft Tatum, während wir das Geschäft verlassen.

»Nein, keine Strapse.«

»Spaßbremse.«

»Tatum, wir campieren im Wald. Da ziehe ich mich doch nicht wie eine Flittchen an. Übrigens, wer baut eigentlich die Zelte auf?«, frage ich, während ich vor einem kleinen Café stehen bleibe und meine Tasche auf einem der Tische ablege. Tatum und Tillie setzen sich.

»Gute Frage. Vielleicht solltest du Carter fragen. Er ist bestimmt schon früh da.«

Sicher kann er unser Zelt für uns aufbauen, ohne dass man das als Einladung auffassen muss. Andererseits ist er ein Junge. Manchmal erwarten Jungs eine Gegenleistung.

»Ich schick ihm eine Nachricht und frage ihn.« Dann setze ich mich auch und sehe die Speisekarte durch.

»Also … Bishop, ja?«, fängt Tillie an und hebt die Augenbrauen.

Ich werfe ihr einen Blick zu. »Über den reden wir nicht«, erwidere ich kühl und befasse mich erneut mit Bagels mit Speck und Tomate und Ofenkartoffeln mit saurer Sahne.

Tatum kichert und schenkt Tillie Wasser ein. »Stimmt, das Thema ist bei Gesprächen mit Madi Sperrgebiet.«

»Aber ich hatte ja noch gar keine Gelegenheit, darüber zu reden!«, beschwert sich Tillie, quengelnd wie ein müdes Kleinkind, das den letzten Keks will.

»Es war nichts Tolles.« Der Kellner kommt an unseren Tisch, und ich lege die Speisekarte weg. »Kann ich bitte die Ofenkartoffeln, Hähnchen-Finger und eine Cola haben?«

»Warum?«, fragt Tillie, sobald sie ebenfalls bestellt hat.

»Weil es einfach so passiert ist, und hinterher habe ich erfahren, dass er nur ein mieses, krankes …« Ich unterbreche mich und schaue den Kellner an. Er ist ungefähr in unserem Alter, hat glattes braunes Haar und trägt so viel Make-up, dass er glatt mit Tatum konkurrieren könnte.

Er bemerkt meinen Blick und lacht. »Ach, Mädchen, meinetwegen musst du dir keine Gedanken machen.«

»Okay.« Ich lächle ihn an. Er verdreht die Augen, notiert unsere Bestellungen und geht.

»Ein krankes was?«, spöttelt Tatum und trinkt grinsend einen Schluck Wasser.

»Weiß ich auch nicht. Jedenfalls war es nicht echt. Nichts an alldem ist echt.«

»An welcher Sache?«

Ich wünschte wirklich, Tatum würde nicht so viele Fragen stellen. »Ich weiß es nicht, Tatum. Ich bin ratlos und verwirrt.«

Tatum beugt sich vor. »Die Typen sind gefährlich, Madi«, flüstert sie. Tillie hält inne und beobachtet uns. »Denk doch mal nach. Khales ist verschwunden … und niemand weiß, wo sie ist, oder was damals geschehen ist. Nur dass sie mit Bishop zusammen war, das wissen wir.« Sie lehnt sich zurück.

»Na und? Das muss nichts bedeuten«, antworte ich ruhig.

»Es könnte aber auch *sehr viel* bedeuten.«

Ich zucke die Schultern. »Und wenn? Ich halte mich ja von ihm fern. Ich bin nicht mal sicher, was genau zwischen uns passiert ist.«

»Nichts«, verkündet Tillie aus heiterem Himmel.

»Was?«, flüstere ich. Es war das erste Mal, dass sie überhaupt etwas gesagt hat, seit sie das Thema zur Sprache gebracht hat.

»Zwischen euch ist gar nichts passiert. Es hat ihm nichts bedeutet.«

»Und woher willst du das wissen? Ich meine, ich weiß, dass es so ist, aber woher weißt du so genau darüber Bescheid?« Ich beuge mich vor und gieße mir Wasser nach. Im selben Moment kehrt der Kellner zurück und serviert unser Essen.

»Das war geraten. Ich meine … von diesen Typen hatte noch nie einer eine feste Freundin«, erwidert Tillie lässig und nimmt sich eine meiner Ofenkartoffeln. »Die einzige Ausnahme war Bishop, und schau dir an, wie das ausgegangen ist.« Lachend schüttelt sie den Kopf. »Das war jetzt nicht so fies gemeint, wie es klang. Es stimmt halt einfach.«

»Schon okay«, flüstere ich, nehme einen der knusprig gebratenen Hähnchen-Finger und tauche ihn in die saure Sahne. »Ich wäre ja froh, wenn sie mich vergessen würden.«

21. KAPITEL

»Also, das mit den Kostümen wäre geklärt«, sagt Tatum am Telefon, während ich die Dusche andrehe. »Hast du Carter gefragt, ob er die Zelte aufbaut?«

Nate kommt ins Badezimmer, nur mit weißen Boxershorts von Calvin Klein bekleidet, die Haare wild zerzaust. Ohne mir auch nur einen Blick zu gönnen, geht er zum Waschbecken und drückt Zahnpasta auf seine Zahnbürste.

»Madi?«

»Was denn?« Ich blicke wieder nach unten. Nicht eine schlaue Bemerkung von Nate? Das sieht ihm aber nicht ähnlich. Ich hebe den Kopf und beobachte ihn im Spiegel. Er putzt sich die Zähne. Sein Blick ist auf mich gerichtet, aber er sieht mich nicht an, sondern durch mich hindurch. Bei Nate ist das ein großer Unterschied. Mir läuft es kalt über den Rücken.

»Tut mir leid. Äh, ja, Carter hat es versprochen.«

»Okay, gut.«

Nate hört auf zu bürsten, beugt sich vor und spuckt ins Waschbecken, ohne den Blick von mir abzuwenden. Er spült die Zahnbürste aus und stellt sie weg.

»Ich muss Schluss machen.« Als ich auflege, verlässt Nate das Bad und knallt die Tür hinter sich zu. *Was zum Teufel ist denn mit dem los?* Dann sage ich mir, dass ich das gar nicht wissen will, verriegle die Tür und ziehe den Pyjama aus.

Während ich mich mit der süß duftenden Seife einreibe, sehe ich plötzlich sehr lebendig vor mir, wie die Jungs mich in jener Nacht auf der dunklen Straße angehalten haben. Unwillkürlich schließe ich die Augen. Meine Atmung beschleunigt sich, mein Brustkorb hebt und senkt sich immer heftiger. *»Willst du spielen, Kätzchen?«* Der raue Stoff ihrer Skimasken an meinem Gesicht. Kampf oder Flucht. Kampf oder Flucht. *Flucht.* Ich streiche mir über das Piercing am Bauchnabel und weiter abwärts zu der Stelle zwischen meinen Oberschenkeln. *»Du willst es doch, Kätzchen«*, höre ich Bishop träge sagen. *Ja.*

Ich lasse meine Hand zwischen meine Beine gleiten und schiebe einen Finger in mich hinein. Stöhnend lege ich den Kopf in den Nacken und streichle mich, während ich im Geist Bishops grinsendes Gesicht vor mir sehe. Seine Berührungen. Die Art, wie er mich genommen hat, bis ich meine Beine kaum noch spürte und am ganzen Körper schweißnass war. Wie er mich geleckt hat, überall, bis zu meiner Klitoris.

Ich strecke eine Hand aus und seife mir die Finger ein, dann berühre ich erneut meine Klitoris, und dabei stelle ich mir vor, dass Bishop mich dort leckt. Ich kneife die Augen zu, meine Beine spannen sich an, und in mir explodiert es. Der Orgasmus durchwogt meinen Körper. Ganz langsam öffne ich die Augen wieder. Dann werde ich rot. Ich kann nicht fassen, was ich da eben getan habe. Ich hasse Bishop – warum macht er mich nach wie vor so an? Obwohl ich genau weiß, dass die Sache mit ihm nicht echt war? Bin ich innerlich so kaputt?

Schon möglich.

Ich steige aus der Dusche, trockne mich rasch ab und ziehe mich an. Als ich die Treppe hinuntergehe, fällt mir auf, wie unheimlich still es im Haus ist. Früher war ich Stille gewohnt, aber seit wir hier wohnen, ist das eigentlich anders, denn Nate ist alles andere als leise. »So viel zum Thema Babysitten«, murmele ich vor mich hin, während ich das Haus durch die Vordertür verlasse. Nates Auto ist nicht da. Ich schlage die Tür zu. Gleich darauf öffnet Sam sie in meinem Rücken. »Soll ich dich zur Schule fahren, Madi?«

Ich schüttle den Kopf. »Schon okay. Heute Abend ist doch der Campingausflug, erinnerst du dich?« Außerdem kommen mein Dad und Elena heute Abend von ihrer Reise zurück, darum werde ich nach meinem Abstecher in die Bücherei wohl gar nicht erst nach Hause fahren. Ich habe vor, mich im Umkleideraum umzuziehen; bei der Gelegenheit kann ich auch noch eine Runde Fitnesstraining einlegen, bevor die Sporthalle um zehn Uhr abgeschlossen wird. So wird es fast Mitternacht sein, bevor ich das Camp erreiche – das übrigens gar nicht auf einem richtigen Campingplatz liegen wird, wie es scheint. Ich kann nur hoffen, dass die Stelle leicht zu finden ist. *Wirklich* leicht zu finden.

»Ach, stimmt ja. Hast du schon gepackt?«

»Ja, ich hab alles dabei, Sammy.« Ich gehe die Treppe hinunter, die Reisetasche in einer Hand. »Bis Sonntag also!«

»Ach – Madi!«, ruft sie mir nach. Ich drehe mich um.

»Was denn?«

Sie eilt ins Haus und kommt gleich danach wieder heraus. »Der GMC ist nicht da. Er muss repariert werden, die Benzinpumpe funktioniert nicht richtig.« Sie schüttelt den Kopf. »Du wirst den Aston Martin deines Vaters nehmen müssen.« Sie wirft mir ein Schlüsselbund zu.

Ich fange die Schlüssel auf. »Den DB9?« Unwillkürlich fröstele ich. »Das kann ich nicht machen. Er bringt mich um.«

»Im Gegenteil. Er hat selbst angerufen und mir gesagt, dass du *den* Wagen benutzen sollst.«

Ich zögere. »Das ist ein Witz, oder?« Ich schaue an mir hinunter. »Klar, Daddy liebt mich, aber so sehr nun auch wieder nicht.«

Sam lacht, winkt ab und dreht sich um. »Viel Spaß, Madison.«

Ich grinse. Dad lässt mich wirklich den DB9 fahren? Das ist so dermaßen seltsam, dass mir selbst ein Alien dagegen normal vorkäme. Aber jetzt rede ich Blödsinn. Ich entriegle die Türen, setze mich ans Steuer, lege den ersten Gang ein und fahre zur Schule.

Ich bin spät dran. Mal wieder.

»Madison, ich dachte, wir hätten ausgiebig über das Problem des Zuspätkommens gesprochen?«, schimpft Mr Barron, mein Physiklehrer, und mustert mich von oben bis unten. Er gehört zu den Lehrern, die ziemlich streng auftreten, ohne dass es einen stört: Er ist jung und sieht so gut aus, dass ich nichts dagegen hätte, ihn Daddy zu nennen und mir von ihm den Hintern versohlen zu lassen.

Facepalm, Madison.

Bartschatten, Holzfällerhemden, gut sitzende Jeans, in denen sein Hintern schön zur Geltung kommt. Mr Barron ist so heiß, dass ich unter seinem finsteren Blick unwillkürlich erröte. »Tut mir leid, aber diesmal war es wirklich nicht meine Schuld. Der Verkehr war so dicht.« Sein Blick folgt mir, bis ich zu meinem Platz gehuscht bin. »Es soll nicht wieder vorkommen.«

Er nickt. »Also gut, setzen Sie sich.«

Habe ich den irischen Akzent schon erwähnt? *Eine kalte Dusche, bitte.* Ich setze mich auf meinen Platz ganz hinten und hole meinen Notizblock hervor.

Ally blickt sich nach mir um. »Hallo, Nutte.«

Alle lachen.

Ich sehe Ally scharf an. »Du scheinst dich da ja gut aus-zukennen, Ally. Sag mal, sprichst du auch Nuttisch? Klar tust du das«, antworte ich an ihrer Stelle. Ihre müden Sprüche lang-weilen mich.

Sie dreht sich ganz zu mir um. »Bishop hat mir erzählt, dass du im Bett kratzt.« Sie legt es darauf an, einen wunden Punkt zu treffen. Aber auch wenn ich sauer bin, weil Bishop mit ihr über unser kleines Abenteuer geredet hat, ich werde ihr nicht den Gefallen tun, mir das anmerken zu lassen. Zum Teufel mit ihr.

»Wirklich?« Ich hebe spöttisch die Augenbrauen und grinse. »Dann hat er dir sicher auch erzählt, wie scharf sie sind.« Ich grinse noch breiter. Endlich kapiert sie, was ich andeuten will, und presst die Lippen zusammen.

»Eine Nutte bist du trotzdem.«

»Mir doch egal.«

Sobald es zum Ende der Stunde läutet, springe ich auf, drän-ge mich durch die Menge und mache mich auf den Weg zum nächsten Unterrichtsraum. Dieser Tag soll bitte schnell ver-gehen.

Doch er vergeht nicht schnell. Als ich mein Tablett auf einen der Esstische knalle, kommt Tatum herübergetänzelt, dicht ge-folgt von Carter und … Den Namen des Typen habe ich schon wieder vergessen.

»Hey, Süße. Du siehst ja nicht so toll aus.«

»Danke, Tatum«, murmele ich und lasse mich auf meinen Stuhl fallen. Carter setzt sich neben mich. Ich gebe mir alle Mühe, nicht auf Nate und Bishop drüben in der Ecke zu ach-ten.

»Sie sieht immer toll aus. Was redest du denn da?«, schimpft Carter.

»Seid bitte still.« Ich massiere mir die Schläfen und atme tief ein und aus. »Ich habe wirklich keine Ahnung, wie ich diesen

Tag überstehen soll. Geschweige denn die Nacht. Irgendwie hat Ally alles Leben aus mir rausgesaugt. Ich hatte heute Vormittag jede Stunde mit ihr zusammen.« Ich reiße den Deckel von meinem Joghurtbecher und werfe ihn aufs Tablett. »Sie ist so verflucht …«

»Unwichtig«, beendet Carter den Satz an meiner Stelle und nimmt mir lachend den Joghurtbecher weg. »Reg dich ab, sonst bekleckerst du dich noch.«

Ich halte nicht länger durch: Mein Versuch, Bishop und Nate zu ignorieren, scheitert grandios. Ich sehe hin. Sie blicken mich jedoch nicht an. Nate hat eine Neue auf dem Schoß, und Bishop hat wieder seine kalte, versteinerte Miene aufgesetzt und scheint niemanden wahrzunehmen. Pah. Eigentlich sollte es mich freuen, aber dass Nate mir heute Morgen die kalte Schulter gezeigt hat, hat mich verunsichert. Irgendwie habe ich mich daran gewöhnt, dass sie mich beobachten, ob das nun unheimlich ist oder nur nervig oder was auch immer.

»Danke«, sage ich zu Carter und reiße mich von dem Anblick los.

»Wann stößt du denn heute Abend dazu?« Carter schwingt ein Bein über die Stuhllehne, sodass er rittlings dasitzt.

»Ich muss vorher noch ein paar Sachen erledigen. So gegen Mitternacht müsste ich da sein. Ich schicke euch eine Nachricht, wenn ich losfahre.«

Er scheint erst darüber nachdenken zu müssen. Schließlich nickt er jedoch. »Gut, okay. Wir fahren gleich nach der Schule hin, ich kann euer Zelt also gern aufbauen.«

»Hm.« Tatum rutscht auf ihrem Stuhl umher. »Kannst du uns auch den besten Platz reservieren?«

»Was? Tatum, wir sind da mitten im Wald. Ein paar ebene Stellen lassen sich schon finden, aber es wird völlig finster sein. So was wie den besten Platz gibt es da nicht.«

Tatum zögert. »Moment mal, ich dachte, das ist an einem See oder sonst einem hübschen Ort?«

Carter lacht. »Nein. Es ist schließlich ein Halloweenausflug. Da geht es nicht *hübsch* zu.«

Tatum macht ein langes Gesicht, und ich muss kichern.

»Aber ich habe extra hohe Schuhe gekauft«, sagt sie schmollend.

Carter lacht erneut. »Gib sie zurück, Kleine. Die brauchst du da draußen nicht.«

Ihre Lippen beben. Dann beißt sie in ihren Apfel. »Na gut. Harley Quinn kann ja auch mal Chucks tragen.«

Höchste Zeit, dass jemand ihren Pupsie für sie findet.

22. KAPITEL

Sobald es zum Ende der letzten Stunde läutet, hole ich beunruhigt das Telefon hervor und schiebe es auf. Ich habe es satt, mich zu fragen, was zum Teufel eigentlich mit Nate los ist, also schicke ich ihm eine Nachricht:

Ich: *Was ist los mit dir?*

Dann stecke ich das Telefon wieder ein und mache mich auf den Weg zur Bücherei. Als ich dort im Sessel sitze, *Das Buch* in einer Hand, schaue ich erneut aufs Telefon. Null neue Nachrichten. Frustriert tippe ich eine weitere Nachricht, diesmal an Bishop.

Ich: *Ist Nate bei dir?*

Seufzend und etwas aufgeregter als üblich lege ich das Telefon beiseite, schlage das Buch auf und blättere zum nächsten Abschnitt.

3.

Das Ritual

*Flammen tanzten durch die pechschwarze nächtliche Leere,
als wollten sie mit ihrer hellen, flackernden Hitze den Himmel
quälen. Als hätten sie auf mich gewartet. Auf meinen Sohn. Ihre
Wärme auf der Haut zu spüren gab mir nur noch wenig Hoffnung, denn ich hatte begriffen, dass solche Hoffnungen trüge-
risch waren. Trotzdem hoffte ich weiter darauf, dass eines Tages
jemand meine Worte lesen würde. Nicht als Trost. Nicht zum
Verständnis.*

*Ich folgte dem Pfad, der ins Zentrum führte, dorthin, wo die
Flammen aus dem aufgehäuften Brennholz schlugen. Um die
Feuerstelle standen fünf Männer, alle in langen Umhängen
und Kapuzen. Auch ohne dass sie ihre Gesichter zeigten, wusste
ich, wer sie waren. Die Soldaten meines Ehemanns. Sie glaub-
ten ebenso fest an seine grausamen Ziele wie er. Geblendet von
einem falschen Wunsch nach Perfektion in ihren Vorstellungen
von der Welt.*

*Mein Ehemann war schon immer in hohem Maße ehrgeizig
gewesen. Manchmal machte mir das Angst, denn wenn er sich
einmal in den Kopf gesetzt hatte, etwas oder jemanden zu bekommen, schreckte er vor nichts zurück, um sein Ziel zu erreichen. Dann schien es fast, als wäre ein Hunger nach Blut in
ihm erwacht, und bis dieser gestillt war, konnte er nicht mehr
schlafen. Auch bei seiner neusten Besessenheit erkannte ich
schnell, dass sie nicht vorübergehen würde. Das geschah nie. Vor
allem aber bekam er am Ende stets, was er wollte. Nur hatte
ich gehofft, dass er vielleicht seine Pläne ändern und neue Regeln aufstellen würde.*

Allerdings sagte er immer, es gebe keine Regeln. »ال توجد قوانين«

schrieb er oft, was auf Aramäisch »Es gibt keine Regeln« bedeutet. Ich wusste nie genau, was er damit meinte. Zumindest wusste ich es in diesem Moment nicht. Es sollte nicht mehr lange dauern, bis ich es herausfand.

Ich ging auf die Männer zu, meinen Sohn in den Armen.

»Gib mir den Jungen, Katsia.« Mein Mann eilte von der anderen Seite herbei und blieb neben einem großen, flachen, kalten Stein stehen.

Ich schaute meinen kleinen Jungen an, und es schnürte mir die Kehle zu. Meine Augen füllten sich mit Tränen. Ich hatte mir das alles nicht gewünscht. Mir lag nichts daran, einen Verband von Männern aufzubauen, die noch Generationen später herrschen sollten. Mir lag nichts an Reichtum oder Macht. Mir lag nur etwas an meinem Kind. Doch mein Ehemann hatte geschworen, dass ihm kein Leid widerfahren würde, nicht die geringste Verletzung. Also ging ich langsam und mit weichen Schritten auf den Stein zu, während tanzende Flammen die monddurchflutete Dunkelheit erhellten.

»Leg ihn hin, Katsia. Wir tun ihm nichts. So viel kann ich dir versprechen.«

Ich drückte meinen Sohn an mich, sodass er in seiner warmen Umhüllung nah an meiner Brust lag. »Deine Versprechungen helfen wenig gegen meine Sorgen, mein Ehemann.«

Er kam zu mir, nahm mir das Kind weg und legte es auf den Stein. Dann wickelte er ihn aus dem Mantel, in den ich ihn gehüllt hatte. »Deine Empfindungen kümmern mich nicht, Katsia. Wenn du dies nicht erträgst, so geh.«

»Ich lasse mein Kind nicht mit dir allein, Humphrey. Niemals. Mach schnell und gib mir meinen Jungen zurück.«

Unter seinem Auge zuckte ein Muskel. Im selben Moment holte er aus und schlug mir mit der flachen Hand ins Gesicht. Ein lautes Klatschen war zu hören, ich spürte einen scharfen

Schmerz in der Wange und stürzte zu Boden. Als ich die Hände in die Erde krallte, geriet feuchter, lockerer Dreck unter meine Fingernägel. Langsam richtete ich mich ein wenig auf und schaute zu meinem Ehemann empor.

»Du nennst mich Ehemann. Nicht Humphrey. Nun steh auf und bleib aufrecht, wie es sich für eine richtige Frau gehört. Du machst mir Schande.«

Ich stand auf und streckte den Rücken durch. Mein Ehemann schaute auf meinen Sohn hinab. Eben kam ein anderer Mann dazu, einen Metallstab in der Hand.

»Die Initiation muss korrekt verlaufen«, sagte mein Ehemann zu David, einem seiner Gefolgsleute. »Bring das Mädchen her.«

Zwei weitere Männer in Umhängen zerrten ein halbwüchsiges Mädchen aus dem Wald. Man hatte ihr die Augen verbunden und die Hände hinter dem Rücken gefesselt. Rings um den Nacken war ihr Kleid bereits aufgeschlitzt.

»Was habt ihr vor?«, fragte ich Humphrey, während ich das verängstigte, keuchende Mädchen anschaute.

Humphrey lächelte böse. »Dies ist unser Ritual. Es ist die Initiation, die jeder durchmachen muss, gleich nach dem Anbringen des Brandzeichens und noch einmal, wenn er in die Pubertät kommt.«

»Was?«, flüsterte ich, weil ich kaum noch sprechen konnte.

Er kam zu mir und strich mir mit seiner rauen Hand über die Wange. »Ach, süße Katsia. Das habe ich dir doch schon erklärt. Dies ist der übliche Verlauf. Du musst darauf vertrauen.« Doch ich traute nichts von alldem. »Diese Frau wird für ihn aufgespart werden, bis er in die Pubertät kommt.«

»Und dann?«, fragte ich leise und kämpfte gegen meine Übelkeit an.

»Und dann nimmt sie ihm seine Jungfräulichkeit.«

Ich schüttelte den Kopf. »Nein.« Doch noch während ich mich

gegen die Worte sträubte, bemerkte ich das böse Lächeln, das sei-
ne Lippen umspielte. Es verriet mir, dass er mir seine kranken
Pläne noch nicht vollständig enthüllt hatte.
»Und dann wird er sie töten.«

Das Klingeln des Telefons unterbricht mich beim Lesen. Mit
einem flauen Gefühl im Magen greife ich danach und melde
mich, ohne erst aufs Display zu schauen.

»Hallo?«

*»Wenn es dunkel wird und man vor Einsamkeit friert, schreit
Madison dann oder schmollt sie mich an? Denn eins weiß ich von
ihr, schon jetzt und hier, wie sie schreit unter mir.«*

»Wer ist da?« Ich springe auf; das Buch fällt zu Boden. Mein
Atem kommt stoßweise.

Ein angespanntes, verzerrtes Lachen dringt an mein Ohr.
Mein Herz rast. *»Das wüsstest du wohl gern, meine liebste Nutte.
Verrat mir doch eins … weiß dein Daddy, wie gut du bläst?«*

»Das ist nicht komisch.« Ich schaue aufs Display, dann halte
ich das Telefon wieder ans Ohr. »Im Ernst …«

Das Gespräch ist zu Ende. Das Freizeichen klingelt mir in
den Ohren. Ich stecke das Telefon ein und bücke mich nach
dem Buch. Dann schaue ich mich in der Bücherei um. Als ich
hereingekommen bin, brannte noch in einigen Gängen Licht,
doch jetzt ist es überall dunkel; nur der Empfangstresen, wo
Miss Winter sitzt, ist schwach beleuchtet. Ich räuspere mich,
stelle das Buch ins Regal, nehme meine Tasche und hänge sie
mir über die Schulter. Wer immer dieser Anrufer ist, allmählich
macht er mich nervös. Bisher habe ich nicht einmal sein erstes
Rätsel lösen können. Meiner Ansicht nach ergab es schlicht
keinen Sinn.

Als ich auf den Ausgang zusteuere, spricht Miss Winters
mich an. »Madison?«

Ich drehe mich zu ihr um, eine Hand schon auf dem kalten Metallgriff der Tür. Miss Winters geht in den Bereich der Bücherei, in dem ich gesessen habe, und kommt mit dem Buch zurück. Sie drückt es mir in die Hand. »Nehmen Sie es mit.«

»Ich dachte …«

Sie schüttelt den Kopf. »Fragen Sie nicht lange …« Nervös blickt sie sich um, als hätte sie Angst vorm Schwarzen Mann. »Nehmen Sie es einfach mit, *okay?*« Sie sieht mir flehend in die Augen.

Ich schließe die Finger um den alten, abgenutzten Ledereinband und nicke. »Danke. Es wäre aber wirklich nicht nötig.«

Sie blickt über meine Schulter, und einen Moment lang verrät ihr Gesicht so etwas wie Panik. Gleich darauf lächelt sie gekünstelt. »Schon in Ordnung. Nicht der Rede wert. Mir ist einfach aufgefallen, wie häufig Sie herkommen, um darin zu lesen. Ich werde behaupten, es wäre verloren gegangen, und wenn Sie es zurückbringen, finde ich es wie durch ein Wunder wieder. Da ist nichts dabei.« Doch obwohl sie das Ganze herunterzuspielen versucht, spüre ich immer noch einen Unterton von Panik in ihrer Stimme.

»Na gut, vielen Dank.« Ich gehe hinaus, das Buch fest mit beiden Händen umklammert, und steuere den Umkleideraum der Mädchen neben der Sporthalle an.

Während ich den leeren Raum betrete, stecke ich das Buch in meine Reisetasche. Dann hole ich das Kleid, den Föhn und das Glätteisen hervor. Ich kann nicht fassen, dass ich wirklich beschlossen habe, mich hier umzuziehen. *Soll ich es drauf ankommen lassen und nach Hause fahren?* Nein. Nein, das ist ein ganz schlechter Einfall. Ich ziehe mich aus, wickle mich in ein Handtuch und gehe zur Dusche. Unter dem heißen Wasserstrahl schrubbe ich mich im Eiltempo sauber – denn wir wissen es alle: In Umkleideräumen und unter der Dusche werden ständig Leute ermordet. Ich habe schließlich *Scream* gesehen. Ich weiß, was passiert, wenn man sich nach dem Shampoo umdreht. Aber nicht mit mir. Oh nein.

Ich stelle das Wasser ab, wickle mich wieder in das Handtuch und verlasse die Dusche. Erst föhne ich mir die Haare, dann fahre ich rasch mit dem Glätteisen hindurch. Warum ich mir überhaupt so viel Mühe gebe, weiß ich selbst nicht: In dem Outfit werde ich die Leute nicht gerade umhauen. Nachdem ich das trägerlose schwarze Kleid übergestreift habe – es umschließt meinen Hintern etwas enger, als mir heute Abend lieb ist –, lege ich ein wenig Make-up auf; nur die Augen schminke ich kräftiger, um die Wirkung der Zombie-Maske zu erhöhen. Dann setze ich die Maske auf. So. Die hat mir noch gefehlt. Ich trage tiefroten, matten Lippenstift auf, kehre zur Tasche zurück, nehme meine Keds heraus und steige hinein. Anschließend packe ich sämtliche Kleidung in die Tasche. Das Buch liegt ganz unten. Seit Miss Winters es mir gegeben hat, kann ich kaum noch an etwas anderes denken. Wenn ich Glück habe, dauert die Party nicht allzu lange. Oder die Leute merken nicht, wenn ich mich ins Zelt stehle und lese. Ich bereue es jetzt schon, dass ich mich überhaupt auf diesen Ausflug eingelassen habe. Mit meinen Vorstellungen vom Camping hat er sowieso nichts zu tun.

Nachdem ich alles verstaut habe, hänge ich mir die Tasche über die Schulter und passiere den dunklen Gang zu dem Fahrstuhl, mit dem man die Schülerparkplätze in der Tiefgarage erreicht. Immer wieder läuft es mir kalt über den Rücken. Ich habe das überwältigende Gefühl, dass mich jemand beobachtet. Jemand, den ich nicht kenne. Ich versuche, den Eindruck abzuschütteln und drücke auf den Rufknopf, dann noch einmal, weil ich nur noch so schnell wie möglich hier weg will. Es klingelt, die Fahrstuhltür öffnet sich, ich betrete die warme Kabine und drücke auf den richtigen Knopf. Die Fahrt nach unten dauert nicht lange, und als sich die Tür öffnet, habe ich es wieder mit hallender Stille und leeren Räumen zu tun. Unter Herzklopfen entriegle ich Dads Auto, öffne die Fahrertür, schleudere die Tasche ins Innere, steige ein und verriegle sofort die Türen.

»Oh, Scheiße«, flüstere ich. Mir ist klar, dass ich mich in etwas hineingesteigert habe. Allmählich beruhigt sich mein Puls. Ich lasse den Motor an.

»Ruf Tatum an«, befehle ich über Bluetooth, während ich den Wagen aus der Tiefgarage lenke.

»Tatum wird angerufen«, erwidert die Frauenstimme. Als ich die Stereoanlage einschalte, dröhnt »The Exorcist« von Figure aus den Lautsprechern. Ich stelle leiser, damit ich Tatum auch höre. Sie meldet sich fast sofort. Ihre Stimme und die Musik sollten mich eigentlich beruhigen.

Außer dass da gerade ein Remix des »Exorzist«-Soundtracks läuft. Wen willst du denn damit besänftigen? Deinen neunten Dämon?

»Madi!«, quietscht Tatum ins Telefon. Im Hintergrund sind laute Musik und die gedämpften Geräusche von Betrunkenen zu hören.

Lachend biege ich auf den Highway ein. Laut Navi werde ich bis zu der Stelle, wo wir verabredet sind, etwa eineinhalb Stunden brauchen, und die Route führt mitten ins Nirgendwo. »Was denn?«

»Die Party rockt! Und ... Oh, mein Gott!« Sie spricht ziemlich undeutlich. *Oh je.* »Carter hat für uns die flachste Stelle ausgesucht. Gleich neben seinem Zelt, was ich verdammt verdächtig finde! Aber immerhin, die anderen Zelte stehen alle ein bisschen schief.« Sie kichert, dann rülpst sie. »Huch. Sorry.«

»Tate?«, antworte ich lachend. »Mach mal langsam, sonst kannst du mir nachher nicht entgegenkommen. Und denk dran, da draußen habe ich kein Netz. Wo ist denn Tillie?«

»Die muss irgendwo in der Nähe sein. Beeil dich! Wir brauchen dich hier! Ach, und die Kings sind nicht da. Du bist hier also völlig sicher!«

Ich schüttle den Kopf. »Okay, bis in eineinhalb Stunden! Nimm jemand mit, der nüchtern ist.«

Sie legt auf. Die Kings sind nicht da? Das ist merkwürdig, wenn man bedenkt, wie sehr sie sich bisher bemüht haben, mir das Leben zu vermiesen. Vielleicht haben sie ein neues Spielzeug gefunden. Eigentlich sollte ich froh sein, doch etwas in mir – der Teenager vermutlich – fragt sich sofort, was zum Teufel ich falsch gemacht habe.

Ich drehe die Anlage laut und verliere mich ganz in der Musik und den Texten von »Tyrant« von Disturbed. Als ich gerade meine Ausfahrt erreiche, leuchtet auf dem Beifahrersitz mein Telefon auf.

Anonym: *Hau ab*

Ich komme von der Spur ab; vor mir lässt jemand die Scheinwerfer aufflammen. Fürs Erste achte ich nicht mehr aufs Telefon. Als ich den Wagen wieder sicher auf der Fahrbahn habe, zeigt es bereits die nächste Nachricht an.

Anonym: *Wie ein Amateur. Ich habe mir schon Hoffnungen gemacht, dass du draufgehst.*

Ich lasse das Telefon fallen und schaue in den Rückspiegel. Es ist nichts zu sehen. Keine Scheinwerfer, nur Dunkelheit und das kurze Aufschimmern der Fahrbahnmarkierungen. Auf meiner

Stirn bilden sich Schweißperlen. Ich wische sie weg. Werde ich beobachtet? Was zum Teufel geht hier vor? Mein Handy liegt vor dem Beifahrersitz auf dem Boden. Ich versuche gar nicht erst herauszufinden, ob wieder eine Nachricht eingegangen ist, sondern konzentriere mich darauf, heil anzukommen.

»Ziel erreicht«, verkündet das Navi, als ich in eine dunkle, holprige Schotterstraße einbiege.

»Und was genau ist das Ziel?«, frage ich mich laut. Zwei Sekunden später leuchtet das Display auf dem Wagenboden auf. Ich verdrehe die Augen, beuge mich hinüber, hebe es auf und entsperre es.

Anonym: *Die Hölle*

Angst steigt in mir auf. Wieder schaue ich in den Rückspiegel, doch ich bin völlig allein, und es gibt nicht einmal mehr Fahrbahnmarkierungen. Undurchdringliche Schwärze umgibt mich. Es ist unheimlich. Ich bin mitten im Wald. Ich schaue nach vorn und konzentriere mich aufs Fahren. Zwischendurch beuge ich mich zum Handschuhfach hinüber, öffne es und entdecke Dads Pistole. Lächelnd nehme ich sie heraus und lege sie mir auf den Schoß. Sofort fühle ich mich sicherer. Mein Dad sagt immer: »Madi, ziel nur dann auf einen Menschen, wenn du auch den Mumm hättest abzudrücken.« Im Augenblick hätte ich reichlich Mumm. Ich möchte niemand verletzen, aber man hat mir beigebracht, mich zu schützen, und zwar auf diese Weise. Menschen kommen nicht durch Waffen zu Tode, sondern durch Menschen. Waffen sind dazu da, diejenigen zu schützen, die Schutz vor Menschen brauchen, die andere töten.

Als ich gerade neben einer Reihe parkender Autos anhalte, kommt wieder eine Nachricht an. Ich stöhne auf. »Echt jetzt?« Dann greife ich nach dem Telefon und schiebe es auf.

Anonym: *Nee, Baby. Die nützt dir gar nichts, wenn du meinen Schwanz im Mund hast und ich dir die Hände um den Hals lege.*

Ich fahre herum und spähe nach draußen. Es ist mir niemand gefolgt. Was zum Teufel geht hier vor? Mir fällt auf, dass ich offenbar immer noch Empfang habe, denn die Nachrichten kommen problemlos an. Doch als ich auf die Anzeige für die Netzstärke schaue, sehe ich sie an- und ausgehen. »Scheiße.« Ich versuche es trotzdem und wähle Carters Nummer. Tatum anzurufen wäre sinnlos; sie ist bestimmt schon weggetreten, und Tillie hat kein eigenes Telefon, soweit ich weiß. Ich meine, wir schicken ihr zwar ständig Nachrichten, wenn wir nicht zusammen sind, aber wenn wir uns mit ihr treffen, hat sie anscheinend nie ein Handy dabei.

Carter meldet sich; im Hintergrund höre ich allerdings eine Mädchenstimme. Ich verdrehe die Augen. »Carter?«

»Hallo? Madi? Kannst du mich hören?«

Nein, die Tussi, die dir einen bläst, ist zu laut.

»Ja. Carter …« Die Verbindung bricht ab, und als ich aufs Display schaue, erkenne ich, dass ich kein Netz mehr habe. »Verdammt!« Ich nehme die Tasche vom Beifahrersitz, stecke das Telefon ins Außenfach und greife nach der Pistole.

Inzwischen gefällt mir dieses ganze Vorhaben überhaupt nicht mehr. Als ich neulich in der Schule zugesagt habe, war heller Tag. Jetzt ist es dunkel, und ich sehe buchstäblich nichts. Ich fröstele und überlege kurz, ob ich einen Pullover überziehen soll, aber mein Dad sagt immer, dass die Kälte einem hilft, wachsam zu bleiben. Also steige ich aus, obwohl sofort wieder Panik in mir aufsteigt, weil ich jetzt ungeschützt in der Kälte und Stille stehe. Ich schlage die Tür zu und stecke die Pistole so ein, dass sie von der Reisetasche über meiner Schulter verdeckt wird, ich sie aber jederzeit erreichen kann. Dann gehe ich auf die Lücke im Wald zu, wie Carter es mir beschrieben hat, die Hand am Griff der Waffe. Es ist zu still. Warum ist es so still? Das verunsichert mich. Keine Vögel, keine Grillen.

Im Geist versetze ich mir einen Tritt. Wirklich, es wäre klüger gewesen, Kopfhörer mitzubringen. Dann hätte ich garantiert weniger Angst. Ich könnte einfach durch den Wald joggen, bis ich zum Campingplatz komme. Totes Laub knirscht unter meinen Sohlen, und die kalte, dunstige Luft weht mir das Haar ins Gesicht.

»Ich will spielen«, flüstert jemand hinter mir. Ich zucke heftig zusammen; dann wirble ich herum und ziehe die Waffe, um dem Sprecher entgegenzutreten.

Aber da ist niemand.

»Verdammt, wer ist da?«

Gelächter hallt durch die Nacht, der Wind weht es hierhin und dorthin. »Hier kommt ein Rätsel …«

»Nein! Zum Teufel mit euch!«

Sie lachen erneut, ein quälendes, abgehacktes Geräusch, das aus meinen schlimmsten Albträumen stammen könnte. »Oh doch«, sagte jemand leise, direkt hinter mir, so nah, dass ich spüre, wie sein warmer Atem über die Härchen an meinem Nacken streicht.

Ich fahre herum. Wieder habe ich nur Leere vor mir.

»Schwach«, spottet eine andere Stimme.

»Zu langsam!«, sagt jemand lachend.

Ich atme scharf ein und wirble herum, doch ich sehe nur dunklen Wald. Es duftet nach Kiefern, der Boden ist mit trockenem Laub bedeckt, hier und da schimmert Mondlicht auf den Ästen. Der Platz, auf dem ich stehe, ist mit Moos überzogen. Ich hebe die Hand und ziele mit der Pistole ins Nichts. »Wer zum Teufel ist da, und warum verfolgt ihr mich?«

Ich spüre seine Nähe, noch bevor er etwas sagt. Sobald er

den Mund öffnet, weiß ich, wer es ist. »Hier kommt ein Rätsel, Kätzchen«, flüstert er rau. »Wie viele Geheimnisse trägst du mit dir herum? Muss ich dich erst aufschneiden und sie aus dir herausbluten lassen?« Er macht noch einen Schritt auf mich zu, seine harte Brust streift meinen Rücken. Ich schließe die Augen und umklammere die Pistole. Er streicht mir mit den Lippen hinten übers Ohrläppchen und murmelt: »Du bist nicht die Einzige, die kratzen kann.« Dann stößt er mich vorwärts, bis ich gegen einen dicken Baumstamm pralle. Keuchend atme ich aus. Bishop stellt sich zwischen meine Beine, sodass ich sie weit öffnen muss.

»Lass mich in Ruhe, Bishop.«

Er lacht und packt mich an den Handgelenken. Erst entwindet er mir die Pistole, dann wickelt er mir Kabelbinder um die Handgelenke. Verdammt! Wieder wallt Panik in mir hoch. Warum zum Teufel machen sie das? Nichts davon ergibt einen Sinn. Nichts mehr seit dem Tag, an dem wir hergezogen sind.

»Das willst du doch gar nicht wirklich. Das wissen wir beide.«

Hinter mir sind laute Schritte zu hören. Als Bishop mich schließlich zu sich herumwirbelt, richtet sich meine Aufmerksamkeit als Erstes auf sein Gesicht. Es ist wie ein Totenschädel geschminkt. Er trägt eine locker sitzende dunkle Jeans und ein dunkles Sweatshirt, dessen Kapuze er sich über den Kopf gezogen hat. Seine Augen sind hinter weißen Kontaktlinsen verborgen. »Du weißt genau, wovon ich rede, Kätzchen.« Er kommt einen Schritt näher. »Warum stellst du dich so dumm?«

Ich schlucke. »Dumm? Was meinst du damit?« Hinter ihm entdecke ich weitere Gestalten, zwischen den Bäumen, alle mit Totenkopfgesichtern, in dunklen Kapuzenpullis und Jeans. Ich suche nach Nate, und Bishop errät es offenbar, denn er lacht, legt mir eine Hand um die Kehle und drückt ein wenig zu.

»Der kann dir nicht helfen, Kätzchen, und er will es auch gar nicht.«

Er drückt stärker zu. Das Schlucken fällt mir schwer. Ich sehe Bishop in die Augen. Er stößt mich erneut gegen den Baum. Die scharfkantige Rinde drückt sich mir in den Rücken. Wieder stellt er sich zwischen meine Beine und beugt sich zu mir herab. »Sag mir, was du weißt.«

»Was?« Was meint er denn damit?

»Das war die falsche Antwort, Kätzchen. Runde eins hast du verloren.«

»Runde eins?«, spotte ich und zerre an den Kabelbindern; sie schneiden in die Haut an meinen Handgelenken. »Was zum Teufel willst du von mir?« Mein Ärger nimmt zu. Klar, manchmal wirke ich still und schüchtern, aber mein Zorn ist schnell geweckt. Leuten nett zuzureden liegt mir nicht; das dauert mir einfach zu lange. Bishop drängt mich gegen den Baum und drückt stärker zu, bis ich kaum noch atmen kann.

»Was weißt du über die Kings, Kätzchen?«

Ich schließe die Augen und ringe immer verzweifelter nach Luft. Die Beine! Ich hebe ein Bein und trete ihm zwischen die Oberschenkel.

»Scheiße!«, ruft er und krümmt sich vor, lässt mich aber nicht los. Die anderen Jungs stürmen herbei, aber zu langsam. Ich trete noch mal zu, an derselben Stelle, und Bishops Griff lockert sich.

Sofort wirble ich herum und renne los. Durch das tote Laub, über morsche Zweige. Ich springe über abgebrochene Äste und renne, bis mir der Atem in den Lungen brennt und ich nur noch verschwommen etwas sehe. Irgendwas stimmt hier nicht. Es ist still. Völlig still. Ich werde langsamer und atme tief ein. Dann bekomme ich eine Gänsehaut, und es läuft mir kalt den Rücken hinunter, als würden hundert winzige Schlangen an meinem Rückgrat hinaufkriechen. Ich hätte nicht stehen bleiben dürfen. Verdammter Anfängerfehler. Ich drehe ein wenig den Kopf und schaue zurück. Von hinten nähert sich rasch ein Schatten. Als ich eben losrennen will, stößt mir jemand in den Rücken. Ich falle hin, mit dem Gesicht voran. Da meine Hände gefesselt sind, kann ich den Sturz nicht abfangen.

»Scheiße!«, ruft Bishop hinter mir, dann landet ein schwerer Körper auf mir. Bishop drückt mir ein Knie ins Kreuz, sodass mein ohnehin wundes Gesicht noch tiefer in den Dreck gepresst wird. Dann legt er mir eine Hand in den Nacken und drückt zu. Ich versuche die Schultern zu heben und mich ihm zu entwinden. »Lauf. Nie. Weg. Kätzchen. Willst du wissen warum?«, fragt er rau, den Mund nah an meinem Ohr.

In meinen Augen brennen zurückgehaltene Tränen. »Warum?«, krächze ich.

Er lacht, und ich schwöre bei Gott, dieses Lachen hätte selbst einen Dämon erschreckt. »Weil ich dich immer wieder einfangen werde, Kätzchen. Glaub mir«, flüstert er mir ins Ohr, »ich finde dich überall.« Er lässt mich los und dreht mich auf den Rücken.

»Tss, tss, Schwesterlein.« Nate kommt zu mir herüber. Ich richte den Blick in den Himmel. Mein Gesichtsfeld wird von einem Kranz aus Baumkronen eingerahmt. Langsam schaue ich von einer zur andern. Nate bückt sich, doch ich will ihn nicht ansehen. Dass Bishop mich hasst, habe ich immer gewusst; auch als wir miteinander geschlafen haben, war sehr viel Hass im Spiel. Aber Nate hat mich schlichtweg verraten. *Was für eine Überraschung.* Die meisten Leute verraten einen, wie ich inzwischen weiß.

»Beantworte endlich unsere Frage«, sagt er.

»Verpiss dich.«

Er lacht und legt mir eine Hand um den Hals. Dann sieht

er kurz zu Bishop auf und blickt anschließend grinsend über die Schulter. Als er sich wieder mir zuwendet, schaue ich rasch in den Himmel. Nate packt mich grob, zieht mich hoch und stößt mich rückwärts gegen einen Baum. Mein Kopf knallt gegen die harte Rinde. Ich stöhne auf und schließe die Augen. Das hat wehgetan.

»Bishop, halt du ihre Beine fest, damit sie nicht treten kann …« Mit seinen Wolfsaugen sieht er mir aufmerksam ins Gesicht; dann betrachtet er mich von oben bis unten und grinst. »Oder kratzen.« Ich presse die Lippen zusammen.

Dann öffne ich den Mund wieder und frage: »Was zum Teufel soll das Ganze, Nate?«

»Ich muss die Wahrheit herausfinden, Kätzchen. Und zwar noch heute Nacht.« Hinter ihm stehen die anderen fünf Jungs, umhüllt von Dunst. Die Luft ist feucht, vermutlich wird der Nebel bald noch dichter werden.

»Ich habe keine Ahnung, was du meinst!«, schreie ich Nate an.

Bishop kommt dazu, schiebt Nate ein Stück beiseite und packt mich an den Beinen. Bevor ich begreife, was er plant, hat er sich meine Beine schon um die Taille gelegt und presst seinen Unterleib gegen meinen. Wieder einmal gräbt sich die Baumrinde in meinen Rücken. Ich hätte doch den verdammten Pulli anziehen sollen. Mit einer Bewegung der Taille drückt Bishop sich erneut gegen mich. »Antworte endlich, Kätzchen.«

Mir entgeht nicht, dass sein Schwanz hart geworden ist, und so sehr ich Bishop auch hasse, so furchtbar ich sein Verhalten auch finde, mein Körper hat seine eigenen Ansichten. »Ich habe längst geantwortet! Ihr hört nur nicht zu!«, schreie ich sie wütend an. Ob ich nicht glaube, dass sie mir tatsächlich wehtun wollen? Doch. Aber mein Ärger ist noch stärker als meine Angst – eine gefährliche Eigenschaft, wenn man es mit

Bishop und Nate zu tun hat, denn die zwei fahren auf Angst ab. Ich kann es spüren, ich lese es in ihren Augen. Es macht sie an, wenn sie merken, dass ich Angst habe.

Nate blickt sich zu den anderen Jungs um, dann sieht er mich an und tritt einen Schritt beiseite, damit Bishop noch besser an mich herankommt. Bishop bewegt erneut das Becken auf mich zu. Es schnürt mir die Kehle, doch ich sehe ihm fest in die Augen.

Er grinst. »Was ist?«, fragt er unschuldig.

»Das weißt du genau, und nur fürs Protokoll: Es passiert nicht noch mal.«

Nate lacht. »Blödsinn.«

Bishop grinst erneut. »Überzeugt mich nicht.«

»Ich weiß gar nichts. Und jetzt lass mich los, bevor meine Freunde mich suchen kommen.«

»Ich glaube dir nicht, dass du nichts über uns weißt, Kätzchen. Eher würde ich aufs Gegenteil wetten.« Er presst sich erneut an mich, und – ich kann es nicht glauben – etwas tief in meinem Inneren zieht sich erregt zusammen.

Das ist nicht dein Ernst, oder? Bishop streicht mir mit der Nase übers Kinn, doch ich kämpfe meine Reaktion nieder und sehe Nate an. »Darum ging's dir?«, frage ich und hebe die Augenbrauen. »Du wolltest unbedingt sehen, wie Bishop mich vögelt? Damit du was dazugelernt hast, wenn du das nächste Mal auf dem Sofa mit mir rummachst?«

Bishop erstarrt. Einen Moment lang spannt er jeden Muskel in seinem Körper an; dann lockert er sich wieder. Ich habe keine Ahnung, ob ihm klar ist, dass ich es gemerkt habe, und ob ihn das überhaupt interessiert.

Nate kommt zu mir und streicht mir mit einem Finger über die Wange. Ich rutsche weg. »Nee, Schwesterlein, jetzt tu nicht so, als hättest du nicht fleißig mit rumgemacht. Ich glaube sogar, du hast mir als Erste deine heiße kleine Zunge in den Mund geschoben.«

Bishop richtet sich auf, umfasst mein Kinn und drückt mir die Finger grob in die Wangen. »Jetzt antworte, Kätzchen, sonst nehm ich dich wirklich, hier auf der Stelle. Und glaub mir, gegen das, was du dann erlebst, wird dir das erste Mal sanft vorkommen.«

»Und wenn sie nun die Wahrheit sagt, Leute?«, fragt jemand hinter Nate schüchtern und kommt näher. Nach ein paar Schritten erkenne ich, dass es Cash ist. »Ich meine, es ist doch möglich, dass sie …«

»Halt den Mund, verdammt«, fährt Bishop ihn an. »Und nein, ist es nicht. Und nein, wir können es nicht darauf ankommen lassen. Und nein, ich verlasse mich nicht auf ihr Wort.« Er blickt über die Schulter. »Geh wieder an deinen Platz, und unterbrich mich nicht noch mal.«

Cash presst die Lippen aufeinander. Er ist mir gerade sehr viel sympathischer geworden.

»Zeit für ein Spiel«, sagt Bishop zu mir. »Wann immer ich glaube, dass du lügst …« Er zieht ein Schweizermesser aus der Gesäßtasche und klappt es auf. »… verlierst du ein Kleidungsstück.« Er legt den Kopf schief. »Und wenn du nichts mehr anhast?« Er lässt die Klinge zwischen meinen Brüsten hindurch bis zu meinem Bauchnabel gleiten. »Na, dann müssen wir uns halt was einfallen lassen.«

»Das ist doch Blödsinn!«, fauche ich. »Ich weiß nichts, das habe ich euch längst gesagt!« Ich habe am ganzen Körper eine Gänsehaut. Bishop bemerkt es und grinst. Dann klappt er das Messer zu und umfasst mit der freien Hand meinen Oberschenkel.

»Ich an deiner Stelle wäre jetzt vollkommen ehrlich, Kätzchen«, spottet er. »Denn Grenzen? Die kenne ich nicht.«

»Meinetwegen! Ich werde vollkommen ehrlich sein, aber danach lässt du mich gehen!«

Bishop sieht mir aus seinen hellen, steinernen Wolfsaugen forschend ins Gesicht. Warum zum Teufel macht mich dieser Totenkopf-Scheiß eigentlich so an? Und warum denke ich ausgerechnet jetzt darüber nach, was mich anmacht und was nicht?

»Das entscheide ich.« Er beugt sich vor und beißt mir in die Unterlippe, als würde sie ihm gehören. Ich gebe ein Knurren von mir, dass er die Vibration in der Brust spüren muss. »Ach, ist das süß. Das Kätzchen schnurrt.«

»Verpiss dich.«

»Können wir jetzt mal zu den Fragen kommen?«, fragt Nate und sieht ungläubig von Bishop zu mir. »Himmel. Anfangs habe ich den Hass zwischen euch ja noch für so eine Art Vorspiel gehalten, aber allmählich frage ich mich, ob ich nicht doch lieber die Messer verstecke.«

Ich werfe lachend den Kopf in den Nacken. »Oh ja, die solltest du wirklich verstecken, Bruderherz. Und von jetzt an schließt du besser nie beide Augen zugleich, nicht mal im Schlaf.«

»Das ist ja scharf. Willst du mir im Schlaf den Schwanz lutschen?«

»Eher beiß ich ihn dir ab.« Ich tue so, als müsste ich nachdenken. »Ach nein, dazu müsste ich ihn ja erst finden. Houston, wir haben ein …«

Bishop klatscht mir eine Hand auf den Mund. »Halt die Klappe!«

Ich nicke, und er nimmt die Hand weg. Trotz allem gönne ich Nate noch ein fieses Grinsen.

»Was weißt du über die *Elite Kings*?«, fängt Bishop an.

»Nur was Tatum mir erzählt hat. Und das war nicht viel.«

Er wartet darauf, dass ich weiterspreche. »Und was genau hat sie dir erzählt?«, fragt er dann.

Ich runzle die Stirn. »Daran kann ich mich kaum noch erinnern, so wenig war es. Ganz ehrlich? Euer kleines Autorennen neulich hat mir deutlich mehr verraten als Tatum.«

»Was willst du damit sagen?«, fährt Nate mich an.

Ich kichere. Ja, verdammt, ich *kichere*. Erst hätte ich mich deswegen ohrfeigen können, aber eigentlich passt es zu meinem spöttischen Tonfall, darum lasse ich es zu. »Ach, Nate. Da fahrt ihr also alle in einer Tiefgarage um die Wette. Ganz toll. Das kümmert *mich* doch nicht.« Bei den letzten Worten sehe ich ihn groß an.

Bishop beobachtet mich. Dann fängt er an zu grinsen, immer breiter, bis sich in seinen Wangen Grübchen bilden und man seine perlweißen Zähne sieht. Aber mit den Augen lächelt er nicht. Sein Blick ist finster, voller Hass und auch Wut. Da wird mir klar, dass ich möglicherweise falsch liege. Mein Lächeln erstirbt. Dafür grinst Nate jetzt ebenfalls.

»Also, das ist ja süß, Kätzchen.« Bishop hebt die Hand zu meinen Brüsten, klappt das Messer auf und durchschneidet ganz langsam den Stoff. Mein enges trägerloses Kleid bekommt vorn ein langes, zackiges Loch, und mein leuchtend gelber Spitzen-BH schaut hervor. Zum Glück rutscht das Kleid nicht ganz hinunter; dafür sitzt es zu eng.

»Was soll das denn?«, fahre ich ihn an. »Ich habe deine Frage beantwortet. Das ist gegen die Regeln!«

Bishop lächelt. »Die Regeln mache ich.« Dann fragt er: »Hat sonst noch jemand mit dir über uns gesprochen?«

»Was?« Inzwischen habe ich wirklich genug von ihren Spielchen und dem ganzen Blödsinn, den sie offenbar mit mir vorhaben. Es ist schon das zweite Mal, dass sie Katz und Maus mit mir spielen, und meine Geduld lässt mit jeder Minute nach. »Niemand hat irgendetwas zu mir gesagt! Ich weiß nicht, wer zum Teufel ihr seid, oder was eure Ziele sind – falls ihr welche habt –, und es ist mir auch egal! Und jetzt …« Wütend funkele ich Bishop an. »Lass. Mich. Los!«

Er zögert und sieht mich scharf an. »Und wenn ich dir nun nicht glaube?«

»Dann taugt dein Lügendetektor nichts«, erwidere ich fest.

Nate zwinkert mir zu, dann geht er zu Hunter und Brantley hinüber, die neben einem dicken Baum stehen. Bishop hat sich noch nicht bewegt, er umfasst weiter meine Oberschenkel. »Hast du mit ihm geschlafen?«

Ich runzle die Stirn. »Was?«

»Du hast richtig gehört. Antworte.« Er drückt sein Becken gegen meins.

»Einen Augenblick mal. Ihr verfolgt mich, jagt mich durch den Wald, erschreckt mich zu Tode, fesselt mich, zerschneidet mein verdammtes Kleid, und dann fragst du mich, ob ich mit Nate geschlafen habe? Als wenn dir das nicht völlig egal wäre!«

»Ich habe nicht behauptet, dass es mir was ausmacht.« Er grinst, beugt sich zu meinem Ohr herab und streicht mir zugleich seitlich über die Rippen. Dann drückt er zu, etwas zu kräftig. So kräftig, dass ich blaue Flecken bekommen werde. »Ich will nur wissen, ob ich die Wette gewonnen habe«, flüstert er rau. Ich lege den Kopf in den Nacken und kämpfe die Tränen nieder. Natürlich. Für diese Jungs ist das alles ein Spiel. Ich bin so ein Idiot.

»Du hast verloren!«, sagt Nate lachend und kommt zu uns zurück. Er legt den Kopf schräg und sieht mich an. »Sie hat die Beine nicht für mich breit gemacht.«

»Verpiss dich, Nate. Verpisst euch beide.«

Auf einmal lässt Bishop mich los. Ich stürzte mit einem lauten Plumps zu Boden und spüre Laub und Erde an Oberschenkeln und Hintern. Bishop bückt sich und schneidet die

Kabelbinder durch, sodass meine Handgelenke wieder frei sind. Ich strecke die Arme. Dann sehe ich zu Bishop auf. »Ich hasse dich.«

Er grinst. »Und ich will dich nach wie vor vögeln. Aber da finden wir schon eine Lösung.«

Ich presse die Lippen zusammen und stehe auf. Bishop ist nur wenige Zentimeter von mir entfernt. »Kommt nicht infrage. Du fasst mich nicht noch mal an.«

Er macht einen Schritt auf mich zu und drängt mich gegen den Baum. »Nett gesagt. Jetzt bitte noch einmal …« Er stemmt beide Hände gegen den Baum, sodass ich eingesperrt bin. »… aber diesmal so, als wäre es ernst gemeint.« Dann beugt er sich zu mir herab und saugt meine Unterlippe in seinen Mund.

Als ich seine Lippen auf meinen fühle, muss ich mich zwingen, nicht aufzustöhnen. Ich kann es nicht ändern. Auch wenn es mir selbst zuwider ist, wie leicht er mich rumkriegt. Wenigstens soll er nicht gleich merken, wie stark mein Körper auf ihn reagiert.

Er grinst, die Lippen noch an meinem Mund, und löst sich langsam von mir, bis meine Unterlippe herausgleitet. Dann leckt er mir genüsslich übers Kinn. »Willst du mich noch mal anlügen?«

»Ich hasse dich.«

»Ja, ich weiß, aber im Bett passen wir einfach gut zusammen.«

»Bishop!«, ruft Cash uns zu. »Jetzt gib ihr dein Sweatshirt, damit wir endlich zum Camp zurückgehen können.«

Grinsend öffnet Bishop den Reißverschluss seines Kapuzenpullovers. Sein weißes T-Shirt schimmert im Mondlicht. Er wirft mir den Pulli zu; ich fange ihn auf, fahre mit den Händen in die warmen Ärmel und zwinge mich, nicht am Kragen zu schnuppern. Dort ist sein süßes, harziges Eau de Cologne am deutlichsten wahrzunehmen. Vermischt mit dem Geruch von Seife und dem männlichen Duft seines Körpers.

Nate wirft ihm einen finsteren Blick zu, kommt zu uns herüber und greift nach meiner Hand. Ich weiche zurück. »Hau ab. Dir folge ich nirgendwohin.«

Nate zuckt die Schultern. »Mir auch recht.«

Arschloch.

Bishop lacht leise.

Ich wende mich ab und marschiere in den Wald hinein. »Ach ja, ich muss die Pistole wiederhaben!«, rufe ich ihnen über die Schulter zu.

Die Jungs kommen mir nach. »Wo willst du denn hin, Kätzchen?«, fragt Nate.

»Zum Camp natürlich.«

»Und woher willst du wissen, dass das hier der richtige Weg ist?«, fragt Bishop dicht hinter mir.

»Ich weiß es eben.«

Tatsächlich erreichen wird bald darauf das Camp. Sobald ich das Lagerfeuer sehe, entspanne ich mich. Es bildet den Mittelpunkt einer Gruppe von ungefähr sieben Zelten. Sie stehen so weit voneinander entfernt, dass man sicherlich nicht mitbekommt, was nebenan vorgeht.

»Madi!«, ruft Carter, springt von dem Baumstamm am Lagerfeuer auf und eilt auf mich zu. Dann schaut er an mir vorbei zu den Jungs. Bestimmt gehen ihm jetzt hundert Fragen durch den Kopf, aber ich bin ihm keine Antworten schuldig. »Hey, du hast es ja doch noch geschafft.«

Ich lächle. »Gerade mal so.«

Hinter mir höre ich Bishop lachen. Nate geht davon; unterwegs nimmt er einem Betrunkenen eine Whiskeyflasche weg.

Carter wendet sich wieder mir zu. Sein Blick ist glasig und träge. Er ist ganz offensichtlich betrunken, und darum beneide ich ihn. Es ist Mitternacht. Ich brauche dringend etwas zu trinken.

»Komm, ich zeig dir, wo euer Zelt steht«, sagt Carter.

»Okay …«

»Das übernehme ich. Danke, Weichei.« Bishop legt mir einen Arm um die Taille und dirigiert mich zu einem Zelt am Rand des Camps, ein Stück tiefer im Wald.

»Bishop! Das war verdammt unhöflich. Er hat unser Zelt für uns aufgebaut.«

»Das gehört sich auch so. Dafür sind Weicheier da. Und jetzt …« Wir betreten den Mittelgang des Zelts; auf jeder Seite gehen zwei Räume ab. Bishop öffnet einen der Reißverschlüsse und stößt mich in den dunklen Raum. »Zieh dir was richtig Nuttiges an.«

»Wie bitte?«, fahre ich ihn an. Er folgt mir ins Innere, doch ich kann ihn kaum sehen. Ich erkenne nur die Umrisse seiner Gestalt gegen den flackernden Widerschein des Lagerfeuers. »Raus hier.«

Er kommt näher. »Nein.«

Ich weiche zurück. »Das ist mein Ernst, Bishop. Hau ab.«

Er folgt mir, Schritt für Schritt. »Nein«, flüstert er in der warmen Dunkelheit. Mein Rücken berührt die nachgiebige Zeltwand. Ich atme scharf ein und schließe die Augen. Verdammt. Ich bin so durcheinander, was Bishop angeht. Sehen kann ich ihn immer noch nicht, aber jetzt spüre ich ihn. Er streicht mir mit dem Daumen über die Unterlippe. »Angst?«

»Angst wovor?«, hauche ich, immer noch mit geschlossenen Augen.

Er lässt den Daumen meine Kinnlinie entlanggleiten, dann langsam seitlich an meinem Hals hinab bis zu der Stelle, wo die Halsschlagader verläuft. Seine warmen Lippen streifen meinen Mund. »Vor mir«, flüstert er.

Ich öffne die Augen. Das weiße Totenkopfmuster auf seinem Gesicht schimmert im Dunkeln, ebenso das Weiß seiner Augen. »Ja«, erwidere ich ehrlich. Denn ich *habe* Angst vor ihm. Ich vertraue ihm nicht und möchte trotzdem mit ihm schlafen. Vielleicht hat er ja recht; vielleicht können wir uns auf Sex beschränken.

»Gut.«

Ich zeige von ihm zu mir. »Was ist das zwischen uns?«

Er lacht leise und rau. »Es ist ohne Bedeutung. Sex, weiter nichts. Ich kriege bei dir einen Ständer. Dem gebe ich einfach nach.«

Ich schlucke und versuche, mir die Folgen auszumalen. Bisher habe ich noch jedes Mal Gefühle für die Typen entwickelt, mit denen ich mich näher eingelassen habe. Es ist eine Schwäche von mir; vermutlich könnte man mich sogar als leicht verrückt bezeichnen. Aber ich neige nun einmal zu starken Gefühlen.

»Ich hatte so was noch nie«, gestehe ich. »So eine Sexfreundschaft.«

Er legt den Kopf in den Nacken und lacht, und ganz kurz spiele ich mit dem Gedanken, ihm einen Kinnhaken zu verpassen. »Wir sind keine Freunde, Baby, und ganz bestimmt keine Sexfreunde. Du bist meine Erzfeindin, und der ziehe ich immer das Höschen aus. Also.« Er fasst vorn in mein Kleid und reißt es mir herunter. »Zieh es aus.«

Ich schiebe all meine Gedanken beiseite, streife meinen Thong nach unten und schleudere ihn mit dem Fuß beiseite. Bishop macht einen Schritt rückwärts und legt den Kopf schief.

»Also schön«, sage ich leise. »Aber es darf niemand was davon erfahren. Und außerdem, ich bin nicht besonders gut darin, weil ich …«

»Hör auf zu quasseln.« Er küsst mich hart auf den Mund. Ich stöhne leise auf und lege den Kopf schräg, damit er mit der Zunge leichter in mich hineingelangt. Bishop tastet zwischen uns nach seinem Gürtel, reißt ihn sich herunter und wirft ihn weg. Er fasst mir an die Kehle, drückt einmal grob zu, lässt die Hand weiter nach unten gleiten und knetet eine meiner Brustwarzen.

»Hm«, seufze ich mit den Lippen an seinem Mund.

»Verdammt, habe ich diesen Mund vermisst«, murmelt er. Dann kniet er sich hin.

Ich fasse ihm mit beiden Händen in die Haare und ziehe, bis er zu mir heraufschaut. »Erstens, niemand darf davon erfahren. Und zweitens, du vögelst keine andere. Verstanden?« Ich runzle die Stirn, obwohl ich weiß, dass er es gar nicht sehen kann, und zerre erneut an seinen Haaren. »Wenn du mir nicht versprechen kannst, keine andere zu ficken, solange wir miteinander schlafen, kannst du jetzt sofort gehen, und ich besorge es mir selbst.«

Er leckt mir kräftig über die Innenseite des Oberschenkels. »Na klar kann ich dir das versprechen, Baby, denn im Augenblick will ich sowieso keine andere.«

Ich lege den Kopf in den Nacken. »Ich hasse dich.«

Er leckt bis zu der Stelle zwischen meinen Oberschenkeln hinauf, dann beißt er mir dort in das empfindliche Fleisch. »Gleichfalls, Baby.« Mit der Zungenspitze fährt er einmal ganz leicht über meine Klitoris. Mein Herz setzt einen Schlag aus, alles in mir spannt sich an, meine Knie geben fast nach. »Bleib stehen!«, befiehlt er scharf, wobei er sich kurz von mir löst. Gleich darauf macht er weiter, nimmt meine Klitoris zwischen die Lippen, beugt sich dann noch weiter hinab und schiebt die Zunge tief in mich hinein.

»Oh, verdammt!«, keuche ich, fasse ihm erneut in die Haare

und kämpfe gegen den Wunsch, mich zu Boden sinken zu lassen.

Bishop fährt mit der Zunge wieder zu meiner Klitoris hinauf und zieht Kreise darum. Dann lässt er einen Finger in mich hineingleiten. Kurz darauf noch einen.

»Bishop«, flüstere ich. Er bewegt sich schneller und krümmt die Finger, bis er die Stelle trifft, die nur er bisher entdeckt hat. Normalerweise verhilft mir die Klitoris zum Orgasmus, aber von Bishop habe ich gelernt, wie lustvoll es sein kann, einen Schwanz in mir zu haben, solange der Typ weiß, was er tut. Ich biege den Rücken durch und wölbe mich seinem Mund entgegen. »Scheiße.«

»Ja, genau, Baby, lass los.« Er stöhnt, mit den Lippen an meiner Klitoris. Einer seiner Arme streift mein Fußgelenk, und mir wird klar, dass er sich selbst streichelt; und bei der Vorstellung explodiert alles in mir, mein Körper zuckt, eine große dunkle Welle der Euphorie spült sämtliche Gedanken fort. Bishop leckt mich ein letztes Mal, schiebt die Finger noch einmal tief in mich hinein, dann steht er auf und hält mir die Finger an den Mund. Ich öffne die Lippen – widerstrebend, wohlgemerkt –, und er lässt die Finger in meinen Mund gleiten, sodass ich meine Lust schmecken kann.

»Der Beweis, dass du mich angelogen hast, Kätzchen«, sagt er rau und zieht die Finger aus meinem Mund.

»Und was machst du jetzt?«, spotte ich grinsend.

Stille.

Dann wickelt er sich meine Haare um die Faust und zieht daran, so kräftig, dass er mir ein paar Strähnen ausreißt. Er saugt sich meine Unterlippe in den Mund und beißt grob hinein, bis ich Blut schmecke. »Jetzt spiele ich mit dir.«

Ich grinse ihn an, und er zieht noch kräftiger. »Ich bin kein Spielzeug, Bishop.«

»Falsch, Madison. Du *bist mein* Spielzeug. Und mein letztes Spielzeug?« Mit der freien Hand fasst er mir an den Hals, als wollte er mich erwürgen. Zugleich streicht er mit den Lippen über die Stelle, wo er mich eben gebissen hat. »Das ist zerbrochen.«

Khales?

Doch um Fragen zu stellen, bin ich viel zu scharf auf ihn. Also streiche ich ihm mit der flachen Hand über die harte Brust, und jeder Muskel dort zuckt unter meiner sanften Berührung. »Ich mag aber kein Spielzeug sein.«

»Pech für dich.« Er zieht mich an den Haaren herum – und ich gehorche, schließlich hält er mich an den *Haaren* fest – und stößt mich auf die Schlafmatte. Ich fange den Sturz mit den Händen ab, biege mich Bishop entgegen und presse das Becken an ihn. Mit einer Hand fasst er mich an der Hüfte, dass sich die Finger tief in meine Haut graben, mit der anderen streicht er mir über den Rücken bis hinauf zum Nacken. »Verdammt, hast du eine sexy Wirbelsäule.«

»Was?« Ich blicke mich zu ihm um, doch er drückt meinen Kopf nach unten, bis mein Gesicht auf der weichen Decke liegt und mein Hintern hoch in die Luft ragt.

»Da frage ich mich doch …«, flüstert er, während er einen Finger in mich hineinschiebt und dann den Mund von hinten zu meiner intimsten Stelle wandern lässt. »Wie es sich wohl anfühlt, dich zu zerlegen?«

Ich erstarre und halte den Atem an. Was zum Teufel meint er damit? Und warum ist es mir letztlich egal? Ich reibe mich an seinem Mund, ohne mich darum zu kümmern, dass er meinen Hintern vermutlich genau vor dem Gesicht hat. Es scheint ihn nicht zu stören. Er leckt mir zwischen den Beinen hindurch, einfach überall. *Verdammt!*

»Oh ja.« Er richtet sich auf. »Ich könnte dich einfach durchbrechen, Kätzchen.« Dann klatscht er mir mit der Hand auf eine Pobacke, und ich schreie auf, denn mein Hintern ist wund. »Es macht bestimmt Spaß, dabei zuzusehen, wie du in meinen Händen zerbrichst.« Mit einem Ruck dringt er in mich ein, durchstößt die Enge, seine Schwanzspitze streicht über die feuchten Innenwände. Er fährt tief hinein.

Und wieder.

Und jedes Mal reibt seine Schwanzspitze ganz köstlich über meine empfindlichsten Stellen.

»Und wenn ich es einfach zulasse?«, flüstere ich, den Mund in der Decke vergraben, trunken von seinen Stößen, benommen von seiner Gier. Noch einmal dringt er tief in mich ein, dann zieht er sich zurück, dreht mich auf den Rücken und kommt zu mir herauf. Ich sehe ihn an.

»Dann habe ich dich falsch eingeschätzt«, sagt er leise. *Scheiße. Hat er das etwa gehört?* »Du bist dümmer, als ich dachte.«

Ich krieche von der Matte auf den Fußboden, streiche mir das verschwitzte Haar aus der Stirn und schaue über die Schulter hinweg Bishop an. Er liegt ausgestreckt da, völlig nackt. Jeder Muskel unter der schönen olivbraunen Haut ist gut trainiert; trotzdem wirkt er nicht stämmig. »Hast du eigentlich vor, dich wieder so komisch zu benehmen?«, frage ich, während wir uns unverwandt in die Augen sehen, ein Blickduell von epischen Ausmaßen, bei dem sich nichts regt außer den Schmetterlingen in meinem Bauch. Bishops Miene ist ausdruckslos. Jetzt streicht er sich mit dem Zeigefinger über die Oberlippe. Seine Augen haben etwas Düsteres, Unzugängliches. Wie alles an ihm. Beängstigend und doch faszinierend. Wenn wir uns so in die Augen sehen, fühle ich mich, als hätte er mich durch die Tore der Hölle gestoßen und sie dann hinter mir verschlossen. Er wirft mich völlig aus der Bahn. Ich habe es noch nie geschafft, Sex und Gefühle zu trennen. Warum habe ich mir eingeredet, es könnte mir ausgerechnet mit diesem Typ gelingen, obwohl er schon bei unserer ersten Begegnung Gefühle in mir geweckt hat?

Langsam schüttelt er den Kopf. »Ich benehme mich nicht komisch.«

Ich hebe die Augenbrauen. »Bist du dir da ganz sicher? Nachdem du dich nach dem ersten Mal derart seltsam verhalten hast?«

An seinem Kinn zuckt ein Muskel, doch der Ausdruck in seinen Augen bleibt kalt wie Stein. Die Stille hat etwas Spannungsgeladenes, darum stehe ich auf, hocke mich dann gleich wieder hin und krame ein Kleid aus Tatums Sachen hervor. Ich streife es über, ohne mich erst mit BH und Höschen aufzuhalten. Vielleicht habe ich es einfach eilig, ins Freie zu kommen. Der Raum fühlt sich auf einmal zu eng an. Ich lockere mein Haar und steige in meine Keds.

»Wo willst du hin?«, fragt er mit rauer Stimme.

»Mich betrinken.« Ich öffne das Zelt und marschiere auf das Lagerfeuer und das betrunkene Gejohle zu. Auch wenn es mir noch nie gelungen ist, Sex und Gefühle zu trennen, ich möchte es nach wie vor versuchen. Und da ich ziemlich stur sein kann, wenn es um Bishop geht, mache ich mir einige Hoffnungen, dass mein Wille stark genug sein wird und ich es schaffe, mir meinen Stolz zu bewahren und Bishop nicht zu zeigen, dass ich etwas für ihn empfinde. Was im Moment auch noch gar nicht der Fall ist – es sei denn, mein Hass auf ihn zählt –, aber die Möglichkeit besteht, das weiß ich sehr gut. Bei mir besteht die Möglichkeit immer.

Als ich das Bierfass ansteuere, kommt Tillie dazu – vielmehr stolpert sie auf mich zu. »Ich habe zu viel getrunken.« Sie spricht undeutlich, ihr Blick ist verschwommen.

Ich lache. »Das merkt man. Soll ich dich ins Bett bringen?«
Sie schüttelt den Kopf. »Nein.« *Rülps.* »Nein. Aber ich habe einen Fehler gemacht.«

Ich fülle einen Plastikbecher und sehe zu, wie der Bierschaum aufsteigt. »Okay, was hast du angestellt?« Ich hebe den Becher mit dem unappetitlichen Bier an den Mund und grinse Tillie über den Rand hinweg an. Im selben Moment gesellt sich Nate zu uns und legt Tillie einen Arm um die Taille.

»Ta-da!« Sie deutet auf Nate. »Darf ich vorstellen? Mein Fehler.«

Oh nein. Mein Grinsen erstirbt. »Nate!«, fahre ich ihn an. »Sie ist betrunken!«

Er zuckt die Schultern. »Irgendwie musste ich mich schließlich von meiner Giftspritze von Stiefschwester ablenken. Du weißt schon. Du rückst ja nichts raus.«

»Was rück ich nicht raus?« Ich sehe ihn scharf an. Er stößt Tillie weg und kommt auf mich zu. »Nate! Was machst du denn da?«

Er drängt mich gegen einen Baum, stützt die Hände rechts und links von mir auf, legt den Kopf schräg und sieht mich forschend an. »Es gibt so vieles, was du nicht weißt, Schwesterlein. Du musst verrückt sein, wenn du glaubst, du kämst lebend hier raus.« Er beugt sich über mich und streicht mir mit den Lippen über den gebeugten Nacken. »Du wirst sterben.«

Es ist, als hätte mir jemand ein Messer in die Kehle gebohrt. Ich schlucke schwer und stoße Nate weg. »Lass mich in Ruhe.«

»Nein«, murmelt er träge und kommt erneut auf mich zu. Er fasst mir unter die Oberschenkel, hebt mich hoch und drückt mich gegen den Baumstamm. Im Geist verfluche ich mich dafür, dass ich kein Höschen angezogen habe. »Das meinst du nicht ernst, das wissen wir beide.« Er berührt meinen Mund mit den Lippen. Ich drehe das Gesicht weg.

»Doch, ich meine es ernst. Lass mich runter, Nate. Du bist high. Lass mich los.« Offensichtlich hat er irgendeinen harten Scheiß genommen, das erkennt man an seinen geweiteten Pupillen.

»Nate!«, bellt Bishop hinter ihm.

Nate grinst mich an, lässt mich langsam seinen Unterleib hinunterrutschen und setzt mich ab. »Ich habe dich gewarnt«, flüstert er und beugt sich zu meinem Ohr herab. »Es ist alles ein Spiel, Kätzchen. Bishop, ich, die Kings – alles ein Spiel. Aber es ist ein *Todesspiel*.«

Ich sehe ihm nach; dann wende ich mich Bishop zu. »Höchste Zeit, dass ich anfange, Fragen zu stellen.«

Bishop kommt langsam näher. »Ich glaube, Fragen steht dir nicht zu.«

23. KAPITEL

»Was war ich letzte Nacht betrunken.« Tillie massiert sich die Schläfen, während ich mich schon bis auf den Bikini ausziehe.

Tatum schnaubt spöttisch und streift ebenfalls die Kleider ab. »Ach was.« Sie verdreht die Augen und macht einen Schritt in das kalte Wasser des Sees. Als ich heute Morgen aufgewacht bin, habe ich mir dringend ein Bad oder eine Dusche gewünscht, darum habe ich Tillie und Tatum geweckt und sie auf die Suche nach einem See mitgeschleppt. Und wir haben tatsächlich einen gefunden, mitten im Nirgendwo, zu Fuß rund vierzig Minuten nördlich vom Camp. Die nächste Nacht verbringen wir noch hier draußen, morgen geht es Gott sei Dank wieder nach Hause. Ich möchte nicht, dass jemand herausfindet, dass Bishop und ich schon wieder miteinander geschlafen haben. Wenn etwas passiert – *wenn*, nicht *falls* –, soll keiner zu mir sagen können, er hätte mich gewarnt.

»Ich kann nicht glauben, dass du wirklich mit Nate geschlafen hast, Tillie«, sagt Tatum, dann taucht sie ganz unter und streicht sich das Haar aus dem Gesicht. »Aber jetzt mal im Ernst: Fandest du ihn gut?«

»Hör auf. Das ist widerlich.« Ich schüttle den Kopf und gehe auch ins Wasser. Der See ist von Felsen umgeben; ich steige auf einen davon und binde mein Haar zu einem unordentlichen

Pferdeschwanz hoch. »Ich will gar nicht wissen, wie …« Ich zögere.

»Wie riesig Nates Schwanz ist?« Tatum zwinkert mir zu.

»Ehrlich?«, schimpfe ich. »Musste das jetzt sein?«

»Ja, ganz ehrlich, und ich fühle mich sehr geschmeichelt. Wirklich.« Grinsend marschiert Nate auf die Bucht zu, begleitet von Bishop, Cash, Abel, Chase, Hunter und Eli.

Alle Kings sind versammelt.

Meine Miene verfinstert sich, doch dann wende ich mich zum See um, mache einen Kopfsprung und tauche in das eiskalte Wasser. Ich schwimme zur Oberfläche und streiche mir das Haar aus dem Gesicht. Vogelrufe und das Zirpen der Heuschrecken füllen die tiefe Stille. Es ist ein perfekter, natürlicher Ort. Ich trete Wasser, lasse mich bis über den Mund unter die Oberfläche sinken und betrachte die Kings. Sie tragen Surfershorts und keine Hemden, sodass wir den Anblick ihrer meisterhaft geformten Körper – wie sie es sicher beschreiben würden – genießen können. Nate spricht Tillie an, offenbar sehr zu deren Entsetzen, und Tatum scheint ihre Sticheleien an Hunter und Abel auszuprobieren. Die anderen lassen sich auf zwei Felsen nieder, von denen aus man die weite Fläche des Sees überblickt.

Während ich mich mit Wassertreten an der Oberfläche halte, kommt Bishop in den See, genau auf mich zu. Bei jedem Schritt scheint das Wasser vor ihm zur Seite zu weichen, so, wie es auch die Menschen tun. Mit einem Kopfsprung, bei dem sich jeder Muskel an seinem Körper spannt, taucht er unter die Oberfläche und verschwindet. Sekunden vergehen, und er kommt nicht wieder zum Vorschein. Ich schaue nach links, dann nach rechts, dann wieder zum Ufer, wo sich die anderen immer noch unterhalten.

Wo zum Teufel?

Zwei Arme schlingen sich um meine Knöchel, ich schreie laut auf, dann werde ich in das eisige Wasser gezogen. Ich rudere mit den Armen, um wieder nach oben zu gelangen, aber Bishop umfasst meine Taille und zieht mich an sich, bis sich unsere Körper im Wasser aneinanderschmiegen. Er fasst mir in den Nacken, zieht meinen Kopf zu sich heran, küsst mich und schiebt mir die Zunge in den Mund. Zugleich umfasst er eine meiner Brüste, schiebt den Bikinistoff beiseite und knetet die Spitze. Dadurch hat er mich nicht mehr so fest im Griff, und ich nutze die Gelegenheit, mich zu befreien, stoße mich von seiner Brust ab und kämpfe mich zur Oberfläche hinauf. Dort atme ich keuchend ein und wische mir die Haare aus den Augen. Eine Sekunde später taucht Bishop ebenfalls auf. Wasser läuft ihm über das perfekt geformte Gesicht.

Ich spritze ihn nass. »Das war fies!«

Grinsend schwimmt er auf mich zu. »Ich habe nie behauptet, nicht fies zu sein, Kätzchen.« Er legt mir einen Arm um die Taille und zieht mich an sich. Forschend schaue ich ihm in die Augen, ohne recht zu wissen, wonach ich suche. Er erwidert den Blick mit einer Intensität, dass mir am ganzen Körper heiß wird – obwohl ich mich in einem eisig kalten See befinde.

»Was ist?«, fragt Bishop. Meine Hand liegt auf seiner Brust, wir bewegen uns im Wasser auf und ab, und ich versuche, nicht darauf zu achten, wie sein Schwanz dabei alle paar Sekunden meinen Bauch streift.

»Wir wollten das mit uns doch geheim halten, schon vergessen?« Ich lege den Kopf schief. »Du führst dich nicht gerade wie ein Geheimnisträger auf.«

Er zuckt die Schultern und leckt sich Wasser von den vollen Lippen. »Ich habe meinen jetzigen Status nicht dadurch erreicht, dass ich mich um die Meinung anderer Leute schere.«

»Und welcher Status wäre das?« Ich lasse mich tiefer in seine Arme sinken. Mir ist bewusst, wie das für die Leute am Ufer aussehen muss, aber inzwischen bin ich so in seinem Bann, dass es mich nicht mehr interessiert. In der Ferne ertönt »Knives and Pens« von Black Veil Bride aus Tillies *Beats*-Sounddock. Bishop grinst.

»Der eines Gottes.«

Ich verdrehe die Augen und schwimme zu einem großen Felsen am Ufer, der ein wenig versteckt liegt. Dort stemme ich mich aus dem Wasser. Bishop folgt mir und klettert ebenfalls auf den Felsen. Ich versuche, nicht darauf zu achten, wie seine gebräunte Haut in der Nachmittagssonne schimmert und wie sich seine Muskeln bei jeder Bewegung spannen. Als er sich neben mich setzt, fällt mein Blick auf den tätowierten Schriftzug an seinem Brustkorb. Nickend deute ich darauf. »Was steht da?«

Er beugt sich zur Seite und hebt einen Arm, um es sich anschauen zu können. Dann stützt er sich auf die Ellbogen und schüttelt sich das Wasser aus den Haaren. »*Es gibt Menschen, es gibt Wölfe, und es gibt mich ...*« Er rückt näher und streicht mir mit den Lippen über die empfindliche Haut im Nacken. »*... einen Gott.*«

Ich schließe die Augen und kämpfe gegen den Drang an, ihm auf den Schoß zu krabbeln. Als ich die Augen wieder öffne, fällt mein Blick auf die Leute drüben am Ufer der Bucht. »Das hast du dir stechen lassen?«

Er lacht leise. »Ja.«

»Es überrascht mich nicht mal.« Ich strecke mich auf dem Rücken aus und lege mir einen Arm über die Augen, um sie vor der Sonne zu schützen. Hinter meinen geschlossenen Lidern tanzen bunte Lichtflecken. Als ich Bishop fragen will, was es mit der ganzen »Hier kommt ein Rätsel«-Geschichte auf sich hatte, spüre ich seine Fingerspitze seitlich an meiner Brust.

»Bishop«, flüstere ich warnend.

»Pst.« Er legt mir den Finger auf die Lippen. »Lass es einfach geschehen.«

»Und unsere Regeln? Wir hatten Regeln vereinbart.«

»Kätzchen, ich halte mich nicht an Regeln. Nie. Ich mache genau das, was ich will, und wem das nicht passt, der kann mir gestohlen bleiben.« Er presst seine warmen Lippen in die Wölbung meines Nackens. Ich atme scharf ein, und mein Puls beschleunigt sich. »Ich will dich. Du willst mich. Also benimm dich nicht wie ein dummes Mädchen.«

Ich gebe nach. Bishop springt ins Wasser, zieht mich an den Beinen zu sich heran, duckt sich hinter den Felsen und fasst nach meinem Bikinihöschen.

»Bishop!« Lachend stütze ich mich auf die Ellbogen.

»Was ist denn?« Er leckt sich die Lippen. »Die anderen können uns nicht sehen, und wenn doch, wen stört das schon?«

»Äh, mich?«, erwidere ich bissig. »Auf die Gefahr hin, dich zu schockieren, ich zeige meine Möse nicht überall herum.«

»Sag nicht noch mal Möse dazu.«

»Ach.« Ich hebe die Augenbrauen. »Turnt dich das ab?«

Er hält inne und schaut mich von oben bis unten an, dass ich die möglichen Zuschauer vergesse. »Nee, Baby. Hiervon kann mich nichts abhalten.« Er drückt mir den Daumenballen auf die Klitoris. Ich lasse mich auf den Rücken sinken und schließe die Augen. Sonnenlicht dringt durch meine Lider. In der Ferne dröhnt »Your Betrayal« von Bullet For My Valentine. Bishop zieht mir das Bikinihöschen aus. Kühler Wind streicht über meine empfindliche Haut.

Ich atme schwer, meine Brust hebt und senkt sich heftig. Ich will, dass Bishop das Verlangen stillt, das er in mir geweckt hat, das Verlangen, das in seiner Nähe immer durch die Decke geht. Ich spüre seine warmen Lippen auf meinem Körper und wölbe mich ihm entgegen; zugleich lege ich mir eine Hand auf den Mund, um mein Stöhnen zu dämpfen. Bishop spreizt meine Beine noch weiter, leckt zur Klitoris, saugt daran und umkreist sie dann mit der Zungenspitze, ganz langsam und mit pulsierendem Druck.

»Bishop«, flüstere ich stöhnend.

»Was willst du, Kätzchen?«, murmelt er mit den Lippen an meiner schmerzenden Klitoris. »Vielleicht kriegst du es ja.«

»Ich … ich …« Meine Stimme ist heiser. Er drückt die Zunge auf die Klitoris und reibt sie daran, bis meine Oberschenkel beben und ich kurz davor bin, laut zu schreien. »Ich will dich! Verdammt, ich will dich, Bishop.«

»Was von mir, Kätzchen? Alles kannst du nicht haben.«

Vor Lust wie betrunken, erkenne ich nicht, welche Wahrheit in diesen Worten liegt, sondern sage einfach: »Deinen Schwanz. Ich brauche ihn. Ich brauche dich.«

Er zerrt an mir. Mit lautem Klatschen falle ich ins Wasser. In der Eiseskälte reagieren meine Brustspitzen umso empfindlicher. Bishop legt mir einen Arm um die Taille und stützt mich, sodass ich auf dem Wasser treibe. Ich fasse ihm um den Nacken, schlinge die Beine um ihn und lasse mich ganz langsam auf seine dicke Schwanzspitze sinken. Sein Blick wird glasig, ja, glasig, und sofort zieht sich alles in mir zusammen. Mit den Fingerspitzen streiche ich grob über seine Lippen. Er schlägt meine Hand weg und drängt mich gegen einen Felsen. Dann versucht er, sich aus mir zurückzuziehen, doch meine Muskeln schließen sich noch enger um ihn, und ich halte ihn in mir fest.

»Verdammt«, murmelt er. »So verdammt eng.« Er fasst an meinen Hals. »Ich hasse dich trotzdem.« Er stößt in mich hinein. »Weil du das bist, was du bist.« Er zieht sich zurück und dringt erneut in mich ein, so hart, dass mein Rücken wegen der Reibung zu brennen beginnt. Bishop küsst mich fordernd und saugt meine Unterlippe in seinen Mund. »Weil du bist, wer du bist.« Immer wieder stößt er zu, grob und rhythmisch. Mein Rücken reibt so schmerzhaft über den Felsen, dass ich es kaum noch ertrage, aber es ist mir egal, so sehr bin so in der Magie gefangen, die Sex mit Bishop für mich hervorbringt. Er umfasst meine Oberschenkel und spreizt meine Beine noch mehr. »Ich hasse dich, Kätzchen, und darum wirst du mir nie mehr bedeuten als guten Sex.«

Ich reibe mich an ihm. »Ich … ich …« Ich bin blöd, will ich sagen, stattdessen flüstere ich: »Ich komme gleich!« Dann lasse ich los. Mein Körper bebt, mein Verstand setzt aus, vor meinen Augen verschwimmt alles, und ich höre nichts mehr. Der Orgasmus verbraucht all meine Kraft, er entzieht mir jede Energie und lässt nur ein Gefühl von Leere zurück.

Im nächsten Moment kommt Bishop ebenfalls, ich spüre, wie er in mir pulsiert, und sauge alles aus ihm heraus.

Seine Schultern erschlaffen. Er lehnt sich ein wenig zurück und sieht mir forschend in die Augen.

»Ein echtes Kompliment, dass du mich so hasst.« Ich verdrehe die Augen und wende mich ab. Er lässt mich los, und ich versuche, mir nicht anmerken zu lassen, wie enttäuscht ich darüber bin. Will ich denn, dass er mir nachkommt? Schon möglich. Ich bin zu stolz, um einfach hinzunehmen, dass er mich gehen lässt. Andererseits ist mir klar, dass ich es hier mit Bishop zu tun habe. Er ist nun mal unerreichbar. Vermutlich sollte ich froh sein, dass er mich überhaupt mit seiner Anwesenheit beehrt. In Gedanken schnaube ich verächtlich. Scheiß drauf.

»He.« Er fasst nach meiner Hand, als ich gerade wieder auf den Felsen geklettert bin. Ich sehe ihn über die Schulter hinweg an. Er erstarrt, den Blick auf meinen Rücken gerichtet. »Scheiße.«

»Das heilt wieder.« Ich zucke die Schultern, steige von

dem Felsen hinunter und gehe davon, in der Absicht, zu Fuß am Ufer entlang zu den Mädels zurückzukehren, statt hinzuschwimmen. »Meine Gefühle dagegen …«, flüstere ich wütend vor mich hin. Dabei sollten meine Gefühle hier gar keine Rolle spielen. Das weiß ich selbst. Bishop hat nicht den leisesten Zweifel daran gelassen, dass er sonst nichts von mir will. Ich sollte ihn hinter mir lassen, bevor er mir richtig wehtut. Oder mich zerbricht.

»Madison!«, ruft er und holt mich ein. Ich gehe weiter, ohne ihn zu beachten. Ob ich mich lächerlich benehme? Ja. Ob mich das kümmert? Nein.

»Hey!« Er zieht an meiner Hand und wirbelt mich zu sich herum. »Was ist los?« Seine Stirn ist gerunzelt. Er scheint ehrlich verwirrt.

Ich schüttle den Kopf. »Nichts. Mach dir keine Gedanken.« Ich wende mich ab und gehe weiter auf die Mädels zu.

Er zerrt erneut an meiner Hand, nur dass ich diesmal gegen ihn kippe. Dann schaut er auf mich herab, und mit diesem einen finsteren Blick schafft er es, dass ich mich klein fühle. »Was zum Teufel ist mit dir los, Kätzchen?«

Ich seufze. »Nichts. Im Grunde habe ich immer gewusst, dass du mich hasst. Mir war nur nicht klar, wie sehr.«

Er legt den Kopf schräg. »Wieso schmollst du dann?«

Ich stoße ihm gegen die Brust, doch er fasst mich am Handgelenk. »Lass den Blödsinn, Kätzchen. Sag mir, was los ist!«

»Warum hasst du mich so?«, platze ich heraus. »Warum? Warum hast du gesagt, du hasst mich, weil ich bin, was ich bin, und weil ich die bin, die ich bin? Als würdest du mich schon seit einer Ewigkeit kennen?«

An seinem Kiefer zuckt ein Muskel. Bishop hält mich weiter fest. »Vielleicht tue ich das ja. Ist dir der Gedanke noch nie gekommen?«

Ich stutze und presse die Lippen zusammen. »Was meinst du damit?«, frage ich nach kurzem Zögern.

Jetzt ist er derjenige, der mich wegstößt. »Vielleicht weiß ich ja schon seit einer ganzen Weile, wer du bist.« Er geht in Richtung Bucht davon.

Ich laufe hinterher und hole ihn ein. »Was zum Teufel soll das nun wieder heißen?«

»Dass du dich von mir fernhalten solltest.«

»Nein.«

»Wie bitte?« Er dreht sich zu mir um. »Nein? Was soll das jetzt bedeuten?«

»Ich halte mich nicht von dir fern, nur weil du es verlangst. Sag mir, was los ist!«

Er macht einen Schritt auf mich zu. Sein Blick ist kalt, seine Miene wie versteinert, der Mund verächtlich verzogen. »Du begreifst gar nichts.«

»Dann erklär es mir doch, verdammt!« Ich versuche, nicht darauf zu achten, dass ich am ganzen Körper eine Gänsehaut bekommen habe, sondern sehe ihm forschend in die Augen. »Ach, Bishop«, flüstere ich schließlich mutlos. »Sei doch *ein Mal* ehrlich zu mir.«

Stille. Als ich ihm erneut ins Gesicht schaue, stelle ich fest, dass er mich scharf beobachtet. »Du bist noch nicht so weit. Aber eins kann ich dir jetzt schon verraten …« Er hält inne und befeuchtet sich die Unterlippe. »Es ist nicht alles so, wie es scheint. Wir – die Kings – treiben diese Spielchen nicht nur zum Spaß. Es gibt Gründe für das, was wir tun, und dafür, wann wir es tun. Und glaub mir, Kätzchen, du kannst von Glück sagen, dass du das Ganze lebend überstanden hast. Vorerst.«

»Was?«, flüstere ich entsetzt. Ich habe ihn gebeten, ehrlich zu sein, aber seine Antwort wirft nur noch mehr Fragen auf.

»Auch wenn es vielleicht so ausgesehen hat, als wollten wir dir wehtun …« Er zögert erneut. »Auch wenn wir dir wehgetan haben, es war alles zu deinem Besten.«

»Was zum Teufel soll das jetzt wieder heißen?« Ich streiche mir die Haare aus dem Gesicht. Mein Atem geht schnell. »Bishop, damit gibst du mir nur noch mehr Rätsel auf.«

»Vertraust du mir?«

»Nein«, antworte ich sofort.

Er schenkt mir sein Lächeln, bei dem sofort mein Höschen feucht wird. »Sehr gut. Vertraust du Nate?«

Ich zögere. »N-Nein.«

»Auf deine Menschenkenntnis ist mehr Verlass, als du denkst.« Er kommt noch einen Schritt näher, verschränkt seine Finger mit meinen und zieht mich an sich. »Ob du es glaubst oder nicht, was wir tun, ist zu deinem eigenen Besten, und es könnte uns durchaus selbst in Gefahr bringen.«

Ich reibe mir die Schläfe. »Davon kriegt man ja Kopfschmerzen«, murmele ich, die Lippen nah an seiner warmen und harten Brust.

»Na, dann sind wir ja quitt, denn mir tut auch etwas weh.«

Ich lächle ein wenig und versetze ihm einen Stoß. »So sehr hasst du mich also, ja?«, frage ich neckend, während wir gemeinsam zu den anderen zurückgehen.

»Ja. Ich will dir da nichts vormachen. Es liegt aber nur an all den Vermutungen und unbeantworteten Fragen und einer ganzen Reihe von offenkundigen Fakten. Und wie es der Zufall will: Bei dir wird mein Schwanz hart.«

»Hm«, mache ich, als wir die Sandfläche an der Bucht erreichen. »Und da behaupten die Männer, Frauen wären kompliziert. Das da eben, Bishop Vincent Hayes, das war eine erstklassige Klammerwarnung«, spotte ich.

Er bleibt stehen und sieht mich finster an. »Wie bitte?«

Dann stürmt er auf mich zu, packt mich wie ein Feuerwehrmann an den Oberschenkeln und legt mich über seine Schulter.

Ich schreie laut auf und klatsche ihm auf den Hintern. Ein Stück entfernt höre ich die anderen lachen. »Bishop!«, rufe ich. Im selben Moment wirft er mich in die Luft. Ich rudere mit Armen und Beinen, dann klatsche ich schon mit Hintern und Rücken aufs Wasser und spüre lauter kleine Schnitte am Po.

Dreißig Minuten. So lange war ich mit Bishop zusammen. In der Zeit hat er mir auf mehr Arten wehgetan, als man mir ansieht.

24. KAPITEL

»So, und wir sollen also einfach so tun, als wüssten wir nicht, dass du mit diesem verdammten Bishop Vincent Hayes schläfst?«, fragt Tatum, während sie sich eine abgeschnittene Jeans anzieht.

Ich steige in knappe schwarze Shorts, knöpfe sie zu, streife ein weites weißes Männerhemd über und stopfe es auf einer Seite in den Bund. »Ach, ich weiß auch nicht. Wir haben Sex, aber darüber dürft ihr kein Wort verlieren. Und wenn mir die ganze Geschichte irgendwann um die Ohren fliegt, dürft ihr immer noch kein Wort darüber verlieren!« Mahnend schaue ich Tatum und Tillie an.

»Ich habe nichts gesagt.« Tatum schüttelt den Kopf, ein mildes Lächeln auf den Lippen. Dann hört sie auf zu lächeln. »Aber bitte sieh dich vor. Diese Typen sind gefährlich, Madi.«

»Ich kann auf mich aufpassen«, versichere ich ihr. Dann nicke ich Tillie zu, die sich gerade eine Boyfriend-Jeans anzieht. »Und, was läuft zwischen dir und Nate?«

Tillie erstarrt. »Gar nichts.«

Ich sehe sie scharf an. »Blödsinn.«

Tillie seufzt. »Ich weiß auch nicht. Letzte Nacht haben wir miteinander geschlafen.« Nervös wirft sie Tatum einen Blick zu.

Die hält in ihren Bewegungen inne und schaut von Tillie zu mir. »Was ist? Oh nein, bitte. Als wenn mir das irgendwas ausmachen würde. Ich habe es euch doch schon gesagt, ich habe ihn nur benutzt, so, wie er mich benutzt hat. Das war ernst gemeint. Wirklich, ich wünsche euch noch viele lustvolle Stunden.«

»Okay«, erwidert Tillie erleichtert. »Aber er ist … Ich weiß auch nicht. Verwirrend.«

»Pah. Wir reden von Nate. Das ist einfach ein blöder Sack«, spottet Tatum.

»Nein, darum geht's nicht«, murmelt Tillie. »Ich meine, klar ist er ein blöder Sack und so, aber mir gegenüber eigentlich nicht.«

»Hm.« Ich schaue ins Leere. »Interessant.«

Tillie lacht und bindet sich das pastellrosa Haar zu einem Pferdeschwanz hoch. »Nicht so wichtig.«

Ich bücke mich, hole die Flasche *Grey Goose* hervor und lasse rote Plastikbecher auf den Zeltboden fallen. »Also, eigentlich habe ich mir ja was anderes vorgestellt, als ich gesagt habe, wir sollten zusammen zelten gehen.« Ich verdrehe die Augen. »Bei meinen Campingausflügen geht es normalerweise nicht so zu.«

»Das wissen wir.« Tatum grinst. »Du hättest eben deine Gewehre mitbringen sollen!«

Entsetzt verziehe ich das Gesicht. »Was? Niemals. Das ist nicht … Nein. Das wäre gegen alles, was mein Vater mir je beigebracht hat.«

»Na ja, vielleicht können wir ja irgendwann mal alle zusammen losziehen. Ich habe noch nie mit einem Gewehr geschossen.« Tillie schaut vor sich hin.

»Die Idee gefällt mir schon besser!« Bei den Worten deute ich auf Tillie und sehe Tatum groß an.

»Was ist denn?«, fragt Tatum mit Unschuldsmiene. »Es war doch nur ein Vorschlag. Du hättest Bishop erschießen können. Alle Welt hätte es für einen Unfall gehalten.« Wir müssen lachen. Ich drücke mir eine Hand auf den Bauch und wische mir die Tränen von den Wangen.

»Wisst ihr was?«, sage ich, während ich Wodka in die Becher gieße und den Orangensaft öffne. »Ich hatte ja keine Ahnung, was mich erwartet, als ich an der *Riverside* angefangen habe. An meinen früheren Schulen war immer alles so schwierig.«

»Wieso das denn?«, fragt Tillie. »Du bist so ziemlich das coolste Mädel, das mir je begegnet ist.« Dann schaut sie Tatum an. »Was nicht gegen *dich* geht.«

Tatum presst eine Hand aufs Herz und tut gekränkt. Dann lacht sie.

»Ich habe irgendwie … nie dazugehört. Die Mädchen konnten mich alle nicht leiden.« Ich schüttle den Kopf. »Die einzige Schule, an der ich irgendwie dazugehört habe – aber irgendwie auch wieder nicht –, war die in Minnesota. Und da lag es nur daran, dass ich mit dem Quarterback zusammen war.« Ich lache. »Er war sehr beliebt, und alle fanden es furchtbar, dass er sich für mich entschieden hatte, aber sie haben nie etwas gesagt.« Ich trinke einen Schluck. »Jedenfalls nicht, bevor es mit uns aus war.«

»Also, wenn dich das tröstet«, sagt Tatum leise und nimmt ebenfalls einen großen Schluck. »Ich war auch noch nie so beliebt wie jetzt bei euch beiden. Andererseits habe ich mir aus den anderen auch nichts gemacht, deshalb war das so schon ganz in Ordnung.«

Lächelnd hebe ich den Becher. »Auf uns!« Wir stoßen an und trinken.

Tatum streckt sich lang aus. »Sind wir ungesellig, wenn wir nicht rausgehen und zusammen mit den anderen trinken?«

Ich lehne mich zurück und stütze mich auf die Ellbogen. »Kann schon sein, aber vor diesem Ausflug haben wir diese Leute doch auch nicht gemocht, also was soll's?«

»Klopf, klopf!«

»Draußen bleiben, wir sind nackt!«, ruft Tatum dramatisch.

Der Reißverschluss wird aufgezogen, und Carter kommt grinsend herein. »Ach, jetzt bin ich aber enttäuscht.« Er setzt sich neben mich. »Warum versteckt ihr Mädels euch hier drinnen?«

Ich kichere, setze mich auf und gieße mir Wodka und Orangensaft nach. »Weil wir es können.«

»Ah, verstehe.« Carter grinst. »Mein Bier ist euch wohl nicht gut genug.«

Ich sehe ihn an. Seine Augen sind nicht dunkel und brennend wie bei Bishop, sondern hell und strahlend. Bishops Lippen könnte man fast als Schmollmund bezeichnen; Carters sind bestenfalls durchschnittlich. Bishops Haut ist weich und gebräunt und schimmert in der Sonne; Carter ist blass, nur seine Wangen sind ein wenig gerötet. Das könnte man durchaus als bezaubernd beschreiben. Außerdem hat er ein Grübchen im Kinn, was ich ebenfalls bezaubernd finde.

Ich sehe ihm in die Augen und merke, dass er mich mit selbstzufriedenem Grinsen beobachtet hat. »Gefällt dir der Anblick?«

Aus dem Augenwinkel nehme ich war, wie Tatum zu uns herüberschaut. Ich trinke einen Schluck und zucke die Schultern. »Na ja.« Carter stößt mich spielerisch mit dem Ellbogen an, und wir lachen beide. Mir ist klar, dass Carter letzte Nacht mit jemand anders zusammen war, genau wie ich, aber es ist mir egal. Ich fühle mich nicht zu Carter hingezogen. Ich hasse ihn auch nicht. Ich empfinde gar nichts für ihn. Er ist nur einfach hübsch anzusehen.

»Also.« Während ich nach einem unbenutzten Becher greife und ihm Wodka einschenke, dreht Tatum sich auf den Bauch. »Du warst letzte Nacht mit Jenny Prescott zusammen, hab ich gehört.« Bedeutungsvoll hebt sie die Augenbrauen. »Angeblich beherrscht sie ja einen Trick mit ihrer …«

»Sei still«, unterbricht Carter sie lachend und verschluckt sich fast an seinem Wodka. »Aber es stimmt, sie hat da so einen Trick drauf.«

»Bah, widerlich«, sage ich zu Tillie.

»Eifersüchtig?« Carter grinst mich an. *Oh je.*

»Ganz bestimmt nicht.«

Sein Lächeln verblasst ein wenig.

»Das kann ich bestätigen, sie war nämlich mit …«

Ich versetze Tatum einen Tritt.

»Ach ja?«, fragt Carter. »Mit wem?«

»Mit niemand. Ich war allein.« Ich lächle ihn an.

»Oh, verstehe. Keine Bettgeschichten?«

Ich verschließe meine Lippen und werfe den Schlüssel weg. »Nie.«

Er lehnt sich zurück, stützt sich auf einen Ellbogen und nippt an seinem Wodka. Bishop und ich haben nicht darüber geredet, wie wir es finden, wenn einer von uns mit jemand anders schlafen will; kurz vor dem Sex habe ich ihm zwar ein Versprechen entlockt, aber das zählt vermutlich nicht. Trotzdem, so bin ich nun mal nicht.

Carter sieht mich an. »Wer immer es ist, pass auf dich auf, ja?«

Mir wird bewusst, wie nah er bei mir sitzt. Ich nicke. »Natürlich.«

Er lächelt traurig und trinkt noch einen Schluck. Im selben Moment wird der Zelteingang geöffnet, und Bishop, Nate und Hunter kommen herein.

Bishop sieht Carter an und beißt sichtlich die Zähne zusammen. Auf einmal fühle ich mich schuldig. Zum Teufel, warum eigentlich? Wir haben uns nichts versprochen. Dabei weiß ich ohne den leisesten Zweifel, dass ich keinen anderen als Bishop in meiner Nähe haben möchte. Dass Carter so dicht an mich heranrückt, fühlt sich einfach nicht richtig an. Bishop an mir saugen zu lassen dagegen schon.

Bishop sieht mich scharf an. Offenbar legt er die Situation sofort falsch aus. Was für eine Überraschung. Statt wütend zu zischen, setzt er sich jedoch neben Tatum. Sie schenkt allen Wodka ein.

»Dann findet die Party heute wohl in unserem Zelt statt?«, fragt sie mit einem Blick auf Bishop, Nate und Hunter. Bishop sieht mich weiter unverwandt an. Ich wende mich Tatum zu und strecke die Hand nach einem der vollen Becher aus. »Noch einen? Wenn ich es nicht besser wüsste, Montgomery, würde ich glauben, du willst dich betrinken.«

Ich zucke die Schultern. »Na ja, letzte Nacht habe ich schließlich nichts abgekriegt …« Ich lächle Bishop gekünstelt zu. »Da will ich natürlich mehr.«

Nate setzt sich auf der anderen Seite neben mich und legt mir einen Arm um die Taille. Ich schließe die Augen und zwinge mich, ruhig zu atmen. »Schwesterlein«, flüstert er mir ins Ohr; seine Haare kitzeln mich am Ohrläppchen. »Es tut mir leid.«

Ich öffne die Augen und sehe ihn groß an. »Was denn?«

»Alles. Aber vor allem das, was noch passieren wird.« Er sieht mir mit verzweifelter Intensität in die Augen. Doch mir geht derzeit alles an ihm auf die Nerven, von der klaren Kinnlinie bis zur geraden Nase.

»Ich hab genug von euren Rätseln«, erwidere ich leise.

Er grinst, lehnt sich an mich und streift mit den Lippen meine Wange. »Ich weiß.« Dann zieht er mich an sich, unverkennbar von Carter weg. Ich nehme den Becher, den Tatum mir reicht, und hebe ihn an die Lippen.

»Musik!«, sagt Tillie, während sie befangen von mir zu Nate schaut. Bishop beugt sich zu Tatum hinüber, und sie sieht mich fragend an.

Himmel. Was ist denn das hier für ein verkorkster Haufen?

Ich sehe Tillie an und schüttle den Kopf, um ihr mitzuteilen, dass zwischen Nate und mir nichts läuft. Tillie holt ihr Sounddock hervor und drückt auf *Play*. »One For The Money« von Escape the Fate ertönt. Ich grinse Tillie an. Ihr Musikgeschmack gefällt mir; sie ist nicht so von Hip-Hop besessen wie Tatum und Nate. Nicht, dass ich etwas gegen Hip-Hop habe, ich habe nur etwas ungewöhnliche Vorlieben: Meist höre ich die unterschiedlichsten Musikstile durcheinander, nicht immer nur den gleichen.

Nate holt etwas hervor, das wie eine braune Zigarette aussieht, dann auch ein Zippo. Er zündet die Zigarette an, nimmt einen tiefen Zug und reicht sie an mich weiter. Einen Moment lang kämpfe ich mit mir, dann sage ich mir *Scheiß drauf* und nehme sie. Der süßliche, harzige Geruch von Marihuana zieht durch das Zelt und vernebelt mir die Sinne.

Nate deutet zum Zelteingang. »Mach den Reißverschluss zu, Weichei!« Carter sieht ihn aus schmalen Augen an; dann steht er auf und schließt den Eingang.

Ich nehme das Mundstück zwischen die Lippen und ziehe daran, wie ich es in Filmen gesehen habe. *Danke, Redman und Method Man.* Der Rauch kratzt erst in der Kehle, dann in der Brust. Ich muss husten, meine Lungen fühlen sich an, als wollten sie die Arbeit einstellen. Schnell reiche ich den Joint an Carter weiter. Schon wenig später werden meine Lider schwer. Rauch füllt das Zelt, umhüllt die Gestalten der anderen und wird immer dichter.

Ich lehne mich an Nate und lache. »Nennt man das hier Hotboxing?«

Er küsst mich aufs Haar. »Ja, genau, Kätzchen.«

Ich begegne Bishops Blick. Er sitzt auf einen Ellbogen gestützt da, immer noch ein wenig Tatum zugewandt, und selbst seine lang ausgestreckten Beine scheinen sie irgendwie einzuladen. Jetzt grinst er mich an, lehnt sich noch weiter zu ihr hinüber und flüstert ihr etwas ins Ohr. Ärger, Eifersucht und Hass kochen in mir hoch. Um mich von Bishop abzulenken, wende ich mich Tillie zu. Sie nimmt gerade einen langen Zug von dem Joint.

»Tillie! Komm mal her!« Ich winke ihr zu, und als sie sich zwischen Nate und mich setzt, sage ich lachend: »Wow. Du rauchst ja wie ein Profi.«

Sie zuckt die Schultern. »Na ja, es ist halt nicht mein erster Joint.«

Nate packt sie und zieht sie zu sich auf den Schoß. »Du bist so sexy. Ich könnte dich auffressen.«

»Bitte nicht«, murmele ich, nehme den Joint von Tatum entgegen, führe ihn an die Lippen und versuche es noch einmal. Diesmal gleitet mir der Rauch etwas geschmeidiger durch die Kehle. Ich schließe die Augen, lasse den Geschmack auf der Zunge auf mich wirken und spüre, wie ich mich am ganzen Körper lockere und entspanne. All der Stress und die Sorgen, die mich noch vor einer halben Stunde beschäftigt haben, scheinen plötzlich bedeutungslos. Dass Bishop Tatum irgendeinen netten Unsinn ins Ohr flüstert? Unwichtig. Ich strecke mich auf dem Rücken aus, den Joint immer noch zwischen den Fingern.

Carter beugt sich zu mir, auf einen Ellbogen gestützt, und nimmt mir den Joint weg. »Die Dinger teilt man sich, Madi. Paff, paff, weitergeben!« Er lacht und rückt noch näher an mich heran.

Ich lache ebenfalls. »Ach Carter«, verkünde ich laut, »ich

teile nie mit anderen, und wenn etwas, das mir gehört, das nicht kapiert, weiß ich Mittel und Wege, es zu beweisen.«

Im Zelt wird es still. Alle haben begriffen, was ich meine. Alle außer Carter. Der Dummkopf. Ich halte mir eine Hand vors Gesicht, nur Zentimeter von den Augen entfernt. Der Rauch ist so dicht, dass ich kaum noch die Umrisse meiner Finger erkenne.

»Ein Glück, dass ich ungebunden bin, was?«, füge ich hinzu.

Jemand streicht mit der Hand mein Bein hinauf. Es ist nicht Bishop. Die Hand ist zu weich. »Oh ja. Ein Glück für mich.«

Ich drehe den Kopf in die Richtung, in der sich Carter befinden muss.

Nate lacht. Es klingt halb erstickt. »Wir sollten noch jemand finden, der mit Hunter spielt. Dann kann das hier eine einzige große Orgie werden.«

Inzwischen bin ich so wütend, enttäuscht und eifersüchtig – eifersüchtig auf Tatum, die vermutlich gerade von Bishop angefasst wird. Bei dem Gedanken bleibe ich innerlich stecken. Mein Körper verkrampft sich, ich habe Schweiß auf der Stirn. Die Vorstellung erregt mich, sie weckt nicht nur Hass und Eifersucht in mir, sondern auch … Lust? Warum? Warum macht mich das an? Verärgert über mich selbst und meine verkorksten Gefühle drehe ich mich auf den Bauch.

»Nee.« Ich kichere. Die Lider sind schwer geworden, meine Bewegungen sind träge. Ich lege den Kopf auf den Armen ab. »Hunter kann mit mir spielen. Ich schaffe auch zwei … Fragt Bishop. Er weiß, was ich im Bett alles verkrafte.«

Jemand fasst mich an den Fußgelenken, zieht grob an mir und dreht mich auf den Rücken. Tja, diese Hände … Das sind Bishops. Jemand legt sich auf mich, Lippen berühren mein

Ohr. Bishop nimmt mein Ohrläppchen in den Mund. »Sieh dich vor, Kätzchen. Ich teile auch mit niemandem.«

»Sieh dich lieber selbst vor.« Ich stoße ihn gegen die Brust. Er lacht. »Mach weiter mit dem, was du angefangen hast.«

Bishop holt sein Handy hervor und leuchtet damit in die Ecke. Dort schmusen zwei miteinander. Hunter und Tatum. Sie müssen sich zusammengetan haben, nachdem der Rauch zu dicht geworden ist.

»Hm.« Ich lege den Kopf schräg.

Bishop wendet sich wieder mir zu und küsst mich auf den Mund. »Fragt sich nur, warum es dir so viel ausgemacht hat, Kätzchen? Müssen wir ein ernstes Gespräch führen?«

»Ich geh dann mal«, murmelt Carter hinter mir und verlässt das Zelt. Mit ihm weht ein wenig Rauch ins Freie, wenn auch nicht allzu viel. Immerhin kann ich jetzt Bishops Profil erkennen. Das Sounddock spielt »The Diary of Jane« von Breaking Benjamin.

»Ich weiß nicht. So was liegt mir einfach nicht«, antworte ich.

»Was liegt dir nicht?«, flüstert er nah an meinen Lippen, während er mich zugleich mit seinem ganzen Körpergewicht auf die Matte drückt. Er schiebt seine Beine zwischen meine und senkt das Becken, bis sich sein Schwanz genau an der richtigen Stelle an mich drückt.

»Das hier!« Ich zeige von ihm zu mir. »Ich … ich glaube, ich kann das nicht, ohne etwas dabei zu fühlen, Bishop. Ich bin nicht wie du.«

»Fühlst du das?« Er nimmt meine Hand, führt sie nach unten und presst sie auf seinen harten Schwanz. »Mehr musst du nicht fühlen.«

»Ich habe dich gewarnt.«

Bishop reibt sein Becken an meinem, ohne auf meine Worte zu achten. »Ich werde doch wohl wissen, was ich tue.« Er küsst mich erneut und schiebt mir die Zunge in den Mund. Ich streichle sie mit der Zungenspitze.

»Das bezweifle ich ja gar nicht. Ich mache mir auch nicht um dich Sorgen, sondern um mich.«

»Und *du* solltest dir auch Sorgen machen«, sagt Nate irgendwo hinter dichten Rauchschwaden. »Nur fürs Protokoll: Für jede Träne, die sie deinetwegen vergießt, haue ich dir eine rein.«

Bishop lacht leise. »Sie weiß genau, welchen Regeln dieses Spiel gehorcht. *Keine. Gefühle.*« Nach jedem Wort gibt er mir einen Kuss auf den Mund.

»Tja, nur ist sie nun mal ein Mädchen – furchtbar, ich weiß –, und Mädchen haben immer Gefühle. Wie fühlst du dich denn gerade, Tillie?«, murmelt er verführerisch.

»Oh, Schluss jetzt!« Ich setze mich auf. »Wir vögeln nicht alle zugleich im selben Raum.«

Irgendwo im Hintergrund stöhnt Tatum auf. »Das glaubst du.«

»Auf keinen Fall!« Ich springe auf, marschiere zum Zeltausgang und öffne den Reißverschluss. In der frischen, kühlen Bergluft fühle ich mich sofort wacher. Bishop folgt mir ins Freie und nimmt meine Hand. »Was ist los?«

Ich drehe mich zu ihm um und sehe ihm forschend in die Augen. »Gar nichts, nur … irgendwie habe ich zwei Flittchen als Freundinnen.«

Lachend legt er einen Arm um mich. »Also, da gebe ich dir recht.«

Später am Abend sitze ich auf einem der Baumstämme am Lagerfeuer. Neben mir unterhält sich Bishop mit Cash, einen Arm um meine Taille gelegt.

Tatum hüpft auf mich zu und reicht mir einen Plastikbecher. »Tut mir leid, das mit vorhin.«

Lachend schüttle ich den Kopf und klopfe auf den Platz neben mir. »Mach dir deshalb mal keine Gedanken.«

Sie lehnt sich an mich. »Noch eine Nacht hier draußen.«

»Stimmt.« Noch eine Nacht, und im Augenblick möchte ich vor allem lesen. Hier im Freien kann ich das Buch schlecht hervorholen. Jemand könnte es erkennen, und dann würde Miss Winters womöglich Schwierigkeiten bekommen. Deshalb habe ich den Gedanken daran bisher verdrängt, was mir auch nicht allzu schwergefallen ist, weil ich ganz mit Bishop beschäftig war, körperlich *und* geistig. Trotzdem muss ich nach wie vor gegen den Drang ankämpfen, weiterzulesen und herauszufinden, was als Nächstes geschieht. Die Gedanken und Gefühle dieser Frau haben irgendetwas tief in mir angerührt; ich kann mich nicht mehr davon lösen.

»Das mit Bishop und dir ist also nicht mehr geheim?«, flüstert Tatum mir ins Ohr.

Ich beiße mir auf die Unterlippe und zucke die Schultern. »Ich weiß nicht. Sieht fast so aus, oder?«

Sie lacht und schubst mich spielerisch an. »Also, sei einfach vorsichtig. Lass dir von ihm nicht zu sehr in die Karten schauen.«

»Das sagst ausgerechnet du?«, zische ich ihr laut ins Gesicht.

»Ja!« Sie grinst. »Fürs Gefängnis bin ich zu hübsch, und wenn er dir wehtut, muss ich ihn umbringen.«

Lachend schüttle ich den Kopf und trinke einen Schluck. »Danke, Tate.«

Als ich Bishop anschaue, merke ich, dass er mich beobachtet. Er leert seinen Becher und fasst mich an der Hand. »Komm jetzt.«

Cash starrt mich an, ein leises, zufriedenes Grinsen im Gesicht.

Die Musikanlage beginnt »Your Guardian Angel« von Red Jumpsuit Apparatus zu spielen. Bishop und ich schlängeln uns langsam zwischen den anderen Leuten hindurch und spazieren mit verschränkten Händen in den Wald hinein.

»Kommt jetzt der Moment, wo du mich umbringst?«, frage ich scherzhaft. Es fühlt sich so richtig an, ihn in meiner Nähe zu haben, dass mein Herz vor Freude einen Schlag aussetzt.

Bishop sieht mich über die Schulter an. »Noch lachst du darüber …«, neckt er mich.

Mein Lächeln erstirbt. »Ich schwöre dir, Bishop, wenn das hier schon wieder so ein …«

»Sei still!« Er dreht sich zu mir um und legt mir einen Finger auf die Lippen. »Hör auf zu reden.«

Mit diesem einen Blick setzt er all meine Vorbehalte außer Kraft. Ich nicke und lasse seine Hand los. »Also gut.«

Er geht weiter, immer tiefer in den Wald hinein, wobei er oft toten Ästen ausweichen muss. Ich folge ihm.

»Wo gehen wir hin?«, frage ich.

»Es ist nicht weit.« Zwanzig Minuten später bleibt er stehen. Vor ihm befindet sich dichtes Gebüsch.

Ich lege den Kopf schräg. »Wo sind wir hier?«

Bishop zwängt sich durch einen Strauch.

»Bishop?« Hinter ihm schließen sich die Zweige wieder.

»Komm schon, Kätzchen. Zick nicht rum.«

Ich schiebe beide Hände zwischen die harten kleinen Äste, drücke sie auseinander und mache einen Schritt nach vorn. Sobald ich auf der anderen Seite angekommen bin und loslasse, federn die Äste zurück. Ich wische mir die Hände an den Beinen ab. »Himmel, was …« Dann vergesse ich alles, was ich sagen wollte. »Ja, Wahnsinn«, flüstere ich, mache noch einen Schritt vorwärts und sehe mich um. Helles Mondlicht spiegelt sich auf der glatten Oberfläche des Sees, und in dem dunklen Wald ringsum sind Tausende von Glühwürmchen unterwegs. Es ist ein atemberaubender Anblick, wie aus einem Märchen. Bishop tastet nach meiner Hand. Ich gehe noch einen Schritt weiter und steige aus meinen Schuhen. Meine Füße versinken in etwas, das sich wie feiner Sand anfühlt. »Wie kommt es, dass du diese Stelle kennst?«, frage ich Bishop.

Er zuckt die Schultern, schließt zu mir auf und setzt sich in den Sand. »Na ja, wir mussten uns schließlich ein bisschen umschauen, weil wir ja dieser Kleinen Angst einjagen …«

Ich versetze ihm einen Stoß. »Blödmann.«

Er lacht. Seine perlweißen Zähne heben sich deutlich von der sonnengebräunten Haut ab; sie schimmern im Mondlicht. Bishop zieht an meiner Hand. »Setz dich.«

Ich gehorche und schmiege mich an seinen warmen Körper. »Das Wochenende ist völlig anders verlaufen als gedacht.«

Er nickt. »Ja, das kann man wohl sagen.«

Ich verdrehe die Augen. »Du wirst doch wohl deine eigenen Pläne gekannt haben.«

»Schon möglich …« Grinsend schaut er aufs Wasser. »Aber du bist nun mal anders als die meisten Mädchen.« Er sieht mich an. »Mit dir habe ich es nie leicht gehabt.«

»Na, ich weiß nicht. Für dich war ich doch so leicht zu haben wie eine Nutte.«

Er lacht und stützt sich auf einen Ellbogen. »Du bist keine Nutte, Madison. Du bist ein Mädchen, das seine Sexualität entdeckt und es genießt. In wessen Augen macht dich das zur Nutte?« Als ich nicht gleich antworte, fährt er fort: »Spielt keine Rolle. Was die Leute von dir denken, muss dich nicht kümmern. Jedenfalls bist du keine Nutte. Mir sind nämlich schon einige Nutten begegnet, und glaub mir, wenn du genauso wärst …« Er unterbricht sich und grinst mich erneut an. Der selbstzufriedene Mistkerl. »Dann hättest du keine Chance bekommen.«

»Charmant.«

Er legt mir einen Arm um die Taille und zieht mich noch näher an sich heran. »Warum soll ich denn charmant sein?«, spöttelt er. »Du bist doch eine Nutte, schon vergessen?«

Ich schubse ihn an und versuche, nicht zu lachen. »Kann ich dich was fragen?«

»Nein.«

»Ich frag trotzdem.« Ich strecke mich auf dem Rücken aus und schaue zu den funkelnden Sternen empor. »Was ist aus deiner Exfreundin geworden?« Stille. Habe ich vielleicht eine unsichtbare Linie überschritten? Quatsch, natürlich habe ich eine Linie überschritten. Das wusste ich, bevor ich den Mund aufgemacht habe.

»Wer hat dir von ihr erzählt?«, fragt er und lockert den Griff um meine Taille.

»Mehrere Leute.«

»Tatum.« Er schüttelt den Kopf. Dann flüstert er: »Die ist das größte Plappermaul, das die *Riverside* je gesehen hat.«

»Hey!« Ich schubse ihn erneut an. »Sie ist meine beste Freundin.«

»Dann nehme ich zurück, was ich vorhin gesagt habe«, verkündet er, doch ich höre deutlich die Belustigung heraus. »Deine Menschenkenntnis ist miserabel.«

»Na ja, da ich mit dir geschlafen habe …«

Er sieht mich an. Um seine Mundwinkel zuckt es – die Andeutung eines Lächelns.

»Und wechsle nicht ständig das Thema.« Ich beobachte sein Gesicht, kann aber keinerlei Gefühl darin erkennen.

Er schüttelt den Kopf. »Sie war nicht das, was du vermutest, falls es dir darum geht. Das zwischen uns war nicht so, wie du denkst.«

»Okay, du Besserwisser, und was denke ich?«

»Ich weiß nicht.« Er schaut auf mich hinunter, und ich kuschle mich noch enger an ihn. »Sie war Mittel zum Zweck. Mehr musst du vorerst nicht erfahren.«

»Lauter Geheimnisse.«

»Du hast ja keine Ahnung.« Er kommt näher und küsst mich aufs Haar.

»Dann gibt es den *Elite Kings Club* also wirklich?«

Diesmal lacht er tatsächlich. Dann schaut er auf den See hinaus. »Richtig. Aber, Madison?« Er wendet sich mir zu und zieht mich zu sich heran, bis ich rittlings auf seinem Schoß sitze. Ich muss mich zwingen, ihn weder zu küssen noch mich an ihm zu reiben. Wie es scheint, besitze ich nicht sehr viel Selbstbeherrschung. Bishop legt den Kopf schief. »Das Ganze ist kein Scherz.«

»Ich weiß«, flüstere ich, obwohl ich es eigentlich nicht weiß, weil er mir so wenig erzählt. Trotzdem freut es mich, dass er mir immerhin so viel verraten hat. Schon das war sicherlich mutig von ihm.

»Gott, es gibt so vieles, was du eigentlich wissen müsstest«, sagt er leise und legt mir die Hände an die Hüften.

Ich rutsche näher an ihn heran, streiche ihm ganz leicht mit den Lippen über den Mund und unterdrücke den Wunsch, an seiner vollen Unterlippe zu saugen. »Sag es mir doch einfach, Bishop. Sag mir, was los ist.«

»Das geht nicht, Baby. Auch wenn ich wirklich gern offen mit dir reden würde, und Nate ebenfalls. Wir dürfen es nicht. Das Wissen würde dich in Gefahr bringen, und am Ende hättest du nur noch mehr Fragen als jetzt.«

Ich lasse mich gegen ihn sinken und schmiege das Gesicht in seine Halsbeuge. »Also gut. Aber eine Frage noch, ja?«

»Ja, nur zu, Kätzchen.«

»Das, was hier zwischen dir und mir passiert, ist das echt? Oder gehört es für dich nur mit zum Spiel?«

Er zögert eine Sekunde, dann schaut er mich an. Sein Blick wird sanft, so sanft, wie ich es noch nie an ihm beobachtet habe. »Ja.« Er räuspert sich. »Ja, verdammt. Ich glaube, es ist echt.«

25. KAPITEL

Dicht gefolgt von Nate betrete ich das Haus und stelle meine Taschen ab. »Dad?«, rufe ich und werfe die Schlüssel zu seinem Aston Martin auf den Küchentisch.

Nate öffnet den Kühlschrank, nimmt den Orangensaft heraus, dreht den Verschluss ab und trinkt einen großen Schluck. »Mom!«

Elena kommt herein. Sie trägt Sportkleidung. »Hallo, ihr zwei. Hat's Spaß gemacht?«, fragt sie lächelnd. Dann runzelt sie die Stirn, nimmt Nate den Orangensaft weg, schlägt seine Hand beiseite und stellt die Packung wieder in den Kühlschrank. »Du brauchst bessere Manieren!« Sie deutet mit dem Finger auf seine Brust.

»Was Hänschen nicht lernt …«, murmle ich und setze mich auf einen Hocker.

Elena grinst. »Sehr wahr, Madison.« Sie geht zur Spüle und füllt Wasser in ein Glas. »Dein Vater ist unterwegs, kommt aber bald nach Hause. Ist denn alles in Ordnung?« Sie dreht sich zu mir um und trinkt einen Schluck Wasser. Elena ist wirklich eine schöne Frau. Sie hat dunkelbraunes Haar, blaue Augen und weiche milchweiße Haut. Die einundvierzig sieht man ihr definitiv nicht an. Als Nate geboren wurde, war sie noch sehr jung. Nach Nates Vater habe ich mich nie erkundigt; vermutlich ist es keine schöne Geschichte, denn niemand spricht darüber. Elena Riverside – schon an ihrem Namen erkennt man, dass sie eine echte Persönlichkeit ist. Mehr als Nate, der nur Mädchen flachlegen kann.

»Alles bestens«, sage ich kopfschüttelnd. »Der Ausflug war toll.« Ich stehe auf. »Aber jetzt muss ich unbedingt duschen.«

Nate grinst mich an und beißt von einer gegrillten Hähnchenkeule ab, die er im Kühlschrank gefunden hat. »Oh ja, das glaub ich gern.«

Ich sehe ihn scharf an. Elena verdreht die Augen. »Lass sie in Ruhe, Nate. Du könntest selbst eine Dusche gebrauchen.«

Ich lache und strecke ihm die Zunge raus. Er verzieht den Mund. Auf dem Weg aus der Küche greife ich nach meiner Tasche, dann steige ich die Treppe hinauf. Von meinem Zimmer husche ich sofort ins Bad, verriegle die Tür zu Nates Zimmer, dusche und ziehe eine locker sitzende graue Trainingshose und ein lässiges weißes T-Shirt an. Ich bin wirklich gern im Wald, aber nach Hause zu kommen ist verdammt schön.

Bisher habe ich es immer vermieden, unser jeweiliges Zuhause zu sehr ins Herz zu schließen. Jetzt bin ich mir da nicht mehr so sicher. Manchmal habe ich das Gefühl, dass wir hier bleiben werden. Hoffentlich behalte ich recht, denn wenn mein Vater auf die Idee kommen sollte, doch wieder umzuziehen, müsste ich ernsthaft erwägen, ob ich nicht Tatums Eltern bitten soll, mich zu adoptieren. Ich creme mir Hände und Füße ein und ziehe Socken an. Dann schnappe ich mir die Reisetasche und wühle in den Kleidungsstücken, bis meine Fingerspitzen den vertrauten Ledereinband des Buchs berühren. Auf dem Nachttisch vibriert mein Telefon, aber es ist schon zu spät. Ich habe das Buch bereits aufgeschlagen und blättere zu dem Kapitel, bei dem ich aufgehört habe.

4.

Das Morgen

Wie geht es weiter, wenn alles bedeutungslos geworden ist, was man zu wissen glaubte, alles, was einem beigebracht wurde?
Es wäre nicht leicht für mich gewesen, selbst den Ehemann zu wählen, dem ich Kinder schenken wollte. Tatsächlich haben meine Eltern ihn ausgesucht. Damals glaubte ich, er werde gut zu mir passen. Er war arbeitsam, charmant und wortgewandt. Ich dachte, ich würde in ihm den Gefährten finden, den ich brauchte, einen Mann, wie ihn sich jede junge Frau wünschte. Erst in letzter Zeit ist mir bewusst geworden, wie unzutreffend und weltfremd diese Einschätzung möglicherweise war.
Ich legte Damien in die geflochtene Wiege, schaukelte ihn sanft und summte ihm leise etwas vor, in der Hoffnung, dass er nicht wieder aufwachte.
»Katsia, dort draußen herrscht heute Nacht ein schrecklicher Lärm.«
Ich entfernte mich ein Stück von der Wiege. »Ich höre es auch. Hab keine Angst, es wird sicher nicht mehr lange dauern.«
Marees Blick verriet mir, dass sie auf weitere Unterstützung hoffte. Verständnisvoll neigte ich den Kopf. Sie würde keine Ruhe geben, bis ich mit meinem Ehemann gesprochen hatte. Und das zu Recht. Maree hatte ein neugeborenes Kind, genau wie ich. Und wie es der Zufall wollte, lag der Platz, an dem Humphrey seine Versammlungen abhielt, direkt neben ihrem Zuhause.
»Ich bleibe nicht lange fort.« Ich nickte ihr kurz zu, ging an ihr vorbei und trat ins Freie. Auf dem staubigen Waldboden machten die Sohlen meiner flachen Schuhe nur leise Geräusche. Eben

versank der Mond hinter den hohen Bäumen, und durch die Luft trieben Funken von Humphreys Feuer, wie Leuchtkäfer, die mir den Weg weisen wollten. Als ich eben zum Sprechen ansetzte, vernahm ich Humphreys Worte, und sie verhinderten, dass mir auch nur ein zusammenhängender Satz über die Lippen kam. Plötzlich begriff ich, dass ich bei dieser Versammlung nicht erwünscht und dass meine Sicherheit bedroht war, sollte er herausfinden, dass ich anwesend war.

»Wir bringen ihn um!«, sagte der Mann, der als Humphreys rechte Hand galt.

»Nein, das sollten wir nicht überstürzen«, erwiderte mein Mann. »Wir müssen umsichtig vorgehen. Niemand soll beweisen können, dass ich es getan habe, und doch sollen alle es wissen. Ich möchte, dass die Menschen mich fürchten. Ich will über diesen verdammten Ort herrschen, und ihr werdet mir dabei helfen.« Er schwieg einen Moment. »Morgen«, fuhr er dann fort. »Morgen werde ich ihm mit der Axt den Schädel einschlagen.«

Er wollte einen unserer Anführer umbringen? Um der Macht willen? Warum? Welchen Plan musste er so dringend in die Tat umsetzen, dass er die absolute Herrschaft anstrebte? Die Dinge gerieten außer Kontrolle. Es schien, als würde alles mit jedem Tag schlimmer. Und noch schlimmer.

Was auch zutraf.

»Wie bitte?«, flüstere ich vor mich hin und versuche, diese neuste Wendung der Geschichte zu begreifen. Warum? Warum will Humphrey einen der Anführer umbringen? Um selbst zu herrschen? Mir kommt das ziemlich extrem vor, wenn man bedenkt, dass er die ganze Sache, realistisch betrachtet, doch auch danach nicht in der Hand haben würde. Er müsste schließlich auch die Menschen selbst auf seine Seite bringen.

Im Hintergrund meldet sich erneut mein Telefon. Diesmal läutet es. Ohne hinzuschauen, greife ich danach, den Blick noch immer aufs Buch gerichtet.

»Hallo?«

»Sind die beiden noch zu Hause?«

Bishop.

»Wer? Wer soll noch zu Hause sein?«

»Dein Vater und Elena.«

Ich schnaube, aber stehe vom Bett auf, gehe zur Balkontür, schiebe die elegante weiße Gardine beiseite und spähe durch den Spalt ins Freie. Dann schüttle ich den Kopf. »Nein, sie sind weg. Warum?«

»Pack eine Tasche und sag Nate, er soll auch packen.«

»Was?«

»Pack eine Tasche, verdammt. In fünf Minuten musst du fertig sein. Wir sind fast da.«

Mir entgeht nicht, wie drängend er spricht. »Warum?« Ich strecke den Rücken und blicke unruhig im Zimmer umher.

»Fragen stellen kannst du später. Tu bitte ein einziges Mal, was man dir sagt.« Er legt auf. Ich schaue auf das dunkle Display und runzle die Stirn.

»Nate!« Ich werfe das Telefon aufs Bett, marschiere in das Badezimmer, das wir uns teilen, und reiße die Tür zu seinem Zimmer auf. Sofort schlage ich mir eine Hand vor das Gesicht. Nate reitet gerade ein Mädchen. »Nate! Oh, mein Gott! Um Himmels willen!«

»Mach mit oder verschwinde!«, erwidert er lachend; wenn ich die Geräusche richtig deute, hört er dabei nicht auf, sie zu vögeln.

Ich lasse die Hand vor den Augen. »Bishop hat angerufen. Wir sollen beide unsere Taschen packen und in fünf Minuten bereit sein.«

»Was?« Er hält inne. *Er hält inne?*

»Genau. Also beeil dich, ja?« Ich verdrehe die Augen. Dann lasse ich die Hand sinken, weil es mir auf einmal egal ist, was ich zu sehen bekomme. Bis mein Blick auf Tillie fällt. Oh nein. Ein Mal? Na gut. Zwei Mal? Gar nicht gut. Mein Lächeln erstirbt. »Tillie?«

Sie wird rot und zieht sich die Bettdecke bis übers Gesicht. Nate verdreht die Augen und zerrt die Decke weg. »Versteck dich doch nicht vor ihr.« Er steigt von ihr herunter und greift nach seiner Jeans.

»Himmel«, flüstere ich und fasse mir an die Stirn. »Darüber reden wir noch«, fahre ich Nate an.

»Eifersüchtig?« Er hebt die Augenbrauen.

Ich haue ihm gleich eine rein, das schwöre ich. Ich haue ihm eine rein.

»Nein!« Ich ziehe eine Grimasse. »Jetzt mach voran.« Dann kehre ich in mein Zimmer zurück. Dort marschiere ich geradewegs in den Kleiderschrank, krame wahllos Kleidung und Schuhe hervor und packe die Reisetasche neu. Ich stürme ins Bad und greife nach Zahnbürste, Shampoo und allem, was ich vorhin erst ausgepackt habe – einschließlich Anti-Baby-Pille. Nate kommt herein; durch die offene Tür kann ich sehen, wie Tillie sich die Jeans anzieht. Er geht zum Waschbecken und schnappt sich seine Zahnbürste. Dabei beobachtet er mich im Spiegel.

»Wenn du ihr wehtust, bring ich dich um, Nate.«

»Nichts als billige Drohungen, Kätzchen!«, ruft er mir nach, während ich zu meinem Bett zurückkehre und die Toilettenartikel ins Seitenfach der Tasche stopfe. Dann hole ich das Buch unter dem Bett hervor und packe es ebenfalls ein. »Das war keine Drohung«, antworte ich mit ruhiger, unbewegter Stimme.

Die Zimmertür wird aufgestoßen und knallt gegen die Wand. Vor mir steht Bishop, offensichtlich aufgebracht.

»Verdammt!«, rufe ich aus. »Was ist denn überhaupt los?«

»Geh nach unten. Sofort! Wo ist Nate?«

»In seinem Zimmer. Hey!« Ich gehe auf Bishop zu. Sein Haar ist zerzaust, seine sonnengebräunte Haut schimmert schweißfeucht. Seine Augen glühen vor Wut. Kann dieser Typ eigentlich auch hässlich aussehen?

»Nicht.« Er schüttelt den Kopf. »Geh nach unten, verdammt.«

In dem Moment kommt Nate herein. »Was ist denn los?«

Bishop sieht Nate an, Nate sieht Bishop an, und sein selbstzufriedenes Grinsen erstirbt. »Oh, Scheiße.«

Bishop packt mich an der Hand, zieht mich an sich und will mich gerade auf den Flur dirigieren, da entdeckt er Tillie in Nates Zimmer. »Echt jetzt?«

Nate blickt kurz über die Schulter. »Du bist ja wohl der Letzte, der kritisieren darf, mit wem andere Leute ins Bett gehen.«

Bishop presst die Lippen zusammen. »Du weißt so gut wie ich, dass ich es mir nicht gerade *ausgesucht* habe.«

Autsch.

Nate verdreht die Augen und greift nach seiner Reisetasche. »Sie kann ja mitkommen.«

Bishop schnaubt verächtlich. »Zur Hütte? Ganz bestimmt nicht.«

»Bishop, du hast da nicht mitzureden. Diesmal nicht. Sie kommt mit.« Nate fasst Tillie an der Hand.

Bishop macht einen Schritt auf ihn zu. »Ich habe *immer* das letzte Wort, vergiss das nicht.«

»Lass sie doch mitkommen, Bishop«, flüstere ich. »Stell dich nicht blöd an.«

Er schaut mich kurz über die Schulter an und scheint etwas

sagen zu wollen, dann wendet er sich wieder Nate zu. »Was, glaubst du etwa, ich stimme zu, weil sie es will? Hast du vergessen, wer ich bin?«

»Wir verschwenden nur Zeit!«, rufe ich aus. Warum ich das sage, weiß ich selbst nicht genau; vermutlich weil Bishop so angespannt wirkt.

Er macht einen Schritt nach hinten, den Blick noch immer auf Nate gerichtet. »Interessant, Kleiner. Dir scheint ja wirklich was an dem Mädel zu liegen«, spottet er, dann packt er mich an der Hand und zerrt mich aus dem Zimmer. Ich blicke mich zu Nate und Tillie um. Als ich Tillies Blick begegne, forme ich lautlos die Worte: »Tut mir leid.« Sie lächelt ein wenig und schüttelt den Kopf. Dann legt Nate ihr einen Arm um die Schulter, küsst sie auf die Stirn, und wir marschieren alle zur Haustür.

Draußen öffnet Bishop die Beifahrertür des Maserati und geht dann zur Fahrerseite herum. Nate und Tillie setzen sich nach hinten, und ich will gerade vorn einsteigen, als mein Blick auf die Reihe parkender Autos fällt. In dem Fahrer des Lamborghini hinter uns erkenne ich Ace. In den übrigen teuren Wagen sitzen vermutlich die anderen Kings.

»Steig ein, Kätzchen!«, ruft Bishop mir vom Fahrersitz aus zu.

Ich gleite auf den Sitz und lege den Gurt an. Als der Verschluss einrastet, jagt Bishop bereits aus unserer Einfahrt. »Was ist eigentlich los?«, frage ich und werfe einen Blick in den Seitenspiegel. Die anderen Autos folgen uns. »Bishop!« Ich sehe ihn an. »Was ist los? Warum bin ich hier?«

»Erklärst du es ihr, oder soll ich das übernehmen?«, fragt Nate selbstzufrieden vom Rücksitz aus.

Bishop wirft ihm im Rückspiegel einen mörderischen Blick zu. »Die Nacht, in der wir zusammen waren.«

»Welche Nacht?«

»Beim Autorennen.«

»Alles klar.«

»Erinnerst du dich an den Mann in der Tiefgarage?«

»Ja.«

»Ich dachte, er würde dich nicht erkennen, aber er hat dich erkannt.« Er schaltet in den zweiten Gang zurück, tritt das Gaspedal durch und fährt auf den Highway, stadtauswärts.

»Und wer war das?«

Ganz kurz schaut Bishop im Rückspiegel Nate an, dann blickt er wieder nach vorn. »Mein Vater.«

26. KAPITEL

»Moment mal.« Ich rutsche auf dem Sitz herum, bis ich Bishop besser anschauen kann. »Das war dein Vater? Und warum ist das überhaupt so wichtig?«

Bishop wirft erneut Nate einen Blick zu. Seine Miene ist hart. »Er hält dich für jemand anders.«

»Na, dann ist der Fall doch schnell erledigt.« Ich wedle mit der Hand. »Wir sagen ihm einfach, dass er sich täuscht.«

»Tja, so läuft das bei ihm aber nicht.«

»Also, das musst du mir erklären.« Bishop biegt ab, und als ich mich umdrehe, sehe ich, dass die anderen Jungs uns folgen. »Deine Mutter ist eine Berühmtheit! So schlimm kann das alles doch gar nicht sein.«

»Genau das ist aber der Punkt, verstehst du?«, sagt Nate hinter mir. »Diese Leute sind sehr mächtig. Jeder Einzelne von ihnen.«

»Es ergibt alles keinen Sinn«, flüstere ich, während ich zusehe, wie die Bäume an uns vorbeihuschen. Wir lassen die Stadt immer weiter hinter uns.

Bishop gibt ein Knurren von sich und umklammert das Lenkrad. »Sie halten dich für jemand anders. Genauer lässt sich das nicht erklären, ohne dass ich etwas verrate, was ich nicht verraten darf, aber sie …« Er zögert, offenbar auf der Suche nach den richtigen Worten. »Sie halten dich für jemand anders.«

Das Holpern des Wagens rüttelt mich wach. Widerstrebend öffne ich die Augen und gähne. Es ist dunkel, nur die Scheinwerfer erhellen einen schmalen Fahrweg, der offenbar durch die Wildnis führt. Dicht bewaldete Wildnis. Ich drehe mich um. Nate und Tillie schlafen, Tillie in Nates Armbeuge geschmiegt, Nate mit hochgezogener Kapuze und einer Mütze, die seine Augen beschattet.

Ich sehe Bishop an. »Wie lange sind wir schon unterwegs?«

Er setzt sich bequemer zurecht. »Fünf Stunden.«

Fünf Stunden? Ach du Scheiße! »Wo fahren wir denn hin?« Der Wald wird immer dunkler, der Fahrweg sieht immer weniger wie eine Straße aus.

»Zu einer Hütte.« Er streckt den Nacken.

»Warum kannst du ihm nicht einfach sagen, dass er sich irrt?«

»Weil ich es nun mal nicht kann, Madi.« Er schaut mich aus dem Augenwinkel an. »Wenn es so einfach wäre, hätte ich es längst getan.«

»Also, ein bisschen mehr muss du mir schon darüber verraten. Im Augenblick ergibt das alles nämlich nicht gerade viel Sinn.«

Er grinst, zum ersten Mal, seit er uns abgeholt hat, sein unverwechselbares freches Grinsen. »Daran solltest du inzwischen gewöhnt sein, oder?«

Wir kommen zu einer weiten, offenen Fläche. Bishop fährt auf eine Blockhütte zu, die dort steht, wo erneut einsamer Wald beginnt.

»Wem gehört die?«, frage ich, denn sie sieht deutlich luxuriöser aus als das, was man normalerweise unter einer Hütte im Wald versteht – und mit so einer Hütte hatte ich, ehrlich gesagt, eigentlich gerechnet: Ihr wisst schon, die Sorte, in die der Serienmörder sein Opfer verschleppt. Dieses Blockhaus ist ganz anders. Der Garten ist allerdings verwildert, und an den Pfosten der Eingangsterrasse klettern Ranken empor. Der Besitz ist lange nicht gepflegt worden.

»Mir.« Bishop stößt die Fahrertür auf und steigt aus.

»Was?«, frage ich erschrocken und steige ebenfalls aus. Als ich Bishop weiter ausfragen will, leuchten im nebligen Dunkel mehrere Scheinwerferpaare auf. Ihr Licht weckt Nate und Tillie auf dem Rücksitz. Ich schließe die Beifahrertür und gehe zu Bishop herum. Er streckt einen Arm aus, fasst mich um die Taille und zieht mich zu sich heran. Ich schmiege mich an ihn. Nach der stundenlangen Fahrt fühlt sich das sehr gut an.

Mit dem Rücken an seine harte Brust gelehnt, die Hände auf seinem muskulösen Unterarm, sehe ich zu, wie die übrigen Jungs aus ihren Autos steigen, jeder mit irgendeiner Art Tasche in der Hand.

Bishop deutet mit einem Nicken zum Eingang. »Ich schließe auf«, ruft er ihnen zu, löst sich von mir und nimmt seine Körperwärme mit. Stattdessen fasst er mich an der Hand. »Komm jetzt.« Er führt mich die Stufen hinauf und öffnet die Tür. Sofort schlägt mir ein leichter Moschusduft entgegen, vermischt mit dem Geruch von altem Kiefernholz und etwas Süßem. Männlichem? Bishop macht Licht und legt die Schlüssel auf den Tisch neben der Garderobe.

Einen Moment lang kneife ich wegen der Helligkeit die Augen zu, dann schaue ich mich in dem Raum um. »Wow. Das gehört alles dir?«

Bishop nickt. »Ja.«

»Aber ist das denn klug?«, frage ich, als Hunter, Ace, Abel, Brantley und Cash ebenfalls hereinkommen.

»Genau, Bishop, ist das denn klug?«, schimpft Brantley und wirft mir im Vorbeigehen einen bösartigen Blick zu.

Ich ignoriere ihn.

»Das hier ist der letzte Ort, an dem sie nachsehen werden«, versichert Bishop uns und betritt den Wohnbereich. Dieser nimmt den größten Teil des Erdgeschosses ein und hat zimmerhohe Fenster, die in der oberen Hälfte dreieckig zulaufen und durch die man in den Wald blickt.

Ich folge Bishop. »Wieso?«

»Weil sie zuerst bei euch zu Hause suchen werden und dann bei den anderen Jungs. Bis sie darauf kommen, wo wir sind, haben wir längst unsere nächsten Schritte geplant.«

Er lehnt sich im Küchenbereich an die Arbeitsfläche. Ich gehe zu ihm. »Und wie lange wird das deiner Meinung nach dauern?«

Er zögert und sieht mir in die Augen. »Das weiß ich nicht.« Dann richtet er sich auf und nimmt meine Hand. »Komm. Wir gehen nach oben in mein Zimmer.«

Ich überlege, ob ich mit ihm streiten soll, aber das kann ich auch in seinem Zimmer. Also folge ich ihm die dunkel gebeizte Holztreppe hinauf.

Im Zimmer stellt er unsere Taschen neben dem Bett ab und setzt sich.

»Es ist so«, fängt er an, während er sich das Hemd auszieht. Sofort läuft mir das Wasser im Mund zusammen, und ich lasse den Blick über seinen Oberkörper gleiten. Bishop bemerkt es, verstummt und verzieht die Lippen. Dann fährt er fort: »Mein Dad gehört zu dieser … Firma. Eine Menge Leute arbeiten für ihn.« Er wirft das Hemd in eine Ecke und setzt sich wieder. »Sie folgen seinen Anordnungen. In allem. Du kannst ihn dir als so eine Art Geschäftsführer vorstellen.« Er sieht mir in die Augen. »Madi, mein Vater ist kein guter Mensch. Im Grunde sind wir das alle nicht, aber *er* ist ganz bestimmt kein guter Mensch.«

Ich setze mich neben Bishop aufs Bett und starre auf die Wand gegenüber. »Was will er denn von mir?«

Bishop flucht und zerrt genervt an seinen Haaren; dann beugt er sich vor und stützt die Ellbogen auf die Knie. »Er ist … Ich kann nicht. Wir dürfen nicht darüber reden.«

Er will weitersprechen, doch ich komme ihm zuvor. Inzwischen glaube ich zu wissen, was er andeuten will, und ich möchte ihn nicht zwingen, es mir zu verraten, wenn er anschließend Schuldgefühle haben muss, weil er ein so großes Geheimnis ausgeplaudert hat. Wenn ich es dagegen selbst errate, ist es nicht seine Schuld. »Er ist bei der CIA?«, beende ich seinen Satz im Flüsterton.

»Was?« Verwirrt schaut er mich an.

»Du weißt schon …«, dränge ich.

Da begreift er und lächelt. Er wirkt fast erleichtert. »Ja«, flüstert er. »Ja.«

»Okay. Aber was wollen sie denn von mir?« Mir ist leichter ums Herz, da ich weiß, dass sein Vater für die CIA arbeitet. Dann sind die *Elite Kings* also nur eine Bande reicher Jungs, die mit dem Geld ihrer Eltern um sich werfen. Genau wie ich es immer vermutet habe. Im Geist verdrehe ich die Augen über die hochdramatischen Gerüchte, die Tatum über diese Typen verbreitet. Typisch Tatum.

Bishop lehnt sich zurück und stützt sich auf die Ellbogen, wobei sich jeder Muskel in seinem Oberkörper bewegt. »Sie glauben, dass dein Vater für eine der großen Handelsgesellschaften in Las Vegas Geld wäscht.«

Allmählich wird mir einiges klar. Mein Dad ist ständig in Las Vegas; in letzter Zeit findet man ihn öfter dort als zu Hause. Ziehen wir vielleicht deshalb ständig um? Nicht weil er nirgendwo heimisch werden kann, sondern weil er vor irgendetwas davonläuft? Oder vor jemandem. Das ergibt Sinn. Nach und nach fügen sich immer mehr Puzzleteile zusammen.

»Und wie geht es jetzt weiter?«, frage ich und sehe Bishop

über die Schulter an. »Ist das die Sache, von der ihr mir nichts erzählen durftet?«

Er nickt zögernd. »Genau, Baby.«

»Pah.« Ich schaue wieder geradeaus. »Warum hast du nicht längst eine Andeutung gemacht?«

»Weil ich dir nicht vertraut habe. Die anderen vertrauen dir immer noch nicht. Außer Nate«

Bevor ich ihn fragen kann, was die Typen denn überhaupt mit dem Ganzen zu tun haben, klopft es leise an der Tür.

»Verpisst euch«, faucht Bishop.

Im selben Moment sage ich lieb: »Nur herein.« Das wird ja echt kitschig mit uns.

Die Tür öffnet sich einen Spaltbreit, und Tillie späht herein. Sie trägt einen von Nates Kapuzenpullis und sieht mich an, als hätte sie mir ungefähr tausend Dinge zu sagen. Also wende ich mich Bishop zu und tätschle ihm die Hand. »Lass uns mal kurz allein.«

Er sieht Tillie scharf an. Zu scharf. Und sie erwidert seinen Blick, den Mund ein wenig geöffnet. Die beiden scheinen sich irgendetwas mitzuteilen; dann schluckt Tillie nervös, und Bishop drängt sich an ihr vorbei. *Stets ein Arsch.*

Tillie nickt ihm zu und lächelt traurig. Dann setzt sie sich an seiner Stelle neben mir aufs Bett.

Ich warte, bis die Tür zu ist, dann wende ich mich ihr zu. »Worum ging's gerade?«

»Was hat er dir erzählt?«, fragt sie zurück und sieht mir forschend in die Augen.

»Worüber?«

»Über das alles hier … Was hat er dir erzählt?«

»Das darf ich dir nicht sagen. Tut mir leid, Tillie.«

Sie lächelt gekünstelt. »Schon okay. Na jedenfalls, ich wollte mit dir über …«

»Das ist völlig in Ordnung, Tillie. Im ersten Moment war ich sehr überrascht, aber es ist total in Ordnung. Nur eins noch …« Ich hebe einen Finger. »Bitte, sieh dich vor. Er ist gar nicht fähig, dir das zu geben, was du dir vielleicht von ihm wünschst.«

Sie lässt mutlos die Schultern hängen. »Danke, aber mir passiert schon nichts, Madi.« Sie schaut umher. »Das Zimmer, in dem wir untergebracht sind, ist auch schon ziemlich klasse, aber das hier ist noch mal ganz was anderes.«

Zerstreut sehe ich mich um. »Ja, sehr nett.«

Tillie wendet sich wieder mir zu. »Also, äh, hat er erwähnt, wie er zu dieser Hütte gekommen ist?«

Ich schüttle den Kopf, stehe auf und greife nach meiner Reisetasche. »Nein, aber ich muss zugeben, dass einiges von diesem ganzen Mist jetzt deutlich mehr Sinn ergibt. Und ich muss unbedingt mal mit Tatum über all diese Gerüchte und ihre durchgeknallte Fantasie reden.« Beim Sprechen schüttle ich den Kopf und öffne den Reißverschluss der Tasche.

»Wieso?«, unterbricht Tillie.

»Sagen wir mal so, diese Typen sind längst nicht so schlimm, wie es scheint.« Ich zwinkere ihr zu. Sie erstarrt und wird bleich, ihr Lächeln erlischt. »Tillie?« Ich gehe zu ihr. »Alles in Ordnung?« Ihr Blick verursacht mir eine Gänsehaut. Im nächsten Moment lächelt sie wieder.

»Ja klar, tut mir leid.«

So ganz kaufe ich ihr das nicht ab. »Wirklich?« Ich berühre sie am Arm. »Du hast ein Gesicht gemacht, als hättest du ein Gespenst gesehen.«

Sie tut es mit einem Lachen ab. »Sei nicht albern.«

Ich wende mich wieder der Tasche zu, nehme meine schwarze Lederjacke heraus, ziehe sie an und knöpfe sie zu. Dann steige ich in die Ugg Boots. »Sollen wir nach unten gehen?«

Als ich an Tillie vorbei auf die Zimmertür zusteuere, streckt sie eine Hand aus und hält mich zurück.

»Du musst mir auch versprechen, dich vorzusehen, Madi.«

Lächelnd sehe ich ihr ins Gesicht. Dann merke ich, wie ernst es ihr ist. Ihre Augen glänzen, als wäre sie den Tränen nah, und ihre Miene verrät Angst. Ich tätschle ihr die Hand und nicke nachdrücklich. »Das mache ich, Tillie. Selbstverständlich.«

27. KAPITEL

Die Flammen des Lagerfeuers, das Bishop und die anderen Jungs auf der weiten Freifläche vor der Hütte angezündet haben, züngeln weit in den Sternenhimmel hinauf. Ihr Widerschein huscht mir übers Gesicht. Ich ziehe die Jacke enger um mich. Im selben Moment lässt sich Bishop neben mir auf dem Baumstamm nieder und reicht mir ein Glas, das vermutlich Whiskey enthält. Zufrieden nehme ich es entgegen; in der Stille, die hier draußen herrscht, hört man deutlich die Eiswürfel klirren. Ein paar von den Jungs sind ebenfalls noch wach und sitzen auf den Baumstämmen ringsum. Nate und Tillie kuscheln sich auf der Erde aneinander, gegen einen der Stämme gelehnt. Nate kickt einen Stein ins Feuer. Das andere Bein hat er angewinkelt und einen Ellbogen darauf gestützt. Tillie sitzt zwischen seinen Beinen.

»Nate?«, rufe ich ihm leise zu. Er hält in der Bewegung inne, seine Miene verhärtet sich.

»Was denn?«

»Was ist los?« Bei Nate habe ich noch nie lange auf den Busch geklopft. Irgendwie hatte ich vom ersten Tag an das Gefühl, dass ich ihm trauen kann. Obwohl er sich oft so scheiße benimmt. Sie treiben eben manchmal ihre Spielchen. Wenn man so reich ist wie wir alle – mit Ausnahme von Tillie –, findet man sein Vergnügen oft nur bei oberflächlichen Streichen.

Nate schaut Bishop an und verzieht ein wenig den Mund. »Gar nichts. Alles bestens, Schwesterlein«, faucht er förmlich. Dann sieht er mir in die Augen, und sein Blick wird eine Spur weicher. Er steht auf, wodurch Tillie sich rasch aufsetzen muss, und kommt zu mir herüber. Als er direkt vor mir steht, hebt er eine Hand und streicht mir mit der Rückseite der Finger sanft über die Wange. Ich schließe die Augen. »Sieh mich an, Madi.«

Ich öffne die Augen wieder. Nate schaut mir ins Gesicht, ohne Bishop zu beachten. Die Spannung ist mit Händen zu greifen.

»Es tut mir leid«, sagt er. Dann geht er davon und zieht Tillie hinter sich her. Bevor sie mit ihm in der Hütte verschwindet, schaut sie über die Schulter noch einmal aufmerksam zu mir herüber. Warum habe ich das Gefühl, dass ich als Einzige immer noch nicht wirklich Bescheid weiß? Obwohl mir Bishop doch vorhin erzählt hat, was sie alle vor mir geheim gehalten haben?

Seufzend reiche ich Bishop mein Glas und stehe auf. »Ich gehe ins Bett.«

Als er das Glas nimmt, berühren sich unsere Finger. »Ich unterhalte mich noch ein bisschen mit Saint. Dann komme ich nach.«

Ich lächle ihm zu. »Okay.«

Obwohl in der Hütte so viele schlecht erzogene Jungs unter einem Dach schlafen, ist es drinnen still. Allein mit meinen Gedanken, gehe ich nach oben. In unserem Zimmer hole ich ein Höschen und ein weites Tank-Top hervor und betrete das Bad. Ich mache Licht, lege die Sachen über den Rand des Waschbeckens und drehe in der Dusche das Wasser an. Während sich der große Raum langsam mit Dampf füllt, ziehe ich mich aus und nehme ein sauberes Handtuch aus dem Schrank.

Woher kommt der Eindruck, dass mir nach wie vor ein wichtiges Teil des Puzzles fehlt? Ich vertraue Bishop. Ich glaube, dass er offen zu mir ist, was dumm sein mag. Andererseits, welchen anderen Grund sollte er haben, etwas vor mir zu verbergen? Wenn sein Vater bei der CIA ist, ergibt alles einen Sinn. Sämtliche Ereignisse passen zueinander. Nur dass da irgendein verdammtes Puzzleteil fehlt. Das Gefühl drängt sich mir ständig auf.

Schließlich schiebe ich es auf die Tatsache, dass ich übermüdet, hungrig und erschöpft bin. Ich steige unter die Dusche, und obwohl ich mich eigentlich nur rasch abschrubben will, genieße ich es, das heiße Wasser auf den überanstrengten Muskeln zu spüren. Es fühlt sich so verdammt gut an. Dann fällt mir ein, dass ich noch lesen will, bevor Bishop ins Bett kommt. Ich drehe die Wasserhähne zu, steige aus der Dusche, trockne mich schnell ab und ziehe mir die wenigen Sachen an.

Nachdem ich das Handtuch aufgehängt habe, öffne ich die Tür zum Zimmer. Luft ohne Dampfschwaden ist mir jetzt sehr willkommen. An dem Fenster neben dem Bett spähe ich durch die Jalousie ins Freie. Bishop sitzt noch draußen und unterhält sich mit Saint und Hunter. Rasch schließe ich die Jalousie, nehme *Das Buch* aus meiner Sporttasche und schlüpfe unter die Decke. Ich blättere zu der Stelle, wo ich aufgehört habe, und verliere mich erneut in der Geschichte.

5.

Verlorene Unschuld

Nach jener Nacht, in der ich mit anhörte, wie mein Ehemann den Tod unserer Anführer plante, habe ich beschlossen, dieses Buch zu vergraben, bis ich sicher wusste, ob ich es wagen durfte

weiterzuschreiben. Heute ist mein Sohn vierzehn geworden,
und heute Nacht findet das Ritual für ihn statt. Mit nur vier-
zehn wird er seine Jungfräulichkeit an eine Frau verlieren, die
um viele Jahre älter ist – mehr Jahre, als einer Mutter recht sein
kann. Ich hatte dabei keinerlei Mitspracherecht. Früher einmal
habe ich mich ständig gegen Humphrey zur Wehr gesetzt. An-
fangs schrie er mich an, später schlug er mich, doch schon bald
begriff er, dass ich allem gewachsen war, was er mir antat. Da
versuchte er mich zu bestrafen, indem er meinen Sohn schlug.
Das wirkte. An dem Tag, als er mir zum ersten Mal damit
drohte, begann ich, ihm aufs Wort zu gehorchen. Es war der
Tag meiner Niederlage, aber Gott ist mein Zeuge, von da an
begann ich zu hoffen, dass mein Ehemann bald sterben würde.
Ich wünsche ihm einen schnellen Tod. Aber den Tod.
»Ma, mir passiert schon nichts. Mach dir doch keine Sorgen.«
Ich strich die Falten aus seinem Leinenhemd, ein Lächeln auf
den Lippen. Es war ein falsches Lächeln, etwas, das er gut an
mir kannte. Mein geliebter Sohn, der einzige Mensch, dem ich
nichts als Glück im Leben wünschte. Dabei wusste ich längst,
dass es anders kommen würde.
»Ich weiß, mein Sohn. Ich weiß.«
Er lächelte. »Es ist zu meinem Besten, Mutter. Vater weiß, was
er tut. Die Leute vertrauen ihm. Ich vertraue ihm auch. Du
solltest ihm ebenfalls vertrauen.« Es brach mir das Herz. Ande-
rerseits war ich froh, dass er nicht ahnte, was für ein Ungeheuer
sein Vater war. Es war besser so. Wenn er es wüsste, würde
daraus nichts Gutes entstehen. Ich wollte ihm nicht die Achtung
vor seinem Vater rauben – auch wenn dessen Ziele alles andere
als edel waren.
Ich rieb Damien über die Brust. »Alles fertig.«
Er lächelte, wobei seine weißen Zähne aufblitzten. Man
sah immer noch die Narbe an seiner Oberlippe, die er sich

zugezogen hatte, als er von einem unserer Pferde gestürzt war. Damals war er vier gewesen. Jetzt war er vierzehn und würde demnächst mit einer Frau schlafen, die das nicht verdient hatte. Weil sein Vater es so wollte. Weil er heute zum Erwachsenen wurde. Weil er früh eine Frau nehmen sollte, damit ihm viel Zeit blieb, Kinder zu zeugen. Bei dem Gedanken wurde mir übel vor Abscheu. Trotzdem lächelte ich meinen Sohn weiter an.

»Ich liebe dich, Mom.«

»Ich liebe dich auch, Damien. Und jetzt geh.«

Er lächelte mir noch einmal zu und verließ unsere Hütte. Sie war viel größer als die vorherige – mein Ehemann vergaß nie, mich daran zu erinnern. Daran, wie viel ich ihm verdankte, weil er mich aus der Armut errettet hatte, wie er es ausdrückte. Damien verschwand hinter dem Vorhang. »Ich liebe dich so sehr«, flüsterte ich. Schon jetzt spürte ich, wie er mir entglitt. So sehr ich mich auch bemühte, es würde mir nicht gelingen, ihn zu halten. Es lag nicht in meiner Macht.

Humphrey hatte die einflussreichsten Männer unserer Zeit erfolgreich auf seine Seite gebracht. Dabei wurde er von anderen Männern unterstützt – Führerfiguren wie er, doch er war derjenige, der bestimmte. Jeder von ihnen war reich und mächtig und allgemein geachtet. Gemeinsam waren sie unangreifbar. Nichts geschah, ohne dass sie es erfuhren. Niemand wagte, ihre Wünsche zu missachten oder sich ihnen entgegenzustellen. Sie waren gefürchtet, bei uns ebenso wie bei Fremden. Wir waren reich. Wir litten nie Not. Und doch hätte ich gern auf Humphreys Geld und all seine Reichtümer verzichtet, wenn ich stattdessen eine Familie hätte haben können, in der Frieden herrschte.

Auf das, was ich später an diesem Tag – während Damiens Initiation – herausfinden sollte, war ich nicht vorbereitet.

Meine schlimmste Befürchtung erfüllte sich. Das größte Unglück, das mir zustoßen konnte.
Ich war schwanger.

Das Vibrieren des Telefons reißt mich aus der Geschichte. Eine Textnachricht. »Verdammt.« Gerade wo es spannend wird. Genervt schlage ich das Buch zu. Dann stecke ich es wieder in die Reisetasche, denn alles in allem ist es vermutlich klüger, wenn ich jetzt schlafe. Ich schalte die Nachttischlampe aus, kuschle mich unter die Decke und entsperre das Telefon. Die Nachricht ist von Tatum.

Tatum: *Alles okay?*
Ich: *Alles bestens. Und bei dir?*
Tatum: *Langweilig. Warum habt ihr mich nicht mitgenommen?*
Ich: *Weil du nicht mit Nate gevögelt hast, als es losging.*
Tatum: *Gibt's nicht!*
Ich: *Oh doch.*
Tatum. *Erzähl mir mehr. Wo seid ihr überhaupt?*
Ich: *Nein! Igitt. Und das kann ich dir nicht sagen. Tut mir leid.*
Tatum: *Spaßbremse.*
Ich: *Ich weiß.*
Tatum: *Kann ich dich was fragen?*
Ich: *Aber immer.*
Tatum: *Glaubst du, du bist dabei, dich in Bishop zu verlieben?*

Wie bitte? Ich runzle die Stirn und lese die letzte Nachricht noch einmal. Wieso will sie das wissen? Das zwischen Bishop und mir ist nicht annähernd fest genug, um dabei an Liebe zu denken – in dem Punkt bin ich mir völlig sicher.

Bevor ich Tatums schwachsinnige Frage beantworten kann, öffnet sich die Zimmertür und Bishop kommt herein.

»Oh«, murmelt er. »Du bist ja noch wach.«

»Enttäuscht?« Ich schließe das Telefon, und im Zimmer wird es völlig dunkel. Auf der anderen Bettseite wird die Matratze heruntergedrückt, Schuhe fallen auf den Fußboden, ein Hemd raschelt, ein Gürtel klackt. Dann senkt sich die Matratze erneut.

»Warum sollte ich enttäuscht sein«, fragt er rau, ganz nah an meinem Ohr. Mein Herzschlag beschleunigt sich. Ich schließe die Augen und zähle bis zehn. Ich muss lernen, mich in seiner Nähe unter Kontrolle zu halten, sonst stürzt er mich ins Verderben. Bishop legt mir eine Hand an die Wange. »Madison.«

»Ich bin total verwirrt«, platze ich heraus. Er scheint zu erstarren, nur seine Hand bewegt sich noch. Es muss an der Dunkelheit liegen, dass ich mich so mutig fühle. Vermutlich macht er mich gleich fertig. »Im einen Moment hasst du mich, im nächsten streichelst du mich. Ich finde das alles …« Obwohl ich weiß, dass er es nicht sehen kann, wedle ich mit einer Hand. »… total verwirrend.«

»Ich hasse dich nicht«, stößt er hervor. Die Worte verschlagen mir den Atem.

»Was?«

Er schiebt ein Bein zwischen meine, legt sich auf mich und stützt die Ellbogen links und rechts von meinem Kopf aufs Bett. Mit der Nasenspitze streicht er mir über den Nasenrücken, dann streifen seine Lippen meinen Mund. »Ich. Hasse. Dich. Nicht«, flüstert er durchdringend und küsst mich nach jedem Wort auf den Mund. Dann leckt er mir kräftig über die Oberlippe. »Im Moment will ich nur, dass du aufhörst, Fragen zu stellen, damit ich mich ein paar Stunden lang in dir verlieren kann.« Mit dem Daumen malt er kleine Kreise um die Pulsstelle an meinem Hals.

»Okay«, flüstere ich; meine Kehle ist wie ausgedörrt.

Er lacht leise und reibt das Becken an mir, sodass ich seine Erektion am Bein spüre. »Das war keine Frage, Baby. Also los, halt den Mund.« Sein Kopf verschwindet unter der Decke, und ich bekomme einen ersten Vorgeschmack auf eine Zeit himmlischer Ekstase.

28. KAPITEL

Das Erste, was mir auffällt, als ich die Augen öffne, ist das taube Gefühl in den Oberschenkeln. Dann merke ich, dass grelles Sonnenlicht ins Zimmer fällt … durch geöffnete Jalousien, verdammt noch mal!

»Nein!« Stöhnend lege ich einen Arm über die Augen. »Mach sie wieder zu.«

»Steh auf, Baby. Komm frühstücken.«

»Ich will aber nicht.«

Bishop fasst sanft nach meinem Arm und zieht ihn von meinem Gesicht weg. »Komm schon.«

Ich öffne die Augen einen Spaltbreit. Bishop steht zwischen mir und der Sonne. *Und* er hat sich ein weißes Handtuch locker um die Hüften gewickelt. An seiner Brust laufen Wassertropfen hinab und verschwinden unter …

»Madi!«, fährt er mich an.

»Hm?« Ich schaue mit Unschuldsmiene zu ihm auf.

»Wenn du mich so ansiehst, falle ich gleich über dich her. Heftig. Und wenn ich mir die blauen Flecken an deinem Hals, deinen Handgelenken und …« Er wirft einen Blick unter die Bettdecke. »… deinen Oberschenkeln ansehe, könnte ich mir vorstellen, dass dir im Moment nicht danach zumute ist.«

Ich schüttle den Kopf. So sehr ich es liebe − wirklich liebe −, mit Bishop zu schlafen, einer weiteren Runde bin ich jetzt nicht gewachsen. Im Bett ist dieser Mann grob. Mörderisch grob. Nach den ersten blauen Flecken habe ich noch geglaubt, er würde es hinterher bereuen. Ihr wisst schon, wenn er erkennt, wie sehr er mir wehgetan hat, während er von seiner Leidenschaft überwältigt war. Aber nichts dergleichen. Er hat nur gelacht, als wäre es das Normalste der Welt. Seitdem mache ich einfach mit – in der Hoffnung, dass ich mich nicht eines Tages in den Schlagzeilen wiederfinde. *Madison Montgomery: Tod durch Penetration.*

Es könnte durchaus passieren.

»Also los, steh auf.« Er geht zu seiner Sporttasche und nimmt eine weit geschnittene Jeans und ein schlichtes weißes T-Shirt heraus. Dann lässt er das Handtuch fallen – und grinst, denn ich schaue sofort auf seinen Schwanz. Seinen dicken, harten Schwanz. Bishop legt eine Hand darum, fängt an, sich zu streicheln, und saugt die Unterlippe in den Mund. *Oh, Gott.* »Gefällt dir der Anblick, Baby?« An seiner Spitze zeigt sich ein Tröpfchen.

Ich nicke zögernd und reibe die Oberschenkel aneinander, um das plötzliche Ziehen in meinem Schoß zu vertreiben. Bishop bemerkt die Bewegung und hebt die Augenbrauen. »Nimm die Decke weg.«

»Was?«, frage ich heiser.

»Keine Widerworte, Kätzchen. Tu einfach, was ich dir sage. Schieb die Decke weg.«

Gehorsam trete ich die Decke beiseite, halte die Beine jedoch eng zusammen, weil mir bewusst wird, dass ich mir letzte Nacht danach nichts mehr angezogen habe. Genauso wenig wie Bishop. Er ist eingeschlafen, während er sich noch in mir befand. Das war nach meinem vierten Orgasmus. Da habe ich mich bereits gefragt, ob man an einer Überdosis Orgasmen sterben kann.

Durch das offene Fenster weht kühle Morgenluft herein und streicht mir über die empfindliche Klitoris. Ich schließe die Augen und versuche, nicht laut aufzustöhnen.

»Mach die Augen auf«, fordert Bishop, also tue ich es und schaue zu, wie er sich selbst anfasst. Er bewegt die raue Hand an seinem Glied auf und ab; direkt unter der Eichel drückt er zu und streicht dann wieder nach unten.

»Streichle dich, Baby.« Zögernd lasse ich eine Hand an meinem Oberschenkel nach oben gleiten. Dann spreize ich die Beine, in dem Wissen, dass er jetzt direkt in mich hineinschauen kann. Niemand scheint meinen Körper so gut zu kennen wie Bishop. Er weiß, wie er damit umgehen muss, was bei mir funktioniert. Er kennt Arten, mir zum Höhepunkt zu verhelfen, die ich nie für möglich gehalten hätte. »Mach sie ganz breit, lass mich alles sehen.«

Ich tue, was er sagt, und weite mit Daumen und Mittelfinger langsam meine Schamlippen, sodass Bishop freien Blick hat. Mein Atem beschleunigt sich. Ich reibe mich an dem Finger, der neben meiner Klitoris liegt, und sehe dabei zu, wie Bishop sich bearbeitet.

»Steck einen Finger in dich hinein. Nur einen. Mach das, was du tust, wenn du ganz allein bist.«

Wieder befolge ich seine Anordnung, lasse meinen Zeigefinger in mich hineingleiten und stelle mir vor, was ich tue, wenn ich allein bin. Wenn ich allein bin und an Bishop denke. Ich sehe ihn an, knete eine Brustwarze und lasse zugleich das Becken kreisen, sodass ich mich an meiner anderen Hand reibe. Dann nehme ich auch die zweite Hand nach unten, reibe mir kräftig die Klitoris und bewege zugleich einen Finger in mir vor und zurück. Währenddessen sehen Bishop und ich uns unverwandt in die Augen. Er bewegt die Hand immer schneller; dann lässt er plötzlich los. »Scheiß drauf,«, sagte er, kommt zu mir herüber, umfasst meine Knöchel und zieht mich zum Fußende des Bettes. Dort setzt er sich auf die Kante und hebt mich hoch, bis ich rittlings auf seinem Schoß sitze. Er klatscht mir auf den Hintern und lässt sich rückwärts aufs Bett sinken, während ich mich über ihn hocke und seinen Schwanz in den Mund nehme.

Nach dem Frühstück kommt Saint herein. Bishop, Nate, Tillie, Ace, Hunter und Cash sitzen im Wohnbereich; die übrigen Jungs sind einkaufen gefahren. Wie es scheint, trinken sie gern; außerdem spielen sie gern *Lasertag*. Wer hätte gedacht, dass sich dieser verrückten Situation noch Spaß abgewinnen lässt?

Saint setzt sich auf das Sofa mir gegenüber. Unbehaglich verlagere ich das Gewicht. Ich weiß zwar, dass er Cashs älterer Bruder ist, aber bisher bin ich ihm nur ein- oder zweimal begegnet, und jedes Mal war die Stimmung angespannt – um es milde auszudrücken.

»Hast du irgendwelche Fragen zu dem, was hier läuft, Madison?«

Ich schaue ihn an. »Ja. Wann kann ich nach Hause? Wo ist mein Dad? Das Ganze ist bestimmt nur ein Missverständnis. Man könnte so einiges über meinen Vater sagen, aber ein Dieb ist er nicht.«

Saint lacht leise und reibt sich das Kinn. Er hat einen Bartschatten, sein braunes Haar ist kunstvoll zerzaust. Bishop nimmt eine Packung Zigaretten vom Tisch, zündet sich eine an und wirft die Packung dann Saint zu. Der folgt seinem Beispiel. Bisher habe ich Bishop nur selten rauchen sehen. Bei ihm wirkt das heiß. Bei Saint ebenfalls.

Saint nimmt einen langen Zug, stößt eine dicke Rauchwolke aus und lehnt sich zurück. »Wenn wir es dir erlauben. Er ist in Vegas. Und das sagen doch bestimmt alle kleinen Mädchen.« Er beugt sich vor und klopft Asche in den Aschenbecher auf dem Couchtisch. Bishop stemmt einen Fuß so gegen die Tischkante, dass ich abgeschirmt bin. Wenn ich es nicht besser wüsste, würde ich glauben, dass er mich beschützen will. Saint sieht mir in die Augen, sein Blick ist eine einzige Herausforderung, ihm zu widersprechen. »Eins muss ich aber klarstellen, Kätzchen. Dein Vater ist kein Unschuldslamm.«

»Vielleicht wusste er einfach nichts davon?«

Saint lacht, sieht Bishop an und zieht erneut an der Zigarette. »Sie ist echt süß.«

»Bis gestern Abend«, fahre ich ihn an, »war mein Vater mein größter Held. Du wirst also entschuldigen, wenn ich mich nicht einfach auf euer Wort verlasse. Er hat mir noch nie einen Grund gegeben, ihm zu misstrauen.« Ich schaue Bishop an. »Im Gegensatz zu manchen anderen Leuten.« Dann stehe ich auf und steuere auf die Tür zu, durch die man den Platz erreicht, auf dem wir gestern unser Lagerfeuer hatten. Auf der Terrasse lasse ich mich auf die Gartenschaukel sinken und schaue in den dichten Wald. Wir sind hier wirklich mitten im Nirgendwo. Wo genau wir uns befinden, weiß ich übrigens gar nicht. Es überrascht mich, dass die Mobiltelefone Empfang haben. Wer weiß, vielleicht gehören die Sendemasten ja auch Bishop.

Er ist mir ins Freie gefolgt. »Ich weiß, du hast jeden Grund, mir nicht zu trauen«, sagt er, den Blick in die unberührte Natur gerichtet, die Hände in den Hosentaschen vergraben. »Aber eins kannst du mir glauben. Was immer ich tue – was immer Nate und ich tun –, ist zu deinem eigenen Besten.« Jetzt sieht er mich an, mit gerunzelter Stirn, was seinem Gesichtsausdruck etwas Ernstes und Hartes verleiht. »Versprich mir, das nie zu vergessen. Egal, was passiert.«

Ich versuche, in seinen Augen zu lesen. Irgendetwas. »Du hast mir doch alles gesagt – nicht wahr?«

Er zögert, lächelt und nickt schließlich. »Richtig. Das habe ich.«

»Du hast mir *alles* gesagt?«

Er nickt erneut und sieht weg. Dann kommt er zu mir herüber. »Ja. Was siehst du dir da eigentlich an?« Er setzt sich neben mich auf die Schaukel.

»Das da.« Ich zeige hin. »Ich würde zu gern ein bisschen jagen gehen.«

»Nein.« Bishop lächelt schwach, aber schüttelt den Kopf. »Vielleicht ein andermal.«

Ich zucke die Schultern. »Meine Gewehre habe ich sowieso nicht dabei. Es war nur so ein Wunsch.«

Bishop zögert, dann lächelt er. »Stimmt, deine sind nicht hier. Aber meine.« Er zieht mich auf die Füße und geht mir voraus in die Hütte. Dort fischt er einen Schlüsselbund aus der Hosentasche, schließt eine Tür auf und macht Licht. Ich sehe eine Treppe, die hinunter in den Keller führt.

Nach wenigen Stufen dreht Bishop sich zu mir um und streckt mir eine Hand hin. »Na komm. Ich beiße nicht.«

»Doch, Bishop. Doch, du beißt.«

Das bringt ihn zum Lachen. Er zieht mich zu sich heran, und gemeinsam steigen wir immer tiefer in den schwach erleuchteten Keller hinab. »Stimmt auch wieder. Ich kann einfach nicht anders. Du bist so verdammt schön.«

Er schließt einen Hängeschrank auf, der am anderen Ende des Kellers an der Wand befestigt ist. Die dicke Staubschicht auf dem schön gearbeiteten Holz verrät, wie lange er nicht mehr geöffnet wurde.

»Wenn du mir jetzt erzählst, dass sich darin eine Muskete befindet, erschieße ich dich.«

Lachend öffnet Bishop die Tür. »Nee, Baby, keine Muske-
te.« Im Schrank befinden sich ein paar Kalaschnikows, Glocks,
Selbstlader und Schrotflinten. Ich streiche über das kühle
schwarze Metall der M4. Bishop beobachtet mich verblüfft.
»Wenn ich sehe, wie sehr dich das anmacht, kriege ich einen
Ständer.«

Ich verdrehe die Augen und löse die Waffe aus der Halterung. »Typisch, dass du selbst bei so was Gefährlichem noch
auf perverse Ideen kommst.«

»Hm …« Grinsend nimmt Bishop sich die M16 und etwas
Munition. »Mir würde schon was einfallen, was sich damit anstellen ließe.« Er hält den Lauf der Waffe schräg und grinst
frech.

»Auf gar keinen Fall!« Ich wende mich ab und kehre zur Treppe zurück, vorbei an aufgestapelten Kisten, Zimmerschmuck,
alten Schreibtischen und Tischen. Alles ist mit weißen Tüchern
verhängt. »Das kommt nicht infrage.« Ich umfasse das Gelän-
der und steige die Treppe hinauf. »Weißt du überhaupt, wie gefährlich das wäre?« Andererseits, es scheint ihn ja auch nicht zu
kümmern, wenn er mir beim Sex wehtut. Vielleicht wäre es ihm
also egal, wenn er mich aus Versehen umbringt.

Auf dem Weg zur Vordertür kommen wir an Nate und Tillie vorbei.

»Wow, wow, wow. Ist das auch wirklich eine gute Idee?«
Nate reißt die Augen auf und sieht Bishop an. Tillie erstarrt,
eine Toastscheibe auf halbem Weg zum Mund, und lacht.

»Alles in Ordnung, Nate.« Ich tätschele ihm den Arm. »Du
kannst gern mitkommen.«

Er sieht erneut Bishop an und schüttelt den Kopf. »Ein andermal.«

Ich nicke und hake mich bei Bishop unter. Als wir draußen
die letzte Stufe hinuntersteigen und auf die Lichtung zu-

steuern, frage ich: »Also. Wie lange soll das hier noch weitergehen?«

»Nicht mehr lange, hoffe ich. Um die Schule und deinen
Dad haben wir uns schon gekümmert. Die Leute glauben, wir
würden Colleges besichtigen. Wir haben ihnen ein Märchen
erzählt, dass wir uns frühzeitig umschauen wollen, damit wir
wissen, welche Wahlmöglichkeiten wir haben, und dass wir das
am besten alle zusammen erledigen.«

»Ach, richtig.« College. Daran habe ich überhaupt noch
nicht gedacht. Am Ende des Schuljahrs gehen wir alle von der
Highschool ab. Wo die anderen wohl studieren wollen? Ich
habe mich überhaupt noch nicht entschieden. Das alles scheint
mir viel zu weit entfernt.

»Sobald wir wissen, wie wir mit meinem Dad umgehen sollen, können wir alle zu unserem normalen Leben zurückkeh-
ren. Hoffe ich.« Während wir die Lichtung überqueren, fasst
er erneut nach meiner Hand und zieht mich näher an sich heran.

»Warst du schon mal jagen?«, frage ich.

Er zögert und scheint zu überlegen, worauf ich mit der Frage hinauswill. Schließlich lächelt er boshaft. »Vermutlich auf
andere Art als du.«

Ich fasse das als Scherz auf und verdrehe die Augen. Dann
hebe ich das Gewehr und schaue durchs Zielfernrohr. An dieses Ding könnte ich mich schnell gewöhnen.

Zwei Stunden später kehren wir zur Hütte zurück. Bishop fasst
mich an der Hand, zieht mich zu sich heran und grinst breit.
»Ich hab immer noch einen Ständer. Also …«

Er wird von Nate unterbrochen. »Bishop, dein Vater ruft
ständig auf meinem Handy an.«

»Scheiße.« Bishop geht zu ihm, wobei er mich fürsorglich

hinter sich bugsiert, und nimmt Nate das Telefon weg. Die beiden sehen sich an und tauschen irgendeine Information aus.

»Nun geh schon ran, Mann, ich will nicht, dass das noch weitere Kreise zieht.«

»Hat es doch bestimmt schon. Sie wissen garantiert längst Bescheid.«

»Worüber?«, frage ich und zupfe an Bishops Hand.

Tillie tritt ins Freie und beobachtet mich mit besorgter Miene. »Los, komm. Wir sollten die Dinger wegstellen, bevor ihr jemand erschießt.« Sie lächelt schwach und winkt mich nach drinnen. Ich lasse Bishops Hand los, schlage einen Bogen um Nate und marschiere zu ihr hinüber. Schweigend betreten wir das Haus. Die übrigen Jungs sitzen im Wohnzimmer; wir gehen an ihnen vorbei.

Auf dem Weg in den Keller bricht Tillie das Schweigen. »Alles in Ordnung? Das mit Bishop und dir wirkt ja richtig kuschelig.«

Lachend öffne ich den Schrank mit den Schlüsseln, die Bishop mir überlassen hat. »Tja, ich weiß selbst nicht, was da zwischen uns läuft.«

»Vertraust du ihm?«, fragt sie, während ich die Gewehre an ihren Platz hänge und die Munition ins entsprechende Fach lege.«

»Ja, tue ich.« Als sie nicht antwortet, blicke ich über die Schulter. »Warum?«

Sie hat sich halb abgewandt und lehnt an einem der alten Regale. Ich schließe den Schrank ab und stecke die Schlüssel ein. »Ich weiß auch nicht«, sagt sie. »Es ist nur … Ich habe seine Ex gekannt.«

»Khales? Ja, die hat er mal erwähnt.«

»Was hat er denn über sie gesagt?« Tillie beobachtet mein Gesicht.

»Nur dass nicht alles so war, wie die Leute dachten. Was immer das heißen soll.«

Tillie schüttelt den Kopf. Sie scheint sich ein verächtliches Schnauben verkneifen zu müssen. »Spielchen. Diese Jungs treiben ständig Spielchen.«

»Tillie? Ich vertraue ihm.«

Sie sieht mich an, als wollte sie etwas sagen; dann überlegt sie es sich offensichtlich anders. »Okay.«

Nate zündet das Lagerfeuer an, dann kommt er zu mir herüber und reicht mir ein Glas. »Weißt du was?« Er grinst und spielt mit dem Feuerzeug. »Das Haus da hat Bishop geerbt.«

»Wirklich?« Sofort werde ich munter. Darüber würde ich gern mehr erfahren. Gerade geht die Sonne unter und färbt den Himmel hübsch orange. Mein Drink schmeckt mir. Trotz der Umstände, denen ich den Aufenthalt hier verdanke, fühle ich mich großartig. »Erzähl doch mal.«

Nate setzt sich neben mich auf den Baumstamm und schaut kurz zu Tillie hinüber. Sie sitzt gegenüber und unterhält sich mit Saint. Nates Blick verweilt bei den beiden.

Ich stoße Nate mit dem Arm an. »He.«

Er sieht mich an und lächelt. Im selben Moment lässt sich Cash auf meiner anderen Seite nieder. Ich lächle ihm zu; er erwidert das Lächeln. Bisher habe ich noch nicht viel mit ihm geredet, und ich weiß fast nichts über ihn, außer dass er Saints jüngerer Bruder ist. »Hey.« Das blonde Haar reicht ihm bis auf die Schultern. Er hat etwas von einem Surfer an sich: leuchtend blaue Augen, goldene Haut. Ganz anders als Saint mit dem dunklem Haar, dem Bartschatten und den dunklen, stechend blickenden Augen. Die beiden müssen Halbbrüder sein.

Ich wende mich erneut Nate zu. »Red weiter.«

»Hat die Märchenstunde angefangen, Nate?«, spöttelt Cash; dann trinkt er einen Schluck Bier.

Nate zuckt lässig die Schultern. »Warum auch nicht?« Er nippt ebenfalls an seinem Bier. Mir entgeht nicht, dass die zwei sich schweigend über irgendetwas verständigen. Nate stützt die Bierflasche auf seinem Oberschenkel ab und wischt sich mit dem Handrücken über den Mund. »Wie gesagt, Bishop hat die Hütte geerbt.«

»Von den Großeltern oder so?«, frage ich und schaue zu dem großen, schönen Gebäude hinüber. Ein gewisses Alter merkt man ihm an, aber noch älter kann es kaum sein.

Nate lacht spöttisch. »So was in der Art.«

»Erzähl weiter«, dränge ich.

»Also …« Er beugt sich vor und lässt die Bierflasche an ihrem Hals zwischen zwei Fingern baumeln. »Die Hütte ist so eine Art Familienerbstück.«

»Nettes Erbstück«, murmele ich und trinke noch einen Schluck von meinem Whiskey Sour.

»Okay!« Bishop stellt ein ganzes Bündel von schwarzen Taschen neben sich ab.

Ich grinse ihn an. »Wieso läufst du oben ohne herum?« Sein schöner Oberkörper ist unbedeckt. Ich muss mich zwingen, mir nicht die Lippen zu lecken. Auf dem Kopf trägt er eine Baseballmütze, mit dem Schirm nach hinten. Über dem Bund seiner zerrissenen Jeans schaut der Rand einer *Calvin-Klein*-Boxershorts hervor. Bei dem Anblick könnte ich dahinschmelzen.

»So spielen wir nun mal, Baby.«

»Was spielt ihr denn?«, frage ich und beuge mich vor. Nate steht auf, leert sein Bier in einem Zug und lässt die Flasche fallen. Dann fasst er sich hinten an den Kragen und zieht sich das T-Shirt über den Kopf. Man sieht, wie sich seine Muskeln dabei bewegen – und man sieht all seine Tattoos. Er hat noch einige mehr als Bishop.

Nate grinst mich an. »Paintball.«

»Ehrlich?« Ich springe auf. »Da bin ich dabei!«

Jetzt ziehen auch die übrigen Jungs ihre Hemden aus. Tillie und ich sehen uns an, beide mit einem »Ja, spinn ich?«-Ausdruck auf dem Gesicht; dann müssen wir lachen, und dabei spüre ich, wie die Anspannung von mir abfällt. Als ich Bishop anschaue, entdecke ich in seinem Gesicht das heißeste böse Grinsen, das ich je erlebt habe.

»Na, na«, spotte ich, gehe an Nate vorbei zu ihm hinüber, male ihm mit dem Zeigefinger einen Kreis links auf die Brust und grinse ebenfalls. »Eifersüchtig?«

Er packt mich an der Hand, saugt meinen Finger in den Mund und beißt hinein. »Du gehörst mir. Ich teile mit niemandem.«

»Seit wann haben wir eine Regel gegen das Teilen?«, spöttele ich.

Er legt mir einen Arm um die Taille und zieht mich an sich. »Seit ein paar Tagen.«

»Du änderst also die Regeln?« Ich lege den Kopf in den Nacken, um ihm ins Gesicht zu sehen.

»Ich mache die Regeln.«

Ich lächle, dann richte ich den Blick auf die Taschen zu seinen Füßen. Im selben Moment kommt Nate herbei, greift sich eine und reicht mir eine Weste. »Zieh die an.«

»Ihr Jungs tragt auch keine Westen.«

»Das haben wir noch nie gemacht.« Er drückt mir die Weste gegen den Brustkorb. »Zieh die an.«

Ich nehme sie und streife die Jacke ab, um die Weste über das Tanktop zu ziehen. »Seit wann spielt ihr denn schon?«

Niemand antwortet; auf einmal herrscht verlegenes Schweigen. Ich sehe Tillie an; sie schaut befangen erst zu Nate, dann zu Saint.

Bishop grinst; seine Augen schimmern dunkel. »Es ist so eine Art Tradition, Baby. Zieh die Weste an. Blaue Flecken darf nur ich dir verpassen.«

»Du solltest dich mal untersuchen lassen«, versetzt Cash kopfschüttelnd.

»Nee, jetzt glaub bloß nicht, du wärst die Einzige, Kätzchen«, sagt Brantley auf der anderen Seite des Lagerfeuers mit bösem Unterton. »Khales lief auch ständig mit allen möglichen Narben und blauen Flecken herum. Deine sehen dagegen zahm aus, wenn du mich fragst.« Er wendet sich an den wütenden Bishop: »Was ist los? Bringt sie es nicht so wie Khales?«

Ich schließe den Reißverschluss meiner Weste. »Ich …«, sage ich zu Bishop, doch der steht gar nicht mehr neben mir.

»Wenn du noch einmal irgendetwas in der Art zu ihr sagst, breche ich dir den Unterkiefer.« Als ich zu Bishop hinübergehen will, um ihn zu beschwichtigen, fasst Cash mich an der Hand und hält mich zurück. Ich schaue erst auf seine Hand, dann ihm ins Gesicht. Er schüttelt den Kopf. »Hast du vergessen, wer hier das Sagen hat, Kleiner?«, fährt Bishop fort, praktisch Brust an Brust mit Brantley. »Muss ich dich daran erinnern, wer ich bin?«

Brantley sieht ihm forschend in die Augen, dann blickt er über Bishops Schulter hinweg zu mir herüber. »Nee, alles bestens.« Er bückt sich, nimmt seine Waffe und hängt sie sich über die Schulter. Was zum Teufel hat er eigentlich gegen mich? Dass er mich anfangs nicht leiden konnte, war offensichtlich, aber ich dachte, das hätte er inzwischen überwunden. Eine Weile sind wir ganz gut miteinander ausgekommen. Seit unserer Ankunft in der Hütte benimmt er sich jedoch wieder wie das letzte Arschloch. Sicher, in seinen Augen ist es meine

Schuld, dass er hier draußen herumhocken muss; andererseits behauptet Bishop doch, die Lage wäre nicht weiter schlimm, es ginge nur darum, seinen Vater im Ungewissen zu lassen. Ich verstehe nicht …

»Madi!«, fährt Bishop mich an, den Blick nach wie vor auf Brantley gerichtet.

»Ja?«

»Hast du die Weste angezogen?«

»Ja.«

Bishop grinst. »Gut.« Er richtet seine Waffe auf mich, und bevor ich ihn fragen kann, was zum Teufel er vorhat, drückt er schon ab. Etwas knallt schwer gegen meine Brust.

»Autsch! Bishop!«

»Du scheidest aus. Setz dich.«

»Aber ich …«

»Setz dich, habe ich gesagt.« Er zeigt auf den Baumstamm.

Ich schnaube verärgert und setze mich. Nate geht zu Tillie und deutet auf mich. Sie kommt her, mit zusammengepressten Lippen, lässt sich neben mir auf den Baumstamm sinken und seufzt. »Warum machen die eigentlich so ein Theater?«

Ich zucke die Schultern. »Wer weiß das schon, bei diesen Jungs? Ganz im Ernst.«

Bishop geht davon, wobei er die Waffe nachlädt. Nate und ein paar von den anderen folgen ihm. Ich grinse Tillie an. »Wer sagt eigentlich, dass wir nicht trotzdem mitmachen können?«

Lächelnd steht sie auf und streckt mir eine Hand hin. »Eben.« Sobald alle Jungs tief in dem düsteren Wald verschwunden sind, nimmt sie eine Waffe aus der Tasche, die ursprünglich für sie gedacht war. Ich geselle mich zu ihr, bücke mich und greife nach der Waffe in der Tasche, die Bishop dort liegen gelassen hat.

»Scheiße, sollen wir das wirklich machen?«, fragt Tillie,

während sie die Weste anzieht, und schaut sich um, als würde sie ihre Umgebung erst jetzt wahrnehmen.

»Was?« Ich lade meine Waffe mit Paintballs. »Na klar!«

Tillie lacht und schüttelt den Kopf, folgt aber meinem Beispiel. »Du bist eine echte Rebellin, Madi. Meinst du nicht, dass Bishop wütend sein wird?«

»Darum tue ich es ja.« Ich grinse sie an und hänge mir die Waffe über die Schulter.

Tillie schüttelt erneut den Kopf. »Du bist unmöglich.«

Auf Zehenspitzen schleichen wir in den Wald. Das dichte Astwerk schützt uns augenblicklich vor der Sonne. »Ich bleib hinter dir«, flüstert Tillie.

Ich verdrehe die Augen. »Klar, bleib ruhig hinter mir. Allerdings kann man mit dieser Munition nicht töten – wenn sich also ein Berglöwe oder so was auf uns stürzt, kann ich uns nicht beschützen.«

Tillie hält inne, als wir die Lichtung überqueren. »Du jagst aber sonst keine Berglöwen, oder?«

Ich bleibe stehen und drehe mich zu ihr um. »Natürlich nicht! Ich würde jeden erschießen, der so etwas tut.«

Überrascht klappt sie den Mund zu; dann lacht sie. »Ach, das meinst du nicht ernst.«

Ich stimme in ihr Lachen ein; dabei habe ich es völlig ernst gemeint. Als ich auf Facebook mal ein Foto von einer dämlichen afrikanischen Trulla und ihren Kindern entdeckt habe, wie sie stolz mit dem Löwen posieren, den sie eben erschossen haben, da hat mein Vater mich buchstäblich festhalten müssen. Irgendwann einmal werde ich das Foto nachstellen. Nur werde ich dann mit ihrem Kopf posieren.

Okay, das war jetzt zu hart.

Ja, das war etwas zu hart. Aber egal, was die Leute von Jägern denken mögen, ich liebe Tiere. Mehr als Menschen. In meiner Familie werden nur Hirsche gejagt. Höchstens noch Enten.

»Madi!«, flüstert Tillie ganz nah an meinem Rücken; ich spüre ihren Atem feucht im Nacken.

»Was denn?«, flüstere ich zurück und hebe die Waffe. Tillie geht so dicht hinter mir, dass sie alle zwei Sekunden gegen mich prallt. In einem Horrorfilm wäre sie unser Tod.

»Es wird dunkel.«

»Tja, um kurz vor acht passiert das nun mal. Entspann dich.« Ich will über einen umgestürzten Baum steigen, rutsche aus und falle hin. Im selben Moment spritzt leuchtend grüne Farbe gegen den Baumstamm gleich neben uns. Tillie vergisst ihre Liste mit Fragen und starrt auf die grüne Farbe; dann schreit sie entsetzt auf: Eine zweite Farbladung ist an ihrem Kinn zerplatzt. Erschrocken schlage ich mir mit der flachen Hand auf den Mund. Der Treffer hätte Tillie leicht ein paar Zähne kosten können. Ich wälze mich auf den Bauch, hebe die Waffe an die Schulter und spähe durchs Zielfernrohr, sodass ich den Bereich vor uns vergrößert sehe. Direkt vor uns bewegt sich ein Busch, aber das kommt mir zu einfach vor, es ist garantiert ein Täuschungsmanöver. Die Bewegung hat rechts begonnen, also schwenke ich die Waffe nach rechts, und siehe da, ich habe die Gesichter von Brantley und Ace vor mir. Sie lachen gerade über Tillies Dummheit. Vielleicht auch über meine.

Ich grinse. »Ihr Arschlöcher.« Dann drücke ich ab. Erst ziele ich auf Brantleys selbstzufriedene Visage; dann, als ich sehe, wie ihm leuchtend hellrosa Farbe übers Gesicht spritzt, richte ich die Waffe schnell auf Ace und drücke erneut ab. Ihn erwische ich genau dort, wo sie Tillie getroffen haben, seitlich am Kinn.

Beide schreien sie auf. »*Verdammt!*«

Lachend wende ich mich Tillie zu. Sie lehnt am Baumstamm und weint; Tränen laufen durch die grüne Farbe in ihrem Gesicht.

»He.« Ich rutsche näher zu ihr heran. »Das tut weh, was? Keine Sorge. Ich hab sie erwischt.«

Sie schüttelt den Kopf. Die Tränen scheinen gar nicht mehr versiegen zu wollen. »Das ist nicht der Grund, Madi.«

»Was denn dann?« Ich gleite noch näher heran, den Finger weiter am Abzug.

»Mein Dad … Na ja …«

»Er schlägt dich?«, frage ich leise, eher mich als sie. Ich habe gerade zwei und zwei zusammengezählt: Tillie geschieht etwas Schlimmes, und als Erstes sagt sie »mein Dad«.

Sie nickt. »Er trinkt. Meine Mutter hat uns verlassen, als ich zwei war, und jetzt erinnert er mich ständig daran, wie viel ich ihm schuldig bin, weil er bei mir geblieben ist.« Sie wischt sich erneut die Tränen von den Wangen. »Er wird fast jeden Abend grob.«

»Du musst nicht darüber reden, wenn du nicht willst, Tillie. Das ist schon in Ordnung.«

Sie lächelt und streicht sich das lange Haar aus dem Gesicht. »Na ja, ich wollte wenigstens kurz erklären, warum ich eben so heftig reagiert habe.«

Ich höre das Knirschen von Schritten; jemand nähert sich. Rasch stehe ich auf, stelle mich schützend vor Tillie und richte die Waffe auf den, der da kommt.

»Wow!« Bishop grinst und hebt die Hände. »Ich bin's nur, Baby.«

Ich sehe ihn aus schmalen Augen an. »Ach ja? Vorhin hast du noch gesagt, ich dürfte nicht mitspielen. Und deswegen …« Ich schaue Tillie an. Sie lächelt, ihre Augen funkeln wissend. Ich zwinkere ihr zu und wende mich wieder an Bishop.

»… heißt es jetzt: *Wir* gegen *euch*.« Er hört auf zu grinsen und will abdrücken, doch ich komme ihm zuvor. Leuchtend rosa Farbe spritzt ihm über die kräftige Brust. Ich richte den Lauf auf Nate und schieße ihm zweimal voll gegen die Brust. Dann senke ich grinsend die Waffe. »Seht ihr …«

Schwarze Farbe klatscht mir gegen die Brust, und ich spüre einen stechenden Schlag. »Oh, Gott!«

Bishop grinst wieder. Er senkt die Waffe. »Erst so schieß-wütig, und dann jammern wie ein Mädchen.«

Ich gehe mit dem Kolben der Waffe auf ihn los. Bishop schiebt ihn beiseite, fasst mir an die Kehle und stößt mich um, sodass ich krachend hinfalle. Während er mich mit seinem Gewicht zu Boden drückt und mit einer Hand weiter meinen Hals umfasst, streicht er mit der Nasenspitze über meinen Nasenrücken, ein schwaches Lächeln auf den Lippen. »Siehst du, Baby? Werd lieber nicht frech.«

Nate verdreht die Augen. Im selben Moment kommen Brantley und Ace hinter einem Baumstamm hervor. »Die blöde Ziege«, schimpft Brantley und wischt sich rosa Farbe vom Kinn.

Bishop grinst boshaft, allerdings nur für einen Moment. Dann küsst er mich ganz leicht auf den Mund, springt auf und tritt Brantley entgegen. »Das war jetzt der zweite Fehler, Kleiner. Pass auf, dass kein dritter dazukommt. Es würde mir einfach zu viel Spaß machen, dir deine hübsche kleine Fresse zu polieren.«

Ich stehe ebenfalls auf und bürste mir den Dreck von der Hose. Dann fasse ich Bishop an der Hand und ziehe ihn zu mir heran. »Ist schon in Ordnung.« Denn was immer Brantley gegen mich hat, aus seiner Sicht ist es vermutlich begründet.

Während ich mir die Waffe wieder über die Schulter hänge, bückt Nate sich nach Tillie, hebt sie hoch und drückt sie an seine Brust. Verwirrt schaue ich zu. Bishop bemerkt es. »Ja, ich glaube, man könnte sagen, dass unser Playboy sein Mädel gefunden hat.«

»Meinst du wirklich?« Ich lege den Kopf schräg.

Bishop schnaubt spöttisch. »Ja. Ziemlich sicher.«

Als ich aus der Dusche steige und mich in ein Handtuch wickle, telefoniert Bishop gerade. Er sieht, wie ich ins Zimmer komme, und lässt mich nicht mehr aus den Augen, während er zugleich am Telefon weiter Fragen beantwortet.

»Ja«, sagt er. »Nein, es geht ihr gut.«

Ich will gerade frische Kleidung aus der Reisetasche nehmen; jetzt halte ich inne.

»Ja, verdammt. Ich bin sicher, Dad. Blas das Ganze ab.«

Hoffnung steigt in mir auf. Ich bücke mich und ziehe unter dem Handtuch Unterwäsche an, wobei ich versuche, möglichst leise zu sein.

»Okay. Ja, abgemacht.«

Abgemacht? Was ist abgemacht?

Bishop beendet das Gespräch, steht auf und kommt zu mir herüber. »Geschafft. Er weiß Bescheid. Wenn ich wieder zu Hause bin, muss ich noch mal mit ihm reden, aber vorerst habe ich ihn wohl so weit überzeugt, dass er nicht länger Jagd auf dich macht.«

Ich lasse das Handtuch fallen. »Das sollten wir feiern, oder?«

Er grinst und zieht sich das T-Shirt aus. »Unbedingt.«

29. KAPITEL

Ich bin betrunken, das lässt sich nicht abstreiten, so sehr ich auch versuche, mir das Gegenteil einzureden.

Nein, Madison, normalerweise schwankt der Boden nicht so. Und nein, es gibt Bishop auch nicht doppelt. Trotzdem, ich bin glücklich. Und in guter Gesellschaft. Seit Bishop mit seinem Vater telefoniert hat, sind alle deutlich ruhiger geworden. Selbst die Spannung zwischen Brantley und mir hat spürbar nachgelassen. Ein oder zwei Mal meine ich ihn sogar dabei ertappt zu haben, wie er mich anlächelt.

Wir haben alle zusammen beschlossen, noch eine Nacht in der Hütte zu verbringen, morgen zu den Hamptons zurückzufahren und übermorgen wieder zur Schule zu gehen. Und, um ehrlich zu sein, nach meiner Rückkehr werde ich einiges an Schulstoff nachholen müssen. Schon deswegen kann ich es kaum erwarten, wieder nach Hause zu kommen und im eigenen Bett zu schlafen. Und das ist noch untertrieben. Nicht, dass ich es nicht genossen hätte, mit Bishop zusammen zu sein – und mit den anderen Jungs, muss ich zugeben. Trotzdem, daheim ist daheim, und mein eigenes Bett ist so toll, dass nichts hier draußen im Wald mithalten kann.

»Hey.« Tillie setzt sich neben mich auf den Baumstamm und schubst mich an.

»Selber hey.« Ich lächle ihr zu, streiche das Haar nach hinten und atme seufzend aus. Das Lagerfeuer wärmt mir das Gesicht. Zufrieden schließe ich die Augen. Dann öffne ich sie wieder und hebe das Glas an die Lippen.

»Dann bist du also jetzt fest mit Bishop zusammen?«, fragt Tillie, hebt die Augenbrauen und nippt ebenfalls an ihrem Glas.

»Na ja, ich meine … wie steht es denn mit dir und Nate?«

Sie lächelt. »Erwischt.«

»Nimm dich einfach ein bisschen in Acht«, flüstere ich. »Ich weiß, es ist Nate, und der ist sehr charmant … und dann noch dieses verdammte Zungen-Piercing.«

Sie muss lachen und schlägt sich die Hand vor den Mund, um nicht ihren Drink durch die Gegend zu prusten. »Tut mir leid. Aber du hast recht! Es liegt am Zungen-Piercing«, spöttelt sie. Obwohl wir beide wissen, dass das nicht stimmt. Dann schaut sie zu dem Baumstamm auf der anderen Seite des Feuers. Ich blicke in dieselbe Richtung. Dort sitzt Bishop, und er starrt mich so eindringlich an, dass ich unbehaglich herumrutsche. »Jetzt mal ehrlich.« Ungläubig schüttelt Tillie den Kopf. »So gut sollte doch wirklich kein Mann aussehen dürfen.«

»Wie Nate?«, frage ich, denn Nate ist tatsächlich sehr hübsch.

»Nein.« Sie schüttelt den Kopf und leert ihr Glas. »Wie Bishop. Ich kann verstehen, dass ihn jedes Mädchen haben will. Wirklich jede. Ich meine …« Sie verdreht die Augen. »Schau ihn dir an. Wer würde den Typen nicht haben wollen?«

»Du, hoffe ich«, erwidere ich mit einem spöttischen Lachen. Dann werde ich ernst. »Nein, wirklich. Ihm laufen schon genug Mädchen hinterher. Ich will mir nicht auch noch wegen meiner Freundinnen Sorgen machen müssen.«

Tillie legt den Kopf in den Nacken und lacht. »Nein, meinetwegen musst du dir echt keine Sorgen machen.« Ich werfe

Bishop erneut einen Blick zu. Er starrt mich immer noch an. Im Licht der gelbroten Flammen sieht sein gebräuntes Gesicht fast so aus, als wären seine Wangen gerötet. Tillie lehnt sich an mich. »Und seinetwegen auch nicht, glaube ich. Ich meine, er hat sowieso noch nie rumgevögelt, er war immer verschlossen und wählerisch. Er hatte den Ruf, unerreichbar zu sein. Aber bei dir?« Sie spricht leise, als würden die Worte eher ihr selbst gelten als mir. »Ich weiß nicht. Bei dir ist es anders. Du bedeutest ihm mehr.«

»Na, das will ich hoffen!« Ich tue ihre Worte mit einem Lachen ab und versuche, Bishops intensiven Blick nicht mehr zu beachten. »Insgesamt betrachtet.«

Sie lächelt. »Hast du mal von Tatum gehört?«

»Ja.« Ich beuge mich vor. »Sie hat mir neulich Abend eine Nachricht geschickt. Es geht ihr gut. Sie war … wie immer. Ich schreibe ihr nachher und sage ihr, dass wir morgen zurückkommen.« Tillie steht auf. Unwillkürlich strecke ich eine Hand nach ihr aus. »Ganz im Ernst, Tillie. Bitte, sieh dich vor. Versteh mich nicht falsch, ich mag ihn sehr. Nate und ich … wir sind uns ziemlich schnell nahegekommen, und auch wenn er ein paar sehr fragwürdige Dinge mit mir angestellt hat, er würde mir bestimmt nie absichtlich wehtun.«

»Ich weiß, Madi. Mir passiert schon nichts. Versprochen.«

Jemand legt mir einen Arm um die Taille, und ich muss grinsen, weil ich sofort weiß, wer das ist. Tillie grinst ebenfalls und zwinkert mir zu. »Wie es scheint, werden wir heute Nacht beide ziemlich beschäftigt sein.«

Sie kehrt zu Nate zurück, und er empfängt sie mit offenen Armen. Die beiden sind so süß. Und irgendwie ganz anders. Trotzdem, was Nate angeht … Ich weiß nicht recht. Nach allem, was ich je über ihn gehört habe, hatte er noch nie eine feste Beziehung. Das macht mir Sorgen. Ich spüre einfach, dass er früher oder später etwas Schlimmes anstellen wird, womit er alles zwischen ihm und Tillie kaputt macht. Nun, wenn das passiert, werde ich für sie beide da sein. So viel weiß ich.

»Komm jetzt.« Bishop bedeutet mir mit einem Nicken, vom Feuer wegzukommen. In der Hand hält er eine Flasche *Macallan*. Während ich aufstehe und mir den Dreck vom Hintern klopfe, ertönt aus dem Sounddock »Get you Right« von Pretty Ricky. Die Musik driftet durch den Wald, oft übertönt vom Lachen und betrunkenen Geschwätz meiner Freunde. Ja, Freunde. Schließlich gehen wir alle manchmal merkwürdige Freundschaften ein. »Ich will dir was zeigen.«

»Ach ja?« Ich schmiege mich in seine Armbeuge und passe mich seinem Gehtempo an. »Noch eine Nacht voller Glühwürmchen?«

Er grinst. »Nicht ganz.« Wir entfernen uns immer mehr von den anderen und steuern auf die Rückseite der Hütte zu. Schließlich sind wir von Dunkelheit umgeben. Bishop nimmt eine Miniaturtaschenlampe aus der Hosentasche, schaltet sie ein und richtet den Strahl auf dichtes Gebüsch. »Komm mit.«

»Was denn, da rein?«, frage ich ungläubig.

Er leuchtet sein Gesicht von unten an, nickt und flüstert mit Gruselstimme: »Genau. Da rein.«

Ich schubse ihn an. »Kannst du bitte aufhören, den Boogyman zu spielen?«

Das trägt mir ein heiseres Lachen ein. »Baby, ich bin um einiges schlimmer als der Boogyman.«

»Wieso?« Ich folge ihm trotzdem.

»Weil der Boogyman nicht real ist.« Er streicht mir mit den rauen Fingerspitzen über die Innenseite der nackten Oberschenkel, lässt sie dann zum Reißverschluss der kurzen Shorts wandern und reibt mir durch den Jeansstoff über die Klitoris. »Spürst du das, Baby?«, flüstert er mir ins Ohr. »Das *ist* real.

Deswegen bin ich viel, viel schlimmer als der verdammte Boogyman.«

Es verschlägt mir den Atem, doch ich kämpfe dagegen an. »Du bist so ein blöder Sack.«

»Ja, aber einer mit Riesenschwanz. Komm jetzt.« Er zerrt an meiner Hand. Ich beschleunige meine Schritte.

»Wo gehen wir denn hin?«, frage ich, während ich mich durch das dichte Gebüsch zwänge.

Er zieht, und ich stolpere vorwärts. Hinter mir schließen sich die Äste wieder. »Es ist nicht weit.« Ich bürste mir abgebrochene Zweige von den Shorts und gehe weiter. »Die Hütte habe ich von meinen Eltern geerbt. Mein Dad hat sie bekommen, als er fünfzehn war, und als ich fünfzehn wurde, ging sie in meinen Besitz über.«

»Hm.« Ich grinse. »Ein tolles Erbe, oder?«

Er lacht. »Tja, das gehört zu den Dingen, die du irgendwann begreifen wirst. Hier macht niemand halbe Sachen.«

Er bleibt stehen, dass ich fast gegen seinen Rücken pralle. Ich schiebe mich an ihm vorbei und schaue in dieselbe Richtung wie er. »Ach du Scheiße. Was ist das denn?«

Bishop wirft mir einen Blick zu, dann hebt er die Flasche an den Mund und trinkt einen Schluck. »Hm. Ich weiß gar nicht, was ich darauf antworten soll.«

Ich gehe auf den Eingang einer Höhle zu. Anscheinend führt sie tief in den Fels hinein; außer dem dunklen Eingang kann ich keine Öffnungen erkennen. Ringsum wuchern Sträucher und Kletterpflanzen.

»Warst du schon mal drin?«, frage ich und sehe Bishop an.

»Noch nie.« Er schüttelt den Kopf. »Mein Dad hat manchmal davon geredet, als ich ein Kind war. Es ist einfach irgendein alter Scheiß.«

»So was wie der Boogyman?«, ziehe ich ihn auf.

Er fasst mich erneut an der Hand, und ich versuche, nicht darauf zu achten, wie sich bei der Berührung mein Atem beschleunigt und es zwischen meinen Beinen zu kribbeln beginnt. »So was in der Art«, murmelt er so leise, dass ich es fast überhöre.

»Warum hast du mich dann hierher mitgenommen?«

Er grinst. »Weil wir jetzt reingehen.«

Ich schüttle den Kopf. »Ich will nicht.«

»Baby?« Er grinst – jedenfalls nehme ich das an. Die schwarz umrissenen Schatten, die seine Wangenkochen und sein Unterkiefer im schwachen Licht der Taschenlampe werfen, lassen auf ein Grinsen schließen. »Du kommst mit.«

»Verdammt.« Ich entwinde ihm die Whiskeyflasche, setze sie an die Lippen und nehme einen großen Schluck von der scharfen Flüssigkeit. Dann atme ich zischend aus und deute mit einem Handwedeln zu dem Eingang im Fels. »Nach dir!«

Ich folge ihm zu der düsteren Öffnung. Bis wir dort sind, habe ich am ganzen Körper Gänsehaut. Es ist völlig still; dunkle Schatten huschen umher. Das Ganze hat etwas Gespenstisches.

»Hast du das gehört?«, flüstere ich rau.

»Was denn?« Grinsend blickt er sich um. »Nee, Baby. Komm jetzt.« Er legt mir einen Arm um die Schultern und zieht mich in seine Wärme. Nebeneinander betreten wir die Höhle. Ich halte den Atem an und versuche, den feuchten, muffigen Geruch von stehendem Wasser zu ignorieren.

»Meinst du nicht, dass es hier Fledermäuse und so was gibt?«, flüstere ich.

»Vermutlich.«

»Du warst doch schon mal hier drin, oder?« Er ist einfach viel zu ruhig.

»Na ja.« Er zuckt die Schultern. »Ein, zwei Mal.«

Wir gehen immer tiefer in die Höhle hinein. Staubiger Fels und lockerer Kies knirschen unter meinen Sohlen. Die Luft wird stickig; je weiter wir gehen, desto schwerer fällt mir das Atmen. »Bishop, ich kriege kaum noch Luft.«

Er drückt mich an sich. »Ich hätte dich nie für einen Schisser gehalten, Montgomery.«

Ich schubse ihn scherzhaft an. Dann bleiben wir stehen. Vor uns weitet sich die Höhle. Durch eine große Öffnung über uns fällt Mondlicht herein und beleuchtet eine bühnenartige Plattform. »Gruselig«, flüstere ich und reibe mir die Arme. Dann lege ich den Kopf schräg und betrachte die vielen dunklen Flecken auf dem Fels. »Echt total gruselig.« Bishop steigt auf die Plattform. Mondlicht fällt auf ihn, doch sein Gesicht bleibt im Schatten. »Ist das der Moment, in dem du mir sagst, ich soll doch mal fragen, wovon du dich ernährst?«

Er lacht leise. »Nein. Es ist der Moment, in dem ich dir sage, dass mein Vater ein gefährlicher Mensch ist. Alle in meiner Familie sind gefährlich. Egal, was die Medien über uns berichten. Die sind alle durch meine Mutter geblendet, durch das, was sie darstellt. Vermutlich hat mein Vater sie deshalb geheiratet. Damit niemand die Scheinwerfer auf das richtet, was *er* tut.« Bishop hält inne und sieht mich an, den Kopf schräg gelegt.

»Das klingt, als hättest du schon oft und gründlich darüber nachgedacht.«

Lachend springt er von der Bühne und kommt zu mir herüber. »Ich weiß eine Menge Dinge, die dich schockieren würden, Kätzchen.« Er hebt eine Hand und streicht mir mit den Knöcheln über die Wange. »Und ich tue eine Menge Dinge, die dich vermutlich abstoßen würden.« Er macht eine Pause, um Luft zu holen. Während ich mit angehaltenem Atem warte, versuche ich, nicht zu viel in seine Worte und Andeutungen hineinzulesen. Denn ich möchte unbedingt mehr über Bishop erfahren. Warum er tut, was er tut, warum er so oft in Rätseln spricht, warum Khales und er sich getrennt haben. Wo ist sie, und warum behaupten alle Leute, sie wäre spurlos verschwunden?

Andererseits kenne ich Bishop gut genug, um zu wissen, dass er nicht einfach jede Frage beantwortet. Er ist klug, er denkt viele Schritte voraus; jemand wie er plaudert nicht unbeabsichtigt etwas aus wie ein Amateur. Manchmal frage ich mich, wie alt er ist. Eben weil er so klug ist. Seine Klugheit stammt nicht aus Büchern, sie geht auf Erfahrung zurück. Bei Leuten in meinem Alter findet man das eigentlich selten.

Bishop spricht weiter und unterbricht damit meinen Gedankengang. »Ich kann nicht darüber reden.« Besitzergreifend umfasst er meinen Nacken. »Es ist zu riskant.« Mit dem Daumen streicht er mir über die Unterlippe. »Ich will dich nicht verlieren.«

»Du wirst mich nicht verlieren, Bishop.« Ich fasse ihn an der Hand und sehe ihm in die Augen. Früher einmal hat er mich mit so brennendem Hass angeschaut, dass es ausgereicht hätte, die Pforten der Hölle zu erleuchten. Und jetzt? Jetzt lese ich ein Durcheinander von anderen Gefühlen in seinen Augen. Verwirrung, Lust, Verlangen?

Er schüttelt den Kopf und verzieht den Mund zu einem schwachen Grinsen. »Doch, Kätzchen. Das werde ich. Am Ende werde ich dich verlieren.«

30. KAPITEL

Als das heiße Wasser über mich hinwegströmt und ich mir den Schmutz abwasche, wird mir voll bewusst, wie toll es ist, wieder zu Hause zu sein. Unter der eigenen Dusche zu stehen, gleich im eigenen Bett zu schlafen. Lächelnd drehe ich das Wasser ab, schiebe die Glastür auf und steige aus der Dusche.

»Oh, verdammt noch mal!«, schreie ich, greife nach dem Handtuch und wickle mich darin ein. »Nate! Du kannst doch nicht einfach hier reinkommen und mich zu Tode erschrecken. Scheiße!«

Er reibt sich das hübsche, scharf geschnittene Kinn; die Stirn über den perfekt geformten Augenbrauen ist gerunzelt. Offensichtlich grübelt er über etwas nach – und die Tatsache, dass ich ihm gerade freien Ausblick auf meinen Körper gewährt habe, kümmert ihn überhaupt nicht.

»Eine Frage«, fängt er an, hebt den Kopf und sieht mir in die Augen – immer noch völlig ernst, immer noch nicht im Mindesten daran interessiert, was ich anhabe. Vielmehr nicht anhabe.

»Jederzeit, Nate, aber verdammt noch mal, hör bitte auf, einfach hier hereinzuspazieren, während ich dusche.« Ich schiebe ihn beiseite, wickle das Handtuch noch etwas fester um mich und greife nach der Zahnbürste.

»Liebst du mich?«

»Was?« Vor Schreck halte ich mitten in der Bewegung inne, sodass meine Hand in der Luft schwebt. »Wie meinst du das?« Ich presse Zahnpasta auf die Bürste, halte sie kurz unter kaltes Wasser und hebe sie an den Mund.

»Eine ganz einfache Frage, Kätzchen.« Traurig lächelnd dreht er sich zu mir um.

Als ich den ernsten Ausdruck in seinen Augen bemerke, höre ich gleich wieder auf, mir die Zähne zu putzen. *Und da behaupten die Leute, Frauen wären schwer zu verstehen. Nichts da. In dem Punkt schießen die Männer den Vogel ab.*

Ich lasse die Hand sinken. »Also, ich hatte ja noch nie einen Bruder, aber eins kann ich ehrlichen Herzens sagen: Wenn ich einen gehabt hätte, hätte ich ihn mir so gewünscht, wie du bist.«

Nate lächelt bedrückt; in seinen Wangen zeichnen sich schwach seine Grübchen ab. »Danke, Schwesterlein.«

»Aber warum fragst du? Ist alles in Ordnung?«

Er seufzt. »Tillie und ich – wie siehst du das?«

Also, damit habe ich nun nicht gerechnet. Angenommen, ich frage ihn, wie er das mit Bishop und mir sieht: Ich habe keine Ahnung, was er antworten würde.

»Hm.« Ich spucke Zahnpasta aus, spüle die Zahnbürste und stelle sie in den Halter. »Ich meine, ich weiß auch nicht. Ich möchte halt nicht, dass du ihr wehtust, Nate.«

»Und wenn ich nicht anders kann, verdammt?« Flehend schaut er mich an. »Wenn ich einfach ein riesengroßer Versager bin? Wenn ich solche Angst kriege, sobald ich merke, dass ich anfange, mir aus irgendeinem Mädchen was zu machen … dass ich alles versaue?«

»Was hast du getan?«, frage ich tonlos.

»Ich … ich … Scheiße.« Er zerrt an seinen Haaren. »Verdammt, warum ist sie mir so wichtig, Madi?«, flüstert er eindringlich. »Warum macht es mir was aus? Ich hatte doch auch früher schon Sexfreundinnen. Meist treibe ich es nie mehr als ein Mal mit derselben, aber wenn doch, sind es immer Mädchen, die die Regeln kennen. Und wenn mal eine anhänglich wird? Ich habe nicht das geringste Problem damit, ihnen ihre kleinen, zarten, fragilen Herzchen zu brechen. Ich lache noch darüber, Madi!« Er verstummt, schwer atmend, mit zusammengebissenen Zähnen und wildem Blick. Wieder zerrt er wütend an seinen Haaren.

Ich packe seine Hand und ziehe sie weg. »Was. Hast. Du Getan?«, frage ich und versuche, in seinen Augen zu lesen.

Er lässt die Schultern sinken. Er streckt die Hand nach der Tür zu seinem Zimmer aus, dreht den Türknauf und stößt sie auf. »Ich hab Mist gebaut.«

Ich seufze wütend. Mein Blick ist auf die nackte Schlampe gerichtet, die mit ausgebreiteten Armen und Beinen auf Nates roten Satinlaken liegt. Ohne mich umzudrehen, ramme ich ihm den Ellbogen gegen das Kinn.

»Autsch!« Er macht einen Schritt rückwärts, reibt sich das Kinn und schließt eilig die Tür.

»Nein!«, schreie ich – was ziemlich verrückt ist, wenn ich es mir recht überlege. »Was zum Teufel kümmert es dich, ob die Schlampe uns hört?«

»Madi!« Nate packt mich an den Oberarmen und schüttelt mich. »Pst!«

»Halt die Klappe!« Ich greife nach dem Türknauf, um der blöden Ziege die Haare auszureißen. Ja, das ist verrückt – aber ich habe wirklich nie viel von Nate verlangt. Nur dass er meiner besten Freundin nicht das Herz bricht. Und genau das hat er getan. Diese Geschichte wird sie tief treffen. Auch wenn sie sich vielleicht keine Treue geschworen haben, manchmal muss man nicht erst aussprechen, dass man zusammengehört.

Manchmal *weiß* man einfach, dass man gerade etwas Falsches tut, und wenn ich mir anschaue, wie Nate sich benimmt, wie er hier hereingekommen ist, um dumme Frage zu stellen. Das zeigt doch, dass sich das, was er getan hat, für ihn selbst scheiße anfühlt. Wie Betrug nämlich. Er hat Tillie betrogen. Und egal, wie er es jetzt bezeichnet, er hat gewusst, dass es falsch ist. Das Arschloch.

»Wir waren nicht fest zusammen, Madi. Das mit ihr schaffe ich einfach nicht!«

»Was schaffst du nicht?« Ich schreie schon wieder und gestikuliere mit den Händen wie eine Wahnsinnige.

»Mich auf etwas Festes einlassen. Das habe ich noch nie gekonnt!«

»Warum nicht?«

»Scheiße!« Er zerrt sich erneut an den Haaren, so hart, dass sich seine Armmuskeln spannen. »Darüber kann ich jetzt nicht mit dir reden.«

»Na gut … Du hast bis morgen früh nach dem Aufwachen Zeit, es Tillie zu sagen. Sonst mache ich das. Bei so was verstehe ich keinen Spaß, Nate. Auch wenn ich dich gernhabe, wie man einen Bruder gern hat, ich würde in jedem Fall so handeln. Tillie ist meine beste Freundin, und sie *mag* dich – Gott weiß warum. Also bring das gefälligst in Ordnung.«

Dann drehe ich mich um und stürme in mein Zimmer, besorgt und sehr, sehr ärgerlich. Dort lasse ich mich aufs Bett fallen, strecke alle viere von mir und zähle die Quadrate an der Decke. Ich kann es immer noch nicht fassen. Wir sind gerade mal drei Stunden zu Hause, und er hat schon mit einer anderen gevögelt. Was zum Teufel ist nur mit ihm los? Sind alle Männer so? Sollte ich besser nachschauen, was Bishop gerade treibt?

Bei dem Gedanken wird mir flau im Magen. Nein, damit fangen wir gar nicht erst an. Ich beuge mich über die Bettkante, hole das Buch mit dem Ledereinband hervor und setze mich auf, den Rücken ans Kopfende des Bettes gelehnt. Wieder einmal betrachte ich das zweifache Unendlichkeitszeichen.

»Wer bist du, Katsia?«, flüstere ich. Ich möchte endlich ihren Nachnamen erfahren, oder sonst einen Anhaltspunkt. Wer ist diese Frau, wer ist ihr geheimnisvoller Ehemann? Den Kopf voll ungeklärter Fragen, blättere ich bis zum nächsten Abschnitt und beginne zu lesen.

6.

Lücken

Die Zeit meiner Schwangerschaft verging sehr langsam. Als säße man in einem Zug, der in Zeitlupe auf ein Unglück zusteuert. Man ist die einzige Passagierin an Bord, mit dem dicken Bauch einer Schwangeren, und man weiß, was geschehen wird und hofft dennoch auf ein anderes Ende. Mein Ehemann sagte oft, wie sehr er sich freute, dass wir einen zweiten Sohn bekommen würden. Ein weiterer Soldat im Kampf für seine Ziele, so nannte er es. Mathew, seine rechte Hand, erwartete ebenfalls ein Kind. Etwa zur gleichen Zeit wie wir, hieß es. Ich war ständig unruhig, nicht weil ich in recht reifem Alter noch einmal schwanger geworden war, sondern weil mein Ehemann so fest mit einem Sohn rechnete. Als wüsste er längst, dass ich einen Jungen in mir trug. Den nächsten in der Folge seiner Nachkommen.
Warum war er sich in diesem Punkt so sicher? Und warum machte mir das Angst? Wieso hatte ich stets das Gefühl, dass es in meinem Wissen nach wie vor eine Lücke gab, als würde man mir etwas vorenthalten?

Ich betrat das Kinderzimmer, das ich selbst gestaltet hatte, faltete die kleine Decke zusammen und legte sie in das Fach aus Korbgeflecht.

»Ich möchte nicht stören, Madam, aber das Treffen beginnt gleich, und ich soll Sie zum Podest begleiten.«

Ich nickte, zupfte mein Kleid zurecht und strich mir über den gerundeten Bauch. »Ich bin bereit.« Eigentlich war ich keineswegs bereit, zumal ich nicht wusste, was mich erwartete, doch bis zur Geburt meines Kindes blieben mir nur noch vier Monate. Bevor diese Zeit verstrichen war, musste ich so viel wie möglich in Erfahrung bringen, denn tief im Innern spürte ich, dass dies die Ruhe vor dem Sturm war, dass bald etwas geschehen würde. Und ich war vollkommen sicher, dass dieser Sturm mich oder mein Kind treffen würde.

Ich schrecke aus dem Schlaf hoch und versuche, die Augen offen zu halten, doch es gelingt mir nicht. Schließlich klappe ich das Buch zu, schiebe es unters Bett und lege mich schlafen. Morgen werde ich weiterlesen. Das Buch ist zwar dick, aber die Geschichte hat mich derart gefangen genommen, dass es sicher nicht mehr lange dauern wird, bis ich fertig bin.

»Nun mach schon, Madi! Wir kommen zu spät!«, ruft Nate mir aus dem Porsche heraus zu.

»Ach, du kannst warten!«, fauche ich leise, werfe das lange Haar nach hinten und nehme mir einen Apfel aus dem Kühlschrank. In letzter Zeit bin ich derart oft in skandalöser Kleidung herumgelaufen – das muss an Tatums Einfluss liegen –, dass ich mich fast schon auf meine Schuluniform freue. Das Haar fällt mir in natürlichen Locken über den Rücken, wo es mir bis zum Hintern reicht. Um etwas Farbe ins Gesicht zu bekommen, kneife ich mir in die Wangen, wobei meine Lederarmbänder mein Kinn streifen. Dann verlasse ich das Haus und schlage die Vordertür hinter mir zu.

»Reg dich ab«, schimpfe ich, die Schulbücher in der Hand.

Während ich die Beifahrertür öffne, kippt Nate seine Aviator-Sonnenbrille auf die Nase herunter und betrachtet mich von oben bis unten. »Verdammt noch mal, Schwesterlein. Siehst du eigentlich auch mal schlecht aus?«

»Ja«, erwidere ich knapp. »Zum Beispiel, wenn ich gerade einen Mann umgebracht habe, weil er fremdgegangen ist.«

Nate schiebt die Brille weiter nach oben, legt den ersten Gang ein und fährt schleudernd zur Einfahrt hinaus. »Jetzt dramatisier mal nicht. Es hat ihr überhaupt nichts ausgemacht.«

»Blödsinn. Es muss ihr was ausmachen.«

»Woher willst du das wissen? Vielleicht ist sie ja einfach anders als du.«

Mir kommt ein Gedanke, der mich zum Grinsen bringt. »Na ja …« Ich zucke die Schultern und betrachte meine Fingernägel. »Ich meine, wenn es ihr nichts ausmacht, könnte das natürlich auch daran liegen, dass sie diesen sexy, und wenn ich sexy sage, Nate, dann meine ich echt zum Sterben sexy …«

Er tritt so hart auf die Bremse, dass mein Kopf nach vorn kippt.

»Nate!«, rufe ich empört.

»Hey! Hast du das gehört, Großer?«, brüllt Nate ins Telefon. Das Gerät ist mit der Stereoanlage verbunden. Und das Bluetooth-Lämpchen flackert. Das Telefon ist …

»Ja, verdammt, habe ich«, antwortet Bishop. So tief und rau, dass es mir kalt über den Rücken läuft. Verdammte Scheiße. Diese verfluchte Treue zu meinen Freundinnen bringt mich aber auch ständig in Schwierigkeiten.

»Also, wer ist dieser Freund?«, fragt Nate.

Ich lache. »Das werde ich dir gerade verraten.«

»Madi!«, fährt Bishop mich an. »Wer ist es?«

»Das weiß ich nicht! Wir haben ihn vor ein paar Tagen kennengelernt, als wir Tillie von der Schule abgeholt haben.« Nate lenkt den Wagen wieder auf die Straße und fährt weiter in Richtung Schule. »Na, jedenfalls bei der Gelegenheit hat Tatum gesagt, wie heiß sie ihn findet, und ich auch ein bisschen, und daraufhin hat Tillie uns erzählt, dass sie mit ihm schläft. Sie haben damit angefangen, als sie noch ganz jung waren, und es ist eine völlig entspannte Geschichte. Ohne jede Verklemmtheit.« Ich sehe Nate an. »Du darfst nun echt nicht sauer sein, Gollum.«

Er sieht mich drohend an. »Hast du mich eben Gollum genannt?«

Ich zucke die Schultern. »Na ja, ihr Jungs steht doch auf Rätselspiele ...«

»Dein Mundwerk wird dich noch mal richtig in die Scheiße reiten.« Er lenkt den Wagen in die Tiefgarage der Schule.

Als ich den Unterrichtsraum betrete, wo meine erste Schulstunde stattfindet, merke ich, dass etwas nicht stimmt. Bei meiner Ankunft wird es augenblicklich still.

»Sie kommen ja schon wieder zu spät, Madison. Warum überrascht mich das nicht?«, sagt Mr Barron, ohne den Blick von der Tafel abzuwenden.

»Tut mir leid, Sir.«

»Setzen Sie sich«, erwidert er nüchtern.

Während ich ganz nach hinten gehe, versuche ich, nicht auf das Gezischel und Geflüster zu achten, das inzwischen den Raum erfüllt. Es ist fast wie an meinem ersten Tag an dieser Schule. Ich lege meine Bücher auf einen freien Tisch und setze mich. Tatum ist in dieser Stunde nicht dabei, ich kann sie also nicht fragen, warum mich alle so anstarren.

Kaum habe ich mich auf dem Stuhl niedergelassen, beugt

sich Felicia zu mir herüber – ich glaube jedenfalls, dass sie Felicia heißt: schwarzes Haar, schwarze Kleidung, schwarzer, leicht verschmierter Lidstrich. Sie behält unseren Lehrer im Auge, sorgfältig darauf bedacht, nicht seine Aufmerksamkeit zu erregen. »Pst.«

Ich beuge mich ebenfalls ein wenig vor; im selben Moment vibriert das Telefon in meiner Tasche. »Was ist?«

»Stimmt es? Hast du wirklich mit allen geschlafen?«

Ruckartig hebe ich den Kopf und sehe sie an. Mein Herz beginnt laut zu hämmern. »Wovon redest du überhaupt?«

Sie greift in die Tasche, drückt zwei Tasten auf ihrem Telefon, hält mir das Display hin und startet ein Video. Erst sieht man Nate und mich bei dem peinlichen Kuss in unserem Wohnzimmer; dann, nach einem amateurhaften Schnitt, Bishop und mich, wie wir uns im Camp umarmen und küssen; dann Brantley und mich. Und dann sieht man, wie Bishop und ich im Zelt miteinander schlafen, meinen schattenhaften Umriss, während ich mich ausziehe, und immer so weiter. Man hört mein lustvolles Flüstern und Stöhnen, sieht meinen Körper, wie er sich über seinem auf und ab bewegt. Ganz am Schluss erscheint eine schwarze Box mit rosa Schrift:

Du bist die nächste, Miststück. Deine Tage sind gezählt – wie meine es waren!

»Oh mein Gott!«, flüstere ich. Meine Augen füllen sich mit Tränen. Ich springe auf, und dabei bemerke ich, wie Ally mich von der ersten Reihe aus grinsend beobachtet.

»Madison!« Mr Barron schaut mich finster an. »Setzen Sie sich, sonst muss ich Sie dem Direktor melden.« Alle starren mich an. Ihr Lachen umkreist mich, bildet Wirbel um mich, schlägt über mir zusammen.

»Ich … ich bin …«

»Eine Nutte?«, fragt Ally höhnisch.

Die gesamte Klasse lacht los. Rasch sammle ich meine Bücher ein, wobei ich mir das Haar übers Gesicht fallen lasse, stürme aus dem Raum und renne den Korridor hinunter.

»Hey!« Tatum prallt gegen mich, wild um sich blickend, das Handy am Ohr, die Augen voller Tränen. »Oh, Gott sei Dank!

»Tate?« Jetzt kann ich die Tränen nicht mehr zurückhalten.

»Komm, ich fahr dich nach Hause.«

Ich lasse es zu, dass sie mir einen Arm um die Schultern legt und mich zum Fahrstuhl schiebt. Dort drückt sie so heftig auf den Knopf, dass ich schon Angst habe, sie könnte ihn zerbrechen. Die Tür öffnet sich, Tatum zieht mich in die Kabine. Sobald sich die Tür geschlossen hat, wischt Tatum mir die Tränen von den Wangen und gibt mir einen Kuss. »Alles wird gut, Madi. Es wird alles wieder gut«, versucht sie mich zu beruhigen, während sie mir fest in die Augen schaut. »Verdammt, dieses Miststück bringe ich um.«

»Wen denn?«, frage ich und wische ebenfalls über mein tränennasse Gesicht. Die Tür öffnet sich, wir sind in der Tiefgarage.

»Das war Ally, Madison. Kann sein, dass sie die Aufnahmen nicht selbst gemacht hat, aber sie hat sie bei *Youtube* hochgeladen. Alle sollten wissen, dass sie es war.«

»Warum?«, rufe ich aus, während ich Tatum zu ihrem Auto folge. »Warum sollte sie mir so etwas antun? Warum?«

»Wegen Bishop, Baby. Es geht nur um Bishop.«

»Und dieser Spruch ganz am Ende? Dass meine Tage gezählt sind ...«

»Wer weiß?« Tatum entriegelt die Autotüren und setzt sich ans Steuer. Ich schlüpfe auf den Beifahrersitz. »Jedenfalls war sie es, Madi.«

»Es ist mir so peinlich, Tate. Ich habe mich noch nie so gedemütigt gefühlt.«

»Ich weiß, Baby. Ich weiß. Na gut, eigentlich weiß ich es nicht, aber ich kann es mir vorstellen.«

»Das ist keine Hilfe.«

»Okay, stimmt, es ist überhaupt keine Hilfe. Wir können gern zu mir fahren. Für den Fall, dass du den Kings jetzt nicht begegnen willst.«

Ich nicke und wische mir erneut Tränen von den Wangen. »Das klingt toll. Danke. Aber könnten wir kurz bei uns vorbeifahren, damit ich was holen kann? Ich glaube, ich brauche dringend Ablenkung.«

»Keine Erklärung nötig.« Sie tätschelt mir das Knie und lenkt den Wagen aus der Tiefgarage. »Wir finden eine Lösung, okay?«

Ich nicke noch einmal und versuche mir vorzustellen, was für eine Lösung sie da finden will. »Ja, sicher.«

Als wir Tatums modernes, luxuriöses Zuhause betreten und die Tür hinter uns schließen, haben wir eine Schachtel *Krispy-Kreme*-Donuts und genug Fast Food dabei, um den halben Staat zu ernähren.

»Fühlst du dich jetzt etwas besser?«, fragt Tatum lächelnd, während sie die Schlüssel auf einen Tisch wirft.

»Ein bisschen, aber noch haben wir ja nichts gegessen. Frag mich noch mal, wenn ich mit Fett und Zucker getränkt bin.«

Sie kichert. »Komm. Wir gehen in den Filmraum und stopfen uns voll, sehen uns irgendwelche billigen Liebesfilme an und trinken Tequila.«

Ich folge ihr durch einen dunklen Gang und durchs Wohnzimmer. Hinter einer weiteren Tür geht es zum Filmraum hinunter. »Deine Eltern sind wohl nicht zu Hause?«

»Was?« Sie öffnet die Tür. »Nein, die sind gestern Abend weggefahren. Morgen oder am Wochenende sind sie bestimmt wieder da.« Wir treten ein, und Tatum schaltet die Beleuchtung ein. Schwaches Licht fällt auf drei Reihen großer Sofas. Auf jedem haben bequem zwei Erwachsene Platz, und im Saal stehen insgesamt ungefähr zehn davon. In einer Ecke gibt es eine winzige Bar mit einer Popcornmaschine und einer Auswahl an Süßigkeiten. Gleich daneben befindet sich die große – nein, riesige – Leinwand. Tatum geht zur Bar. Ich stelle unsere Essensvorräte auf einem der Sofas ab und meine Tasche auf dem Fußboden.

»Okay! Also, von Cocktails verstehe ich nicht viel, am besten, wir trinken das Zeug einfach pur. Das Ergebnis ist sowieso das Gleiche.«

»Vielen Dank, Tatum. Für alles. Du bist eine tolle Freundin.«

Sie hält kurz inne, dann reicht sie mir ein Glas, öffnet eine Flasche und schenkt mir irgendeine klare Flüssigkeit ein. »Du hättest das Gleiche für mich getan, Madison. Da ist doch nichts dabei.«

Das stimmt, weiß Gott. Wenn es nötig wäre, würde ich Himmel und Hölle für sie in Bewegung setzen.

Wir lassen uns auf dem Sofa nieder. Mein Telefon vibriert mal wieder, und während ich die Packung mit meinem Burger öffne, schaue ich aufs Display. Es zeigt Bishops Namen an. Ich seufze und beiße von meinem Burger ab – ein so großes Stück, dass Tatum die Augenbrauen hebt.

»Hunger? Oder Stress?«

Ich schüttle den Kopf. »Er stresst mich wirklich«, erwidere ich mit vollem Mund.

»Es ist nicht seine Schuld, Madi.«

»Nein. Ich weiß. Aber im Augenblick kann ich einfach mit keinem von ihnen reden.«

Sie nickt und isst eine Pommes. »Kann ich total verstehen.«

Ich rutsche auf dem megagroßen Sofa nach hinten, trete mir die Schuhe von den Füßen und esse schweigend weiter.

»Ich habe da so ein Buch entdeckt«, sage ich schließlich, während ich mit dem ersten Donut anfange.

»Ach ja? Was Perverses?«

Ich verdrehe die Augen. »Nein, obwohl mir das fast lieber wäre, denn ich finde es ein bisschen deprimierend.« Als ich mich vorbeuge, um es hervorzuholen, leuchtet mein Handy erneut auf. Diesmal zeigt es eine Textnachricht an.

Bishop: *Es tut mir leid.*

Statt zu antworten, greife ich nach dem Buch und zeige es Tatum. »Hier!« Dann schlage ich es auf. »Es hat keinen Titel, und eigentlich hätte Miss Winters mir gar nicht erlauben dürfen, es auszuleihen, weil es so eine Art historisches Dokument ist. Aber nachdem ich zum dritten Mal deswegen in der Bücherei war, hat sie wohl Mitleid mit mir bekommen. Jedenfalls hat sie es mich mitnehmen lassen.«

»Miss Winters ist verdammt seltsam. Die Frau ist mir ein Rätsel.«

»Sie ist überhaupt nicht seltsam.«

»Lass mal sehen.« Tatum wedelt mit der Hand, als Zeichen, dass ich ihr das Buch geben soll.

»Wisch dir erst die Finger ab, Tatum!«

»Ist das dein Ernst?« Sie zögert, dann verdreht sie die Augen und säubert ihre Hände an einer Serviette. »Als Nächstes nennst du es noch deinen Schatz.«

Das bringt mich zum Lächeln. Ich reiche ihr das Buch. »Also, es handelt von dieser Frau, ja? Ich bin erst bei Kapitel sieben – jedenfalls nenne ich es Kapitel. Es ist ein sehr ungewöhnliches Buch … aber spannend. Wovon es eigentlich handelt, ist mir immer noch nicht ganz klar. Ich habe einfach angefangen, darin zu lesen. Es gibt keinen Titel, keinen Klappentext, nichts.«

Tatum nimmt einen Schluck von ihrem Drink. »Kein Sex?«

»Nein.«

Sie gibt es mir zurück. »Klingt eher langweilig.«

Ich entreiße es ihr. »Es ist überhaupt nicht langweilig. Sondern faszinierend.«

»Was ist es denn nun? So eine Art Memoiren?«

Ich schüttle den Kopf. »Wie es scheint, ist es ihr Abschiedsbrief.«

»In Buchform?«, ruft Tatum aus und fischt sich einen Donut mit Schokocreme aus der Schachtel. »Das ist ja echt poetisch.«

Ich blättere zu der Stelle, bis zu der ich gestern Abend gekommen bin, bevor mir die Augen zufielen, und lese laut vor.

7.

Warum?

»Nein, nein, nein, nein, nein …« Immer wieder warf ich den Kopf hin und her. Schon erfasste mich die nächste Wehe. »Ich kann nicht … Ich bin noch nicht so weit. Es ist zu früh.«

»Es ist nicht zu früh, Madam. Es kommt nur zwei Wochen zu früh. Das ist spät genug. Das Baby wird aus eigener Kraft leben können.«

Ich ließ den Kopf wieder auf den kalten, harten, steinernen Untergrund sinken und schaute zu den Sternen empor. »Der Zeitpunkt ist falsch …«

»Das reicht jetzt, Katsia. Der Zeitpunkt ist da. Tu, was man dir sagt, und tu es mit Würde.«

Ich sah meinen Ehemann an. »Wag es nicht, in diesem Tonfall mit mir zu reden!«

»Weib! Du tust jetzt, was man dir sagt, oder ich prügele dir Vernunft ein, so wahr mir Gott helfe!«, brüllte er und stürmte auf mich zu. Ich zuckte nicht zurück. Die Wehen zerrissen mich förmlich, und in meinem Bauch spürte ich einen solchen Schmerz, dass es einen Mann in Todesangst versetzt hätte. Ich war zu jedem Kampf bereit. Zu diesem Zeitpunkt wusste ich noch nicht, dass ich aus gutem Grund von so vielen Menschen umgeben war. In einer Ecke saßen Mathew, die rechte Hand meines Mannes, und seine Frau; sie hielt ihren neugeborenen Sohn auf dem Arm. Und auch die übrigen Soldaten meines Mannes – so nannte er sie – waren anwesend.

»Sie müssen jetzt pressen, Madam.«

»Warum hier?«, flüsterte ich vor mich hin; die Frage war letztlich an niemanden gerichtet. »Warum hier?«, schrie ich dann gellend, als die nächste Wehe einsetzte. Ich presste kraftvoll, bis ich den Schmerz im Bauch kaum noch ertrug und das Gefühl hatte, meine Beckenknochen müssten unter dem Druck zerspringen.

»Noch ein Mal pressen, Madam. Dann ist es geschafft. Ich sehe schon das Köpfchen.«

Keuchend holte ich Atem, schrie und presste ein letztes Mal. Ein plötzliches Nachgeben, ein heißes Brennen rings um meinen Schritt, etwas Nasses rann mir über die Oberschenkel. Ich presste, bis der Druck in mir aufhörte. Ein leiser Schrei war zu hören, mein Dienstmädchen lächelte und wickelte das Neugeborene in ein Tuch. »Sie haben eine Tochter, Madam.«

»Was?« Ich lächelte. Liebe durchströmte mich. Ich hätte mein Kind in jedem Fall geliebt, aber dass es eine Tochter war, erweckte eine ganz besondere Art von Zuneigung in mir. Die Liebe war ebenso stark, aber irgendwie anders.

Im Raum war es still geworden. »Wiederhole, was du eben gesagt hast«, forderte Humphrey und kam die Steinstufe herauf. »Hast du von einer Tochter gesprochen?«, wollte er von dem

Dienstmädchen wissen. Er hatte den Kopf schräg gelegt, und ich bemerkte den Ausdruck in seinen Augen. In diesem Moment begriff ich, dass etwas ganz und gar nicht stimmte. Mein Ehemann war wütend, er schäumte förmlich vor Zorn. Ein Mädchen? Für Mädchen gab es in seiner Welt keinen Platz.

Das Dienstmädchen nickte, das Gesicht voller Furcht. Verzweifelt schaute sie zu mir herüber. »Ja – ja, äh …«

Er entriss ihr das Kind. Ich erhob mich von meinem steinernen Lager. »Humphrey! Gib mir mein Kind! Sofort.«

Mit der Kleinen im Arm stieg er die Stufe hinunter, erst mit dem einen Fuß, dann mit dem anderen. »Nein. Kein Mädchen.«

»Was meinst du damit?«, rief ich aus. An meinen Oberschenkeln lief Blut hinab, und ich schwankte im Stehen.

Er drehte sich um. »Wird den ersten Neun ein Mädchen geboren«, fuhr er mich an, »so kümmern wir uns darum. Setz dich hin, Weib, und tu, was man dir sagt.«

»Nein!«, schrie ich und stieg wankend die Stufe hinab. Alles verschwamm und begann sich zu drehen, die kalten Wände schienen zu tanzen.

»Madam.« Das Gesicht meines Dienstmädchens geriet in mein Blickfeld, nur dass ich es dreifach sah. »Madam, bitte setzen Sie sich, damit ich Sie reinigen kann.« Ihre Worte hallten nach und kehrten zurück. Mir fielen die Augen zu, mein Kopf kippte nach hinten, der Boden glitt unter mir weg. Ich stürzte auf den Rücken und schlug schwer mit dem Kopf auf. Als ich zum Himmel hinaufschaute, strahlte mir der Vollmond ins Gesicht.

»Wie seltsam«, flüsterte ich meinem Dienstmädchen benommen zu. »Wie seltsam, dass diese alte Höhle eine Öffnung im Dach hat.«

Ich atme scharf ein und schlage das Buch zu. »Oh, mein Gott!«, flüstere ich.

»Was ist denn?« Tatum schiebt sich gerade Popcorn in den Mund. Die Geschichte hat sie völlig gefangen genommen.

»Ich weiß, von welchem Ort sie spricht, Tatum! Wir müssen los, sofort!«

»Warum?« Sie steht auf und zieht Ugg Boots an.

»Dieser Ort, diese Höhle, die Katsia beschreibt – ich glaube, sie liegt in der Nähe von Bishops Hütte. Wäre es nicht total cool, wenn wir uns da mal umschauen könnten? Ich würde sie zu gern länger besichtigen.«

Tatum hält inne. »Das ist ja merkwürdig. Vielleicht ist es aber auch reiner Zufall. Mir kommt es fast zu abgefahren vor, dass es dieselbe Höhle sein soll.«

»Möglich.« Ich zucke die Schultern. »Auf jeden Fall würde ich das Buch gern Bishop zeigen. Und ich muss es unbedingt zu Ende lesen. Vielleicht ist es ja wirklich dieselbe Höhle. Dann könnten wir alle zusammen hinfahren und sie uns ansehen!« Ich kann meine Aufregung kaum im Zaum halten.

»Geschichte bringt dich echt in Fahrt, was?«, neckt Tatum mich, während sie sich das Haar zu einem Pferdeschwanz zusammenfasst.

»Ja, und was noch viel wichtiger ist, das Ganze lenkt mich von Ally ab.«

Sie nickt. »Also gut, du Geschichtsgöttin. Los geht's!« Dabei lächelt sie ein wenig traurig.

»Hey, alles in Ordnung?«

»Ja, klar«, murmelt sie. »Als ich noch ein Kind war, hat mir mein Dad oft alte Geschichten vorgelesen. Sonst ist nichts.«

»Na, das ist doch total schön. Warum macht es dich traurig?«

Sie bleibt stehen und scheint an ihre Kindheit zurückzudenken. Dann seufzt sie. »Ich vertraue dir. Ich weiß, dass dir viel an mir liegt.«

»Das stimmt.«

»Meine Eltern waren schon seit Monaten nicht mehr zu Hause. Ihnen ist nichts passiert – ich habe ihre Kontoauszüge aufgemacht, und sie geben nach wie vor Geld aus. Einmal habe ich auch in dem Penthouse angerufen, das ständig in den Auszügen auftauchte. Ich habe die Leute dort dazu überredet, mich durchzustellen, und siehe da, ich hatte meine Mutter am Telefon. Auf meinem Treuhandkonto liegt nach wie vor viel Geld, und ich kann auch immer noch darauf zugreifen. Rechnungen und Darlehensraten werden weiter bezahlt. Sie interessieren sich einfach nicht mehr für mich, Madi.«

Ich bin entsetzt. Vor Schreck steht mir der Mund offen. Aber vor allem bin ich tief verletzt. Um Tatums willen. »Das tut mir leid, Tatum. Machen sie so was öfter?«

Sie schüttelt den Kopf. »Gut, sie waren schon immer ständig unterwegs, aber nie länger als eine Woche.«

»Wie lange sind sie denn jetzt weg?« Ich streiche ihr immer wieder über den Arm. Aus ihrem Augenwinkel löst sich eine Träne.

»Zweihundertelf Tage.«

»Oh, mein Gott!«, flüstere ich angewidert. In diesem Moment wird mir bewusst, dass ich ihre Eltern hasse.

»Na jedenfalls«, sagt sie und beendet damit das Thema, »fahren wir nachschauen, ob sich bei Bishops Hütte irgendwann mal unheimliche Dinge abgespielt haben!«

Nachdem wir in Tatums Auto gestiegen sind, wende ich mich ihr zu. »Weißt du, wo er wohnt?«

»Wo Bishop wohnt, weiß doch jeder.«

Lachend schüttele ich den Kopf. »Gut, das war eine dumme Frage.«

»Erzähl mir noch ein bisschen mehr über diese Katsia.«

Ich berichte ihr, was ich bisher in dem Buch gelesen habe. »Es klingt vermutlich ziemlich dumm«, sage ich dann und drehe mich halb zu Tatum um, »aber irgendwie fühle ich mich Katsia verbunden. Als hätten ihre Worte bewirkt, dass ich alles miterlebe, was sie an … düsteren Dingen durchgemacht hat.«

»Ich finde das überhaupt nicht albern.« Tatum schüttelt den Kopf und biegt in Bishops Straße ein. »Du wärst nicht die Erste. Genau deshalb lese ich ja.«

»Du liest?«, frage ich völlig verblüfft.

Tatum kichert. »Tu nicht so überrascht, Madi. Ja, richtig, ich lese. Mit Hingabe. Auf die Art entfliehe ich meinem Leben.« Bis vor wenigen Minuten habe ich noch geglaubt, Tatums Leben wäre perfekt. Beide Eltern noch vorhanden, kein ungeklärter Mist in der Vergangenheit. Jetzt kommt es mir schrecklich vor, dass ich das einfach so angenommen habe.

»Ich wünschte, du hättest mir früher davon erzählt, Tate. Du hättest viel öfter bei mir übernachten können.«

Sie lächelt. »Ich weiß«, sagt sie leise, als wir die Zufahrt zu Bishops Zuhause erreichen.

»Das Tor ist garantiert verschlossen.«

Sie hält am Straßenrand an. »Na, dann springen wir eben rüber!«

Lachend stoße ich die Tür auf, das Buch verdeckt unter dem Arm. »Werden wir wohl müssen.«

Ich gehe zu einem Baum nicht weit vom Gehweg. Einer seiner Äste reicht über den Zaun. »Hier! Nimm das Buch. Wenn ich drüben bin, wirfst du es rüber. Ich fange es auf, und du kommst nach.«

»Okay.« Sie nickt. »Gott, ich kann es kaum fassen, dass wir das wirklich machen wollen. Bishops Vater ist total Furcht einflößend.«

»Sein Vater ist gar nicht zu Hause. Er ist bis zum Wochenende verreist. Ich habe gehört, wie sie darüber geredet haben, als wir in der Hütte waren. Komm jetzt.« Ich stelle einen Fuß auf den Stumpf eines kleineren Astes, halte mich an der rauen Rinde des Stammes fest und ziehe mich hinauf. Dann schwinge ich ein Bein über den Ast, der über den Zaun ragt, und schaue zu Tatum hinunter.

»Willst du da wirklich rüber?«, fragt sie leise. »Ich meine, ich weiß, du bist nicht sehr schwer, aber allzu dick sieht der Ast auch nicht aus.«

»Das klappt schon. Und selbst wenn ich runterfalle, so tief ist es gar nicht.«

»Ha, ha.«

»Dir passiert erst recht nichts. Du bist doch leicht wie eine Feder.«

»Stimmt, aber du …«

»Tatum? Halt den Mund.«

»Okay, okay.«

Ein wenig zittrig richte ich mich auf, bis ich auf dem Ast stehe. Dabei versuche ich, das Knarren zu ignorieren, das er unter meinem Gewicht von sich gibt. »Scheiße«, flüstere ich. »Das klappt schon. Ich schaffe das.« Ich schaue nach vorn, den Blick fest auf den Ast gerichtet, und mache den ersten Schritt. »Scheiße, Scheiße, Scheiße.« Eilig gehe ich weiter, springe und lande oben auf dem Tor. »Siehst du?« Ich grinse Tatum an.

»Ja, okay. Nun mach voran, du Angeberin.«

Ich springe vom Tor. »Okay! Wirf es rüber.« Das Buch kommt angesegelt. Rasch mache ich einen Hechtsprung zur Seite, fange es auf und lande auf dem Bauch. »Scheiße!«

Gleich darauf hüpft Tatum vom Tor herunter und kommt unten auf, ohne hinzufallen. »Das war gar nicht so schlimm.

Trotzdem, zu blöd, dass Bishop nicht ans Telefon geht. Echt jetzt. Seit wann meldet er sich nicht, wenn du anrufst?«

Ich wische mir den Dreck von der Kleidung und schüttele den Kopf. »Keine Ahnung.«

Wir gehen zum Haus. »Hey, hast du eigentlich mal von Tillie gehört?«, fragt Tatum.

Ich schüttle den Kopf. »Nein, obwohl ich gestern Abend noch versucht habe, sie anzurufen. Aber Nate hat mit ihr gesprochen, das weiß ich.«

»Was läuft denn da zwischen den beiden?«

»Das weiß wohl niemand. Es ist sehr merkwürdig. Gestern Abend hat Nate mit einer anderen geschlafen. Ich bin völlig ausgerastet und hab ihm gedroht, es Tillie zu erzählen, wenn er es ihr nicht selbst sagt.«

»So ganz überrascht mich das ja nicht.«

»Stimmt. Aber als sie draußen in der Hütte zusammen waren – das war so süß, Tatum. Als wären sie ein Paar. Jedenfalls, anscheinend macht es Tillie gar nichts aus, wenn Nate mit einer anderen schläft. Von ihr selbst habe ich allerdings noch nichts gehört. Sie meldet sich nicht, wenn ich anrufe.«

»So süß wie Bishop und du?« Tatum grinst. Allein dadurch, dass sie mich und ihn in einem Atemzug nennt, bekomme ich Schmetterlinge im Bauch.

»Irgendwie schon.« Ich lächle.

Als wir das Haus erreichen, folge ich dem Weg, der um das Hauptgebäude herum zum Pool und zu Bishops Zimmer führt.

»Himmel, das ist ja wie auf dem Familiensitz der Adams Family. Nur moderner.«

Ich muss lachen. »Stimmt. Du hast recht.« Wir gehen auf Bishops Zimmer zu. Plötzlich bleibe ich stehen: Ich habe Stimmen gehört. Sie scheinen aus dem Boden zu kommen.

»Hast du das gehört?«, fragt Tatum. Es war also keine Täuschung.

»Ja. Es klang wie Bishops Stimme. Sie müssen doch im Hauptgebäude sein.« Ich gehe hinüber und öffne eine der Glastüren in der Rückfront, die zum Pool und zu Bishops Zimmer herausführen.

Tatum packt mich am Arm. »Willst du da wirklich rein?«, zischt sie.

»Ja! Es sind Bishop und Nate. Das geht schon in Ordnung.«

»Glaub ich nicht«, murmelt sie und schaut umher.

»Es war doch offen!«, flüstere ich und deute auf die Schiebetür.

»Oh, Scheiße. Ich hab Angst.«

»Ja, hätte ich vermutlich auch, wenn es das Wochenende in der Hütte nicht gegeben hätte.«

»Dann hältst du Bishop also jetzt für einen netten Menschen?«, fragt sie, offenbar um sich selbst zu beruhigen.

»Ganz bestimmt nicht.«

»Du hättest auch lügen können!«, schimpft sie, während wir das Wohnzimmer betreten.

»Ich lüge nicht«, erwidere ich ruhig.

»Nee, Großer, nee …«

»Nate!«, flüstere ich Tatum zu. Wir wenden uns in die entsprechende Richtung und steuern auf eine Tür unter der zweiflügeligen Treppe zu. Sie steht einen Spaltbreit offen.

»Madi, mir ist das nicht geheuer.«

»Okay. Warte hier.«

»Ich kann dich doch nicht allein da reingehen lassen!«

»Na, dann komm halt mit. Ich gehe rein, so oder so.« Ich nähere mich der Tür und ziehe sie auf. Dahinter führt eine Treppe nach unten. Die Stimmen sind jetzt lauter zu hören.

»Verdammt, das ist mir egal«, sagt Bishop gerade, in so tiefem und gequältem Tonfall, dass ich seine Stimme fast nicht erkannt hätte.

»Du hast dich nicht an die Regeln gehalten. Sie ist Zivilistin!«, brüllt Brantley.

Ich zucke zusammen, aber steige die Stufe hinunter. Jetzt sind Geräusche wie von einem Handgemenge zu hören, Glas zerbricht, jemand scheint eine andere Person wegzustoßen.

»Sie ist keine Zivilistin, Brantley, das wissen wir beide.«

Ich steige die letzte Stufe hinunter, das Buch fest an die Brust gedrückt. Sofort begegne ich Brantleys Blick. Er grinst. »Tja, jetzt wirst du wohl einiges erklären müssen, Bishop.« Sein Grinsen ist voller Wut. Aus den Augenwinkeln nehme ich die übrigen Kings wahr; dann verschwimmt alles andere, denn mein Blick fällt auf Ally. Sie liegt in einer Blutlache. Ihr Hals ist mehrfach aufgeschlitzt, und ein tiefer Schnitt durchtrennt ihr die Kehle. Aus der Wunde strömt immer noch Blut. Mir entfährt ein markerschütternder Schrei, und ich schlage mir die Hand vor den Mund. Sofort stürmt Bishop auf mich zu.

»Madi!«

Ich stoße ihn weg, drehe mich um und renne die Treppe hinauf.

»Verdammt!«, ruft Nate. Hinter mir höre ich Bishops Schritte. Mein Herz hämmert in der Brust. *Er hat jemanden umgebracht. Er hat jemanden umgebracht. Er hat Ally umgebracht.* Tränen laufen mir übers Gesicht. Zugleich wird mir kalt vor Angst. *Er ist ein Mörder. Bishop ist ein Mörder. Er hat jemanden umgebracht.* Ich stoße die Tür auf. Mir ist so übel, dass ich Angst habe, mich übergeben zu müssen. Vor lauter Tränen kann ich kaum etwas erkennen. Dann bemerke ich Tatum; sie steht da und wartet auf mich. Ich werde bleich und renne auf sie zu; da pralle ich gegen irgendwen. Krachend lande ich mit dem Hintern auf dem Fußboden, das Buch segelt durch die

Luft. In meinem Rücken spüre ich die Blicke der Kings; sie kommen alle aus dem Untergeschoss herauf.

Ich reibe mir die Stirn und blicke widerstrebend zu der Person auf, mit der ich zusammengestoßen bin. Vermutlich Bishops Vater; er ist wohl doch zu Hause. Es dauert einen Moment, bis ich die grässliche Szene im Untergeschoss so weit verdrängen kann, dass ich wieder klar sehe. Dann atme ich keuchend ein, völlig schockiert.

»Dad?«

»Madison!«, fährt er mich überrascht an. »Was machst du denn hier?«

»Nein.« Ich schüttle den Kopf. »Was machst *du* hier?«

Dad schaut auf das Buch, das aufgeschlagen auf dem Fußboden liegt. Im selben Moment kommt Bishop dazu und schaut ebenfalls hin. Ich höre ihn scharf Luft holen und sehe ihn an, aus Augen, die vor lauter Tränen müde und schwer sind. Er hat eine Hand auf den Mund gelegt, und der Blick, mit dem er das Buch betrachtet, verrät Entsetzen. Jetzt zerrt er an seinen Haaren. Verwirrt schaue ich ebenfalls auf das Buch, dann rutsche ich auf Händen und Knien hinüber. Es hat sich am Anfang des nächsten Kapitels geöffnet.

8.

Der Silberschwan

Die Wahrheit ist, ich weiß nicht, was mein Ehemann mit meiner Tochter gemacht hat. Mädchen trügen einen Makel, hat er gesagt. Für sie gebe es in seinen Plänen keinen Platz, und so werde es auch immer bleiben. Er hat behauptet, Mädchen würden verkauft, doch im Hinterkopf haben mich immer dunkle Zweifel gequält. Mein Ehemann ist ein Lügner, ein

Betrüger, ein Heuchler. Er hat nichts Ehrliches oder Gutes an sich.

In jener Nacht kehrte Humphrey später noch einmal in die Höhle zurück, nachdem das Dienstmädchen mich gereinigt hatte. Er setzte sich zu mir und sagte: »*In unseren Bund können keine Mädchen hineingeboren werden, Weib. Sie sind von Natur aus schwach. Man muss sich gleich nach der Geburt um sie kümmern.*«

»*Du bist nicht Gott, Humphrey. Es liegt nicht bei dir zu entscheiden, was eine Schwangere in sich trägt.*«

»*Nein*«*, erwiderte er schlicht.* »*Aber ich kann es in Ordnung bringen.*«

Ich schüttelte den Kopf, mit gebrochenem Herzen. Mein Leben schien mir düster und trostlos. Alles war zu Ende.

»*In unsere Familie wird kein Silberschwan hineingeboren werden. In keine Familie der ersten Neun. Sie werden alle entfernt.*«

»*Silberschwan?*«*, fragte ich brüsk und ärgerlich.*

»*So nannte man in alter Zeit Wesen, die auf irgendeine Weise befleckt waren. Für so jemanden ist nirgendwo Platz.*«

»*Humphrey …*«

Ich wische mir die Tränen aus den Augen. Ich mag nicht mehr weiterlesen. »Dad?«, frage ich und lege den Kopf in den Nacken, um ihn anzusehen. »Was machst du hier?«

Er schluckt schwer. »Ich hatte etwas Geschäftliches zu besprechen.« Seine Miene wirkt besorgt. »Nichts weiter. Nur Geschäftliches. Mit Mr …«

Erinnerungen stürmen auf mich ein.

»*Dein Dad ist in zweifelhafte Geschäfte verwickelt.*«

»*Sie ist Zivilistin!*«

»*Sie ist keine Zivilistin, und das weißt du auch.*«

»*Weißt du irgendetwas über uns?*«

»Warst du schon mal in den Hamptons? Und antworte ehrlich!«
»Scheiß auf deinen Dad!«
»Glaub mir, Madison. Dein Vater ist kein Unschuldslamm!«
»Er hat sie erkannt! Scheiße!«
Und schließlich Bishops Worte, an dem Tag in der Hütte.
»Versprich mir, nie zu vergessen, dass alles, was wir tun, deiner Sicherheit dient.«

All die Geheimnisse. Die Fragen, die nichtssagenden Antworten und Versprechungen. Die Lügen.

Nach und nach begreife ich. Mir wird kalt, und mir bleibt der Mund offen stehen. »Oh, mein Gott«, flüstere ich, eine Hand vor dem Mund. Ich schaue die Kings an, dann meinen Vater. Er lässt besiegt die Schultern hängen. Über seine Schulter hinweg bemerke ich einen gut gebauten Mann im Maßanzug. Um sein eckiges Kind liegt ein harter Zug, sein Blick ist kalt und ohne jedes Gefühl. Er zupft an seinen Manschettenknöpfen und starrt mich an.

»Ich bin der Silberschwan«, murmele ich vor mich hin und blicke von einem zum andern, auf der Suche nach einem Hinweis, dass ich mich irre. Alle schweigen. Niemand widerspricht. »Ihr habt mich alle angelogen!« Ich springe auf und zeige mit dem Finger auf sie. Hass kocht in mir hoch. Ich wende mich an Bishop; Tränen laufen über mein Gesicht. »Du hast mich *angelogen*. Oh, mein Gott!« Ich weiche vor ihnen zurück, und Tatum – typisch Tatum – folgt mir augenblicklich. *»Wer zum Teufel bist du?«*, frage ich Bishop flüsternd, dann drehe ich mich zu meinem Dad um. »Und wer zum Teufel bist *du*?« Ich schüttle den Kopf. Dann renne ich zur Tür, das Buch in der Hand.

»Madi, warte!«, ruft Bishop.

»Lass sie laufen, Junge.«

»Red nicht so über meine Tochter …«

Die Stimmen verstummen. Ich renne noch schneller, die

Einfahrt entlang. Tatum folgt mir. Wir kommen zum Tor, und es gleitet vor uns auf.

»Madi!« Bishop kommt die Vordertreppe heruntergerannt.

»Mach schnell, Tatum!« Wir eilen durchs Tor. Sie entriegelt den Wagen. Hinter uns schließt sich das Tor langsam wieder. Ich gleite rasch auf den Beifahrersitz, Tatum setzt sich ans Steuer.

»Fahr los!«, befehle ich. Mein Blick fällt auf Bishop; er steht auf der anderen Seite des Tors und umklammert die Gitterstäbe. Es bricht mir das Herz.

»Wohin?«

»Egal wohin. Nur weg.«

»Okay. Hauen wir denn ab, Madi? Denn ich bleibe auf jeden Fall bei dir.«

»Ja, Tate, wir hauen ab, und wir kommen nie mehr zurück.«

Diese Jungs sind nicht die Menschen, für die ich sie gehalten habe. Es sind Ungeheuer, von der Art, vor der man andere Leute warnt. Nicht etwa unwissende Kinder, sondern erwachsene Menschen. Ungeheuer, die lügen, betrügen, heucheln, verführen und morden. Nur um zu bekommen, was sie wollen. Ungeheuer, vor denen man *wegrennt*.

Mein Name ist Madison Montgomery, und ich dachte, ich wüsste, wer ich bin. Aber ich habe mich geirrt. Ich bin nicht irgendein gewöhnliches Mädchen, dessen Mutter die Geliebte ihres Ehemanns ermordet und sich anschließend umgebracht hat.

Ich bin der Silberschwan.

Und jetzt? Jetzt bin ich nur noch ein zerbrochenes Überbleibsel der Marionette, mit der sie alle gespielt haben. Alles Menschliche in mir ist zerstört; übrig geblieben ist nur etwas Watte und eine verlogene Liebe. Ich kann nicht mehr nach Hause zurück. Nie mehr.

DANKSAGUNG

Jedes Mal, wenn ich eine Danksagung schreibe, habe ich Angst, jemanden zu übergehen. Es gibt einfach so viele tolle Menschen, die mich in meiner Laufbahn als Autorin unterstützt haben, ob durch ihre Freundschaft, ihren Rat oder ihr scharfes Auge. Es gibt da keine Rangfolge. Ich muss einfach improvisieren. (Überraschung!) Als Erstes möchte ich mich bei diesen Mädels bedanken: Caro Richard, Andrea Florkowski, Franci Neil, Michel Prosser und Amy Halter: meine Testleserinnen! Danke, dass euch meine Geschichten so wichtig sind, dass ihr mir sagt, wenn etwas scheiße ist.

Isis Te Tuhi und Anne Malcolm: meine Mädels. Ich liebe euch beide. Danke, dass ihr jeden Tag aufs Neue für mich da seid – kein Witz, ich melde mich wirklich täglich bei ihnen. Nina Levine, du Liebe, die du immer und in jeder Lage für mich da bist: Ich liebe dich! Mein Wolfsrudel. Ich kann gar nicht laut genug sagen, wie gern ich diese Mädels habe. Sie sind mein Stamm, manchmal mein Fels in der Brandung, vor allem aber meine Freundinnen. Jay Aheer, du begabter kleiner Mensch, dir danke ich für das schöne Cover. Kayla Robichaux, dir dafür, dass du meine Seelenverwandte und oberstrenge Lektorin bist! Barbara Hoover dafür, dass sie meine Texte hinten und vorn aufpoliert und dabei so respektvoll mit ihnen umgeht. Den Frauen von *Give Me Books*, weil sie sich so hart dafür einsetzen, Autorinnen wie mich bekannt zu machen! Ihr seid die wichtigsten Personen überhaupt. Dann die Blogger: Ich kann gar nicht sagen, wie sehr ich euch bewundere und liebe. Danke für alles! Und meine treuen, tollen, coolen Leserinnen: Ich liebe euch SEHR. Ohne eure unermüdliche Unterstützung wäre nichts von alldem möglich gewesen. Und zu guter Letzt: meine kleine Familie. Es gab Zeiten, in denen ihr euch alle von Weet-Bix (schönen Gruß an alle Kiwis …), Toast und Resten ernähren musstet. Es gab Zeiten, in denen ich mich einschließen und euch alle ignorieren musste, entweder weil es gerade richtig gut lief oder weil ein Abgabetermin nahte. (Beides passiert ja nie gleichzeitig. Oh nein, dann wäre das Leben zu einfach.) Ich liebe euch, ihr Knirpse! Auf uns! Ist das jetzt lang genug? Ich glaube schon.

Die Geschichte von Madison und Bishop geht weiter!

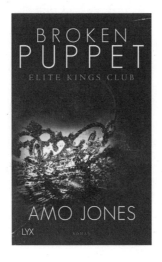

(erscheint April 2019)

Die Erfolgsreihe aus den USA –
   stürmisch, verboten, sexy

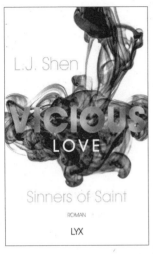

L.J. Shen
VICIOUS LOVE
Aus dem amerikanischen
Englisch von
Patricia Woitynek
448 Seiten
ISBN 978-3-7363-0686-8

Meine Großmutter sagte mir einmal, dass Liebe und Hass ein und dasselbe Gefühl seien, nur unter verschiedenen Vorzeichen erlebt. Bei beiden empfindet man Leidenschaft. Und Schmerz. Ich glaubte ihr nicht. Bis ich Baron Spencer traf. Er war auf unvollkommene Weise vollkommen. Makellos mit Makeln. Aber am allerwichtigsten – er war Vicious.

»Einfach. Süchtig. Machend.« Dirty Girl Romance

Er ist nicht bei ihr, um sie zu beschützen.
Er ist bei ihr, um sie zu töten.

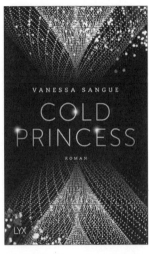

Vanessa Sangue
COLD PRINCESS
352 Seiten
ISBN 978-3-7363-0436-9

Als Erbin einer der mächtigsten Mafiafamilien der Welt darf sich Saphira De Angelis keine Schwäche erlauben. Seit sie mit ansehen musste, wie ihre Familie bei einem Attentat ums Leben kam, regiert sie stark, unnachgiebig und Furcht einflößend über ihre Heimatstadt Palermo. Einzig für Madox Caruso, neuestes Mitglied ihrer Leibwache, hegt sie tiefere Gefühle, als sie sich selbst eingesteht. Die zerstörerische Energie, die ihn umgibt, zieht Saphira mehr und mehr in seinen Bann – ohne zu ahnen, in welche Gefahr sie sich damit begibt ...

»Düster, sexy und voller Intrigen: Vanessa Sangue weiß, wie man verbotene Liebesgeschichten schreibt!« MONA KASTEN

LYX

»*Gone Girl* trifft auf eine böse Version von *Girls*.« MARIE CLAIRE

Caroline Kepnes
YOU – DU WIRST
MICH LIEBEN
Aus dem amerikanischen
Englisch von
Katrin Reichardt
512 Seiten
ISBN 978-3-7363-0444-4

Als Guinevere die Buchhandlung betritt, in der Joe arbeitet, ist er augenblicklich hingerissen von ihr. Sie ist atemberaubend schön, clever und so sexy. Für Joe besteht kein Zweifel: Sie ist perfekt für ihn. Natürlich googelt er sofort ihren Namen und such sie auf Facebook. Doch dabei bleibt es nicht. Joe ist besessen von Beck, er beginnt, sie zu stalken. Mehr und mehr findet er über sie heraus. Und als er ihr schließlich »zufällig« das Leben rettet, kann Beck gar nicht anders, als sich in den seltsamen, aber irgendwie süßen Typen zu verlieben, der so perfekt zu ihr zu passen scheint ...

»Clever und eiskalt.« ELLE

LYX

*Verstörend und bewegend –
eine absolut einzigartige Liebesgeschichte*

Leylah Attar
PAPER SWAN -
ICH WILL DICH
NICHT LIEBEN
Aus dem Englischen
von Patricia Woitynek
400 Seiten
ISBN 978-3-7363-0289-1

Skye Sedgewick wird entführt und verliert bald alle Hoffnung, befreit und gerettet zu werden. Sie kann an nichts anderes mehr denken als den Tod – bis sie erkennt, dass ihr Entführer sie nicht zufällig ausgewählt hat, sondern der Mann ist, den sie seit vielen Jahren schmerzlich vermisst ...

»Ein absolutes Muss für alle, die nach etwas ganz Besonderem suchen!« AESTAS BOOK BLOG

LYX

Die Community für alle, die Bücher lieben

Das Gefühl, wenn man ein Buch in einer einzigen Nacht verschlingt – teile es mit der Community

In der Lesejury kannst du

- ★ Bücher lesen und rezensieren, die noch nicht erschienen sind
- ★ Gemeinsam mit anderen buchbegeisterten Menschen in Leserunden diskutieren
- ★ Autoren persönlich kennenlernen
- ★ An exklusiven Gewinnspielen und Aktionen teilnehmen
- ★ Bonuspunkte sammeln und diese gegen tolle Prämien eintauschen

Jetzt kostenlos registrieren: www.lesejury.de
Folge uns auf Facebook:
www.facebook.com/lesejury